房阱

买房与花样陷阱

萧逸林 著

北京时代华文书局

图书在版编目（CIP）数据

房阱 / 萧逸林著. -- 北京 : 北京时代华文书局, 2017.3
ISBN 978-7-5699-1414-6

Ⅰ. ①房… Ⅱ. ①萧… Ⅲ. ①长篇小说－中国－当代 Ⅳ. ① I247.5

中国版本图书馆 CIP 数据核字（2017）第 032928 号

房阱
FANG JING

著　　者 | 萧逸林

出 版 人 | 王训海
选题策划 | 龙凤鸣
责任编辑 | 王　水　龙凤鸣
装帧设计 | 飞鸟 • 李凡
责任印制 | 刘　银　訾　敬

出版发行 | 北京时代华文书局 http://www.bjsdsj.com.cn
北京市东城区安定门外大街 136 号皇城国际大厦 A 座 8 楼
邮编：100011　电话：010－64267955　64267677　57735442
印　　刷 | 三河市航远印刷有限公司　0316－3136836
（如发现印装质量问题，请与印刷厂联系调换）
开　　本 | 710mm×1000mm　1/16　印　张 | 22　字　数 | 252 千字
版　　次 | 2017 年 5 月第 1 版　印　次 | 2017 年 5 月第 1 次印刷
书　　号 | ISBN 978-7-5699-1414-6
定　　价 | 39.80 元

编者前言

这部小说讲述了这样一个故事：一座二三线的城市里，有一群普通的百姓，来自教师、公务员、小商贩等各个行业，他们在没有细看购房合同条款的情况下，被某不良开发商天花乱坠的广告迷惑，匆匆签字购房，等交房后才发现房子存在种种问题，意识到被开发商欺骗了。于是，一群业主代表拿起法律武器，在律师以及工商局、法院等单位的帮助下，经历重重波折，最终把不良开发商绳之于法。

改革开放以来，我国经济快速崛起，社会民生问题有效改善，老百姓解决了温饱问题，在全面建设小康社会的道路上取得了举世瞩目的成就。近年来，随着城市化进程持续加快，买房既是老百姓安居乐业、家庭幸福的物质保障，在一定程度和一定阶段内，也是实现资产保值甚至增值的有效手段，绝大多数老百姓的居家住所得到有效改善。在当前国家经济繁荣的大好形势下，买房是当下许多人的心愿：没房的想买房，有旧房的想换新房，有小房子的想换大房子，有住房了还想买商铺……然而，当各个行业领域、各个社会阶层的劳动者、建设者都投身经济和社会民生建设的大潮中时，当绝大多数企业家遵纪守法、为市场经济贡献人力物力的时候，却有个别不良商业机构混杂进来，打着合法经营的旗号，利用老百姓期待美好生活、积累财富荫益子孙的心理，采用一系列复杂的商业操作手段，把骗术打扮成令人眼花缭乱的花朵，诱惑老百姓上当受骗。

编者真诚希望广大读者读过这部作品后，能在购房置业以及购买其他大宗消费品时足够冷静，多一点儿理性的思索；能客观看待房地产市场近年来的喧哗，不为房价上涨过快的现状所迷惑，不盲目投资，不怀着一夜暴富的投机心理参与其中。有收益就必有风险，有成功就必有失败。

本故事纯属虚构，由于一些素材来源于近年来的新闻报道，因此一些细节会令读者感觉似曾相识。如与现实情节雷同，实属巧合。

编者

2017年3月16日

谨以本书献给我的救命天使窦宇大夫和所有为我治疗、康复而殚精竭虑、热忱相助的朋友们。

目录

第一章　采访

光天化日、朗朗乾坤，难道一家企业竟敢冒天险之大不韪公然愚弄、豪夺老百姓的膏血吗？林健飞暗暗摇摇头：这太不合理、也太不可思议了。

1

八月的海右市虽然日间炎热，但过了傍晚便有了些许凉凉的秋意。这里南依岱岳，北临黄河；西接丘陵，东有平原。家家泉水，户户垂杨，是江北唯一一个集高山、平原、丘陵、泉水于一身的千年古城。正因为如此，这里的人民自古以来喜好登山、游泳；也正因为如此，这里的人民自古以来虽然土得掉渣，却从不以为然。

海右地处齐鲁交界处。这里的人民既有鲁人的敦厚、淳朴，又有齐人的剽悍、豪侠。这是海右人的性格。几千年来，几经沧桑却没有多少变化。当然，这也只是指主流而言。海右人嘴边永远挂着辛弃疾、李清照、好汉秦琼，却唯独对王莽避而不谈——也许是不记得了吧。

虽说海右人不拘小节，不土不洋，但今天，林健飞却细细打扮起来。吃过晚饭，林健飞不仅换上了高档白衬衫，而且套上一条新领带。他有好几条领带，都是妻子袁婉茹事先打好的“一拉得”。他委实学不来打领带这门繁琐的手艺。结婚前每一次打领带都叫他火冒三丈，还得靠嘴帮忙情绪才能有所控制。

休闲的时候，他总爱穿一件晒得褪色的迷彩服。这身迷彩也会给他带来些意想不到的麻烦。有一次他在街头闲逛。等红绿灯时，一个火急火燎的汉子跑过来冷不丁拉住他，说："喂，兄弟！帮帮忙！有个活接不？给我通通下水道！给一百哩……"

结婚后，媳妇给他打好一打领带，这样他每次出门前把领带往脖子上一套一拉就得，人也变得文明、精神多了。今天，林健飞还打了点摩丝。摸摸下巴，那里已是"春风吹又生"，于是又拿起电剃须刀对着镜子刮胡子。

这时候，一个小脑袋悄悄探进门，看看林健飞的新领带，又看看他一丝不苟刮胡子的样子，一脸坏笑地问："老爸，打扮得这么人模狗样，你是要逆天吗？"林健飞又好气又好笑，回过头来虎着脸说："你这个小兔兔！有这么形容老爸的么？！"

其实这也不能怪儿子。硕儿才六岁。昨晚电视里播放贪官受审的画面。里面那名落马高官痛哭流涕，哭得稀里哗啦。林健飞哼了一声，随口说道："别看这号人天天人模狗样地坐在台上，可肚子里还不知道在打什么算盘呢！"一定是这小兔崽子头一回听到这么超级搞笑的词儿，便迫不及待地寻找可以应用的目标对象，而老爸自然是这些新词儿的最佳候选人了。

"报应得好快！"林健飞心里暗想，"这不今天就中枪了？"

硕儿并不在意老爸的训斥，反正他跟老爸闹惯了。他钻进卫生间，先是撒了泡尿，然后一本正经地和老爸站在一起，攥着小拳头煞有介事地在镜子前学林健飞刮胡子。"嘻嘻嘻！"小家伙突然咯咯笑起来。林健飞轻轻一拍硕儿的小屁股，说："去去去，别在这里捣乱！"硕儿嘎嘎笑着飞出了卫生间。

"哎呀，别跟爸爸闹了！"袁婉茹一手解着围裙，一头嗔怪着儿子。

"几点回来？"袁婉茹问道。她细心地看看林健飞的一身行头，又给他整了整领带。

"不清楚。不知道节目要录播到几点。叫什么……哦，《午夜不关机》。好像是现场直播，一会你们看电视吧。你们先睡，我带上钥匙。"

他拿起公文包，转身刚要出门，硕儿歪着小脑袋在后面脆生生地提醒道：

“老爸，别忘把小巴掌带回来！”

林健飞头也不回地摆了个V型手势：“好的，好的……记住了，老板先生！”身后又是一阵嘎嘎的笑声。

海右虽然比不上北上广，但也是江北的一个大城市。华灯初放，大街上熙熙攘攘，车水马龙，川流不息。林健飞的车也是走走停停。窝得火了，林健飞嘴里就忍不住蹦出几个“你妹、他娘”之类的短语。据说不少人不开车时都还算君子，但一坐到驾驶盘后面，全成了满嘴不干不净的魔鬼。

虽说也是有车一族，但林健飞对汽车的感情不超过他对领带的感情。可是没办法。他是一名律师。他的工作就是满世界跑，没部车太耽误工作。他的车是一部奇瑞A5。这辆车跟着他南征北战，已经跑了十万多公里，至今还没有换车的意思。而做他这个行当的，许多人都已经开上了奥迪、宝马。

在这一点上，硕儿就比他强。硕儿从小就喜欢各种汽车。随便一辆车从面前驶过，他就能说出是什么牌子、多少排量的。看见路虎、奔驰他会凑上去端详半天。他会发自内心地赞赏一部高档车，但也从不以自己家的低档车为耻。车在他看来与其说是身份象征，不如说是一种看着玩儿的大玩具，连代步工具都算不上。

林健飞干这一行已经15年了。他曾经是海右市最年轻的律师，20岁就拿下了律师证。而他却连个正经高中都没读过。上初中那会儿，除了语文、地理、历史、音乐，他对一切课程不感兴趣，对英语尤为深恶痛绝，结果这些课程他从来没有上过40分。英语成绩最好的一次也不过26分。成绩不好，也就休想上高中。

那段时间把他爸林子泉气得都快吐血了。只有母亲穆平秋一如既往地相信他。林健飞小名叫“小飞”，虽说调皮捣蛋，性格执拗，但他并不坏，而且在语文、历史等方面超强。因为他很小就通读了《世界通史》《史记》《资治通鉴》这类大部头的著作，在学校里朗诵、领唱他都是佼佼者，还吹得一手好口琴。

可是，如果连高中都没上过，将来靠什么生活啊！那时候穆平秋也常常感到前途渺茫，暗地里替儿子发愁。林健飞考不上高中，花钱读了个金融职专。

他对金融更不感兴趣。那时穆平秋还在银行工作，银行还有待业子弟一说。于是林健飞毕业后进银行当了代办员，也就是临时工，一干就是三年。

那时候的林健飞松松垮垮，活脱脱一个刺儿头。他的个性太强，很少顾及领导面子，顶撞领导，撇着普通话跟领导咬文嚼字，之乎者也，为自己的某些行为辩护。领导们又好气又好笑，一次又一次请穆平秋谈话。穆平秋虽然只是一名普通老员工，但深得同事们的尊重。每次请她去谈话，不管什么事，领导最后永远都半是玩笑半是责备的一句话："太年轻！还早着呢！"

其实，林健飞倒没什么大错。只是领导们觉得既然干了这一行，就得学会委曲求全，一切听组织的。而林健飞天生就不是一个喜欢听命于人的主儿。很多年后，他仍然感到在银行的工作就是一场梦魇。那时候他做的一切努力就是要及早离开银行，永远离开银行。

"再干下去，我要郁闷死了！"于是他选择了法律。他没日没夜地自修法律，啃一部又一部大部头的、难以下咽的法律专著。在他这个年龄，许多人正在大学校园的教室里听教授们侃侃而谈，天天ABCD背英语，过四六级。而他却连个像样的老师都没有，一切靠自己。不过这样也好。因为他不用像同龄人那样不管自己喜欢的、还是不喜欢的都要去拼命学习学校规定的各种课程。

他的目标固然庞杂，但也正因为如此，他对法律的钻研比法律专业的学生更为专注，也更注重实战。许多年后，有一次一位北大法学教授与他联席辩论，对他深厚的法律功底感到极其惊讶。那位教授回京前拉着他的手，真心诚意地说："林律师，如果我们北大、清华的法律研究生有你一半的基本功，那中国法律界就有希望了。"

15年间，林健飞从一个毛头小伙子熬成了知名小律师。那年海右评选的十大名案中，有两个是他经办的。如今他有了自己的律师事务所，事业也算小有所成。不过他还算不上大律师。因为他没本事、也没有心思去拉房地产、政府部门、大财团的案子，他的案子主要还是以民事、民间的鸡毛蒜皮为主。

"鼠有鼠道，蛇有蛇踪。"每当有人或善意、或带点酸头地劝他交几个高端朋友时，他总是打着哈哈说："律师嘛，给谁打官司都一样。有钱人的大腿咱抱不上。我只能专做人家都不屑于做的业务。日久天长，终能修成正果。”不过话虽如此说，他倒是经常在法庭上给那些大人物惹麻烦，每次都让他们的代理律师感到头疼。因为这些律师每次跟他辩论都觉得极其不好对付。当然，林健飞也不是不食人间烟火的清流。他跟法官、对方律师从没有任何个人恩怨。法庭上剑拔弩张，打得不可开交，但退庭还是朋友，也必须是朋友。市法院对他也颇有好感，遇到疑难案件也会经常请他一同研讨。

虽然挣钱比不上知名大律师，做的也是大律师们不屑于做的小业务，但林健飞在海右也多少有点小名气。今晚的采访节目是一个记者朋友邀请他参加的。主要内容事先已经告诉了他，就是请他就房地产商与业主签订不平等合同的问题谈谈专家的意见。他想都没想就答应了。但不管他在法庭上如何纵横驰骋，面对海右拥挤的车流，他除了吐吐槽，也就无可奈何了。

车在护城河旁不得不压了下来。林健飞习惯性地看看护城河。这是海右市独一无二的风景。海右自古以泉名甲天下，而这护城河恰恰就是泉水充填起来的，犹如一条玉带围绕着海右古城，最后经北水门汇集注入小清河。北水门是北宋大词人曾巩留给海右人的一份宝贵遗产。正因为有了北水门，自宋代以来海右城内很少内涝。

海右的泉水极为奇特：泉清水冽，冬暖夏凉。冬天天越冷，泉水越是温润如玉、如墨，还冒着丝丝热气；夏天天越热，泉水反倒是冰冷刺骨，一股寒气从脚底直冲脑门。无论酷夏还是严冬，护城河畔总有那么十几个人弯身下腰，准备下水。刚下水的时候，他们战战兢兢地挪进护城河，冻得连大气都不敢出。可跳入河道的一刹那，又突然从地狱走向天堂，全身的毛孔像吃了十万八千个冰激凌一样，激灵灵的，仿佛从骨头里向外冒着淋漓惬意。

只有土生土长的海右人才能理解这份感受。在护城河里畅游，清澈的泉水犹如滴滴琼浆玉露，沁人心脾。依依杨柳便在头上随风摇曳，柔曼生姿。沉浸在护城河中的那一刻，仿佛海右人的生命都与这泉水融为一体了。

明晚一定带硕儿来游泳！林健飞暗想，这孩子就是不敢下水。哼，明天就是踹也要把这小兔崽子踹下去！不在泉水里游泳那还算海右人吗？

正胡思乱想，后面的车很不满意地冲他鸣喇叭。林健飞一抬头，哦，前面的车已经启动了，他赶紧挂挡慢慢前行。

2

到达市电视台已是晚九点半。还好，节目直播时间设定在晚十点。

演播室不大。背景是一副棕色古式花格木窗，中间镂空的空白部分挂着一个大大的红色中国结。窗头两侧挂着两盏南瓜大红灯笼。窗下正中是一张茶桌，桌上摆着一盆绿意盈盈的君子兰，两旁放着两把圈形全木太师椅。显然一把是给主持人坐的。而另一把，不消说，是留给嘉宾的。

林健飞很喜欢这布景。不过他也有点儿后悔。早知道这样，也许今天该穿那件白色绸料唐装了。可袁婉茹觉得这样的场合还是穿正装为宜，所以给他拿出来的是那套夏季正装。演播室里已经坐满了观众，正交头接耳地在说什么。

林健飞参加过多次节目录制。只是这一次他总感觉哪里不对劲，可究竟是什么他心里也说不清楚。林健飞想，这次可不能忘了硕儿的重托。于是他先找节目组要了个彩色的小巴掌。那是一种塑料道具，设计成巴掌的形状，人手一个，轻轻一晃便噼里啪啦地一阵乱响，挺好玩的。

林健飞挑了个边角的地方坐下，等候节目开始。上了这么多年电视，他却一直不喜欢在电视面前出风头。这一点硕儿特随他。有一次市电视台的香蕉姐姐和橘子哥哥去硕儿的幼儿园拍节目。硕儿抢着回答问题，可香蕉姐姐偏偏没叫他，结果硕儿自己跑上去抢答问题。香蕉姐姐、橘子哥哥看到这么个不请自来、一点都不怯场的小家伙都笑了。节目结束后他们邀请硕儿去市电视台录节目，硕儿却死活都不去。林健飞后来问他为什么，是不是怯场啊？硕儿撇撇嘴说：“我才不去呢！多傻呀！”林健飞也是这样。每次面对镜头虽然侃侃而谈，但总觉得特傻、特二。

这时候，一个身躯魁梧的光头汉子向他走来。这便是海右市的名主持人海泉了。海泉倒是穿着一袭淡黄色唐装。由此看来，林健飞今天穿这身行头上镜还是明智的选择。试想，要是两个人都穿唐装，一高一矮、一胖一瘦、一白一黄，往那里一坐，再一捧一哏儿，——这严肃的法律探讨岂不成了说相声？

林健飞跟海泉关系还不错，但没有多少私交。作为主持人，海泉真可谓八面玲珑、滴水不漏，对谁都是一脸真诚，客气中透着儒雅。这是优秀主持人必备的素质。他林健飞就做不来。不过他能做的事情，海泉也做不来，所以才有了互补。

海泉礼貌而不失热情地用力跟林健飞握握手，把他请到嘉宾席，在左手边那把太师椅上坐下。这时台下观众中间一阵轻微的骚动。海泉把节目的情况大致跟他介绍了一下，林健飞不断点头，但没说什么。这时候，一位老者到场，海泉又走过去跟他寒暄了几句，把老者安排在了观众席前排的位置。

十点钟，节目正式开始。海泉坐在右边的太师椅上，笑容可掬地向台下观众略一抱拳拱手，用浓重的海右方言问候道："电视机前的各位老师儿、大叔婶子么子（小伙子）小妮儿：晚上好吧？又到每周日的现场直播节目《午夜不关机》俩（啦）！先给大伙介绍一下。坐在俺旁边的这位特邀嘉宾是海右秋柳律师事务所主任林健飞律师……大伙呱唧呱唧，表示热烈的欢迎！"

台下响起一阵短促的掌声。林健飞这才发现今天大家手里都没拿小巴掌，刹那间有点儿尴尬。不过他无暇多想，起身向观众们抱拳轻施一礼。

掌声过后，海泉接着说："都说衣食住行。这个'住'可是咱老北姓（百姓）的头等大事儿。现在木（没有）房连媳妇都娶不上！对吧？可是唻（呢），前一门儿（前一阵子）石大爷给他小儿（儿子）买房娶媳妇就遇上一件忒黍米（很闹心）的事儿。么事儿唻（什么事情呢）？大伙一块儿瞜眴瞜眴（看看瞧瞧），请看大屏幕！"

林健飞在台上强忍着没笑出来。心想这都神马味儿呀？林、穆两家世代海右人。按理说他的海右话可比海泉要流利多了，但他上学后学校就推广普通话。他的普通话里虽然免不了海右土音，但毕竟以普通话为主。

现在海右相当一部分人也改口说了普通话，而在孩子中间已经鲜有海右土语。时代发展了，海右人的本地意识也在复苏，对海右方言也有了难以割舍的眷恋。其实，历史上的海右是一个文化积淀非常深厚的地方，海右自古就有“曲山艺海”的美誉。民谚有云：天津拜师，北京练码头，海右踢门槛。意思是要在曲艺界扬名立万，就得去天津拜师学艺，北京练摊跑码头，等练到一定水平才敢去海右一试身手。可见当年海右曲艺的繁荣程度！

林健飞虽然不操本地方言很多年，但他毕竟是土生土长的海右人。他所了解的海右方言绝不是这么怪谲、奇葩。海泉他们虽然努力学说海右话，其实本地人一听就知道是鹦鹉学舌。

“哎呀，人家好心好意请我来做节目，又不是请我讲方言，”林健飞暗想，“这不是咸吃萝卜淡操心么？”可这驴唇不对马嘴的海右话实在好笑，他只好装出微笑的样子欠身和大家一起看大屏幕。然而，他很快就笑不出来了。

大屏幕显示的是一幢二十几层的金色大厦，一眼望去也算辉煌气派。可是一口口密密麻麻的飘窗洞穿墙壁，叫人联想到的不是名士豪宅，而是北京大前门上那用来做炮眼的窗口。但这座大厦上的“炮眼儿”数以千计，比大前门可要壮观多了。楼座门口浇筑着一块大理石牌子，上面赫然写着“本信中心”几个行楷大字。右下角嵌着两行小字：海右本信（集团）房地产有限公司，×年×月×日立。

林健飞觉得好像在哪里见过这栋楼。哦，想起来了。有一次开车路过盛世路时他见过。那里是海右最繁华的地段之一，可谓寸土寸金。能在这条街上开山立户，来头不小哇！当时他只觉得这楼奇高、奇宽、奇长、奇大，但不知为什么会给人一种无形的压抑感，压得叫人透不过气来。

不过当时他也没多想。对这“炮眼儿”还跟袁婉茹和硕儿交口称赞，说这开发商可真有居安思危的意识啊，和平年代还不忘备战。一旦战端一开，在这里架上几千门机关枪、大炮，那可真是地无分南北，人无分老幼统统都死啦死啦地有！当时媳妇和硕儿都笑坏了。硕儿咯咯笑着说：“老爸，你别再说啦，我都笑得尿出来啦！”果然，此后后车座上面又多了一片黑黄的乌云。不过话又说回来，这楼建成这般模样是准备做太空堡垒的司令部呢，还是做凡夫俗子们生活、居住的民宅？

镜头里一位老者——哦，就是刚才海泉打招呼的那位，想必就是石大爷了，——领着记者看他买的房子。据他说，他花37万买了这套公寓。购买前说是110平米，可交房时傻了眼，公摊面积占了70%左右，这还不算飘窗。扣除飘窗部分，整个房子套内面积只剩不到20平！这且不说，楼层到底多高他不知道，但他抬抬脚后跟就能够到天花板。林健飞不由打量了老者一眼：那是一个标准的干巴小老头，不过一米六左右。这楼层有多高可想而知。

“这算什么呀，我买的商铺比他的还坑人哩！”镜头里冒出一位四十岁左右的女士，她领着记者去看她的商铺。镜头里出现了一间比电梯间还小的房屋。两个人并排走进去，第三个人就休想再挤进来。

据这位女士说，当初她只是逛街路过打酱油的。开发商的售楼小姐说得天花乱坠，说这套商铺便宜到吐血，一百多平才36万！还买一用二，投资自用两相宜：租出去只要11.8年就能收回成本，——想想看，才11.8年呀！要是自己经营3年就能收回本来！这么好的地段，这么便宜的价位，马上都卖光了，你还在等什么！大中午头的，还请她吃了顿免费的工作餐。

她心动了，赶紧回家提款交定金。可交房后，那说好的100平米倒有65%以上进了公摊。再刨去飘窗面积，已经所剩无几。而此时此刻她才明白什么叫买一用二：剩下的不足10平米被硬生生分割为两层，再去掉墙围，一层不过两三个平方。也就是说，她花36万一共买了只有两层均不足三个平方米的商铺！而层高更是只有2米！

从镜头中可以看到，走廊两边密密麻麻全是这样所谓“买一用二”的商铺。这时候，一位穿绿色连衣裙的女士抢过镜头说：“更可气的是，买房的时候还有两个女人在旁边一直讲这楼怎么怎么好，她们这就买，买到就是赚到！现在想想，那俩娘们儿就是托儿嘛！交了钱以后，就再没见过她们！……”刚才那位大姐则气呼呼地质问：“这商铺是能当鸽子窝呀，还是能做鸡笼呐？”……

海泉神情严肃地看看观众，显然他也受到了震动。他在现场发问：“既然这房子与现实如此不符，那在签约之初为什么不看看合同再签呢？”台下的观众嘁嘁喳喳地一阵交头接耳。林健飞这才明白，今天的观众倒有八成是购买本信房产的业主。

石大爷气呼呼地说："他们说合同都是规定的固定格式，不用看，这是第一；第二，不交钱不让看，交了全款不让看，不签字还不让看！……这些熊玩意儿，比黄世仁他娘还狠呢！他娘啃个猪蹄儿还知道把骨头吐出来，可本信连骨头都要嘬吧嘬吧咽下去哩！"

一名白白胖胖的小伙子站起来冲石老汉摆摆手："石大爷，您这话就不对了。您见过黄世仁他妈么？您怎么知道她就爱啃猪蹄儿呢？……在人家本信眼里，咱哪配当猪蹄儿呀！只能做羊肉串嘛！还是活羊现宰呢！来一只宰一只，来一对儿宰一双。想吃哪片割哪片——那才叫以信为本，宰人没商量！这还不算，人家还要拿把破扇子煽风点火，喝着扎啤吃毛豆哩……"

这小伙子撇着海右普通话，怪声怪气地插科打诨，还边说边比划。现场观众跟着一会儿笑，一会儿骂；一会儿咬牙切齿，一会儿叹息拭泪。

"您贵姓？"海泉也笑着问道。

"不贵，姓张。哦，不对，我不姓张。"小伙子大大咧咧地说，"我姓房，我叫房阱族，买房掉陷阱一族——今天来现场的全是我们家族的！"

所有人都笑了。

海泉见他说话有意思，便打趣道："哎呀，我只听说过上班族、低头族、啃老族、月光族——房阱族还是头一回听说……你们家族都有些什么人哪？"

"啥人都有！"小伙子比划着说，"行医的、卖布的、修车的、开店的，还有我这数钞票的……这么说吧，除了领导啥人都有！"

"小张，你这么说就不对了。"石大爷摆摆手，"小王不是科长吗？"

"科长？哼，就他这么点儿芝麻……"姓张的小伙子忽然停下来，冲人群吐了吐舌头。

这时一位干部模样的人站起来说："主持人，事情是这样的：他们先让交2万定金，然后5天内就得补交全款。可交完全款，一个月以后才给了我们一本合同书，有三十来页那么厚。说都是规定的格式，没什么好看的，你们只管在指定的位置签字就行。他们掀一张，我们就签一张。说实话，我们也看不懂。

就是觉得既然是统一规定的，而且他们是海右最大的房地产企业之一，还有那么多银行提供贷款，应该错不了吧？所以就签了。”

观众中一阵骚动，显然大家想起了当时受骗签字的情形。

海泉追问道：“那你们为什么不告诉他们，不看合同就不交全款呢？”

那名观众还没来得及回答，后排一名年轻的小伙子激动地站起来说：“不行啊，都交定金了！要是不交齐余款，本信就立即取消我们的购房资格。甭说是合同，定金都不退！我们没办法，只能交齐余款。等把我们一步一步拉进来，然后他们就一刀一刀地宰，从头到尾一直在他妈的骗！骗！骗！”

林健飞心头一震。买房合同里面花样多、陷阱多他是知道的，也没少代理这样的官司。但他还是头一次见到如此明目张胆、生吞活剥的欺诈行为。可是……可是这怎么可能呢？光天化日、朗朗乾坤，难道一家企业竟敢冒天险之大不韪公然愚弄、豪夺民众的膏血吗？林健飞暗暗摇摇头：这太不合理、也太不可思议了。

这时，海泉抛出一个问题：“签了合同以后，业主们直到验房才发现他们买的房子与开发商鼓吹的严重不符。那么，他们又采取了什么应对措施呢？请看大屏幕！”

镜头中群情激愤的业主们围着开发商代表要说法、要退房。开发商代表没有给出正面形象，但非常明确地表示：既然签了合同，房就不能退！找谁都不管用，有本事打官司去！要退也可以，赔违约金！有人气呼呼地嚷嚷：“赔多少？我认了，必须退房！！”

“好，我看看你的合同……58万，我给你算算，哈。58乘以60%等于……”

“什么？”那人震惊了，“怎么赔这么多？”

“是呀，”开发商代表不紧不慢地说，似乎对这种惊讶早已见多不怪，“合同上写得清清楚楚。我给你念念，哈！……在这儿呢：‘如果因为买受人原因造成合同解除，双方按以下方式处理：除了赔偿相关损失，买受人需向开发商支付相当于本房屋总价款20%的违约金。’还有这里，这里……合起来不是60%么？白纸黑字写得清清楚楚。啾，这儿不是你的签名么？”他指指合同的右下角。

人们惊呆了，这几条打哪儿冒出来的？原来在正式合同文本后面还附着一份《补充协议》。其实严格来说，这份合同的正式文本才是补充协议，补充协议才是正式合同。因为这本厚厚的合同书倒有一大半以上的篇幅是《补充协议》。

视频解说道：

从合同内容看，补充协议把前面合同“架空”了。对延期交房等许多关键问题，在补充协议里做出的规定有利于开发商，而不利于消费者。而在前面的正式合同里，许多关键内容都用（×）号代替，写着“规定详见补充协议”。补充协议将近二十页，内容繁杂，不要说业主，就是专业人士看起来都费劲。可是从合同内容看，很多地方对购房者都很不公平。比如说房产证的办理，合同规定，商品房交付360日内，出卖人将办证所需资料交到登记机关备案，如果因为出卖人的责任，买受人不能在规定期限内取得房产证，双方按照合同上的“第二款”处理。合同本来规定了两种处理方式：第一种是买受人退房，买房者可获得房款和赔偿；而第二款却是买受人不退房，出卖方按已付房款的0.01%向买受人支付违约金……

不过还是有人“幸运地”拿到了退款。接着记者又采访了几个成功拿到退款的业主。准确的说，这几位业主拿到的只是定金。受访者脸部全都打了马赛克。他们解释说，本信同意他们拿定金走人，但必须签一份保密协议。这协议说来说去就是一句话：拿到钱后不许对任何人讲，否则本信有权立即索回！

3

从视频中知道，这些业主买房已经是四年前的事了。绝大多数人当然没有那么幸运，拿不到全额退款。几年来，他们四处求助无门。就这样徒劳地煎熬着、挣扎着，一年又一年……视频在这里戛然而止。不过，林健飞却有点疑惑：这段视频只是讲述了一群受骗业主的经历。可为什么没有进一步点明原因到底出在哪里，为什么这么多年还解决不了呢？

这时，节目现场突然传来了微微的抽泣声，也有人在叹息。

海泉稍稍平抑了一下现场情绪，然后迅速转移了话题：“今天，我们荣幸地请到了海右秋柳律师事务所主任林健飞律师。下面欢迎林律师谈谈他的看法！”

海泉扭头向林健飞问道：“林律师，俺代咱们节目现场的大叔、婶子们问句话哈：业主和开发商签的这份购房合同到底有没有效呢？”

观众们的目光齐刷刷地转向了嘉宾席。

林健飞神色凝重地面对观众。他的心里有些不平静，但他毕竟是律师。虽然他相信刚才视频中一切离奇的、乃至匪夷所思的故事应该基本是真实的，但职业固有的习惯又使他出奇的冷静。他略一沉吟，慢条斯理地说：“首先，我要向大家道歉，在来参加这个节目之前对此事并不了解，而且事件本身的严重性远远超出了我的想象……我还是头一次见到这样的情形……至于合同有没有效，也的确是个非常复杂的问题。但是……”

他看看台下那些饱含期待的目光，继续说：“我还没看到合同原件，只能就目前我接触到的材料，谈谈个人不成熟的一点看法……先说说合同到底有没有效的问题吧。用生活的语言来讲，这个所谓的‘有没有效’说白了就是合同行不行、签了管不管用的问题。那么，什么情况下合同无效呢？无非四种情况：一个是‘不合法’的不行，法律的硬杠杠不能碰。道理很简单，总不能无法无天；再一个就是‘不明白’的不行。本来我想买盆花，结果却收到一盆草，法律上叫做重大误解，总不能将错就错；第三个是‘不公道’的不行，法律上叫做‘显失公平’，社会上的事本来只能大差不差，但不能太离谱；最后一个就是‘不厚道’的不行，这就是我们经常说的欺诈。虽然我还没有看到这份合同的原件，但从刚才看到的情况来看，我估计这份合同怎么也得两万来字吧？买个房子码的字儿比《论语》还多，恐怕这本身就影响合同效力。苏洵曰：

‘事之不近人情者，鲜不为大奸慝’。意思是说，凡是不近人情的，没有不笑里藏刀的；‘氓之蚩蚩，抱布贸丝’。凡是一脸坏笑的，一准儿是没安好心的；‘人而无信，不知其可’。凡是做人没诚信的，我也是没办法的……”

台下的眼皮顿时眨成了一片。没几个人能听懂林健飞后面这几句到底啥意思。其实不光一般老百姓听不懂他的之乎者也，就连法官也十有八九听得稀里糊涂，如坠五里雾。

也难怪。林健飞虽然自以为讲得酣畅淋漓、通俗易懂，但总不由自主在这些话里夹上几句文言文——倒不是他有意卖弄。他自幼酷爱古文，引经据典、之乎者也惯了。只是他不知道那文言文掺杂在现代白话里比时下年轻人流行的“I服了you！”更令人费解。不过他倒从来都不在乎。“我手写我口，世岂能拘牵？”每当有人因此一脸茫然乃至于愁眉苦脸时，他还以为人家情为案困，还要摇头晃脑、之乎者也地抚慰一番，以为人家其情可悯、其遇可怜哩！

尽管观众们听得时而点点头，时而皱眉头，但主要意思大伙都听明白了：凡是糊弄群众的合同，不管签没签字都是无效合同！

海泉又问：“林律师，从业主介绍的情况看，你觉么着业主们购房过程中，存在哪些问题呢？”

“存在的问题很多。当然业主们也有一定过错……但开发商还是有欺诈嫌疑的，这是问题的主要方面。”林健飞略微停顿了一下，接着谈了谈他的主要观点，大致有这么几条：

第一，从大面上看，第一个问题就是不让看合同。林健飞说，所谓合同，就是“合”起来要相“同”。生意怎么做，咱摆到面上。你来我往，你情我愿，这才叫“合同”。如果藏着掖着，“合”不起来，也就“同”不了。

第二，这份所谓的《保密协议》可能涉嫌违法，因而可能无效。他认为，《合同法》中虽然对保密协议本身并没有特殊规定，只要协议不违法且当事人的意愿表达清楚了，合同双方当事人原则上可以签订保密协议，但如果存在违法的情况，例如一方胁迫另一方，如果不跟我签这份协议，你就有可能丧失什么权利，那么这份《保密协议》就是无效的。

林健飞看看面面相觑的观众，知道他们的“进度条”在法律术语里卡住了，便换了一种更通俗的解释：比如说，大家缴纳的定金该退不该退，首先取决于收取定金和退还定金的有关规定。如果定金本身就不该收，收了之后就应该退！而在此情况下如果再附加其他条件，那么开发商的行为就具有违法性质。

大家点点头，表示听明白了。

林健飞接着说，第三就是大量签订《补充协议》，而《主合同》却没什么实质内容。补充协议，顾名思义，就是主合同没说清楚的才需要“拾遗补缺”。买房子这么大的事情，为什么不在官方示范文本的《主合同》里说清楚，非要留在《补充协议》里呢?

他停顿了一会儿，让这个思考深入人心，然后继续说：“从刚才镜头里的情况看，这份《补充协议》基本上就是一个主题，两个旋律：‘双方一再确认’消费者放弃什么权利，‘双方特别确认’开发商取得什么权利——说实话，我见过欺诈的，但我还没见过这么明目张胆欺诈的！”

“对啊，太明目张胆了！”“卑鄙，无耻！”“太狠、太毒了！”人群中突然七嘴八舌的混成了一片。海泉摆摆手，示意大家听林律师说下去。

林健飞接着说：“就说刚才那段所谓的‘第二款’吧：如果开发商办不下房产证，购房者能拿到的赔偿很少。比如花36万买了开发商的房子，办不下房产证，开发商只赔36块钱。而合同中对购房者违约的处罚比例则要高许多。刚才视频中说在合同关于合同解除的约定中，如果因为买受人原因造成合同解除，除了赔偿相关损失，买受人还需向开发商支付相当于‘本房屋’总价款20%的违约金，还说加上其他事项违约金赔付比例大约占总房款的60%。我不知道这60%是怎么算出来的，但即便只按20%、购房总价36万元计算的话，如果出现退房违约，业主至少要支付7万2千元的违约金。也就是说，老百姓的违约成本竟然至少是开发商的2000倍！”他说着晃了晃两个指头。

尽管观众大多听不懂那些拗口的法律术语，但林健飞的条缕分析逻辑清晰、有理有据，让他们频频点头。以前他们不是没有想过、也不是没有找人请教过这些问题，可惜直到今天才有人如此系统、透彻地把这些问题归拢到法律的旗下。现在想想，本信那些温柔的笑脸、极富诱惑力的蛊惑，还有那可口的免费午餐背后竟然布了这么多陷阱，暗藏着这么多尖刀，一想到这里，他们不寒而栗。

海泉似乎看穿了观众的心思。他对林健飞点点头，表示赞成，然后插了一句："是哈。房产证是房子的重要凭证，一套36万元的房子，开发商违约办不下房产证只需支付36块钱；而购房者退房，违约的代价却是要从腰包中掏出7万2给开发商。这两者的差距也忒大了！"

"是这样的。真是不算不知道，一算吓一跳！"林健飞也点点头，"由此可见，购房者连退房的权利都没有了。这也是这个合同的一个显著特点，就是用违约责任套牢消费者，开发商事实上不受合同制约。也就是说，想办办死你，不想办就不办。"

这时候石大爷举举手，问道："林律师，在签了合同的情况下，我还能要求全款退房吗？"

林健飞看看这个干巴老头，不由想起了同样瘦弱的父亲。他想这个问题还是说得简单明了些好一点。于是他回答道："我举个例子吧。比方说，我们在购房过程中，交了定金，又交了全款，可最后审查发现这个合同根本不行，太不公平、太不合理，那么法律也不能逼着消费者非得往这个坑里跳！既然主合同，也就是被担保的房屋买卖合同有失公允，同时主要过错又不是由消费者造成的，那么在这种情况下，我认为法院应当优先考虑支持消费者的返还要求。也就是说，即便买受人在合同上签了字，但仍有机会通过法律维护自己的权益。"

这时候观众又是一阵窃窃私议。

"但是，"林健飞补充道，"恕我直言，这很可能会是一个艰苦而漫长的过程。"

海泉趁势接过话题，说："我代观众朋友们请教林律师最后一个问题啊：开发商对购房人如此坑蒙拐骗，你觉得监管部门和团购单位有责任吗？他们都有哪些不可推卸的责任？”

林健飞不由暗暗给海泉点了一个赞：到底是名主持人！就这么轻而易举、不动声色地将刚才视频中没有揭示、并且难以揭示的问题推给了律师。这个问题不好回答。在没有实际证据的情况下，他当然不能信口开河指责政府部门不作为；而此案经年累月解决不了，恐怕相关部门也脱不了干系吧？

林健飞想了想，慢条斯理地答道：“房地产开发投资大、周期长、环节多、利润厚。在趋利避害的心理下，很可能开发商在‘趋利’的时候把老百姓那点血汗钱掏干净了，而‘避害’的时候先把买受人陷进去。这种案子我见过不少。因此对政府职能部门而言，关键在于在平常执法过程中，严格资质审查、项目审批，加强合同管理和处罚力度。至于团购单位的责任，除了放弃抵押权，那就要具体问题具体分析，看合同的约定和过错情况了。”

海泉正要说结束语，石大爷忽然站起来：“林律师，刚才大伙听了你的分析，都觉得挺在理儿。所以大伙托我问你最后一个问题，行吗？”

林健飞与海泉交换了个眼色，海泉微微一点头。林健飞略一欠身，伸手说道：“请讲。”

石老汉看看海泉，又看看林健飞，踌躇良久，好像下定了决心，他问道：“如果我们跟本信打官司，你觉得我们能打赢吗？”

这时候观众席上鸦雀无声，整个演播厅也随之安静下来。人人抻着脖子凝视着林健飞。他们当然希望在这个律师嘴里听到取胜的可能性，即便不大但总算还有希望。可他们心里又充满了矛盾。多年的惨痛经历告诉他们，那种种许诺不过只是一个美丽的幻影，或者只是一个信口开河的肥皂泡罢了。

“谋事在人，成事在天。”林健飞说，“问题的关键不在于开发商如何强大，而在于消费者敢不敢维护个人权益。放弃是自己的选择，但争取就有希望。至于谁胜谁败，我认为不应完全功利地去看待……”

说到这里，林健飞环视了一下现场。他理解这些人的心情，但他也知道此案事关重大，既然几年都没告下来，其阻力可想而知。于是他接着说：“从职业律师的角度看，这个案子的真理很可能在消费者这一方。而剩下的问题就是我们的法律究竟保护谁、如何保护；对商品房的市场秩序有关部门究竟如何监管。这是我们的社会需要解决的问题，而不是谁赢谁输的问题。”

节目结束后现场的观众拦住了林健飞。不管怎样，他们从他的侃侃而谈中似乎看到了一线希望。也许，正如林健飞所言，关键并不在于开发商有多强大，有多深厚的背景，而在于自己究竟有多少精气神可以支撑下去；也许，法律真的可以拯救他们这些沉默的羔羊……可他们又担心，这小子不会是“人来疯”、“镜头控”，在镜头面前站着说话不害腰疼吧？你知道这里面水有多深吗？你知道本信集团有多大的势力吗？你以为我们没想过去法院告他们、没请过律师吗？刚开始律师还拍着胸脯说木问题！可过了没几天就偃旗息鼓、说给多少钱都不代理这案子了吗？！

脓包！怂货！

林健飞微微一笑，他知道这并非在骂他。他挥挥双手，说：“各位大叔大妈，大哥大姐，今天不早了，如果各位需要我的话，明天请携带合同文本到我所里来面谈吧。这是我的名片……”他掏出几张名片双手递给面前的几位观众。

“你的事务所在哪儿，叫啥来着？”后面没拿到名片的人高声问道。

“海右秋柳律师事务所，龙泉路丽东大厦A座901。”林健飞走出电视台。此时外面已是夜色沉沉，秋寒乍起，只有几粒寒星在朦胧的秋夜中摇曳闪烁。林健飞忽然又想起什么，回过头来对众人说：“尽可能把所有相关资料带来，特别是合同！”

一个个触目惊心的视频镜头，一张张满含期望的无奈脸庞，一句句歇斯底里的撕心咆哮……当林健飞深夜回到家躺下时，他辗转反侧，难以入睡。这些画面在他的脑中不停地重现，成了他参与的所有采访节目中最难忘的记忆。

第二章　封杀

他从这份购房合同中不仅看出了魔鬼的獠牙，而且也清醒地意识到，对手绝不是不懂法的草包。他们很懂法，只不过法律对他们而言只是一张遮羞布，是一张网罗罪恶渊薮、吃人不吐骨头的猎网罢了。

1

一大早，林健飞便开车送硕儿去上学。从硕儿上幼儿园起，林家就形成了这样的习惯：早上林健飞和袁婉茹轮流开车送孩子上学，下午奶奶接孩子放学，把他送到林健飞的事务所，或在东湖路边等候。等林健飞两口子下班后，一家人一起回家。

自打孩子来到这世上，林家所有人便不由自主围着这颗小星星转了。今天袁婉茹一大早要去税务机关报税，送孩子的任务便落到了林健飞身上。林健飞很享受这短暂的一刻。硕儿想必也是如此。

爷儿俩在车上磨磨牙、拌拌嘴，新的紧张而忙碌的一天就这样在惬意、开心的氛围中开始。有时候，林健飞就想，感谢上天给他们家带来这样一个小天使。自打有了这孩子，再艰难、再枯燥的生活也变得有了生机、有了快乐、有了希望。

送下硕儿，林健飞便急急往单位赶。其实赶是赶不动的，因为此时正值上班早高峰。海右市固然比不上“疑是银河落九天”的“京堵”，但堵起来比北京更闹心。因为海右的马路没有北京那样宽广，所有车都挤到一条路上来，那感觉就像羊肠得了便秘一样：出不来，说不出，憋得慌。

“他兔爷姥姥的……”林建飞正骂骂咧咧，一阵《高山流水》的手机铃声忽然响起。他打开蓝牙，还没来得及说话，电话那头便响起一个女孩一惊一乍的声音：“喂，所长大神！所长大神！不好了！你从哪里下网捞了这么多当事人呀？咱们的门都快挤破了！啊，对不起……大叔，您请坐……那位大姐，麻烦您给大妈让个座，谢谢……你快点过来呀！我快撑不住啦！”

林健飞笑了：“好的，好的，女王大人！你先帮我应付一下，……王子殿下到了没？”

“就他？哼哼！还不是那脾气？不差十分不进门！所长大神，你快点过来！”

“好，我刚送硕儿上学，正堵在路上。你先应付一下，我尽快赶到……拜托啦，女王大人！”

林健飞挂掉电话，不由陷入了沉思。他昨晚参加的节目，没想到一大早竟然被那么多人堵门。他预感到这个案子不同于他以往代理的任何一个案子，没准儿会是一根极其难啃的硬骨头。可是，这些年来他办的案子又有几件不是烫手的烤地瓜呢？

打电话的丫头是所里的实习律师，芳名夏梦雪，90后在读研究生，师从海右大学著名经济学家虎令臣教授攻读经济学硕士学位，读研期间顺便拿下了司法从业资格证。

夏梦雪大约一个月前进所实习。刚来的头几天，林健飞感觉这丫头虽然算不上漂亮——嘘！这话可永远不能在夏梦雪面前讲——不过优雅的气质和颀长婀娜的身材弥补了脸蛋的不足，很淑女、很优雅、很端庄，一双眼睛透着灵气，声音也如银铃一般动听。

可没过几天这丫头便原形毕露：精灵古怪，淘得没边，跟谁都敢开玩笑。照她自己的说法，是个“极品逗逼”。中午吃饭的时候在网上看韩剧、看动漫，天天喜得嘎嘎的。她的QQ空间、微信里永远都是各种萌，各种阿猫、阿狗、阿兔，各种囧图。没事儿的时候，就一声不吭地在报纸上画各种超萌的卡通形象。这些东西林健飞真是闻所未闻。

开始林健飞还频频皱眉，心想这丫头怎么这么不着调！他永远猜不出这鬼丫头下一步会做出什么出人意料的事儿。可接触时间长了，他便发现这丫头冰雪聪明，有极高的悟性。什么事儿一点就透，工作起来站得高、看得准、做得快。跟夏梦雪相处久了，反而叫林健飞心生“长江后浪推前浪，一代更比一代浪”之感。后生可畏！

“所长大神”是夏梦雪给林健飞起的外号。照夏梦雪的说法，大神者，才干卓绝、令人五体投地者也！而“王子殿下”是夏梦雪给事务所另一名律师——盖天鸣起的外号。乍听起来，这外号够罗曼蒂克，与白马王子站在一起也毫不逊色。但为此盖天鸣没少跟夏梦雪呲牙。

夏梦雪来所不久，跟盖天鸣还不熟，有一次把他的姓照原音念成了锅盖的盖。盖天鸣白了她一眼，正色纠正道：“夏姑娘，这个字做姓氏讲的时候，应念‘葛’。”“嘻嘻，‘葛’……天鸣！”夏梦雪咯咯笑着学了一遍，“不过嘛，我还是觉得念‘盖’字好玩一点。‘盖天鸣’嘛，听起来像青蛙王子哟！以后叫你‘王子殿下’好不啦，思密达？”那口气温柔至极，看似商量却没有丝毫可以质疑回旋的余地。盖天鸣又好气又好笑。

盖天鸣是海右政法学院毕业的80后律师，他来秋柳律师事务所要比夏梦雪早。他是农村娃留在了大城市。公正地讲，盖天鸣法律基础还是很不错的，也很有正义感。工作起来顽强得像只龙虾，但他缺乏夏梦雪的高度、敏捷和伶俐，每次跟夏梦雪打嘴仗都处于下风，可他又爱和夏梦雪拌嘴。

至于“女王大人”则是盖天鸣回敬夏梦雪的外号。其实这外号起得并不高明。这是因为夏梦雪的手机铃声也精灵古怪。电话铃一响，便是“不要叫我大王，要叫我女王大人呀！”所以盖天鸣便给她起了个外号叫“女王大人”。三个人混熟了，也就“大神”“王子”“女王”地乱叫起来。

林健飞、袁婉茹还有硕儿都喜欢夏梦雪，尤其是硕儿。夏梦雪也很喜欢硕儿，没事儿的时候经常给硕儿检查作业，甚至还要定期检查他有没有剪指甲。

林健飞两口子英语都不好，夏梦雪帮了大忙。每当她跟硕儿在一起的时候，夏梦雪那认真的样子既像大姐姐，又像妈妈，——也许，这就是女孩的天性吧。

夏梦雪住校，离事务所很近，也就三站路，步行一刻钟就到了。但她从来都不是一个“卡点族”，每天都是第一个到所。不过今天还没进门，楼道里便挤满了形形色色的人。起初她还以为是来找隔壁那家骗子投资公司要钱、算账的呢！而当她从人群中挤进去，准备开门的时候，人群便炸开了锅：“姑娘，你是秋柳律师事务所的吧？我们是来找林律师的！”

“是啊，是啊！我们要找林律师维护我们的权益！”接着便是一阵人声鼎沸，把夏梦雪吓了一跳。心想大神啊，你在哪儿惹的祸，搞得那么多人上门找茬？夏梦雪有点慌了。她毕竟还是个小姑娘，没见过这阵势。不过她很快就镇定下来，刚要拿钥匙的手收回来，转过身气如春兰地问道：“各位叔叔、阿姨，请问找林律师有什么事吗？”

一句叔叔、阿姨犹如微风吹过人群。看着眼前这个穿着白色连衣裙犹如风中百合的女孩儿，人们似乎也觉得自己还是长辈，对方还是个亭亭玉立、涉世不深的小姑娘，不要吓着她。一个胖乎乎的大婶走过来轻声细语地说：“小姑娘，我们都是本信中心的业主。昨晚看了林律师的节目。今天一早赶过来，我们想请林律师代我们维护权益！”

“是啊，是啊！林律师在么？什么时候来？”

“现在律师那么黑，林律师真能代我们维护我们的权益么？”

刚刚静下来的人群又是一阵沸腾。

夏梦雪暗暗吐了吐舌头，松了一口气。昨天她听林健飞说起过录节目的事儿，她绝没有想到一个小小的节目会像一粒石子冲破平静的湖面，这么快就扩散开了。夏梦雪边拿钥匙开门，边回头招呼：“各位叔叔、阿姨，你们别着急。先跟我进屋坐坐，林律师一会就来。”

人一波又一波地涌进来。先来的找地方坐下，后来的站着，再后来连楼道里都站满了。不过此时人群反而平静了。人们默默等待着，默默地想着各自的心事。夏梦雪连小背包都没放下，细致周到地招呼着每个人，脸上却出了一层汗。

不一会儿盖天鸣也来了，起初看到满楼的人他也吓了一跳。以为所里出大事了，慌里慌张地冲进来，看夏梦雪无恙，才松了一口气。问明情况，和她一起安抚访客。尽管夏梦雪平时跟盖天鸣净磕牙，可今天她却头一次感到身边有个男人才有安全感，忙乱的心也渐渐平静下来。

林健飞的事务所并不大，只有100多平方米，四室一厅，既可以当家庭住所，又可以做公司办公室，跟以前他工作过的许多知名事务所相比自然不可同日而语。不过这是他的基业，是他贷款买的房子。

不管多么小，那毕竟是一家律师事务所。和楼里其他住户一样，防盗门都是绿色铁将军。唯一的不同是门前的侧墙上挂着一块冷银色不锈钢招牌，上面镌刻着“海右秋柳律师事务所”几个宋体大字。防盗门后面是一扇玻璃门，上面贴着“中国律师”的环形标志，玻璃门上横着一道蓝带条，上面刻着“海右秋柳律师事务所”几个蓝色黑体字，看上去还算简洁、现代。

进门迎面而来的却是一副镌着“秋柳堂”的浓楷繁书木匾，下面是一道八扇屏。门厅里陈列着三对用小玻璃隔断的办公桌，屋子的四角点缀着几盆吊兰、滴水观音。门左手列着一溜沙发和茶几，墙上挂着《营业执照》《税务登记证》等资质证书和一张市物价局的《律师服务价目表》。

沙发后面被一扇明亮带磨砂波纹的大玻璃墙隔住，那里做了袁婉茹的财务办公室。林健飞开的是夫妻店，袁婉茹负责打理所里的财务事宜。右手墙上挂着一幅清初画家王翚的《秋柳图》，当然不是真迹。这就是律师事务所命名为秋柳的原因。

依夏梦雪的意见，“秋柳”这名字老气了点儿。林健飞知道她又要冒彩泡，便问道：“依你看叫什么名字好呢？”夏梦雪低头想了想，说：“你是70后，王子殿下80后，我是90后。干脆就叫798律师事务所吧！多文艺、多艺术啊！”夏梦雪自觉很妙。

“文艺个屁呀！”林健飞还没说话，盖天鸣就瞪着眼珠子截住夏梦雪，“你把咱这儿当酒吧、舞厅啦？再说，就算起这么个名字也得是789，你凭啥站我头里去？”

夏梦雪做了个抚摸小朋友脑袋的手势，仿佛身边站着个小朋友似的，说：“乖~！注意点儿素质，哈。难道你没听说lady first 吗？再说，姐姐我站在前面好罩着你呀！”

“拜托，你这小丫头片子！啥时候成我姐了？！……”从那以后盖天鸣便改口，管夏梦雪叫“女王妹妹”了。

事务所里因为林健飞的喜好，挂满了各类字画，再配上各个办公室里清一色的明清仿古实木家具，显得很有几分雅趣。可惜如今，整个事务所里里外外全是来客，全都没心思去看这儒雅的风景。

林健飞停好车，从后备箱里拎出一辆紫色折叠自行车，这才是他真正的爱车，大行SP18。他酷爱户外运动，特别是自行车运动。平时早上不送孩子上学的时候，他便骑自行车上班。其实他更青睐大自行车，但小贼难防，于是他花四千多块钱买了这辆高档折叠车。这样不管到哪里，都能随身带着，也丢不了。

这辆车子看似小巧玲珑，打开后车把却比一般自行车还高，座位也高长无比，跑起来却比大多数赛车还要彪悍。只要不接送孩子，林健飞上下班都骑这辆自行车，有时候甚至穿着西装革履、背着律师袍、戴上骑行头盔，骑着自行车去开庭。一路上很拉风。

还没到电梯口，便有几个人认出了他。于是他和这几位业主一起上楼。到9楼的时候连他自己都吃了一惊。他记得昨晚没这么多观众啊！业主们看林健飞来了，纷纷起身打招呼。他一边招呼着，一边把车子放在自己办公室那“室雅兰香”的竖幅下。看看忙得大汗淋漓的盖天鸣和夏梦雪，他没说什么。

宾主刚落定，业主们便直奔主题，把通常的寒暄都省略了。

“林律师，你说说，我们这案子能打赢么？”

“都好几年了，谁都没说不管，可谁都不管！”

“我家老头子这辈子就这点家当，全砸在里面了！”

“本信太黑了，把我们当韭菜割了一茬又一茬！”……

林健飞微笑着耐心听业主们吐槽，等吐得差不多了，他开口说道：“各位业主，请听我说几句。首先，这起事件呢，昨晚电视里虽然作了介绍，但毕竟不全面。迄今为止我还没看到合同文本的主要资料，也不了解这起事件的整个来龙去脉。其次，对这起案子应该按程序走。这样才能有条不紊。最后就是大家商议一下到底要不要与我们所确立代理关系。只有确立了代理关系，名正言顺，律师才能开展工作。所以在这件事情上，咱们还是‘先小人后君子’。当然，收费必须按照国家标准来，我们有价目表，大家可以先看一下……”林健飞仿佛看到夏梦雪悄悄在脸上刮了一下，好像在笑他见面就谈钱，没干就要钱，多三俗呀！

业主们刚才的群情激昂也突然降了下去。围在前面的人面面相觑、窃窃私议。后面的人便有些不满，低声嘟囔着：“刚被本信宰，到这里又……”

“事儿没办，先要钱……”

“打赢打不赢还两说着呢，钱先没了……”

“这世道……”

林健飞并不生气，他就是靠这吃饭的。除非法律援助，否则谁来支付他们全家的衣食，谁来为他和家人的幸福买单呢？更何况，曾经有那么多这样的当事人，请他代理案件的时候，声泪俱下，简直比窦娥还冤；可等打完官司要支付剩余代理费的时候，溜得比壁虎还快。到头来他不得不再起诉这些当事人。

不过，他并不指责他们忘恩负义。林健飞发现，只要不谈钱，人人都亲若兄弟；但只要涉及到钱，那信任的天平便立即被打破，人人心里便从公理转向私利，揣着怀疑的眼光看住别人，同时捂好自己的口袋。

而他们的希望往往又是矛盾的。请律师代理之前，他们通常会把律师视为正义的化身；可一旦确立了商品关系，那就变成了买卖。

夏梦雪研究的是经济学，可以随时拿出一大堆理论来证明收费的合理性。

可她的内心深处却总感觉，自从在律师与当事人之间加入了这个“钱”字之后，固然推动了律师行业的繁荣，但人与人之间却多了一道隔膜，而公平、正义身上却仿佛也蒙上了一道金光。可原因究竟在哪儿呢？她想不明白。

林健飞并不搭话，他要等业主们权衡。这时候前面一位干部模样的人站起来冲业主们摆摆手，叫大家静一静，然后转过身来对林健飞说："林律师，你别见怪！不是我们不舍得花钱聘律师。律师辛苦，靠案子吃饭，这我们理解。可问题是，拿钱不办事的人太多了；拿了钱办跟没办一样的事儿太多了！你昨晚也看到了：本信叫我们去跟他打官司。我们何尝不想！可有什么办法呢？在你之前，我们请了多少律师？老石，你说说，咱们找了多少律师啦？"

老石，也就是昨晚的那位石大爷咳声叹气地说："甭提了，前前后后找了七八个了！有的一听说是本信的案子，直接就不接了；有的倒敢接，又是叫我们出钱请吃饭，又是叫我们给报销发票。钱没少往里边贴，可全糊腚上了……"话说到这里，所有人都笑了起来。夏梦雪一口水没含住，全喷到了盖天鸣脸上。

石老汉也笑了，他看看夏梦雪，不好意思地说："闺女，你别笑话俺说话粗啊，就是这么回事儿！……还有个小伙子，开头拍着胸脯打包票，说木问题，全包在我身上！可那小子'嘴上没毛，办事不牢'——上蹿下跳瞎折腾，钱没少要，啥都没办成！"

夏梦雪又嘎嘎笑起来，盖天鸣下意识地就闪。

"可不是嘛，"刚才跟夏梦雪说话的那位胖大婶儿接口说，"这不前两天那小伙子接了没几天就开溜，说什么也不干了吗？"

"是啊，代理费到现在还没要回来呢！"一个白白胖胖的小伙子插嘴说，"林律师，我们本来就叫本信骗走了那么多钱，再叫你们律师刮去几层皮……你说说看！还有没有天理？"

林健飞点点头，表示理解，"首先，我很感谢大家对我们工作的理解。其次，既然大家如此开诚布公，我也就直言不讳了。对这个案子，坦率地说，我没有必胜的把握。虽然我了解得不多，但从昨天的视频和你们刚才反映的情况来看，显然其中更深的内幕还没有揭开。这个案子还要取决于诸多因素，而这些因素是不可控的……再次，我也不能确定可以取得各位百分百的信任。因为我做了些什么，大家未必看得到。既然看不到，凭什么叫大家相信我呢？所以这一点我也能理解……因此对这个案子呢，我能向大家承诺的只有一句话，”说到这里，他看看周围的人，人们停止了私语，凑过头来想听听他到底想说什么。

“修合无人见，存心有天知。”

所有人都沉默了。这是百年老药店宏济堂的一副对联，在海右可谓家喻户晓。刚才，他们还在权衡着个中利弊；可此刻，他们却在心里反复咀嚼这句话。

刚才说话的那几位业主相视良久，终于相互点点头。然后又跟其他业主商议了一下。最后，那位干部站起身来，对他说：“林律师，冲你刚才这句话，这个代理费——我们出了！”

2

袁婉茹接到林健飞的电话，报完税便急急赶回了事务所，又给婆婆穆平秋打了个电话，说所里有事，请她下午先把孩子接回家去。她一进所便打开财务室，办理代理协议事宜。夏梦雪见她忙不过来，便过来帮她填写代理协议书。

不过，虽然堵门来客有近一百号人，其实真正肯签代理协议的倒没那么多。一听说要交代理费，有几个便悄悄溜走了。反正还有那么多人在前面冲锋陷阵，不如看看风头再说。可最后还是有四五十号“苦大仇深”的业主坚持要求代理。

袁婉茹不觉叹口气，虽说事务所业务蒸蒸日上是好事，但“人上一百，形形色色”。她能相信林健飞，可谁能保证这几十口子能跟林健飞拧成一股绳呢？案子办得顺利还好说，可如果不顺利，那这代理费就成了一颗定时炸弹。

夏梦雪可没想这么多，边给业主们开代理协议书，边跟他们聊天。签协议书这会儿，这丫头便把这群业主的底细摸了个差不离。干部模样的叫王德光，是区政府的一名科长；石大爷讳建业，是海右铁路厂的退休职工；胖大婶儿叫刘淑芬，是个卖服装的个体户……这时，一个白白胖胖的小伙子拿着缴费收据站在她面前。

“姓名？”

“张翼德！”

夏梦雪不由抬头使劲看看他那张白白胖胖的脸和光光的下巴，又仔细看看收据。半晌，扑哧一声笑了。

“有啥好笑的？我就是张翼德！”他这名字从小就注定招人瞩目，时间久了他对别人的大惊小怪也就习以为常了。

原来这张翼德的父亲酷爱《三国演义》，对张翼德长坂桥上单骑拒百万曹兵一节尤为神往。儿子出生的时候，他便变字为名，给孩子起名张翼德，希望儿子像张三爷一样所向披靡。只是这孩子从小白白胖胖，长大后下巴上也不长胡子，个头也没那么魁梧，跟张飞说什么也对不到一块儿去。脾气倒真有几分像三爷，敢说敢拼。也正因为如此，他成了业主代表之一。

夏梦雪当然不知道这名字的来历。她笑着把代理协议书交给张翼德，恭恭敬敬地说：“呃，久仰久仰，三将军！你的……丈八蛇矛呢？”

张翼德半是诙谐半是恼怒地说：“我要是有丈八蛇矛，早骑匹乌骓马杀进去，把本信那伙王八蛋给收拾了，还跑这儿来找律师啊？”

袁婉茹笑着对夏梦雪说：“小雪，别跟张老师闹了，健飞还等着张老师过去讨论案情呢！……张老师，你别见怪啊，小雪就是喜欢开玩笑……”

林健飞的办公室里人声鼎沸。

“……房子有多大，花多少钱？看见卫生间了吧？就这么大点儿地儿，50万！”

“我的商铺连你这书柜都放不下！”

……

林健飞等大家说得差不多了，便提议说愿意讨论案情的留下来，还有事情要忙的可以先回去，全权委托业主代表即可。业主们觉得也对，人多嘴杂，反而浪费时间。于是留下七八个业主代表与林健飞讨论案情，其他人签好代理协议就回去了。

林健飞便向这几个业主代表了解案情。据业主代表们说，这本信中心前后开发了四期，其中第四期还在建。他们这群业主中前三期全有，等第四期交房的时候，估计他们这支队伍又要输入新鲜血液了。当初他们没经受住售楼小姐的蛊惑也就罢了，从交定金的那一刻起，他们便成了本信的滚刀肉。

发现上当受骗后，业主们自发在网上组成了维护权益团，有一部分甚至都过了诉讼时效了。今天来秋柳的还不到三分之一，而全部受骗业主加起来至少五千人以上。

盖天鸣一边听一边擦冷汗。林健飞有些奇怪，就问他怎么回事。

“好险哪！”盖天鸣一手抹着额头上的汗说，“去年我和玉玲想买房子结婚。玉玲也看上了本信的房子。幸亏我提出要看合同，不看合同就不交定金。售楼小姐说他们的房子供不应求，合同都不够用的，现在正赶着印刷呢……我就断定里面有猫腻。可玉玲就看上这套房子了，因为这个还跟我吵了好几架……”

张翼德一伸大拇指，赞道：“不愧是律师！原则性就是强，警惕性就是高！可我们老百姓哪知道里面有这么多道道哇！”

夏梦雪抿着嘴儿偷笑，心想幸好韩玉玲不在，否则盖天鸣死定啦！

“唉，悔不该听妇人之言……”张翼德叹口气自言自语道。

这话夏梦雪可不爱听，她反驳道：“妇人之言怎么啦？”

原来张翼德的情况跟盖天鸣恰好相反。女友方雅洁就是相中了这套房子，他虽觉不妥，但一时英雄气短，也就答应了。其实仔细想来那是雅洁心疼他。丈母娘“不见兔子不撒鹰”，非得见到房子才把姑娘嫁给他。而方雅洁怕他在婚房上负担太重，所以说什么也要买这套房子。可谁能想到媳妇还没到手，房子倒先打了水漂呢？

夏梦雪听张翼德絮絮叨叨说了这些，正想淘气，林健飞用眼色制止了她。

林健飞问道：“既然受骗业主那么多，怎么要求维护业主权益的才百十号人呢？”

“一言难尽呐！”王德光叹口气，“开始要维护权益的人也不少。可谁能想到，这本信不光手眼通天，而且什么下三滥手段都使得出来！我们去找住建局、工商局，他们都想帮我们，但进展很慢……”

“也不全是这样。”刘淑芬插嘴说，“高庆潘那几个人不就要回定金了么？”

王德光摇摇头，说：“哪有那么容易啊！昨晚电视上说，在工商局的协助下，他们终于拿回了定金……其实是他们几个找了关系，要不这钱咋能退得这么痛快！再说，他们只是交了定金，还没交全款……”

“是啊，”石大爷皱着眉头说，“去年，我们两千多业主把本信中心堵了两次，连盛世路都不通车了。警察都出来维持秩序了。可怎么样呢？”

王德光摆摆手：“也不能这么说。这些年政府一直很关心咱们，报纸前前后后报道了好几次，咱们电视还录节目。”

“剩下的那批业主不是叫小流氓给骚扰跑了，就是叫本信的打手给吓退了。”石大爷说，“还有几个有钱的就自认倒霉，那点钱就当喂狗啦！”

“还有哪！”张翼德气愤地嚷道，“咱们群里好几百号人呢，也是站在后面看风头的多！这帮兔崽子，平时在群里说这说那，比谁都能说！可遇到事儿没一个肯出头的，脖子缩得比谁都快！”

“哦，搭便车呀！”夏梦雪随口说道。

“是呀，就是搭顺风车的，”张翼德一伸大拇指，夸赞道，“还是有文化的人会说，有水平！”

夏梦雪故作深沉地点点头，仿佛专家大儒似的，心里却觉得好笑，心想这哪是她的专利呀，人家经济学家都说了八百年了！

林健飞心里比谁都清楚，这个案子的难度恐怕不光来自本信和其他阻碍力量，更大的难度其实来自内部。林健飞头脑里迅速梳理着业主们的谈话内容。他想了想，凝视着几位业主说：“几千人受骗……几千人齐心协力，别说一个本信，就是十个本信也该垮台了。可为什么到现在大家还是退不了房？”

业主们相顾叹息道：“还不是一盘散沙，拧不成一股绳！”

“是呀，”林健飞点点头，“我估计他们从上到下、从左到右都拧成了一股绳，再对你们分化瓦解，然后再对付剩下的几个小老百姓——那可太容易了！

既然大家委托了我，提供证据、依法诉讼……这一点我责无旁贷；但你们的团结和支持才是本案取得最终胜利的根本。”

业主们纷纷点点头称是，表示一定全力支持。

林健飞接着说：“不过，就目前的情况看，我建议还是以调解为主……”

“什么？！跟这帮人渣……”张翼德首先就不干了，站起来激动地嚷嚷。

王德光却把他按下。

“林律师说得对！‘一日官司十日打’，咱们拖不起的……可是本信能跟咱们调解吗？调解不成怎么办？”

林健飞点点头：“‘调解优先’是处理民事纠纷的主要思路。因此我们的原则是谈不成也要谈。何况真打起官司来，这个案子没个三五年解决不了。因为判决难，执行更难。而且就算我们现在起诉，法院也十有八九会支持调解，到那时你们的诉讼成本会很大。……当然有必要通过合法渠道给他们必要的压力，以打促和。不过，我昨天就说过，这个案子恐怕要做好打持久战的准备。一旦调解无效，我们就走诉讼程序……不知你们意下如何？”

几位业主代表不约而同地叹口气，这恐怕也是他们眼下唯一的选择了。有几位却暗想，这律师说得轻巧！时间拖得越长对你越有利……打赢打不赢你都稳赚不赔！可林健飞把丑话都说在前头了，现在反而不好再多说什么，也就点头同意了。

林健飞要过合同文本来准备仔细研究一遍，王德光的手机忽然响了。“喂，是我……什么？”王德光猛地站了起来，嗓门顿时提高了八度。“你再说一遍！”大家都愣住了。

王德光慢慢坐下，他看看众人，有点沮丧，但更多的是愤懑与恼怒。

“刚才我一朋友说，咱们昨晚的电视节目网络版被删了……”

“什么？”所有人惊叫了一声。

石建业笑眯眯地摆摆手：“呵呵，没关系，没关系！幸亏我儿子留了个心眼儿……”

原来石建业儿子结婚彩礼中有一台刻录机，可以将电视节目及时刻录下来。昨晚老头参加节目的当儿，儿子便把《午夜不关机》一点不落地录了下来，留着好做证据。没想到歪打正着，关键时刻起了作用。

业主们松了口气，但林健飞却心中一沉。刻录机虽然留下了证据，却改变不了节目被删的事实。更堪忧的是，这台节目播出还不到24小时网络版就被删除了。毫无疑问，幕后主使人必是本信。可这本信究竟是什么来头，怎么会有这么大的能量，能把节目删了？

林健飞百思不得其解，于是拨通了海泉的电话。电话那头的海泉听上去很疲惫，他说现在不方便解释，感到很抱歉，说完便挂了。

林健飞把业主们送走已是傍晚时分。这时候林健飞的手机响了。原来是冯记者来电。冯记者官名冯又陵，自号“海右泉客”，是海右名儒晋如章的爱徒。这“爱徒”二字可不是冯又陵自封的，而是晋如章先生的嘉许。

冯又陵为人正直，嫉恶如仇。据说他曾与人贩子巧妙周旋，营救过一名被拐少女。不过，依林健飞所见，晋先生也许更欣赏冯又陵的平民意识。在他的记忆里，冯又陵采访过的人不计其数。可这些人都是普通百姓，名不见经传的“草根天才”。迄今为止，在他的采访中还没见一个名人、政要。

林健飞还是个籍籍无名的小律师的时候就与冯又陵相识了，可以说冯又陵跟他亦师亦友。那时候林健飞正如丧家之犬、疲于奔命，偶尔也会写几首歪诗，作几首不入流的小曲儿，当然也没几个人当回事。只有冯又陵鼓励他坚持下去，还帮他发表。昨晚的节目也是冯记者介绍他去的。

“喂，健飞吗？”冯又陵在电话那头说，“知道吗，你昨晚的节目被删了……”

林健飞便问冯记者究竟是怎么回事。

“唉，”冯又陵叹了口气，“据说本信花钱摆平了此事。但事情并没那么简单……具体原因没说……海泉为此还受了处分……”

林健飞沉默了。虽然他知道本信能量不小，但他最初以为，本信不过是有几个臭钱罢了。可是现在处分主持人，恐怕不是一般企业所能做到的，来者不善啊！

林健飞把冯记者的话原原本本跟盖天鸣和夏梦雪说了一遍，两人也吃了一惊。盖天鸣攥着拳头重重锤了一下桌子，愤愤地说：“怎么会这样？老百姓不就是上电视吐吐槽吗？碍着哪条王法啦？”

夏梦雪倒没那么义愤。在她看来，这就如同“市场”的博弈，当利益缺乏均衡时，各方人士就会将自身的效用函数输入市场这台机器，使之产生有利于自身的结果。节目被删，必然是因为其损害了某些人的利益，因而这个利益集团才会借用权能将损害降到最低。

听了夏梦雪的分析，盖天鸣一愣一愣的。林健飞点了点头。虽然夏梦雪的经济学术语他听不明白，但最后这句话他听明白了。不错，整个“市场”并非铁板一块，而各利益集团的博弈，对于林健飞来说，太过高端。他只是海右城的一个小律师。法律就是他的武器，就是他的三板斧。除此之外，他对其他不感兴趣。更何况他也左右不了。

不过，因为有时候上下打理能够影响利益集团的走向，从而影响最终结果，这种情形林健飞也觉得很无奈。他有自己的处事之道，每一件案子他都尽心竭力。他不像某些律师那样靠拉关系、抱大腿卖萌打官司。每一起案件，不管委托人是轻若草芥的平民百姓还是“国人皆曰可杀”的禽兽魔王，他都要翻阅大量的卷宗、文献，竭尽全力为其代理、辩护。

他的付出与其说是物有所值，不如说是物超所值。而那份付出只有他的亲友才知道。除此之外，谁又在意你做过些什么呢？他林健飞是张口谈钱，可这钱他挣得问心无愧、挣得干净！

不过话说回来，如今法律界仍在朝着积极的方向前进。只要证据充分、合法辩护，谁也不能越雷池一步！这就是进步。

林健飞看时候不早了，便跟盖天鸣和夏梦雪商量下一步的工作安排。明天他要出差去曹州，那里有个案子需要处理一下，估计两三天才能回来。因此，他想叫盖天鸣和夏梦雪带上律师函，找时间去相关部门和本信中心调查、取证一下。他今晚就不回家了，在所里研究一下这份合同。

两人知道他又要熬夜了，夏梦雪把自己的牛肉干、大白兔奶糖等小零食掏出来，叫林健飞累了的时候嚼两颗。然后两人便各自回去了。

3

林健飞把两人送走，又给袁婉茹打了个电话，把情况大致说了一下，说晚上不回家了。袁婉茹沉默了一会儿，说："知道了，你注意身体，吃饭别糊弄，别熬太晚……"

林健飞下楼去超市买了一包花生米，半斤猪头肉，又去隔壁打了半斤本地军马场产的散白酒。这酒酒精度在50度以上，因不掺水、不勾兑、纯粮酿造而驰名海右。回所后，林健飞便就着花生米、猪头肉，呷着小酒，开始研究这份合同。

林健飞边吃吃喝喝，边看合同，还时不时用铅笔标出重要部分。这是一份长达33页的合同：《主合同》10页，而《补充协议》却有15页，剩下的是一些必要的附件。而《补充协议》的字数差不多占了全部合同文本的2/3以上，行距也做了压缩。

研读这份合同时，林健飞深深感到，这份合同中布置的陷阱和隐藏的利刃远远超出他的想象。如《主合同》第6页第八条规定，房屋于××××年12月31日交付；而同日签署的补充协议第16页第二条又规定，该时间仅仅是交付期限的起算点。这意味着如果房子产权注明70年，开发商建房周期是5年，那么所谓的70年产权实际只有65年。

再比如《主合同》第7页第九条第二款及补充协议第16页第二条第一项规定，无论逾期多长时间交房，合同均继续履行。也就是说，在众多模糊情况下交房时间可以据实延期，而开发商却无须承担任何违约责任。

《主合同》第8页第十一条第二款是这样写的：如买受人未按照甲方要求办理房屋交接手续，一律视为开发商已经将房屋交付给买受人。第16页第二条第四项规定，在开发商指定的时间之后，一切风险和费用由买受人承担；主合同第9页第十三条则规定：买受人须于5日内对装饰装修提出异议，否则一律视为合格，而且包括所谓房屋“视同交付”的情形。

那么开发商违约承担哪些责任呢？

《主合同》第10页第十五条第二项规定：开发商若未成功办理房产证时，买受人不退房，出卖人按已付房价款的0.01%向买受人支付违约金。《主合同》第14页第十四条写道：对决定房屋使用功能的配套、基础设施不具备使用条件的，开发商最多承担已付房价款的万分之一；第20页第十六条第二款则规定：因买受人责任而发生的退房情况，买受人须承担的违约金为总房价的20%……

林健飞嘴中的那口猪头肉咽不下去了，那小酒也化作冷汗流了出来。这哪里是合同，分明是“霸王条款”“暴君条款”，分明就是卖身契嘛！除了给本信交钱可以毫无疑义之外，消费者所有的权利竟然全部被预先剥夺得一干二净；同时，开发商应承担的、最起码的责任也预先摆脱得一干二净！

这还仅仅是主合同，下面附着一份厚厚的补充协议。如果说主合同还有点儿“合同”的味道，那么这份补充协议跟屠宰条例没啥区别了。林健飞一条一条地研读，那种感觉就像他嘴中的那口猪头肉的来源一样，奄奄一息任人宰割。

第×页第×款：出卖人根据国家规范和工程建设的需要，在“本房屋”内可能会设有落水管或其他设备管道等，对此，买受人已详尽了解与知悉，并完全认可与接受且无任何异议，同时买受人不向出卖人提出任何赔偿及追究任何违约责任的主张。

第×页第×款：买卖双方一致确认：“本房屋”按套计价。《主合同》中载明的“本房屋”建筑面积和套内建筑面积以及“本房屋”的公共部位与公用房屋分摊建筑面积与“本房屋”产权登记面积发生任何变化或误差的，“本房屋”总价均保持不变，不作调整。

这意味着只要双方一致确认“按套计价”的原则，就算公摊65%以上，实际套内面积只有几平方米，双方也一致确认房屋总价“不作调整”。

又一款规定：……致使“本房屋”产权登记手续迟延办理的，出卖人不承担任何责任。

林健飞又勾出几款。这里再次强调，买受人承担的违约金为总房款的20%。在此基础上按迟延天数再增加千分之一、千分之三。而给消费者的履行期限则非常短暂，例如预期付款15日的开发商即有权解除合同、追究违约责任，且买受人不得提出异议。

林健飞按合同规定算了一下消费者违约金偿付额。其中按照第四款之规定，将前三款的违约责任累加，一旦买受人“违约”，其承担的违约金也就是昨天节目中开发商所说的那60%了。

可他还是感觉好像漏掉了什么。是什么呢？他反复阅读，终于在第六条第六款发现了问题所在：“如果消费者违反合同退房，则买受人仍应当按照‘本房屋’未销售优惠前的总价进行计算，向出卖人结算‘本房屋’购房价款”，“双方确认‘本房屋’未享受优惠前的购房总价款为×××元。”

林健飞这才发现自己以前所谓的消费者违约责任是开发商违约责任的2000倍算错了。而且是大错特错！原因就在于他没有发现总房款和已付房款，也就是总房价和合同价是两种价格！比如“原价60万，优惠价40万”的真实意思是：原价60万=总房价，优惠价40万=合同价。也就是说，一旦开发商违约，只需要按40万的0.01%赔偿；而消费者如果违约，则要按照60万的20%乃至60%赔偿！

林健飞万万没想到本信竟如此会算计，连本来就少得可怜的甚至只是可能的违约金都算到骨头里去了！

这份合同只有魔鬼才能想得出来，林健飞想，人世间本不该有的，甚至魔鬼也要甘拜下风！

林健飞站起身来，在办公室里踱来踱去。踱到窗前时，他凝视着窗外的夜色，看万家灯火，车流滚滚，他的心情久久不能平静。毫无疑问，就专业性而言，这份合同肯定是出自职业律师之手。否则怎么会有那么多可能出现纠纷的地方、那么多的陷阱竟能如此及时全面地、以如此精妙深奥、晦涩难懂的法律术语掩盖、隐藏起来呢？

本信，本信，好个以信为本！他更为某些律师感到羞耻。如果他是本信的律师，当然也会不遗余力为其代言，但那是基于法律框架的辩护，哪能如此机关算尽、丧心病狂呢！人，为了一己之利，竟能无耻、堕落到如此地步！可仔细想想，这些律师也不过是桀犬吠尧，聊做爪牙罢了，其身后必有人发踪指示。

他从这份合同中不仅看出了魔鬼的獠牙，而且也清醒地意识到，对手绝不是不懂法的草包。他们很懂法，只不过法律对他们而言只是一张遮羞布，是一张网罗罪恶渊薮、吃人不吐骨头的猎网罢了。

林健飞打开窗户，深吸了一口气。远处护城河两岸长长的霓虹灯在粼粼的泉水中荡漾着、闪烁着、摇曳着，形成一曲一直两道奇特的光环。他想：本信既然能肆意鱼肉消费者，又能随意控制舆论，显然二者必有关联。他隐隐感到，他面对的已经不只是一张法网，而是一张覆盖海右上空的无形大网。哼，“凭尔几路来，我只一路去”。林健飞想，奸商你给我们撒下一张暗网，我们就给你布下一张法网。天网恢恢，咱们就较量较量！

第三章　调查

“我劝你还是坐下来歇歇吧，”蒋总指指门外，“要打早打啰！不信你看！”两人顺手看去，只见对面街口上竟然就停着一辆警车！

1

一大早，盖天鸣开车把韩玉玲送到单位，然后便去接夏梦雪一起去现场勘查。还没到校门口，盖天鸣便看见他这女王妹妹亭亭玉立地站在那里了。今天夏梦雪穿的是一件乳白色T恤，衣领就跟一溜花瓣似的。下身穿着一条蓝色牛仔裤，一双米色坡跟鞋，身上还挎着一只白色小包。

“我说，女王妹妹，”盖天鸣一见夏梦雪便皱着眉头说，“咱能不这么嘚瑟吗？一天换一套！打我认识你，一件衣服还没见你穿过两天哩！”

夏梦雪不高兴了：“拜托，这叫品味好不好？跟我学着点儿！包你毕业后变成ladie’s man！”

“啥玩意儿？”

“就是有女人缘的男人呀！简称少妇杀手……”

“拉倒吧！到那时你玉玲姐不吃了我才怪！我还想多活两年呢！说到玉玲……多学学你玉玲姐，从来就不想这些花里胡哨的东西……就说这小包吧，昨天我记得你背的还是一只绿色双肩包，今天怎么就变成白色的了？”

“哼，要是你天天给玉玲姐买一身新衣服，她一准儿高兴死了……”夏梦雪一边说着，一边把小挎包放到唇上一吻，又使劲闻了闻新包的气味，深情地说道：“我的新包包，我喜欢你！”

“算了吧！照我说，还不如买俩猪蹄儿美美容呢……”

两人一边磕着牙，一边朝盛世路方向开去。看着车外的柳暗花明，盖天鸣不由感叹这座城市变化太大了。

夏梦雪却还是觉得海右挺土的，跟北上广没法比。这种土不仅指精神风貌，还指各各具体的城市风貌。地上、空气中永远是油、气、尘沆瀣一气，还有红色的、绿色的、白色的、黄色的、紫色的各色塑料袋随风起舞。尤其是冬秋天里，光秃秃的树冠上挂着五颜六色的塑料袋，在这萧索的季节里花枝招展，煞是好看！路走不了几步，便是一脚灰尘；一件白衬衫只穿半天衣领就黢黑黢黑的。

不过夏梦雪依然喜爱这座城市，尤其是海右的泉水和老百姓。她觉得这里的老百姓虽然土，但纯朴得可爱。有一次她在大街上找一大妈问路，那大妈跟她连说带比划叫她该怎么走，最后恨不得亲自送她去呢！

车还没驶入盛世路，夏梦雪便看见马路两侧巨幅的售楼广告，她边看边用手机拍下来。一张广告上写着：“本信公寓，原价60万，特价40万！城市核心，商机无限，机会稍纵即逝！40~120m^{2}公寓85折钜惠！宜商宜住宜办公……”另一张广告上则写着：“本信商铺，38万/套起；美国shopping mall模式，欧式风情，足不出户，畅游莱茵河、塞纳河……；一铺养三代；存款不如买房；托管式代租；出租率86%，年收益率11.8%；日进斗金，安心数钱……”

盖天鸣和夏梦雪站在本信中心楼下，仰望高楼。那感觉，照夏梦雪后来的说法，“小伙伴们全惊呆了……”不知为什么，看到这栋楼，夏梦雪首先联想到的绝不是美国的Shopping Mall，而是法国的巴士底狱。

楼层其实并不高，看上去也不过二十几层，但横亘却有一里开外。如果这楼只高不宽，那还像一座金灿灿的摩天大楼犹如利剑直冲云霄；如果这座楼只宽不高，那还像一条豪华的商业步行街般轻轻爽爽。可这楼却恰恰是又高又胖。

那土黄色的墙体，数以千计的飘窗，犹如数千双洞视着海右的漠然无神的眼睛，再加上空旷无人的广场和一片狼藉的建筑垃圾，这一切形成一种难以名状的诡异组合，令盖天鸣、夏梦雪感到极其窒息、压抑，只觉得自己的身影在这座大楼面前急剧缩小，犹如一片绿叶被吹落到这片高大、冰冷的荒漠中了。

一阵秋风吹过，空荡荡的大楼里便传来呜呜的声响，夏梦雪不由打了个寒颤，向后退了几步，退到了盖天鸣身后。他们还没有看到视频。昨天业主们讲述这些离奇的房子的时候，他们多多少少还感到有些荒诞好笑，甚至觉得业主们有些夸大其词了。尤其是夏梦雪，觉得像她“这么有理性的人，怎么可能相信这么无稽的事情呢”？是啊，如果没有亲眼见到这栋大厦，谁能相信这样荒谬绝伦的故事呢?

然而这还只是这幕荒诞剧的开始。

石建业、刘淑芬还有几个业主迎了出来，领着两人去看房，里面的景象把他俩惊呆了。一眼望去，层层楼上密布着狭小的玻璃门，大厅则是四角围成的天空，白云就在“天花板”上飘来飘去，偶尔还有飞鸟飞过。

如果单看蓝天，望去也确实有种镶着金边儿的法国油画般的浪漫。遗憾的是，这画框偏偏又高又长，阳光只有在正午的时候才有可能投进来，到那时黄色白纹的墙壁也会散发出金碧辉煌的效果。而在这个初秋的早上，投进来的只是三面墙的阴影。结果这黄色的墙体反而呈现出幽幽的暗绿色，浪漫之中倒透着几分妖气。

业主们介绍说，这楼地上有32层，一至八层是商业区也就是商铺区，九至32层是公寓区。地下还有两层是配套商业区。望着密密麻麻的门窗，夏梦雪心想，走进这座大厦不啻于走进一座庞大的迷宫，随时都有可能迷路呢!

正胡思乱想，刘淑芬领他们走进自己购买的商铺。盖天鸣便拿出皮尺测量。这是她花106万买的两套商铺中的一套——开发商说不单卖，至少得买两套才成。合同上写着建筑面积28.19m^2，套内面积9.8m^2，层高5.6米，公摊面积更是高达70%。

当初拿到合同后她就找过开发商，问公摊怎么会这么高？他们说没关系，买一用二。把这5.6米分成两层，实际公摊面积只有30%左右，你还是很划算的哦。可两年后又交了3700多元物业费才拿到钥匙，看到房子后傻了眼。当时一屁股就坐到地上了。

就说这门吧，两扇玻璃门总宽度不足1.4米，其中一扇后面还立着一根柱子！实际面积一量只有8.5m²，这还不算两根方柱子的占地面积。扣除掉柱子面积，实际套内面积只剩7.45m²。

另一位业主的情况更离谱。他花近45万买了两套商铺，合同上写的是建筑面积7.77m²，套内面积2.7m²。可交房时拿皮尺一量，这道门只有50厘米宽，实际使用面积只有不足两平方米，这还不包括一根占室内面积1/4的柱子。

盖天鸣侧着身子挤进门去，勉强转过身来，因为一脚刚跨进去就是一堵墙，那形象就跟装在棺材里的木乃伊似的。业主气愤地指着盖天鸣对夏梦雪说："你瞧瞧，你瞧瞧！甭说柜台，连人都放不进去！"

几个人沿着楼梯下到负一层，昏暗的楼底层有一方小水池。业主介绍说这是本信反复宣传的"莱茵河""赛纳河"……说是能在里面划船哩！盖天鸣、夏梦雪不禁莞尔，但他们没好意思笑出来。

这位业主的商铺在负一层，可实际却是在负二层，因为负一层与负二层之间又建了一个夹层，而他的商铺就恰恰在这夹层之内。夹层高度最多也就2米。走在夹层楼道里，感觉就像土拨鼠在地里钻行。

这位业主前前后后花了34万，据说原价40万，售楼小姐说跟他是老乡，用她的内部指标，还给他搞到了团购价，又劝他全额付款，才拿到这个价。合同上写明的建筑面积20m²，套内面积7m²，同样是买一用二，可实际面积却只有5.3m²……

一家一家走下去，户户如此，大同小异。夏梦雪边走边拍，特别是对皮尺显示的尺寸拍了几张特写。相比之下石大爷的公寓真是幸运多了，因为二十平方米好歹还能放张床，将来就算自己不住，还能租出去呢。可他们这样5平米的商铺能租给谁呢？

石建业却说，当初买公寓就是贪便宜。他就是海右铁路厂一普通退休工人，上班的时候月薪还挣不到两千元，退休金每月只有八百。儿子也是大厂的普通工人，普通商品房根本就买不起啊！可哪成想这公寓咋会这么坑人呐？

回到一楼，盖天鸣和夏梦雪又跟着业主去了对面一期所谓出租率高达86%的商铺。商铺大多小门紧闭，上面贴满了租金200元/月的告示。仅有的一两家卖小饰品的商铺也门可罗雀。女店主坐在狭小的铺子里正拼命挥扇子，看来了这么多人喜出望外。可一了解来意，气就不打一处来。

"是啊，太坑人啦！他们当初说得可好了！说这里天天赚大钱，还有中央空调呢！可夏天热得像蒸笼，冬天冷得像冰窖！下雪的时候那雪花一个劲儿往铺子里钻……我租过来前半个月还行，没过多久就开始亏。还好快到期了，说什么也不在这里干了……"

夏梦雪跟着盖天鸣和业主们转了两个半小时，穿坡跟鞋的双脚开始隐隐作痛。刘淑芬看她频频皱眉，于是便拉她找地方坐坐。夏梦雪笑着摆摆手，要跟着他们继续调查。盖天鸣虽然平日里整天跟夏梦雪打嘴仗，但心里还是很疼爱这个"女王妹妹"的，于是叫她跟刘淑芬歇一会儿，剩下的调查他办好了。

刘淑芬拉着夏梦雪在商业街的阴凉处找个连排椅坐下，问她多大了，以前在哪里上学。夏梦雪便把自己的情况说了一遍。刘淑芬这才知道她是在读研究生。她很高兴，因为她的女儿也要考研，正发愁不知道该怎么准备呢！她想请夏梦雪帮帮她。夏梦雪说没问题，就是她太没正形，是天秤座的不靠谱星人，怕把刘阿姨的女儿带到沟里去呢！两个人都笑了。

刘淑芬便唠起了她的女儿。她女儿比夏梦雪小几岁，现在北京服装学院读书。她本人是个卖服装的个体户，整天在服装店里忙活。女儿放假的时候便过来帮忙看摊、卖服装。女儿漂亮懂事，善解人意，来的客人没有不喜欢她女儿的。后来很多人知道是女儿在为妈妈分忧，便被感动了。女儿在这里帮忙的时候，生意也比平时好，还有好事的送女儿一个雅号：衣舍伊人。

刘淑芬到现在也不明白啥叫"一舍一人"，这么多年来，她和女儿不一直都是“一舍二人”，同住一套房子吗？

夏梦雪笑得喘不过气来：“阿姨，衣舍是服装店的意思，伊人就是美女的意思。那是夸您姑娘是服装店里的大美女呢！”

刘淑芬也笑了：“怪不得！我还以为他们要我姑娘搬出去住呢！”

夏梦雪问刘淑芬，说她一直不明白，为什么会有那么多人这样前赴后继、义无反顾地钻入本信的圈套呢？

刘淑芬叹口气，说她也是被本信的广告冲昏了头，当初只是想投资多赚点钱。

刘淑芬说，现在赚点钱太难了，她后来在电视上、报纸上、大街上看见本信的广告。当时也没太在意，不过她对商铺还是很感兴趣的，于是便来看。

开盘那天，这里人山人海，比过年还热闹。售楼中心墙上的售楼图大半插着小红旗。当时的大喇叭里没几分钟就传来“恭喜×××先生/女士成为×××号公寓/商铺业主”的声音。再加上售楼小姐说得天花乱坠，好像不买马上就会丧失市场机会，一辈子都追悔莫及似的。大家都跟中了魔似的疯抢……

“那您就不冷静分析一下再买吗？”夏梦雪惊奇地问。

“唉，像我这样没文化的女人哪会分析呀？再说你是没见当时那场面啊！那些售楼小姐太会忽悠了！说这里的商铺比我现在的商铺强多了。什么出租率、投资回报率都给我算得一清二楚。地段好、投资自用两相宜——就算我自己不想干，他们也能帮忙代租给别人，说叫什么‘托管式代租’。

“而且优惠就这几天，过两天铁定涨价！我感觉也是。你想，盛世路那地段真是寸土寸金哪！有一个售楼小姐还说她也买了一个100平方的商铺，租给律师事务所，每月光租金就能挣六千呢！

“挑房子的时候我刚看上一套，售楼小姐就说这套已经卖出去了，还没来得及插小红旗。后来她说去找领导，然后便给了我一个名额……现在想想她们就是造声势嘛！听说律师、教师、公务员都买了，有的还一气儿买了十几套！连麦当劳、肯德基这些大公司都来抢铺了！售楼小姐又在旁边煽呼：这么多人都买了，你还有啥好顾虑的！

“开始我也想好好研究研究，要是只有一个人跟我抢，我还可能好好琢磨琢磨；可几千人同时抢，我也不知道是怎么回事，就跟羊群里的羊一样跟着拼命抢了……这都没关系。买卖嘛，当然需要营销，对吧？可你拿鸽子笼来糊弄老百姓算咋回事呢？

“后来本信通知我收房。那阵势，真是如临大敌呀！几十名保安把守着各个出口，还不让人随便进，我说是来收房的才让进去。里面的路又长又窄，两边站满了保安。我的心当时就是一沉。

“进去后本信当初的热情都没了。一个个耷拉着个脸，冷冰冰的，跟欠他200万似的！问什么都不回答……好多窗口，一个窗口接一个窗口地过去办手续。等发现不对劲了却连个说话的人都没有！

“他让我们分批去，又设了这么多保安，说得倒挺好，是为了维持现场秩序，方便业主们迅速办完所有手续。现在想想，是本信做贼心虚呀！他就是怕我们业主发现他们的骗局会暴露，当时就联合起来找他算账嘛！

“等骗我们办完交房手续，那脸变得比狗还快！谁能想到那么大一个企业、那么多人五人六的老板说起瞎话来连眼皮都不带眨一下呢？！好不容易攒下这点钱，转眼间就叫本信血淋淋地挖走了。今后可叫我和女儿怎么办呢？”

刘淑芬说着说着眼泪便流了下来。

夏梦雪忙掏出纸手帕给她擦眼泪，她想转移一下这个沉重的话题，于是问刘淑芬大叔还好吧，现在忙什么？哪知道却是哪壶不开提哪壶。

“那个死鬼，早跟一个狐狸精跑了……”刘淑芬无精打采地答道。

夏梦雪沉默了。她陷入了沉思。她虽然平时看上去大大咧咧，甚至有些“二”，仿佛从来不知道什么叫发愁似的，其实她的内心世界却是多愁善感的。她的敏感、她的多思几乎跟她读过的书一样多。大家看到的通常只是她的一面，而另一面却罕为人知。也正因为如此，虽然她貌似活泼开朗，其实她的内心却是很孤独、很寂寞的。

盖天鸣和业主们从楼上下来，看两人沉默不语，夏梦雪又面沉似水，还以为是案子的事儿。于是他便叫起夏梦雪，对业主们说时候不早了，咱们今天就调查到这里吧，今后大家有什么新的证据及时沟通。

刘淑芬和其他业主把两位律师送出门，大多数业主也纷纷回家了。刘淑芬和石建业回来坐在走廊过道的台阶上发了会儿呆。刘淑芬看看她花106万买来的两个鸽子笼，看看远去的夏梦雪，又想起了自己的女儿，两行清泪不知啥时候悄然滑落。石建业以为她还在为受骗难过，忙安慰她："大妹子，别哭，别哭！咱们的钱会要回来的……"

刘淑芬擦擦眼泪，看着远去的律师说道："石大哥，你说，他们能行吗？"

石建业茫然地看看外面，喃喃说道："不知道……也许……"他说不下去了。半晌，他仰头看看四角的蓝天，长叹一声："唉！'举头三尺有神明'，大妹子，等着吧，老天爷看着哩！……"

2

盖天鸣和夏梦雪走出本信中心，准备开车回所。盖天鸣看看心情不佳的夏梦雪，又望望本信大楼，忽然心中一动，转过头来笑嘻嘻地对她说："女王妹妹，中午我请你吃饭好不好？"

"哼，就你？一分钱还要掰成八瓣儿花呢！"

盖天鸣摆摆手说："没说我出钱呀！"

"难道还要伦（人）家女孩子掏钱不成？"

"咱俩都不用花钱！"盖天鸣故作神秘地说，"上车，跟哥哥走！一会儿看我眼色行事！"

夏梦雪倒有点好奇了。

盖天鸣沿着盛世路往西开了大约500米，找地方停下。这里有一座在建大厦，主体还没盖起来。楼前有一座精致的小洋房，上面写着"帝豪时代广场售楼处"。盖天鸣在包里摸索了一会儿，然后拉着夏梦雪径直走进去。

"欢迎光临！"一名穿着精致制服的漂亮女孩热情地迎上前来，看年龄比夏梦雪还小。夏梦雪一瞬间觉得自己真老了。

“小雪呀，咱们都逛了半天了，也没选到合适的房子，到这里来看看吧。”盖天鸣很亲热地对她说。夏梦雪没听明白，心想今天不是来调查的吗？什么时候变成选房了？

“大哥、大姐，两位是要选婚房吧？”女孩微笑着推测道。

夏梦雪脸一红，刚要说人家还没男朋友呢！盖天鸣暗暗拉了她一把，接过话来说道：“是啊，这不准备结婚嘛，到处选房。可这房价太贵啦，我们买不起啊！这不就走到这儿了，想进来看看。”

夏梦雪鼻子都气歪了，心想谁是你媳妇啊，我这就告诉玉玲姐去！

女孩热情地说：“是啊，您来我们这里可算找对地方了。咱们这里是海右最繁华的地方，我们今天正推出一款优惠特价房。一百平、58万的公寓房，特价才36万呢……”

盖天鸣惊讶地说：“一平才三千多，不可能吧？现在海右连郊区的房子都上五千了啊！”

“咱们这里的都是期房，团购价。等房子建好了，那可就不是这个价了。再说，他们都是暴利，赚的都是黑心钱！哪像我们公司呀！我们老板说，就是要打破行业暴利，一心一意给老百姓送实惠！”

盖天鸣摇摇头：“甭忽悠我，我不信！这价格那么低，不会是小产权房吧？”

“哪能呢？我们可是全国排上号的房地产开发商。大哥，您要不信可以上网查查……谁不知道我们本信（集团）公司的大名呢！”

夏梦雪忽然明白了，不由暗笑盖天鸣真鬼！她想起昨天业主们谈起过受骗买房的事儿，特别是还提供免费午餐的事儿。今天盖天鸣的这一套倒是很投她的口味，她最喜欢干这种调皮捣蛋恶作剧的事儿了。可林健飞太古板，她又一直找不到捉弄人的机会。可今天嘛，机会终于来啦。

想明白这一点，夏梦雪便迅速进入了角色。“嗯哪，鸣哥思密达！伦家跟你都走了一整天了啦！咱们先找个地方吃午饭，然后再来看，好不好嘛？”夏梦雪要耍起嗲来那可真是风情万种，酸不溜丢，腻得就像羊奶做的奶油樱桃小蛋糕一样。

盖天鸣摸摸肚子，对夏梦雪一笑，说：“是呀，是呀！光顾着看房了，都到中午饭点儿啦！小姐，不好意思啊，我们先去吃饭，回来再看……”

“啊，没关系。如果大哥、大姐不嫌弃，就在我们这里一起吃工作餐吧！”小姑娘热情地邀请，“我们边吃边聊，吃完饭后我带您去看看楼盘模型和样板房，您看好吗？”

盖天鸣故作惊讶地摆摆手，说：“那怎么行？我们还没准备买房呢。要是不买了，你们这饭我们可吐不出来啦！小雪，咱们走……”

“不客气，不客气！客来都是缘，请你们吃个便饭是应该的。”女孩一边热情地留住两人，一边叫人快去拿盒饭。

盖天鸣连声说：“那怎么好意思，怎么好意思呀……”

工作餐端上来了。打开纸饭盒，里面是一份米饭、一块把子肉、一根卷煎、一个煎鸡蛋。正中盖天鸣下怀，他又说了声不好意思，坐下就开始狼吞虎咽地吃。他也委实是饿坏了。

夏梦雪是苗条妹纸，一看那肥腻腻的肉片和长长的一根卷煎胃口就倒了一半。她来海右之后很少出校门，不知道这“大米干饭把子肉”乃是海右一绝。

盖天鸣好说歹说劝夏梦雪尝尝，夏梦雪就是不肯吃。售楼小姐们相视一笑，也吃起来。看她们吃得那么香，那肉汤的香气顿时勾起了夏梦雪的饥饿感。其实售楼小姐对两人至少在吃上还是蛮真诚的，一边讲这地方小吃的魅力，一边劝她尝尝。于是夏梦雪强忍着恶心吃了两口，瞬间感觉海右竟还有如此美味。不过她是女孩子，吃相总得文雅点儿。

而盖天鸣却是大小伙子正当年，吃完一份眼巴巴地看看那姑娘。女孩开始还笑脸相迎，又热情地给了他一份儿，哪知道他吃完还想要，售楼小姐不由皱起了眉头。夏梦雪则在一旁吃吃暗笑。

盖天鸣正埋头吃第三盒，这时候门外忽然进来三名妇女。夏梦雪眼尖，她看见售楼小姐冲这三名妇女迅速使了个眼色。

那三人便走到女孩面前。其中一个热情洋溢地说：“姑娘，你们的房子真好！户型好、朝向好，我们姊妹几个今天交定金来啦！”

“是啊，我也想买！”

“我也想买！再不买就抢不上喽……”其他两人附和道。

看盖天鸣光顾着吃，那三人和售楼小姐打着哈哈，一捧一哏地说起了相声：“姑娘啊，我还是有点不放心。这房子怎么这么便宜啊？不会有问题吧？俺不太放心啊！”她特意把“不太放心”这四个字拖得很长。

“哪能呢，大妈！”女孩微笑着解释，“我们可是正规房地产企业，房价之所以那么便宜……实不相瞒，”她忽然压低了声音，仿佛看看周围有没有外人似的，又说道，“这地拿得早，本来就便宜。再说公司有实力，让利给顾客，价格自然也就下来了。”

另一名妇女则忧心忡忡地说：“可俺担心，房子还没盖好，到时候办不下证来咋办？”

“这哪会呀？放心好啦，我们老板跟很多能做决定的人都能说上话。”女孩指指天花板，“您想，政府的信誉还信不过吗？”

夏梦雪忍不住问：“真的假的呀？你可别糊弄我！一个房地产开发商哪有那么大面子呀？你倒说几个名我听听！”

“你们的关系熟不熟我不管，”一名妇女插嘴说，“就是关系熟也卖不了这么便宜呀！”

夏梦雪正想说几句，盖天鸣吃完饭，要了根牙签，不慌不忙地剔着塞在牙里的肉，说：“小雪呀，好好听人家说哈。要是合适的话，咱们也定一套吧。”

那几个人顿时喜上眉梢。

“可不是嘛，”一个妇女说，“现在世界上最流行的就是飘窗了。你看他们家的飘窗多大呀！以后我就在这里放张茶几，再放把摇椅，天天在这里晒晒太阳，看看风景，多舒坦呐！就算我不住，租出去也合适呀……”

此时，夏梦雪才真正明白盖天鸣的用意。他不光是来蹭饭的，还是来调查的，他的目的就是要记下这几个人的对话。不消说，他的公文包里一定还藏着一支录音笔，她要和盖天鸣演下去。

“鸣哥思密达！妈说钱不是问题，可户型、朝向得跟她和爸爸商量才成。”夏梦雪煞有介事地劝盖天鸣。盖天鸣仰头想想，好像觉得也有道理。“嗯，你说得对，咱们是得慎重点，好好看看再决定……”

盖天鸣和夏梦雪便在售楼小姐的陪同下看户型、看样板间。她热情地询问盖天鸣的经济状况和购房意愿，为他推荐符合自身要求的户型，并且告诉他如果现在交定金，就可以办理一张VIP卡，一万顶两万；交全款的时候，她还可以帮忙以内部员工的名义再降3%；今天又恰好是老板生日，说不定在此基础上还能再降点儿……如果顺利的话，今天签约折扣差不多能降十个百分点呢！……

夏梦雪走进样板间，坐在苹果绿的现代派沙发上，看着那梦幻般优雅、浪漫的装潢。还别说，那样板间做得真跟夏威夷似的。

她脑海里忽然想起一则笑话，那笑话说大富豪快死了，魔鬼问他是去天堂还是去地狱。大富豪便问天堂怎样，地狱如何。魔鬼便给他看天堂：里面的人衣衫褴褛。他又要求看看地狱。魔鬼便给他看地狱：里面阳光沙滩，到处是比基尼美女。大富豪很高兴，说还是下地狱吧。哪知道下了地狱天天被硫磺烧烤。大富豪便责备魔鬼骗了他。魔鬼懒洋洋地回答：我可没骗你——你看到的是地狱的DEMO版！想到这里，夏梦雪笑了。售楼小姐也微笑着看她，心想这单生意成了一大半了。夏梦雪不经意地回头看看，先前那三个女人不知什么时候不见了。

了解得差不多了，盖天鸣冲夏梦雪丢个眼色，夏梦雪会意，娇滴滴、油腻腻地说：“鸣哥，我累啦，咱们回家跟爸妈商量商量再说吧。”

“哎呀，我还想今天就定呢。”盖天鸣心疼地说，“定金2万是吧？这样吧，反正钱也不够，咱们先回家听听爸妈的意见，改天再来下定金吧？”

女孩有点不悦，不过她还是笑眯眯地说：“没关系，随时欢迎！不过可要尽快哟亲！”眼看两人要出门了，她又提醒道，“优惠仅此三天，三天后铁定涨价……再过两天这房子就不知道归谁了哦……”

盖天鸣抱着一大堆宣传材料和夏梦雪上了车。他打开公文包，关掉里面的录音笔。夏梦雪笑着问他：“王子殿下，I服了you！不过‘仅限今天’哈！话说你怎么知道有这么个吃白食的地儿呀？”

盖天鸣笑着指指后座上的报纸。夏梦雪拿起报纸，那上面整版全是售楼广告，开发商正是海右本信公司。夏梦雪又哈哈笑起来。

盖天鸣看看夏梦雪，又看看售楼处，不觉叹了口气。

“你叹啥气呀？白吃了人家那么多饭！我觉得人家售楼小姐都赔死啦！”夏梦雪系好安全带，一边又忍不住嘎嘎地笑起来。

盖天鸣笑笑，但没说什么。

在他心目中，夏梦雪与其说是袅袅婷婷的女律师、研究生，不如说是一个淘气、可爱的小妹妹，跟他乡下的妹妹没什么区别。联想到刚才那个漂亮的女孩，他就想，同样是90后，夏梦雪就像一个精灵，可那女孩咋就成了卖狗皮膏药的妖精呢？唉，这年头，真是“精灵少有，妖精遍地”呀！……

3

第二天，夏梦雪的导师虎令臣要带她参加在本校举办的全国学术会议，所以夏梦雪没来上班。盖天鸣一个人去市规划局、房管局、工商局等主管部门调取资料文件。

文件显示，本信中心规划中并无夹层设计，原设计楼层仅为十二层，同时也未提出任何变更申请；规划局、工商局、执法大队等部门三年前就曾对该企业违法行为进行过相应处罚，包括肆意扩大公摊面积、广告宣传与实际情况不符等问题。本信还派出律师来举行听证会。

市物价局、工商局指证其违法事实明显，而本信律师则坚称绝无违法之事，有关部门的处罚完全是缺乏法律依据的。然而奇怪的是，自那以后再也没有任何处罚；而此前的5万元罚单也不了了之……

盖天鸣在外面忙了一整天，回到家一声不吭，连饭都没吃，一头栽到床上呼呼就睡。

周四一大早，盖天鸣没去事务所，直接到海右大学接着夏梦雪一同驱车去了市国土资源局。接待他们的是一名妙龄女郎，年龄大约二十六七岁。上身穿着白色职业装、下身一袭精致藏蓝裙，长发披肩，真可谓身材窈窕、秀色可餐。

盖天鸣不由多看了她几眼，心想这里竟然也有这么俊的小妮儿！夏梦雪干咳了几声，盖天鸣这才回过神来，把律师函、律师证等拿出来，那女郎便领着他们去调取资料。

夏梦雪心里很不满。心想男人怎么都这德性，看见漂亮女人就拔不动腿！

其实她冤枉盖天鸣了。盖天鸣跟韩玉玲感情一直很好。只是男人嘛，就这毛病。等那女子把要调取的资料放到他面前时，盖天鸣的全部心思便放在了卷宗上。

盖天鸣和夏梦雪边翻卷宗，边将需要复印的部分拿出来。卷宗上写得很清楚：海右本信公司法定代表人叫全涛，土地招拍挂手续一应俱全。忽然盖天鸣看到一份土地转让协议书，他敲敲夏梦雪，又指指协议，夏梦雪不禁“呀”地一声。

只见那份转让协议的甲方赫然写着“海右大学”四个字！没想到，这块土地竟然是海右大学的！海右大学有三个校区：主校区、东校区、南校区。夏梦雪在东校区，而这本信中心和帝豪时代广场，不消说，占用的是海右大学南校区的地盘，或者说大部分是海右大学的教育用地。

作为律师，盖天鸣和夏梦雪很清楚，国家明令规定不得将教育用地移作商用。可这本信集团不仅成功拿到了教育用地，而且堂而皇之地建起了商品房，几年间还建了四期！两人一下怔住了。

可这究竟是怎么回事呢？盖天鸣陷入了沉思。

“咦，大姐姐，你的裙子好漂亮哦！”夏梦雪忽然像发现新大陆似的冲那女郎赞美道，“在哪儿买的？哎呀，跟你真是太配了！大姐姐，你好会选衣服呀……”

盖天鸣干咳了几声，心想这丫头不好好把精力放在案子上，还有闲心思关心人家穿什么衣服呢！

夏梦雪装作没听见，仍然自顾自地对女郎的穿着打扮赞美不已。

女郎粲然一笑，说：“哪会买什么衣服呀，就是随便穿的啦……”

然后两个人便探讨起衣服的细节来。两人相见恨晚，交谈甚欢。

“小雪，专心工作……”听两个女人唠唠叨叨，盖天鸣实在忍无可忍，眼也不抬地提醒道。

夏梦雪横了他一眼，没作声。

“是呀，是呀，”女郎略带歉意地劝道，“小妹妹，都怪我，你赶紧忙工作吧。”说着还起身给她倒了一杯水。

夏梦雪很感激，连声说谢谢。

“小妹妹，你们怎么会查这案子呢？”女郎便问道。

夏梦雪把业主堵门的事儿跟她说了一遍。

“唉，本信真缺德呀……”女郎轻声叹息，“不过我还是劝一句，这事儿你们管不了，能不管就别管。”

夏梦雪一听话里有文章，便拉住女郎的纤纤玉手，央求道：“好姐姐，你告诉我，啥叫能不管就别管呀？”

女郎便给她解释：光看卷宗看不出什么名堂来。真正的老板并不是他，而是另有其人。

盖天鸣和夏梦雪相视了一眼。

“他的真正老板听说叫项学蟠，但别想从任何一套文件里找到他的名字！这家企业生意做得很大，做事不按规矩来。别说你们，我们这系统里都有不少人上过他们的当，可又有什么办法呢？只好自认倒霉吧……”

“啊，连你们都受了害？！”夏梦雪惊讶地说道。

“是呀！我们楼上办公室的陈主任就买了他家的房子，交房的时候才发现上当受了骗。幸好她老公在省政府上班，才把钱要回来。”

女郎的话刚说完，坐在窗前的一名中年男子扭过身来说：“她就知足吧！好歹钱还要回来了呢！我市政府有一哥们儿，也买了他的房子。都告诉他是市政府的了，本信连理都不理……”

“这本信究竟是什么来头？难道就没人管么？”盖天鸣问道。

“唉！无法无天！”男子摇摇头，“年轻人，小张说得对，你们不是他们的对手，别趟这浑水……”

“难道他爸也叫李刚？”夏梦雪疑惑地看看男子，又看看女郎。

“多大的面儿呀，有啥了不起？”夏梦雪撇撇嘴。

小张笑了：“他爸叫什么不知道，据说退休前是大官哩！”

“切，啥大官这么狂？”夏梦雪哼了一声，“去年我去参加上海自贸区大会，光联合国高级官员、各国大使就见了一百多人呢！”

“真的呀？你还参加过国际会议？”

“别听她的，她就是跟她导师虎令臣教授去的。”盖天鸣笑笑说，“再说，你一个小丫头去了能干啥？”

虎令臣的名头在海右可谓无人不晓，电视里隔三差五就有采访他的新闻。有道是“一人得道，鸡犬升天”，市国土局的基层公务员见过的最大的官儿也不过是局长！因此对眼前这貌不惊人的小丫头也不觉有了几分敬意。

“我干了些什么？切，说出来能吓死你！”夏梦雪不屑地看了盖天鸣一眼，又看看窗外的蓝天，仿佛在努力想她到底去干了些什么似的，过了一会儿幽幽地说：“就是端端茶、倒倒水啦！”

所有人都忍不住笑了起来。

小张一边拉着夏梦雪的手，一边咯咯笑着说：“小妹妹，你见过多大的官儿都白搭！就说这公建用地竟然转做商业用地，你想，没点胆子谁敢这么干呢？”

盖天鸣、夏梦雪点点头，觉得此言非虚。

“前一阵子也有好几个律师来调取过资料，可过了没多久，就听说退出了。唉，这里面水深得很呐……”

所有人都沉默了，大家默默地回到自己的位置，他们仿佛想起来还有自己的工作，还是该干吗就干吗去吧……

4

从国土资源局出来，时候已经不早了，盖天鸣问夏梦雪想去哪里吃午饭。

“除了售楼处，”夏梦雪小心翼翼地说，“还能有别的选择吗？”

盖天鸣哈哈大笑，心想那天蹭饭的事儿你还惦记着呢！不过他还真得再去一趟。夏梦雪吐吐舌头，又用手指刮刮脸皮，好像在笑话他没出息，就知道蹭吃蹭喝；又好像笑话他吃着碗里的看着锅里的，不会是看上那俩漂亮的小姑娘了吧？

盖天鸣却不介意，笑笑说：走，咱们再蹭一顿去！夏梦雪不由暗笑，心想跟王子殿下出来办案别的本事没见长，蹭饭的手段倒是层出不穷！不过她很想知道，前天刚蹭了人家四盒饭，这回还蹭得上吗？

两人再次来到售楼处，刚进门便被那名售楼小姐认出来，同时也想起了那三盒工作餐。这饿鬼偏挑这个点儿赶着来投胎，不会又想蹭饭吧？

这次她可真是错看盖天鸣了。盖天鸣也不客气，拍拍公文包，理直气壮地豪声说道：“没错，又来啦！今天交定金来啦！这次可不能白吃你们的饭了！”

售楼小姐喜形于色。

“不过今天嘛，你们再管我顿饭没问题吧？”盖天鸣掰弄着公文包里那两把崭新的百元钞票，底气十足地说。那副嘴脸活脱脱一个土豪。

售楼小姐的眼神突然有了异样的光彩，一张张钞票在她那漂亮的瞳仁中熠熠生辉。她一边笑脸相迎，一边去拿盒饭，还特意给盖天鸣要了三盒。

今天的盒饭还是米饭，不过菜却换了。里面是一勺酥锅、一块酱炸豆腐，一只酱鸡蛋。甭管如何，本信的伙食真心不错！盖天鸣老家就是酥锅的发源地，他对这个菜了如指掌，如数家珍，边吃边给夏梦雪介绍，说得头头是道。夏梦雪心里好笑，心想这男人在别的事情上不上心，在吃上可真是什么见识都有！

盖天鸣一边吃，一边问售楼小姐：“如果交了定金可又不想要房了，这钱还能不能退？”

售楼小姐回答：“只要责任明确，退款没问题。”

“那什么才叫责任明确呢？”夏梦雪夹了一块酥藕，仿佛不经意地问。

“这个嘛，”售楼小姐想了想，说，“我也不太清楚，不过合同里都写得清清楚楚。放心好啦，错不了的啦！”

盖天鸣提出要看合同。那女孩却说，没什么好看的，都是政府统一规定的正式合同。

盖天鸣一边大嚼着酥肉，一边呼哧呼哧地说：“那可不行！没合同我哪敢买房啊！”

售楼小姐的脸色立即沉了下来，不过没有发作。她耐心解释：“没关系，我们到时候给您开正式发票作为凭证。等您交了全款，自然就能看到合同啦。再说，咱们的宣传单上讲得跟合同上基本差不多……合同嘛，都是政府规定的内容，谁也不能改，是吧？我们一定跟您签。”

盖天鸣正要呲牙，忽然门外一阵喧闹，几个市民被一群保安拦住，吵吵着“奸商斯使诈，要求退款”，盖天鸣正要出去看个明白，一辆大型奔驰停在售楼处门前。前面跳下一个年轻漂亮的姑娘，毕恭毕敬地打开后车门。里面下来一个四十开外、叼着一根大雪茄的矮墩墩的胖子，摇摇摆摆地走进售楼处。

夏梦雪心想，别看这胖子一脸横肉，又黑又矬，但这身衣服少说也得上万。矮胖子还没进门，只见几名售楼小姐忙迎上前去开门问候：“蒋总好！”

蒋总爱答不理地“嗯”了一声，又扫了盖、夏两人一眼，回头操着外地口音对随行进来的司机说：“去，外面有业主闹事，跟他们说，都给我往死里打！打死了我负责！这帮拍不死的小臭虫！”司机应声跑出去了。

“住手！”盖天鸣拍案而起，冲矮胖子怒喝道。

蒋总转过脸看看盖天鸣，并不生气，脸上露出轻蔑的神色：“哎哟，这是哪里杀出来的好汉耶？”

盖天鸣嘴上油汁麻花的，也想不起来擦，一亮律师证，大声说：“我是律师！有人举报你们公司涉嫌欺诈，我们是来做调查的！”

夏梦雪真想用那只酱鸡蛋堵住盖天鸣的嘴，这不是把身份都完全暴露了嘛？再说这律师证又不是警察证，能唬住谁呀？

果然，售楼小姐顿时花容变色，恼怒而厌恶地看看盖天鸣，又看看夏梦雪。

蒋总看看盖天鸣那张油哄哄的大嘴，上面还挂着半颗米粒儿，又看看餐桌上的盒饭，嘴边微微一笑。

“失敬，失敬，哈！查到我头上来了……哦，想起来了，你们就是那个什么柳什么所的吧？正要找你们，倒送上门儿来了……嗯，这帮拍不死的小臭虫、老杂碎！又找人闹事儿来了……放着钱不挣，上什么电视呀……”说着他猛吸一口雪茄，轻轻松松全喷到了盖天鸣脸上。盖天鸣怒不可遏，一个箭步就要扑上去。他是农村野小子，从小就在村里跟一帮小孩打群架，哪吃过这亏！夏梦雪一把拉住他。盖天鸣这才想起身边还有个小姑娘，不可轻举妄动。

“你快叫人住手，”夏梦雪高声说道。反正现在说什么都晚了，索性把底牌亮出来，看他敢怎样，“不然我们就报警啦！”

“哟嗬，小姑娘还蛮厉害滴嘛！”蒋总带着嘲弄的口吻说，“那你打个110试试呀！”

“试试就试试！”夏梦雪掏出手机就要拨电话。

“我劝你还是坐下来歇歇吧，”蒋总指指门外，“要打早打啰！不信你看！”

两人顺手看去，只见对面街口上竟然就停着一辆警车！

两个人不觉面面相觑。

“嘿嘿，”蒋总嘻笑着，对其中一名售楼小姐说话，眼睛却瞟着盖天鸣，“告诉他们给我使劲打，怎么就这么点儿力气？难道我雇他们就是来白吃饭的吗？”

盖天鸣刹那间只觉得脸红到了脖子根儿。

“还愣着干吗？快去呀……”

那名售楼小姐迟疑了一会儿，转身出去传旨了。

蒋总转身在旁边的竹藤椅上坐下，饶有兴味地欣赏着外面打人的风景，那把椅子“吱”的一声立时下陷，里面顿时堆满了蒋总那坨伟岸的身躯。

夏梦雪脸都气红了，胸脯一起一伏的。她忽然想起什么，掏出手机便对着外面噼里啪啦一阵狂拍。蒋总听到快门声恼羞成怒，嘴里骂着站起身来张着一只肥厚的大手就要抓。

说时迟，那时快，盖天鸣顺着他的肩膀一推。蒋总本来就没站稳，那肥硕的身躯打了个旋儿，一时把持不住，向空中徒劳地抓了几下，“哎，哎哎……”那个“呀”字还没发出来便仰面向后倒去。

秘书小姐和为盖天鸣选房的售楼小姐大惊失色，忙上前搀扶，却忘了蒋总是“心广体胖”的。蒋总刚抓住二人的素手，怎奈贵体颇重，倒顺势把两人也一并带倒，把玻璃桌也打翻在地。哪知道那吃剩的四五个盒饭还放在玻璃圆桌上，一时间稀里哗啦全倒三人头上了。

偏偏那根大雪茄不知什么时候溜到了蒋总的贵臀下。没几秒钟工夫，蒋总“嗷”地一嗓子如闪电般弹了起来。俩小姐挣扎着还没站起来，高跟鞋却又不小心踩到了滑腻的海带上，两人站立不住，一个趔趄扑在蒋总那软绵绵的大肚皮上，又把蒋总扑倒在地。

此时，那根大雪茄却完全不见了踪影，想是在蒋总身下的西装里跟着滚来滚去，——看来这身上万的名牌西装是不能再穿了。三人手舞足蹈，鬼哭狼嚎，乱作一团。

盖天鸣拉起夏梦雪就跑。等到蒋总三人喊“快来人呀”、一帮保安来追的时候，两人早踩上油门，逃之夭夭了。

半小时后，两个闯祸精嘻嘻哈哈笑着逃回事务所。袁婉茹正在所里做账，见他俩喜成这样，便问是怎么回事。“嫂子，事情是这样哒……”夏梦雪一边嘎嘎笑着，一边把今天发生的事儿跟袁婉茹说了一遍。

袁婉茹也笑得不行，可后来心里却隐隐有些担忧。心想两人毕竟还年轻，这祸闯得可不小。本信既然知道了我们的底细，肯定会找上门来。再说，这本信究竟是多大来头，怎能如此猖狂，连警察都不敢管呢？只是她素来沉稳，寡言少语，老成持重，不像夏梦雪那样叽叽呱呱地说个没完。她想，还是等健飞晚上回来再商量吧。

“夏女侠”还沉浸在“路见不平、拔刀相助”的亢奋中。看到那些被打得头破血流的农民照片，她又是愤怒又是激动，赶紧把拍下来的图片上传到微信。她满心希望这条微信迅速成为全国家喻户晓的头条，到时候记者们带着一大堆镜头炮筒子冲着蒋总噼里啪啦一阵乱照，全国就都知道这件事儿啦！不知道到那时候蒋总头上的米粒儿海带擦去没有，要是还没擦掉，上了报纸、电视，那可就……

“嘎嘎嘎嘎……”

第四章　调解

林健飞真有点火了："案子要根据法律事实、证据说话，不可能做任何承诺……"

"也就是说，不管我们的死活，你都要收钱，是吗？"覃老师说。

1

周末早上九点来钟，林健飞从外地风尘仆仆地返回海右城。由于那边代理的案情复杂，他昨晚没能赶回来，只得搭乘次日早五点的火车。推开事务所大门的一刹那，看到林健飞的那副尊容，袁婉茹他们几个不禁哑然失笑。

只见林健飞浑身是汗，领带歪歪扭扭地缠在脖子上，脸上的汗水跟尘土拌在一起，深一道浅一道的；两手还拎着两只沉甸甸的大号塑料袋。打开看时，一袋里面异香扑鼻，装的是牡丹花、牡丹饼、牡丹酒；另一袋里面也是扑鼻异香，里面装的却是驴肉、驴杂儿，还有半包花生米。

"所长大神，您这是进城打工呀还是进城投亲戚？"夏梦雪笑嘻嘻地问。

林健飞笑着解释："习惯了，到哪儿都顺点儿土特产回来。曹州牡丹甲天下，驴肉也是曹州一绝哩！"

花是好花，可问题是林健飞的这一套跟浪漫实在联系不起来。他买的那些牡丹花净是些花骨朵，自然不好看。再说，那牡丹和驴肉固然都香气扑鼻，可毕竟是风马牛不相及的两码事。花香、肉香搅和到一起那是啥味儿？嚼着驴肉看牡丹那是啥形象？也太煞风景了！想到这儿，夏梦雪皱着眉头说：“哎呀，大神哥哥，花还没开呢，全是花骨朵，怎么送给嫂子呀？”

林健飞一边清分着花骨朵，一边笑着说：“这花骨朵比鲜花好！泡茶喝，舒筋活血，还能美容养颜呢！……还有这牡丹饼、牡丹酒，很好吃，很好喝……”

“是啊，是啊，”盖天鸣英雄所见略同地附和，“鲜花开几天就蔫儿了，最后还不是跟死鱼烂虾一起倒在垃圾堆里？还不如泡茶喝哩！”

夏梦雪撇撇嘴。她早就发现了，敢情男人净是些吃货，一点浪漫情调都没有！她转过头去冲袁婉茹做了个鬼脸，仿佛在问嫂子这么多年你是怎么熬过来的？

“来，擦把脸。”袁婉茹一边把湿毛巾递给林健飞，又给他整整领带，一边笑着对夏梦雪说：“小雪，你林哥就这样！我们谈恋爱那会儿，过情人节的时候，我满心指望他送我一束玫瑰花，可你猜他怎么说？”

“怎么说？”夏梦雪把耳朵凑过来，跟所有小女生一样，她特爱打听这号八卦新闻。

“他说，送玫瑰花还不如送菜花呢！先帮我把代理词打出来再说！”

“哈哈哈……”夏梦雪都笑岔气儿了。

盖天鸣也笑坏了：“林哥，你可真牛！要是我跟玉玲这么说，那可就惨啦！”

林健飞笑笑说：“那玫瑰花儿就是不如菜花嘛！虽然菜花的味道不咋地，但有营养，还抗癌呢……来，咱们现在就‘打土豪，分田地’……这份儿是给他爷爷奶奶的；这份儿咱们自己吃；这份留着大家现在吃……”

几个人吃的吃，喝的喝。林健飞正要了解一下对本信的调查情况，忽然外面进来三个人。先进来的是一名五十开外的高大汉子，虽然额头上有几道皱纹，鬓角有几根白发，但神色威严，目光犀利。后面进来的盖、夏两人都认识：正是昨天指使打手殴打业主的蒋总！最后关门进来的是一名脸色晦暗的中年男子。蒋总一见盖天鸣，便怒气冲天地想扑上来：“好你个小杆子！……”

后面的那名中年男子忙抢上来拉住劝道："蒋总，蒋总！小不忍则乱大谋！您消消气儿，消消气儿……"高个男子也回过身来劝，蒋总余怒为息，悻悻地退回去。

林健飞还不知道昨天的事，便让道："不知道我这兄弟什么地方得罪了这位先生？有不当之处还请多多包涵！"

"哼！"蒋总恨恨地说，"这俩小潘东、小潘西，昨天上我们那里蹭吃蹭喝。这还不说，还敢动手打我！太岁头上动土，反了你呀！……"

"是你动手先打人的！……"盖天鸣怒不可遏。

"没错！就是你先动手的……"夏梦雪也不甘示弱。

林健飞挥挥手，示意两人不要再说了。那边也在劝蒋总。

"我是事务所负责人。"林健飞说，"'礼之用，和为贵'，他们有什么不当的地方，还请多多担待，我代他们赔个不是吧。"说罢林健飞拱了拱手。

那高个汉子点点头："有担当，是个爷们儿！也没什么大事儿，就是一点儿小误会，咱们就算不打不相识啦！"

中年男子便上来一一介绍："这位是我们本信公司总经理常庆黎常总；这位是本信副总经理蒋睿杰蒋总。我是办公室主任，叫廖中和。"说着便把几人的名片递给林健飞。

林健飞有些惊讶，他没想到本信会主动上门。既来之，则安之。他一边交换名片一边把来客请进办公室。蒋总狠狠地看了盖、夏两人一眼，廖主任半劝半拉着把他拖进了办公室。

宾主落座。常总坐在上首，蒋总坐在下首。林健飞请廖主任坐在榻上，廖主任哪里敢坐。袁婉茹正为客人们端茶倒水，见他不敢坐，便给他搬了一把椅子。廖主任倾着身子半坐下来。

常总环视了一下办公室，微微一笑："林主任雅兴不浅呀！没想到律师中竟有如此青年才俊！是吧，蒋总？"

蒋总嘬着大雪茄没吱声，半天才嘟囔了一声，谁也没听清。

廖主任却热情地说："是啊，常总看了你的节目，啊哈！一直夸你是个人才哩！"

林健飞微笑着摇摇头："岂敢，岂敢！不过是就事论事、贻笑大方罢了。"

"林主任不必谦虚，你的业务能力有目共睹。"常总微笑着说，"以前你在电视上做的评论我也看过，确实很精彩嘛！只是……"常总说到这里看看办公室，便顿住了。

"只是什么？还请常总明示。"林健飞还不清楚本信究竟是何来意，但既然总体态度良好，说明他们是带着善意来的。

半晌，常总才微笑着慢悠悠地说："只是这办公条件太一般了，真是屈才了……"

廖主任赔笑着说："是啊，林主任就是在咱们的律师团队中，啊哈，也是出类拔萃的人才呢……"

林健飞明白了，本信今天这是来下说辞，准备拉他下水呢！林健飞心想，捧得越高，摔得越重。不过这至少说明，本信是准备和谈的，但他没想到本信会纡尊降贵，登门和谈。不管怎样，这对下一步的调解工作是非常有利的。好，既然你们肯和谈，我们就努力促成这一点。

想到这里，林健飞笑着摆摆手："哪里，哪里！就我那点儿三脚猫功夫，混饭吃还可以，拿出门去叫人笑掉大牙呢！"

廖主任忙笑道："林主任别谦虚，啊哈！就连我们的律师都服你的气哩！"

"是啊，"常总接着说，"只可惜大材小用了。刚才我们几个上楼的时候，不怕你笑话，还以为进了杂货铺呢！这办公条件跟林主任的才干可不相配呀……"

廖主任热情地说："所以，我们觉得以林主任之才，哪能在这种地方屈就一辈子呢？啊哈！前几天我们是有些不愉快，老板上边的朋友也不高兴，说这林律师怎么这么年轻、不懂事啊？啊哈！是常总力排众议，说林主任是个人才。只要携手共进，啊哈，林主任前途无量呀……"

林健飞笑了，心想这廖主任水平不低。寥寥数语，既恭维了林健飞，又奉承了常总，还把一些不软不硬的刺儿不动声色地夹在这些甜言蜜语里。

林健飞对来客一拱手，说："岂敢，岂敢！贵公司太抬举我了……将来等这个案子解决后能与贵公司合作，那真是我的福气！"

常总和廖主任相视一笑，心想这小子行啊，一句"将来"就把这绣球轻轻松松又送回来了。

常总笑道："现在合作也不迟嘛！林主任，你可能不知道，我们本信在全国也是屈指可数的房地产公司之一。"

常总气定神闲地喝了口茶，继续说道："正因为这样，我们才急需林律师这样的人才呀！我们有一支精明强干的律师团队，还有一批学者、专家做顾问。就是前一阵子代理你这案子的律师现在也与我们合作良好，真正实现了双赢！机遇我不敢说，但是，林主任，你想想这是多么广阔的发展天地啊！"

话说到这份儿上，本信的意图已经很清楚了。

林健飞点点头："常总说得对。等我们双方把这起案子处理完毕，如能为贵公司效力，我万分荣幸！不过受人之托，忠人之事嘛！既然拿了委托人的钱，就得帮他们妥善解决好这件事。我深信，贵公司也不见得就愿意收留那些为人不忠、处世不义之人吧？"

"林主任的敬业精神我很钦佩，不过嘛，"常总摆摆手说，"我们希望，从现在起林主任就与我公司精诚合作。我们可以为你提供优厚的待遇，这待遇嘛，虽然不高，但过得比现在好一点还是有保障的。"常总说着便给廖主任使了个眼色。

廖主任会意，从公文包中取出一份文件递给林健飞。林健飞双手接过来一看，那是一份带着红字头的业务合作协议，上面写着：

兹聘请林健飞律师为我公司法律顾问。年聘金人民币肆拾捌万元整。聘期：××××年×月×日至××××年×月×日。

海右本信房地产有限责任公司（公章）

×年×月×日

廖主任笑着说："林主任同意的话，只要在上面签个字就可以了，啊哈！支票我回公司后立即叫财务部给您送来。"

林健飞微微一笑："那我这些委托人怎么办？"

廖主任笑着说："常总的意思是，委托人的事情你不用管，啊哈！我们会妥善处理善后事宜的。只要你退出本案，啊哈！代理费、违约金等等都由我公司来支付。"

林健飞起身给本信来客倒满茶，然后笑容可掬地说："几位能纡尊降贵，光临敝所，对我又如此错爱，我真是荣幸备至！我们也抱着极大的诚意和希望，与贵公司一起公平合理地解决本案，……常总刚才说得对，我们一定要精诚合作，妥善解决这个问题……"

办公室里突然冷了场，一时间只听见石英钟的滴答声，蒋总的大雪茄则在云雾中忽明忽暗地叭叭作响。

常总呷了一口茶，轻描淡写地说："我刚才已经说过，只要你退出这件案子，业主们的事情我们会妥善解决的。其实这些人，恕我直言，哈……就是一帮乌合之众。他们昨天还把你当救星，今天只要给点儿好处就可以出卖你，跑到你这里来闹事，后天就能栽赃、陷害……这些年我见得多了。林主任，我想你也深有体会吧？"

这句话充满了威胁的意味，林健飞很清楚，如果他不接受本信的拉拢，那么就是与本信为敌。本信随时可以采取各种手段指使业主调转枪口，转而攻击他。但是，本信不可能收买所有业主，否则这件事儿早就解决了。本信的意图无非是逼他退出本案，剩下的业主也就群龙无首，爱怎么闹就怎么闹，本信不在乎。

不过这没关系，林健飞想，只要你愿意坐下来谈，这个问题未必不能得到妥善解决。于是林健飞点点头："常总说得对，'下民易虐'嘛……"后半句他没说，反正来客这上半句也听不懂，这一点他看得出来。林健飞接着说："今天我们能平心静气地坐在这里谈，就说明我们都是有调解诚意的。只要我们都拿出诚意来，事情就好办！其实来委托的业主们也不多，只要贵公司圆满解决此事，我相信，我们未来的合作前景一定会非常广阔……"

话音未落，蒋总一甩雪茄，一提脖子，坐起来厉声嚷道："姓林的，别给脸不要脸！老子到这里来是看得起你！……"蒋总打心眼儿里瞧不起林健飞，他平日里接触的不是达官贵胄就是豪门巨富，今天来这种下九流的地方已经够给林健飞面子了，没想到这熊玩意儿还不识抬举！这常总也是，非死乞白咧地来拉这姓林的。照他的想法，找几个小弟过来给林健飞“上上课”就得了，要是还不听招呼，找个机会做掉完事儿！

廖主任忙起身劝慰蒋总，常总也冲蒋总摆摆手，他不慌不忙地呷口茶，幽幽地说：“我们公司虽然在南方起家，但与贵省多年来保持良好的合作关系。贵省领导同志对我们的工作很关心，也很支持。大家都是朋友嘛！以后林主任要是犯点儿什么错误嘛，——啊，我们说不定可以帮得上忙……”

这话已经说得再明白不过了。

林健飞依然微笑着回答：“常总真是义薄云天哪！我何德何能，贵公司能与我肝胆相照，林某人感激不尽……我觉得，咱们今天能坐下来一起协商，本身就是一个很好的开端，良好的开端是成功的一半。万事开头难嘛！您说是吗，常总？”

常总点点头。

林健飞又看看蒋总，蒋总不搭话，又点上一支雪茄，廖主任却点点头。

林健飞后面的话就好说了，“当然，这起案子涉及的问题很多，也很复杂，确实不可能一蹴而就……您说是吧，常总？”

他又看看这几个人，常总、廖主任又点点头，蒋总兀自在喷云吐雾。林健飞不吸烟，但傻子都能看出来那雪茄的确是高档货。不仅不呛人，还有一股淡淡的清甜味儿，可本质上那毕竟还是一支危害健康的香烟。

“既然大家都有诚意，问题又很复杂，那么我们就要求同存异，才有利于问题的解决。那么我们的‘同’在哪里，‘异’又在哪里呢？”

常总、蒋总和廖主任不由面面相觑。是啊，他们与林健飞没有个人恩怨，只要求同存异，问题就好解决，可这“同”在哪里、“异”又在哪里呢？

林健飞自问自答道：“我觉得就四个字：‘核心利益’。我们关心的都是自己的核心利益。毋庸讳言，我们的核心利益确实有所不同，但是反过来说，只要我们尊重彼此的核心利益，这个问题就一定能得到妥善的解决。你们说是吗？”

常总看看其他两人，轻轻摇了摇头，又轻轻点了点头。

很久以后，林健飞才知道，本信高层给常总等人的来访指令是：采取任何必要手段，拉拢或逼迫林健飞退出本案，因此常总等人放低姿态，不是来与林健飞谈判的，也不是来协商的，而是来要求林健飞无条件服从的，尽管这服从的报酬看上去优厚而甜蜜。

毕竟中国开始向依法治国转变。因此，本信与其说是忌惮林健飞，不如说是忌惮法律的判决。本信集团可以左右人的因素，却还左右不了国家宪法和法律。他们只能钻空子加以利用而不能改变，所以才有了那么厚一本合同书。这一点无论本信还是林健飞都很清楚。

更何况，林健飞稍一思量就知道，这四十八万就像《笑傲江湖》里的那颗“三尸脑神丹”。他效忠于本信还自罢了，一旦背叛本信，这四十八万立即就会变成将他打入十八层地狱的最佳通行证，只消一纸诉状就可以轻轻松松给他安个向委托人索贿不成又向原告索贿的罪名，从此他就会身败名裂！这类事件数不胜数，前车之鉴，林健飞对此始终保持高度警惕。

这一点本信自然没有想到，也不可能想到。常总恩威并施，以为拿下林健飞不在话下；可林健飞却跟他打太极，左支右挡，就是不肯就范。不过他心里还是很欣赏这小子的：不卑不亢，有礼有节，有骨气！

以前，他处理类似的情况，大多数时候只要丢根骨头，他们就会摇摇尾巴颠颠儿地跑过来。就算有几个出头鸟，找道上的人一收拾也就退出了。可这小子不同，他没看错人，本信需要这样的人才。但既然各为其主，那就少不得兵戎相见。不过在此之前，他还是愿意采取胡萝卜加大棒政策，擒贼先擒王，把他拉过来！虽然双方分歧很大，但只要还没撕破脸，就有回圜余地。

想到这里，常总客气地说道：“好，这个我们可以慢慢谈。”这时他抬头看看表，“我看时候不早了。这样吧，林主任，咱们一起去吃个便饭，边吃边谈，你看如何？”

林健飞表示感谢，不过他说一会儿还有业主要来谈案子，改日再聚吧。其实心里却想："筵无好筵，会无好会。"如果皆大欢喜，我请你们都行！但现在是非常时期，前途未卜。万一你们拍张我们一起聚餐的照片，再四处传播，说我与开发商共谋勾结，那我可就吃不了兜着走了！

常总见林健飞婉拒，也不强求，便起身告辞。林健飞把他们送到楼下，一路下楼虽然表面上谈笑风生，但却各怀心计。他目送来客乘上劳斯莱斯扬长而去，心想：这蒋总飞扬跋扈，骄奢淫逸，虽是一介纨绔，但口出狂言，必然心狠手辣；这廖主任委曲求全，曲意逢迎，一旦为友，可供驱策，一旦为敌，必为爪牙；而这常总，可谓老江湖，是号人物！恩威并济，纵横有度。

为了了解我，他竟然看了我的其他节目！这才叫知己知彼，百战不殆！本信能做这么大，恐怕也不全是依靠欺诈顾客，其中必有高人。这常总能识大体，以后或许可以通过他控制廖主任，孤立蒋总，推动案件向良性方向发展……

2

回到事务所，盖天鸣红着脸走过来，期期艾艾地说："林……林哥，对……对不起……都是我……我不好……"

林健飞这才想起盖天鸣和蒋总起冲突的事儿，便问他是怎么回事。盖天鸣红着脸把昨天的事情说了一遍，不住地说给咱们所丢脸了。夏梦雪见林健飞脸色越来难看，便拉拉盖天鸣，示意他不要再说了。她替盖天鸣分辩道："这姓蒋的太狠辣了！连句话都不说，就派打手冲上去把人往死里打！王子殿下实在看不下去，这才……"

"不像话……"林健飞喃喃说道，他啪地拍了一下桌子，"太不像话啦！就知道自己吃！这等好事儿，怎么不叫上你嫂子，呃，还有硕儿！亏他还一口一个小雪姐姐叫着你哩！太不像话啦！……"

盖天鸣、夏梦雪原以为林健飞要大发雷霆，责备他俩净闯祸，没想到他拍桌子竟是嫌他们没带袁婉茹娘俩一起去蹭吃蹭喝，两人不禁相视一笑。

其实林健飞虽觉不妥，但两人祸已经闯了，说什么也晚了，所以还不如笑笑拉倒。不过他倒没觉得盖天鸣去蹭饭有多丢人，调查嘛，总得不拘一格。再说，这蒋总飞扬跋扈，狂妄自大，刚才要不是碍于情面，他都恨不得一脚把这小子连人带椅子一齐踹到地上呢！

只是他觉得盖天鸣有点忒鲁莽，不过这样也好，要不然本信怎么会这么快就登门造访呢？常言道："上门的买卖好做。"

吃过午饭，林健飞便与盖、夏两人交流案情，两人把这几天来调查的情况详细说了一遍。

"上面有人？"林健飞不由插问道。

"是呀，这还是我发现的呢！"夏梦雪有点儿小得意地说。

"切，还好意思说呢！"盖天鸣不屑地看了夏梦雪一眼，"某些同志呀，不好好工作，净跟人家瞎聊衣服鞋子包什么的……"

"哼！要不是本女王大人跟小张姐姐闲聊，鬼才告诉你这么多卷宗上查不到的事儿呢！"夏梦雪不乐意了，"对啦，不提这茬我还忘了……某些同志呀，看见美女呀，那个眼珠子呀……啊哈？"夏梦雪一脸坏笑地瞅着盖天鸣，拖着长腔说一句，顿一下，眼睛、眉毛还跟着一挑一挑的。

"真该给你找个伶牙俐齿的男朋友，好好治治你这张嘴！"盖天鸣这才明白夏梦雪闲聊的真实用意，只好扔下句狠话讪讪地笑笑撤出战斗。他每回跟夏梦雪争论前都信心满满，以为这回终于揪住她的小辫子了，可争论过后理屈词穷的倒是他。

"唉，现在看来，我昨天发的那些微信是甭想有人来采访啦！"夏梦雪唉声叹气地说，"这蒋总气色不错，要是早知道他今天上门，我就该在电梯口洒点儿润滑油啦……"

袁婉茹走到夏梦雪跟前，轻轻拧拧她的嘴，笑着说："小雪这张嘴呀，真叫人爱也不是，恨也不是……"

林健飞没心思说笑，他这才领会到常总威胁的可信性，也终于明白为什么节目刚播出就被扼杀，那么多律师不战自退。可如此说来，这常总也不过是个奉旨办事儿的高级打工仔，发踪指示的还是老板。

可万事扛不过一个理字儿，法律面前人人平等。他本信的幕后老板再牛也不敢公然违法，不也得煞费心机地炮制合同才敢坑害消费者吗？

然而问题是：法律怎么战胜奸商？

林健飞茫然地看着墙上那幅《山行图》。画中的山高耸入云，一个古代士人的侧影在悠闲地从山腰向山顶信步前行。他想，硬碰硬我们未必是本信的对手。既然本信现在还有那么点儿调解的意思，我们不妨就坡下驴，借此机会促成调解，调解不成再作良图。

想到这里，林建飞便把他这些天来对合同的分析情况和今天与本信高管的会谈内容向盖天鸣和夏梦雪做了通报。

盖天鸣看看夏梦雪，说："如果不是我和小雪亲眼所见，哪能相信世上竟会有这样的合同呢！"

夏梦雪点点头："合同欺诈、广告欺诈、销售欺诈；滥用关系、收买律师……大神，咱们这案子恐怕真像小张姐姐说的那样：'水深得很哪！'"

林健飞和盖天鸣不约而同地点点头。

"工商局的处罚单执行了没有？"林健飞问盖天鸣，盖天鸣摇摇头，说他也不清楚。林健飞想了想，便给王德光打了个电话，询问此事。

"唉，这张罚单来得太不容易了！"王德光在电话里叹息着说，"我们去工商局多少次，一直都解决不了。后来工商局开出了罚单，可本信这帮王八蛋连理都不理……"

王德光问林健飞案子办理到什么程度了，林健飞把今天本信高管来访的事情告诉了他，但没有透露谈话的具体内容，只说双方进行了初步的接触，本信可能有调解的意愿。

"君不密则失臣，臣不密则失人，人不密则失身。"这是林健飞的工作信条。时机不成熟决不能泄露机密，否则必将人财两失。事实上，自打代理这起案子以来，林健飞每天都要接到好几个业主电话，催问案子进展情况。

这回复颇有学问，如果告诉他们正在办理中，业主们会以为你在托辞；如果告诉他们事实真相是没有重大进展，便立即有人觉得是你拿钱不办事；更不能说你正在外地忙别的案子，否则会有人相信你拿着他们的委托代理费公款旅游去了。

尽管他们也知道这案子打了快四年，不可能律师一受理就从此坐上火箭一样，但既然委托了律师，这案子就得一天一个样。昨天已经有业主表示不满，指责林建飞为什么不在事务所好好待着等他上门讨论案情。

如果他现在就把会谈内容公之于众，不仅业主们会平添猜疑，而且与本信的协商也将功亏一篑。

不管怎样，调解依然是首选，这一点毋庸置疑，可夏梦雪却觉得调解的可能性微乎其微。

“哦？说说看，小雪，为什么？”林健飞感兴趣地问道。

夏梦雪站起身来，轻盈地滑了个优美的舞圈儿，仿佛是为了放松一下久坐的身体，又像是在梦境中随着烛光悠然跳动。然后她一边踱着步子，一边分析道：“首先，从今天的会谈情况来看，本信来咱们这里的主要目的不是为了调解，而是为了拉拢所长大神你。可是，如果单单是为了拉拢，常总一个人来做和平使者就可以了，干吗非要拉上那个一脸横肉的矬胖子呢？”

这一点林健飞确实没有想到。盖天鸣一见蒋总气就不打一处来，连想都不想。

“原因很简单，本信就是要告诉我们，他们这叫先礼后兵。如果我们不接受他们的要求，那么就该轮到这位‘蒋门神’出场了。”

林健飞他们几个人点点头。

“其次，本信的目标是把你像钉子一样从这个案子中拔出来，而不是来息事宁人的。既然以前都能摆平，还怕摆不平一个小小的林健飞吗？

“从另一方面说，我们的目标却是为业主维护权益，这恰恰是本信不愿意看到的。从一开始彼此的‘核心利益’就是分道扬镳，又怎么可能同舟共济呢？

“再次，咱们维护业主的权益总金额也不过两千万，本信这点血还是出得起的，但我估计他绝不愿意出血。”

“哦，为什么？”盖天鸣疑惑地问。

林健飞却点点头，转过脸来对盖天鸣说：“小雪说得对，一旦本信在这起案子上妥协了，就会出现多米诺骨牌效应，就会有更多的人要求维护权益。星星之火，必成燎原之势。就算他的利益集团再强大，也不敢与数万民众公开为敌。”

盖天鸣有点丧气地说：“那照你们这么说，这调解根本就没戏了？没戏还调解个球啊！”

“也不能这么说，我觉得调解的希望虽然不大，但还是有的……”夏梦雪若有所思地说。

“那你觉得该怎么调解呢？”盖天鸣瞪着眼珠子问。

夏梦雪笑着把杯子往盖天鸣面前一推：“唉，某些同志哪，眼睁睁看着革命同志嗓子渴得直冒烟，也不知道表示一下，就知道问为什么呢，该怎么办呢？”

盖天鸣又好气又好笑，只好起身给她泡了一杯牡丹茶。哪知这鬼丫头只顾若无其事地细品花茶，一个劲儿夸赞这茶好香，再无下文。

盖天鸣一瞪眼，拍着桌子叫道：“快讲！都急死我了！”

夏梦雪猝不及防，一惊之下，一口热茶咕咚就吞下去了。那口水卡在喉咙里咽又咽不下去，吐又吐不出来，烫得她咳嗽不止，热泪横流。

“唉，某些同志呀，可真粗鲁！”夏梦雪一边拼命往外吐气，一边拼命往嘴里扇凉风，“就知道瞪眼珠子拍桌子，对革命同志刑讯逼供，这是请教问题应有的态度吗，嗯哼？”

袁婉茹笑着拍拍她的背说：“小雪，你就别卖关子了。你觉得该怎么调解好？”

夏梦雪见袁婉茹也催她，又喘了一会儿，这才言归正题。

“其实嘛，该怎么调解我也没有什么好办法，但我想关键不在于如何调解，而在于我们是否具备调解的基本条件，而这些条件则取决于敌我优劣情况。因此从根本上说，不管是否调解，关键还在于双方的力量对比。”

“力量对比？”林健飞还没有想到这个问题，“那你觉得，咱们和本信各有哪些优劣势呢？”

“那你们是想先听优势呢还是先听劣势呢？”

盖天鸣真急了：“你这鬼丫头，怎么偏偏到你这里就有那么多问题？”

“先说说劣势吧，先苦后甜，渐入佳境嘛！”林健飞笑着说，他早就看出来夏梦雪是故意逗盖天鸣发急。

“好，我们的劣势首先是敌大我小，敌强我弱。人家财大气粗可咱们呢？只有三四个人七八条枪，我们唯一的武器只有法律。这么说吧，人家是狮子，我们就是蚂蚁！实力差距太悬殊，我们跟人家根本就不是一个重量级的拳击手，这是其一；

“其二，本信经营多年，根深叶茂，从上到下已经自成体系。他不仅对房地产全产业链了如指掌，而且对各个环节都能进行强有力的控制。按照经济学的说法，本信是一个真正的寡头，连最基层的营销人员都训练有素。我和王子殿下去蹭饭的时候，就强烈感觉到了这一点。她们对一切可能出现的不利情况都有所准备，分工协作，有条不紊，可以说是武装到了牙齿。不管本信如何黑心，他对全局的控制能力还是实实在在、行之有效的，更何况他还有一支专业的律师团队，而我们的强项却不是房地产官司，对这一行业的基本情况我们并不熟悉；

“第三，我们盘子小，底子薄，可以陪着我们耗下去，慢慢玩儿，可我们却耗不过他们。再加上我们还有其他案子缠身，不宜久战。而这个案子没几年恐怕解决不了。如果时间拖得太长，不要说我们都会陷入被动，就是业主也不答应……”

林健飞他们几个频频点头，夏梦雪的分析是很有道理的。知己知彼，方能百战百胜，于是林健飞又进一步问道：“那么，依你看，我们的优势在哪里呢？”

夏梦雪捧着牡丹茶，把鼻子凑上去，使劲嗅嗅牡丹花香气，好像要获得什么灵感似的。她想了想，说："我们的有利条件还是不少的。首先，尽管敌强我弱，但本信目中无人，狂妄自大，从上到下都是这样。常言道'骄兵必败'，他们应该不会把我们这些小小的律师放在眼里吧？他越是瞧不起咱们，就越说明他们轻敌。虽然我们人少，但只要能审时度势，灵活敏捷，扬长击短，进则可以先发制人，退则能后发制敌；

"其次，本信做的都是见不得人的勾当，不敢把他做的那些事儿拿到面上来，拿出来就是见光死！可是，他们也害怕，害怕阳光！而咱们行得端，做得正，咱们能拿起法律做武器，跟本信过招！而本信再会玩弄文字游戏，这假刀片子也只会划到他们自己的手；

"再次，既然本信骄纵自大，只会玩弄阴谋诡计，这说明他们精于小术，拙于大道。'得道多助，失道寡助。'不要说业主会全力支持我们，就是政府各部门，肯定站在咱们这一方；

"最后，本信虽然貌似强大，但多行不义必自毙。不倒台的时候还不可一世，威风凛凛；一旦倒台就是'树倒猢狲散'！而大神才干卓绝，王子孔武有力，再加上本女王一肚子坏水，呃，是主意。咱们'798'齐上阵，本信就算是真老虎，咱们也能薅下他一把毛来！"

袁婉茹细细端详着夏梦雪，有时候她真觉得看不透这丫头。淘气起来像个天真烂漫的小姑娘，可敏捷起来却像个精灵！那意气风发、慷慨陈词的气势简直直逼女侠秋瑾呀！袁婉茹笑着说："有时候我真想切开你的小脑瓜，看看你这小丫头脑子里都装了些啥呢！又是一二三四，又是首先其次，我都快听晕了！我的脑瓜要是有你一半儿好使就好啦！"

"哪里好使呀，都是玩'杀人游戏'练出来的啦！"夏梦雪搂住袁婉茹的脖子，笑着说："嘻嘻，嫂子，你可别那么说，我还崇拜你呢！又贤惠、又勤劳，不像我，连衣服都懒得自己洗呢……"

盖天鸣把夏梦雪的分析前前后后仔细琢磨了半天，但他实在看不出来，这跟调解有半毛钱关系吗？于是他问道："你说了这么半天，咱们该怎么调解呢？"

“说实话，我也不知道该怎么调解……”夏梦雪做了个鬼脸儿。

“我倒！”盖天鸣头往后一扬，一下子就瘫坐在椅子上，“说得那么热闹，闹半天啥都解决不了呀！别拦着我，你赶紧去草包铺给我买上十屉包子，让我撑死算啦！”

“伦（人）家经济学家都是这样纸（子）嘛！”夏梦雪嘻嘻一笑，“前面的理论讲得云山雾绕，后面没几个能讲清楚这活儿到底该怎么干呢！”

林健飞倒没觉得夏梦雪讲的全是废话，他看看盖天鸣说：“小雪说得对，我觉得只要咱们理顺双方的优劣势，知己知彼，再加以转化利用，就有可能推动案子向咱们预定的方向发展。”

夏梦雪点点头：“调解嘛，无非是将竞争性博弈转化为合作博弈的过程。因此关键是要找到符合双方利益的节点，可我觉得这实在太难了，更何况本信打心眼里不把咱们当回事呢！”

“再难也要谈下去，”林健飞摇摇头，“目前调解仍然是我们的首选方案……不过，刚才小雪的话倒是提醒了我，我们需要对双方的核心利益进行更为细致的研究才有可能找到这个合作点。小雪，你能不能找时间再梳理一下咱们委托人的情况，看看他们的利益诉求都有哪些？”

夏梦雪打开她的笔记本电脑，调出一份资料念道：“迄今为止，来咱们所要求代理案件的业主共53人。其中7人是前天来的，还有6人是昨天下午来的。前天那7人是嫂子接待受理的。在这53人中，政府公务员5名，工人13名，金融从业人员7名，中小学教师6名，个体户22人。购买商铺的42人，购买公寓的11人，全部为基层人员。

“其中，购买商铺的人员上面这几种人都有，约占79%；购买公寓的有工人、金融从业人员，约占11%。其中购买公寓的以生活用房居多。而其他人员主要以投资为主，只有个别人员准备转租。此外，有10名业主只交付了定金，未交付全款；5名业主如果按照合同时间算的话，已经过了诉讼时效；有40位业主参加了银行的团购贷款，3人付了全款……”

林健飞几个听呆了，这小丫头从哪里搞来这么多的信息？尤其是盖天鸣，虽然嘴上不说，但心里对这女王妹妹佩服得五体投地。

夏梦雪笑嘻嘻地说："鼻子嘴下不是有张嘴嘛……"

原来那天开代理协议的时候夏梦雪顺便多问了几句，因为没准儿哪天就用得着这些信息，剩下的那几个打个电话也就问清楚了。然后她用Excel做了个简单的小统计程序，再把数据输进去，结果也就自动出来了。

林健飞不要说做统计，就是英文字母都数不清楚到底有多少个。后生可畏呀！看到夏梦雪精明强干，他真有点后悔自己当初没好好学习文化知识。可每回做噩梦都是梦见在参加中考，然后便从睡梦中惊醒，一身冷汗！

3

林健飞仔细研究了夏梦雪的这张统计表，有了这张表，问题似乎变得明朗些了，问题的主要矛盾集中在商铺身上。如果不能退房，那么能否调换呢？比如说将商铺对调或者干脆换成公寓，然后将公寓变作商铺？再比如10人只交了定金，那么能否先解决这一部分业主的问题呢？

这样，基本就不触及本信的核心利益，双方也就有了合作的可能。可公寓怎么办呢？总不成公寓换公寓啊！再说本信的公寓比商铺也强不到哪里去……如果从动机上分析，既然业主们主要是为了投资而不是为了自住，那么换房可能也符合他们的利益，可业主们会同意吗？

林健飞的眉头时而舒展，时而紧皱。盖天鸣他们几个一言不发，知道他在紧张地思考，权衡各种利弊。

就在这时，只听有人在轻轻敲门，随后进来一男一女。男的大家都认识，正是业主代表之一王德光；女的看上去四十来岁，烫着卷发，戴着一副黑边眼镜，脸色暗黄，上面还有几块黄色斑。不知为什么，林健飞看到她会联想起灭绝师太，不过总体看上去这人还算优雅得体。林健飞忙上前打招呼，将两人迎进会客室。夏梦雪早把两杯茶端上来。

王德光向林健飞介绍："这位是海右一中的覃韬玉老师，也是业主之一。

我刚才在楼梯口碰见覃老师，她也是来找林律师咨询的，就一起上来了……我记得覃老师是教化学的吧？”

覃老师有点冷傲地点点头。

海右一中曾经是海右乃至全国最著名的高中之一，迄今为止已经走过了上百年的历程。历史上，海右一中人才辈出，大师云集。

“失敬，失敬！”林健飞忙毕恭毕敬地向覃老师问好。他虽然没上过高中，但对海右一中却不知怎地总有点诚惶诚恐、礼敬有加的意思。这也难怪。当年林子泉押着林健飞去考海右一中，除了语文之外，其他数理化、英语等考试他全交了白卷，考场上的时间也大多用来跟周公交流学习心得了。不过后来听说他的语文成绩在海右一中倒是名列前茅，可那又有啥用呢？林子泉当然气得血泪横流。

虽然林健飞在考场上看似潇洒无比，其实这场考试却成了他一生都挥之不去的梦魇。以至于他一看到或听到“海右一中”四个字，就不由自主地想打软腿儿。今天见到覃老师，那气势上就越发先矮了一截。

“覃老师光临敝所，真是蓬荜生辉！小子不才，能得先生耳提面命，得闻雅意，幸何如也！”见到覃老师，林健飞满嘴的之乎者也滔滔不绝，供应量也不觉比平时多了十倍。

覃老师疑惑地看看王德光，仿佛在询问这人是不是刚从十个世纪前穿越过来？

覃老师干脆利落地说：“林律师，我这人心直口快，一向是直来直去……我投资了本信的两套商铺，购买后才发现上当受骗，这一段就不重复了。我想问一下，如果我请你代理，你能打赢这场官司吗？或者说，你有多大把握？”

这话问得冷冰冰的，很突兀，也很不专业，让林健飞有点不舒服。“抱歉，覃老师，实事求是地说，我现在并没有足够的把握，甚至我觉得难度极大。你们刚进来的时候，我们还在讨论案情。某种程度上，这件案子的复杂程度和困难程度超出了我的想象……”他看看覃老师，又看看王德光。王德光轻叹了一口气。

“既然没把握，为什么还代理这个案子？你这不是拿我们的钱瞎折腾吗？”覃老师劈头盖脸地训道。

林健飞脸色一沉，心想作为老师，这位覃老师说话怎么如此冷硬？不过他觉得老师还是神圣的，对老师还应保持应有的尊重。

“这起案子涉及到的不可控因素太多，这一点我从一开始就跟大家说过，但既然大家委托了我，我只能全力以赴……”

覃老师突然打断林健飞的话：“你不要转移话题。如果你打输了怎么办？代理费还退不退？”

林健飞真有点火了：“覃老师，代理费是根据国家规定收取的，这是为代理案件而支付给律师的必要费用，受国家法律保护，与案件具体内容无关。再说，案子要根据法律事实、证据说话，不可能做任何承诺……”

“也就是说，不管我们的死活，你都要收钱，是吗？”覃老师再次打断林健飞的话。

林健飞忽然明白了，这位覃老师的“核心利益”不仅包括房款，而且包括代理费的支付问题。前者希望渺茫也就罢了，可后者就这么不明不白地进了律师腰包，她自然愤愤难平，恐怕这也是大多数委托人的想法。

林健飞深吸了一口气，好平静一下烦乱的心情。

“关于这一点，”他说，“我以前说过，大家一定要事先考虑清楚是否与我们所签立代理协议。代理费要按照国家标准收取，当然如果解除代理协议那另当别论。另外，如果您不介意的话，我想纠正一句，律师的职责是为委托人进行合法辩护，而不是对委托人进行生杀予夺，这不是律师要做的事情！”林健飞最后这句话说得已经很不客气了。

覃老师一时无语，王德光忙上前打圆场：“覃老师，林律师呢，我们觉得还是很实事求是的，这件案子本来就是自愿。所以，你可以自行斟酌之后，再考虑要不要加入我们的代表团队。”

覃老师冷冷地看看林健飞，说：“林律师，你别见怪！我是一个眼里揉不得沙子的人。我认为人与人之间还是直接干脆点好一些。这样吧，我回去考虑考虑，再做决定。”

林健飞点点头：“覃老师快人快语，率真直性，这样的人不多了。”

于是覃老师站起来，转身便走。林健飞、王德光正要把她送到门口，覃老师头也不回地摆摆手：“不送……”

“她就这个样，”王德光回过头来对林健飞说，“这人至今未婚，脾气古怪，我儿子在一中上学，说这老师对学生就跟训狗似的，学生们都不喜欢她……林律师，你别介意。”

林健飞笑着摆摆手，说：“王老师，您今天来有何见教？”

“哦，中午听你说本信高管来过了，我过来想了解一下具体情况。”

林健飞不由打量了王德光一眼。这人中等身材，一张国字脸，浓眉阔目，喜怒不形于色，惟有目沉似水，里面仿佛隐隐蕴含着老成持重、精明干练的气度。

是个精细人，林健飞想，就凭这么一点信息就能推断出其中会有大文章，也好，正想跟他们商讨一下调解方案的问题呢！

林健飞便把与本信高管会谈的情况以及盖天鸣、夏梦雪调查的结果跟王德光大致说了一下。

王德光微微一笑：“我们前面那几个律师也是这么叫本信拉过去的，林律师为什么不接受本信的条件呢？”

林健飞笑着说：“钱我当然想挣，但既然接受了你们的委托，就得把这件案子担当起来……呵呵，豪言壮语就不说了。我想了解一下，这本信老板究竟是什么来头，你们知道吗？”

“哦，这事儿我们都听说过，说是个大官。”王德光说，“不过这也只是传闻，他跟咱老百姓隔着九重天呢，老百姓哪知道他到底做了些什么呢？”

林健飞点点头，说：“你们进门的时候，我们正在商讨调解的问题，不过现在这个方案还很不成熟。一方面是本信那边是否愿意接受调解；另一方面就是业主这边能否在调解问题上达成共识。王老师，你看这样好不好，你能不能先说说你们对调解是怎么看的，然后我再说说我们的设想如何？”

“唉，我们能有啥想法？”王德光叹息着，“林律师，你也知道，人多就容易一盘散沙。‘成事不足、败事有余’的大有人在。今天刚有人说个想法，明天就有人反对甚至是拆台！没办法，利益分化太严重了……就说这覃老师吧，那天其实她也来了，估计后来听说要收代理费就溜了。你就等着瞧吧，她肯定躲在后头看风头！她比谁都精明！”

“是吗？”林健飞有些意外，“说实话，我最担心的还是咱们内部分裂。攘外必先安内，咱们内部意见不统一，肯定不利于问题的解决……还是谈谈调解方案吧。在调解思路上，我的主要想法就是八个字：先易后难，分批解决……”

接着林健飞便谈了谈他的主要设想：先解决定金退还问题，再解决商铺问题，最后解决公寓问题。在商铺公寓问题上以调换为主，退还全款的可能性不大。在具体实施上，虽然要分批解决，但既可以作为一个一揽子方案中的有机组成部分分批解决，也可以采取色拉米香肠似的方法解决……

“什么肠？”王德光没听明白。

林健飞解释道：“就是咱们把一个大问题切成小片，一片一片地吃掉。这样做的好处是每次本信的利益看上去不会削弱很多，缺点是一旦咱们人数下降，本信就好对付剩下的业主了。所以，加强业主的凝聚力还是咱们解决问题的关键。”

王德光点点头：“我回去跟他们好好商量一下，尽力配合律师的工作。”

“我这两天好好考虑一下，尽快起草一个调解方案。你们业主代表也想想看对调解有什么要求。我们再碰头沟通一下，然后我就带着这份方案去找本信协商。你看如何？”

王德光思忖半晌，说：“这个方案好倒是好，可是本信能接受吗？另一个问题是，像石建业、张翼德他们几个购买公寓的能同意吗？”

林健飞承认，要设计一个多方都同意的调解方案困难太大了，但不管怎样，这个方案值得一试，也必须一试。王德光想想也只能如此。“那好吧，业主的工作我回去努力做。唉，天知道这个方案出来后又会打成啥样？”

林健飞觉得，为保险起见，还是先不要声张为好。等他拟定出调解方案、经业主代表讨论，与本信协商后再公布较为安妥。王德光答应着，便起身告辞了。

送走王德光又是傍晚时分，林健飞蓦地感到一阵疲惫，他这才想起昨晚就睡了不到五个小时，又赶了四个小时火车，折腾了一整天。

调解的序幕即将拉开，可是舞台上依然暗如黑夜，恍如一个巨大的黑箱。林健飞不知道里面飞出的将会是一只白鸽还是一群蝙蝠。可不管怎样，他必须高举明烛，紧握利剑，打开黑箱，随时应对可能出现的一切情况……

第五章　试探

廖主任后面的话让他惕然心惊：“为了确保调解顺利进行，我们希望贵所为我们提供一份委托业主的详细清单。啊哈！当然啦，我们绝没有泄露贵所机密的意思！啊哈！我们只是想了解一下业主们的基本情况，这样我们才好有的放矢，为他们挑选符合自身条件的公寓嘛！啊哈！也是为客户负责嘛！是吧？哈哈！”

1

一个月过去了。

九月初秋本应天凉似水，可海右却是一派肃杀之气。霾在这个时候悄然降临海右，惟有护城河里的泉水散发着白气，在尘霾中显出一道墨绿色的清迹。

一大早，林健飞带着夏梦雪驱车去本信协商调解方案。在过去的一个月中，他与本信一直是单线联系，因为本信根本就不跟别人谈。今天，他决定带上夏梦雪，一则可以堵住本信的嘴，——本信至今只跟他谈退出本案有什么好处，却绝口不提如何调解；二则他和盖天鸣有个约定，只要有机会一定要带夏梦雪出勤，这样有利于培养她尽快成才。

汽车在雾霾中缓缓前行，两人一言不发。也许是因为雾霾本身就令人压抑；也许，更多的是因为今天的谈判究竟能谈到什么程度，他们心中茫然。

望着窗外的隐隐雾霾，林健飞心里沉抑异常。

此时此刻，笼罩在林健飞、夏梦雪心头的其实还不仅仅是车窗外的雾霾，一个多月来的焦虑和谈判的艰难比雾霾毒害更甚。

在过去的一个月里，秋柳事务所每天都是熙熙攘攘，有时候还会剑拔弩张。林健飞设计的调解草案交给维护权益业主代表后，九名业主代表立刻分成了四门五派：一派完全赞成，以王德光为代表；一派坚决反对。

反对的又分成两个分支：一支以石建业为代表。他们是公寓业主，不像商铺业主那样能换公寓就谢天谢地啦！他们就算再换又能好到哪里去呢？另一支以张翼德为代表，他们坚决要求退钱，早就看出本信没安好心，就算换了也是换汤不换药。这年头，谁的话都不能信，钱揣自己兜里才是硬道理！

第三派则是以刘淑芬等人为代表的怀疑派。他们支持商铺换公寓，可是人家给换吗？

剩下的便是第四派，也就是观望派。他们既不支持也不反对，想看看风头再定乾坤。但随着讨论的深入，冲突很快便升级，从商讨迅速变成了指责与攻击，到最后甚至发展成了毫无主题、漫无边际的谩骂。

九个人五个意见。前三派吵得热火朝天，莫衷一是；观望派起初倒还是“观棋不语真君子”，可随着骂战的升级，观望派的君子们也很快被拉下水，加入互骂的战团。到最后五派不断倒换门庭，捉对厮杀。大家唇枪舌战累了，这才各自鸣金收兵。

本来林健飞的意思是先在业主代表内部讨论，然后他携方案与本信谈判，不料第一次讨论就不欢而散。可问题终究还没解决，于是业主们又回去各自找帮手。结果战团迅速扩大，这份调解方案被迅速传到了QQ群、朋友圈里。

到了网上彼此也就没了那么多礼数和顾忌，认识的不认识的纷纷参战。不仅如此，随着战斗升级，五派也迅速裂变，转眼间就裂变成不知多少门派，到后来居然有一派居心叵测的攻击律师，蓄意挑起争端……不过最后还是支持派和怀疑派占了上风，大多数人认为这个方案值得一试，毕竟这两派总数占绝对比重。剩下的见形势不利，于是便跑到秋柳事务所来讨说法。

“林律师，有你这样办事儿的吗？做人怎么这么不地道？”

“凭什么不先解决我们的问题，先解决他们几个的问题？”

林健飞不得不耐心地、一遍又一遍地解释这样做的道理，并说这只是一个草案，而且还要跟本信谈判才能最终确定。

“要解决一块解决，要死一块死！”

“林律师，我花钱是叫你给我办事的。你要是这么办事儿我现在就举报你，你信不信？”

盖天鸣听到后来实在按捺不住，欠过身来反唇相讥道：“既然你们这么有本事，为什么不自己去跟本信讲这些大道理呢？”几名业主恼羞成怒，跟盖天鸣吵起来。林健飞和袁婉茹劝了半天才平息了这场无谓的争执。

一天下午，秋柳事务所突然来了两名区司法科的司法人员。他们接到实名举报，说林健飞律师涉嫌与开发商勾结，谋取不正当利益。他们前来调查。林健飞不觉一愣，这是从何说起？来人调查、盘问了很久，见没什么问题才带着若干材料离开。

过了没几天，这两人又来了，说是有人向市司法局举报了同样的问题，根据属地管理原则，他们再次奉命前来调查，请林律师予以配合。来人又调查、盘问了很久，见没什么问题又带着若干材料离开了……

秋柳事务所正在热映的这幕大剧把盖天鸣看得目瞪口呆，夏梦雪则看得哑口无言。不久前他们还以为林健飞为民请命，干的都是超赞的事儿，一旦与本信开战，业主们必定会站在林健飞这一边，可哪想到会有那么多业主竟这样夹缠不清呢？

尤为匪夷所思的是，竟然有人倒打一耙，四处举报林健飞！可那会是谁呢？业主代表？抑或是本信在贼喊捉贼？谁都说不上来。

林健飞倒是安之若素，习以为常。几年前，他在一次指定的法律援助中给黑社会团伙辩护过，这伙人个个死有余辜！而这伙不法之徒的情人、小媳妇们倒是个顶个漂亮、痴情，从始至终陪着他们出庭，泪眼涟涟，嘘寒问暖，就差跟这些败类生死与共了！

那时林健飞还觉得老天爷也太糊涂了，可现在他倒觉得，这世界的舞台就这么大，爱怎么演就怎么演，就当是免费看电影吧。不过，事情还没开干就发展到遭人举报的地步，也多少出乎他的意料。

瞒是瞒不住的，防是防不住的，忍是忍不住的。林健飞再能理解委托人的怨气，也不代表这些怨气发泄到他身上还能镇定自若、笑逐颜开。甚至都不能笑逐颜开，因为如果笑得不是时候，随时会有人因为你的微笑而控告你工作态度不好。人家都悲伤欲绝成那样了，你还微笑，真是太没有人性了！

面对谩骂，林健飞虽然嘴上不说，可心里却如针扎一般刺痛。那感觉与其说是在滴血，不如说被什么东西梗塞住了。

实在受不了了，他便逃出秋柳所，找个僻静的地方冲着竹林墙壁“你妹他娘兔爷他姥姥八大姑七娘舅”歇斯底里、大打出手。

业主们在办公室里没逮着他，便给他打电话，拎着一罐罐老式喷雾器又把他嗞嗞狂喷一通。有那么几秒钟，他恨不得“嗷”地怒吼一声：“不想调解拉倒！爷不伺候了！”可话到嘴边却又收了回去。他知道，这些人绝大多数不会、也不敢单独去招惹本信，只能在他这里发泄一下罢了。他不得不敛起怒气，继续做这些业主的工作。

放下电话，林健飞只觉得沮丧、失意、暴怒还有种种说不出的烦躁，在他脑海中闪着诡异的光芒纠结在一起。他沿着护城河漫无目的地徜徉，身边到处是推着小车到泉水接水点灌水的老头、老太太。路过青龙桥时，只见河对岸几个只穿着游泳裤、游泳衣的大叔、大妈正在那里群情激昂，指手画脚，不知在理论什么。

林健飞不禁轻轻摇摇头。

“小么子，”林健飞正摇头，只听台阶下传来一个苍老的声音，“嘿嘿，帮我把水扛上去行不行？”林健飞循声看去，一个穿旧工作服的老头在热情地跟他打招呼，脚下还放着两只装满水的大号纯净水桶，那桶上罩着一层不健康的乌黑色。

林健飞正没好气，心想叫我扛水，哼！你以为自己是黄石公么！本想说“别理我，烦着呢”，可看看老头那把年纪，还是不由自主地伸出了双手，把两桶水拎到马路上。老头连说几声谢谢，便推着小车慢悠悠地走了。

那几个谢字虽然一文不值，可不知怎的，却如一股清凉的泉水淙淙流过他的心田。看着老头离去的背影，林健飞心头的怨气也似乎在渐渐消散。他开始觉得，业主们也不是那么面目可憎了。

仔细想来，其实这也怪不得业主们。毕竟他们都惹不起本信，而林健飞却是他们真金白银请的，在本信那里受的气，自然会一丝不落、甚至变本加厉地发泄到林健飞身上。在他们看来，我花钱了，就是上帝；既然我是上帝，你就是小厮咯！冲你发泄几句是应该的，就是自己的痛苦毫无减缓，但把这份痛苦分享给别人，自己也会舒服点吧。

想到这里，林健飞不觉轻轻叹息。唉，不都是老百姓么……

不管怎样，该谈还是要谈。有困难要上，没有困难制造困难也要上！在这半个月中，林健飞与本信先后接触了两三次。有时候是常总来访，有时候是林健飞回访。

有一次，常总来所，恰好看见几名业主正像训狗似的怒斥林健飞，不觉莞尔。不过林健飞在他面前依然谈笑自若，如同没发生过这件事一样，常总也就一笑而过。双方总体上还处在相互试探阶段。

谈来谈去，本信无非是要林健飞退出本案，而林健飞却依然坚持要求先解决本案后再说。双方一直没谈拢，不过会谈气氛总体上还算不错，轻松和谐，掩盖了剑拔弩张的紧张气氛。有时他就想，跟常总谈判可比跟这些业主交谈容易得多了。

然而，本信虽然屡屡向他伸出橄榄枝，可他要真翻起脸来，却比业主们可怕得多。而林健飞和他的秋柳事务所恰恰就在这样一个夹缝中生存着，想要一个皆大欢喜的结果谈何容易！

这天早上，一位神色严肃的古稀老者缓步走进秋柳事务所，林健飞认识：这老爷子叫吴批修，是退休老司机，也是业主代表之一。林健飞忙起身让坐。吴大爷严肃地看着林健飞，慢条斯理地说道："小林啊，我有个问题要考考你……"

林健飞"扑哧"一声笑了。海右的老爷子往往认老礼儿，作为长辈，向年轻人请教问题那是一件很没面子的事儿，可有些问题又不能不问，毕竟他只是岁数大一点，并不代表他什么都懂。可他们又往往拉不下脸来向后生请教，而一句“考考你”既避免了向后辈求教的尴尬，维系了自己的面子，还平添了几分长辈关心后辈成长的责任感。

林健飞把茶杯放到吴大爷面前，说：“吴大爷，您请讲。”

吴大爷从怀里掏出一张报纸来，戴上老花镜，指着上面的一行字问：“你说说，什么叫依靠人民群众？”

林健飞接过报纸来一看，那是一份中央领导的讲话，其中有这么一句话：“……必须坚定不移地依靠人民群众……”下面还用铅笔画着一道波浪线。

“这个……”林健飞挠挠头，这个问题如此简单，他反而不知道该如何回答了。

“你看，还是律师哩！连这个问题都答不上来！”吴大爷满意地摇摇头，“那你说本信是不是人民群众？”

“呃，这个，好像……”林健飞又答不上来了。他这才发现，甭看自己在法庭上口若悬河，却全然抵不住这老头的两句问话。再说，本信是不是人民群众，我说了也不算呐？

“嗯，”吴大爷又满意地摇摇头，“我再问你，你说我算不算人民群众？”

林健飞笑着说：“您当然是人民群众啦！”

“这就对了嘛，”吴大爷深以为然地晃晃光光的脑袋，“既然我也是人民群众，那你说是不是该一视同仁，全心全意地依靠我……呃……们呢？”

“对对对，您说得对！”

“那你为什么还分三六九等，只帮他们调解，不管我们的死活？”

林健飞赔着笑脸说：“哪能呢？吴大爷，您是明事理的人。政策水平高，觉悟高，对党中央的指示精神学得了如指掌！可这饭还得一口一口吃不是？您放心，我向毛主席保证：绝不放弃每一位委托人……”

吴大爷老气横秋地晃晃光光的脑袋，林健飞的这番奉承话他很受用。“小儿哝，不是大爷倚老卖老哇，你听大爷的，用不着去讨本信的好！人心齐，泰山移！你带上大伙儿，咱们一块儿去本信门口静坐抗议去，我连小马扎都带来了！”

“咱们要是调解不成肯定得找本信要说法！不能叫群众吃亏！对不对？到时候还要多多仰仗您老……”

吴大爷满意地回去了，林健飞忙起身相送，到了电梯口吴大爷又扭头嚷嚷：“小儿唻，听叔的准没错……”

送走吴大爷，夏梦雪吃吃地笑着问：“大神，你真准备带着业主们去本信闹呀？”

林健飞笑笑说：“要是那样闹能解决问题，还用我出面呀！你忘了石建业说过的话吗？当时两千多群众把本信围了个水泄不通，本信不还是‘我自岿然不动’吗？”

夏梦雪咯咯笑着说：“那你这不成了忽悠老群众了嘛？”

“也不能这么说……这老爷子岁数大了，人就容易上犟，说话不能呛着他。他来咱们这里要的就是出一口气儿，事儿该怎么办还在其次，要是气不顺了，那什么事儿都办不成了。再说，老爷子的话也不是没有道理……天鸣，你通知业主代表来一趟，咱们再商讨一下调解方案，争取明天拿着方案去本信谈判……”

从下午一点半开始，秋柳事务所的律师们和业主代表们又集体商讨了一下调解的问题，大家一直厮杀到半夜才算勉强通过。在林健飞拟定的草案基础上，特别强调了业主成员一个都不放弃、具体情况灵活处理的原则。

送走业主代表，林健飞等几人都没走，又商讨了大半夜，把各种可能出现的情况又梳理了几遍。转眼已是黎明时分，居然个个面无倦意。林健飞认为，今天是该跟本信摊牌的时候了，因为以前本信始终闪烁其词，顾左右而言他。今天这场谈判的艰巨性可想而知。

2

车在本信总部门前的停车场停了下来，夏梦雪举头望了望这座土黄色的、皇宫般的大厦。本信总部在大门口的马路上摆着一对汉白玉石雕大象，寓意吉祥如意；正门摆着一对青铜色欧式狮子，看上去也算富丽堂皇，但这种卖相却让人感到压抑和暴发户嫌疑。

夏梦雪轻轻摇摇头，林健飞微微一笑。他知道她在想什么，心想你还没看到里面的情况呢！其实他从第一次来就感觉这幢大厦尽管看似气派，但没什么品位。虽然楼顶上竖着本信集团公司的金色大字，但却显得粗俗而土气，说白了那分明就是两个字：土豪。

走上高高的台阶，进入本信大厅，里面同样是金碧辉煌。正中矗立着一尊玉观音，不知是在悲悯救苦，还是保佑财源广进。保安立正分立在大厅通向办公楼的两侧，中间是四台打卡通勤机，两侧则用红色隔离带隔开。入门旁边设着一张桌子，两名身着职业装、袅袅婷婷的年轻女子轻握双手，优雅地立在桌子后面。

桌子上还摆着两部电话和一个登记簿，进入本信大楼需要经过预约、出示证件、电话核实、登记出入时间等一系列严格的程序。

林健飞与夏梦雪办理完登记等事项后，小保安便在读卡器上刷了一下通勤卡，通勤小门自动打开，两人便乘电梯上了三楼。那里是董事长、总经理、副总经理等公司高层领导办公室的所在地，红地毯一直铺到每个办公室门口的入口处。

林健飞虽然来过几次，但董事长办公室始终大门紧闭，自然与董事长从未谋面。

常总的办公室与董事长办公室相对，里面宽敞明亮，与其他地方高管的办公室大同小异，唯一不同的地方就是书橱的下一层摆放着密密麻麻的房地产文献，而上一层则摆放着一整套线装本的《二十四史》。

林健飞进门的时候，常总正在一大摞文件上签字，见到林健飞倒很客气，看见夏梦雪，常总一愣，随即嘴角微微向上翘了一下。不过他没说什么，忙起身让坐，吩咐秘书给客人倒茶，又打电话把廖主任叫过来。

“这是我的助理，夏梦雪律师，虎令臣先生的研究生。”林健飞向常总介绍，“夏律师全程参与本案，是我们所的得力干将，常总可以像信任我一样信任她。”

常总不由笑了，心想这小子可真是“蝎虎链子揭门帘——露一小手儿”！显然，他跟林健飞的一系列密谋这小丫头全都知道了！

常总笑容可掬地看看夏梦雪：“呵呵，果然是‘强将手下无弱兵’啊！上次省里开会，虎令臣先生为我们企业界做过演讲，真是耳目一新、茅塞顿开呀！我们的律师团队里也有很多从国外学成归来的博士律师，夏小姐肯屈就的话，可以和林主任一起与我们公司共商大事，长期合作嘛！”

“这个我可不敢当！”夏梦雪看看林健飞，又看看常总，咯咯笑着说，“林主任常跟我们提起您，说您是德高望重、做大事的前辈，所以今天特意带我这个小字辈儿来拜访您，还请常总多多批评指教啦！”

常总哈哈大笑，心想这小丫头倒是机灵！还没开谈呢，就给我戴了这么大一顶帽子！一会儿要是谈不拢，我再想压这姓林的，岂不成了以大欺小？

双方又寒暄了几句，便进入了正题。林健飞说：“我们今天来贵公司的主要目的是与贵公司协商一下调解方案的问题。迄今为止，虽然我们还没有达成共识，但是通过这半个月来的接触和了解，我们相信贵公司在解决这个案子上还是非常有诚意的。特别是常总，还多次到敝所莅临指导，我本人非常感动。所以，我们也要拿出十二分的诚意，力争妥善解决这起纠纷。”

廖主任接过话来，笑着说：“就是嘛！我们多次说过，啊哈！林主任只要接受我们的调解方案，这个问题很快就会得到解决嘛！你说是不是？”

林健飞和夏梦雪相视一笑，回答道：“贵公司这么抬举我真是很感动，不过我还是不得不指出，贵公司好像把调解对象给弄错了，我跟贵公司没有什么矛盾，所以对我来说，本来就不存在调解的问题。作为律师呢，我只是代表委托人与贵公司调解协商，所以也只能从法律的角度与贵公司商讨一下这个问题。”

“我们公司的所作所为完全是合法的，因此受法律保护。”常总不动声色地说，“虽然我们在运行过程中可能会出现一些纰漏，但在法律上完全是无懈可击的！我相信，就算告到法院，法院也不会支持你们的无理要求。更何况，这案子法院是不会受理的。”

林健飞紧盯着常总，不缓不慢地说：“我承认，在法律形式上，贵公司在每一个细节上都做到了有法可依，但是，司法的核心要旨是维护社会公平正义，至于形式上是否符合规定，恐怕并不是法院采信的首要标准。最高法院在司法解释中也反复强调实质重于形式的原则，特别是优先保护人民群众权益的原则。当然啦，无论是哪一方都不愿对簿公堂，毕竟打起官司来耗时耗力，所以我们优先考虑调解。从我们律师的角度看，调解的优势在于，能最大程度的节省诉讼成本、缓和社会矛盾；其关键点则在于在业已形成的利益冲突中，双方各退一步，调整失败的利益格局，找回失去的平衡。这也是我国处理民事纠纷的主要思路。为此，我国从立法高度出台了《人民调解法》等专门法律，最高人民法院则明确提出了‘能调则调’的审判原则，这也反映了党和国家在解决人民内部矛盾方面的基本态度……”

常总打了个哈欠，仿佛刚睡醒似的说：“对于律师来说，搞清楚法律文件如何规定当然是很重要的，说不定也蛮有意思……不过嘛，对不起，我是搞实业的，对法律条文没什么兴趣，我只关心开发商的利益，至于人民群众的利益我们管不了，也管不着！”

林健飞看了一下夏梦雪，夏梦雪会意，从公文包中取出一份十几页纸的文件递给林健飞。林健飞接着说：“这几天，我们与业主们共同拟定了一个调解方案，这个方案的主要思想就是六个字：‘尊重核心利益’。我们希望这个方案不仅可以充分保障业主们的正当权益，也尽量不触动贵公司的核心利益，从而圆满解决本案。不知常总、廖主任是否有兴趣听一听？”

常总与廖主任有些惊讶，虽然常总说的冠冕堂皇，但他心里很清楚，本信的生意经一向都是吃独食，又怎能容许他人染指！可林健飞却声称他提出了一个符合各方利益的方案。如果此事真的能通过合法渠道解决，又不触动本信的“核心利益”，常总当然求之不得，只是这可能吗？

林健飞见常总脸上现出感兴趣的神色，心想放长线，钓大鱼，先抻抻他再说！于是不慌不忙地说："商品房买卖涉及众多因素，关乎业主的切身利益，这也应是企业经营重点研究的问题，您说是吧？因此，我们的调解思路是这样的：广大业主投资贵公司房产，说明群众具有一定的投资需求，这种需求应当得到合理的满足，不能让群众吃亏；而从另一方面看，企业方面专业从事商品房的开发经营，具有保障销售活动正常开展的根本需求，必然要维护经营大局。由此看来，业主和开发商是房地产市场上的一对基本矛盾，利益的伴生与共赢关系应当是矛盾的主要方面。业主有其固有的投资需求；而对企业而言，市场营销和危机管理，均是经营中的不同方面。因此我们建议双方在正视、关切对方核心利益的基础上，寻求危机的解决之道。常总，您觉得呢？"

常总有些茫然地看着廖主任，廖主任也是一脸茫然。常总问："那依林主任之见，该怎样调解呢？"

林健飞并没有正面回答，而是先讲起了业主的基本情况："我们的委托人当中，大致有这么三种情况：一是少数业主只支付了定金，但还没有交余款、签合同；二是70%以上的业主购买了本信的商铺；三是少数业主购买了本信的公寓。据我们所知，贵公司四期还在建。那么在这种情况下，贵公司可否后退一步？比如在自愿、公平、互信的基础上，以四期及其他未售出的部分房源供我的委托人调换？买件衣服还能调换呢，更何况这是涉及到业主终身利益的大事！因此，我们认为，充分利用企业手中的房产资源，合理满足业主的投资需求，从而因势利导、跳出业已形成的纠纷，不失为一条可以探索的解决之道。常总，您觉得呢？"

常总的左右拇指开始对着转圈儿，顺时针转了一会儿，逆时针又转了一会儿，终于两根粗壮的大拇指对在了一起。他沉思了一下，说："调换不是不可以——虽然业主们已经过了合同约定的调换期——也罢，吃点亏就吃点亏吧，谁叫我们是华东最大的房地产公司呢？那你们有什么具体设想吗？"

林健飞说："我们认为，在本案中涉及到的两个最基本的因素，无外乎'价'和'房'两个方面。先说说价格问题吧。首先，大部分业主是在三年前购买的商品房，现在商品房的合同价值和实际价值相比，已发生部分溢价。这部分价值也是业主三年前投资回报的体现，商品房互换时应体现其实际价值；

“其次，合同原定交房期限是××××年×月×日，这是业主买受房屋的决策依据之一，业主可以合理期待在这一日期对房屋支配、收益。依据最高人民法院有关商品房买卖合同纠纷的司法解释，延期交房的可以按照同等条件房屋的租金计算损失。从目前情况来看，可以计算到近期签订合同中约定的××××年×月×日。

“再次，大多数业主的购房动机并非出于居住需要，而是投资需要，是出于对商铺盈利能力的信赖。目前之所以形成纠纷，很大程度上是对于一期现状的恐慌。从我们调研的情况看，贵公司公寓项目的主要优势之一就是便于出租，目前出租率也较为良好。为此，请求贵公司减免物业出租前的物业管理和双气等费用，打消业主的疑虑。

“最后，我们认为，业主应有权同等享受贵公司目前的其他促销待遇。另外呢，在定金问题上我们希望贵公司能予以退还。其实这点钱不过二十来万，对本信来说连九牛一毛都算不上……”

常总听到这里，点头说道：“定金退还倒不是什么大问题，我们总部并没有不退定金的规定。之所以出现这种情况，是因为任务分解到基层以后，基层管理部门为完成任务而擅自制定了这个土办法。再说，这部分客户也不多，所以退还定金不成问题。退钱，可以！但是必须签订《保密协议》！”

话说到这里，林健飞和夏梦雪不约而同地想起了那期《午夜不关机》。林健飞心想，说得倒轻巧！你们总部没这规定，下边就是借他仨胆儿也不敢乱收费！不过嘴上却说：“如果贵公司能及时解决，我们可以动员这部分业主根据贵公司的意见签订《保密协议》，并且积极配合。”

常总点点头，他又问：“那么你们对换房有什么要求吗？”

林健飞说：“在换房问题上，我们认为，其实质是业主在继续交易的基础上，对交易对象的再选择，从而让业主重新成为贵公司的客户。在房产大事上，必然要充分体现买受人的合理投资需求，不应该强迫买受人接受，否则难免产生新的隐患，所以我们希望贵公司能充分考虑这一点；

“第二，买受人的投资情况不一致、投资需求和意愿不一致，与之相应的可换房屋也不一致。建议贵公司在可选择楼盘、楼层及具体户型上，给买受人留出充分的选择空间，为最大多数业主顺利换房拓宽道路；

“第三，大多数业主购买的是贵公司的商铺，我们希望贵公司可以以公寓换商铺；而那些对公寓不满意的业主，则采取公寓换公寓的方式解决……”

常总打断了林健飞的话：“在公寓置换问题上可以协商，你们的意见我们也不是不可以考虑；但是在商铺换公寓的问题上，商铺只能换商铺！这个没有商量的余地！”

在林健飞看来，商铺换公寓恰恰是本案的关键所在，因为70%以上的委托人都是商铺业主。商铺换商铺，这个方案林健飞不是没有想过，但是根本就不可行。盖天鸣和夏梦雪亲眼目睹过那些棺材般大小的所谓商铺，就算可以换，又有什么实际意义呢？

照业主们的说法，这种做法跟从一个坑挪到另一个坑有啥区别？“商铺换商铺”不过是个帽子戏法！

双方在这个问题上僵持不下。林健飞指出，商铺业主占绝大多数，是解决本案的关键；而常总则针锋相对地说，本信不可能接受这样一个信口雌黄的方案。本来业主们买的就是商铺，不能因为你觉得商铺不合适就给你换住宅。这个口子一开，谁的商铺觉得干不下去了就可以换公寓，那不乱了套吗？

廖主任看势头不对，忙转身笑嘻嘻地对林健飞说：“林主任，啊哈！你看我们公司还是非常有诚意的，刚才咱们谈的也不错，啊哈！在这个事情上，我们常总已经做出了重大让步，你看是不是你们也退一步呢？商铺换商铺本来就是很公道的嘛！啊哈！”

林健飞冷冷地答道：“在正常情况下，如果商铺可以换商铺当然很公道，但贵公司的商铺大同小异，可置换的空间不大……”

“什么叫正常情况？什么叫大同小异？”常总有些恼火，“以前租我们商铺的人多了去了，不也经营得很好吗？如果不同意，到法院去告我们好了！……”

林健飞也有些火了，心想我们为完善这个方案一整宿都没睡，你们竟然如此倨傲狂妄！不过他没有发作出来，强按着火气说："我们当然要努力促成调解，但是也绝不能逼着委托人明知是火坑还要往里面跳！调解不成，我们只能在法庭上见！"

"哼，法庭上见就法庭上见！"常总冷笑一声，"就这帮人，纯粹就是乌合之众！我实话告诉你，你帮他们打官司，最后他们不吃掉你就烧高香吧！再说，想跟我们打官司，切！先问问法院答不答应吧！"

林健飞当然知道常总的话绝不是虚声恫吓，这一点他早就充分预料到了，可本信高层如此盛气凌人，不由他不怒！他正要出口反驳，夏梦雪忽然插话说："常总、林主任，两位消消气！有话好商量嘛！听我说几句好吗？"常总看看林健飞，林健飞冲夏梦雪点点头。

夏梦雪沉静地说："首先，今天林主任和我来贵公司，总的来说感觉不虚此行。为什么这么说呢？这份调解方案我是起草人之一，个中艰辛就不必说了。但我可以负责任地说，我们在起草过程中的的确确考虑了各方利益，也力求符合各方诉求。今天贵公司能肯定我们的若干观点，而且在总体思路上我们也有较多的共识，刚才廖主任也说过了，贵公司有诚意解决这一问题，并且做了重大让步，这就充分说明，我们还是具备合作解决争端的基本条件的。您说是吗？"

常总和廖主任点点头。

"其次，既然我们双方都是有诚意的，而且都做了不懈的努力，只是在一个具体问题上还存在分歧。那么只要双方再努力协商一下，解决这个问题应该也不会有多困难吧？其实我们在拟定调解方案时，不是没有考虑过商铺内部置换的问题，但实在太难了；可如果要求全额退款又过于激进，不利于实现双方的调解。两者相害取其轻，因此我们才建议采取中间方式，业主们也非常期待调换成公寓。至于公寓是用来商用还是用来自用或出租，这个他们可以自主决定。而贵公司如果同意商铺换公寓，不仅不会有任何损失，而且有助于贵公司进一步展开工作。"

常总和廖主任不约而同地“咦”了一声。

“据我们所知，贵公司一期到三期的商铺现在空置率很高。照这样发展下去，四期建成后能否成功开盘都很难预料。其实商铺大小还在其次，关键是看它能否聚起人气来，哪儿人多人们就愿去哪儿购物，谁愿意到一个空空荡荡的商场里去购物呢？但反过来说，如果业主们成功入住，人气自然就有了，把商铺租出去也就容易多了。因此我们这个方案其实是一个共赢的方案，对贵公司、业主都有利，您说是吗？”

常总微微点点头，他不禁对这个小姑娘有些刮目相看了。起初，常总以为这黄毛丫头不过是林健飞带来的一个小跟班儿，并不在意。听夏梦雪分析，他才发现这丫头不仅能据理力争，还能站在本信的角度思考问题，指出其中利弊，还真有点儿小瞧这丫头了。

其实常总内心深处又何尝不是一肚子苦水！他在房地产这一行做了几十年，当初被本信挖过来实指望大树底下好乘凉，可哪想到本信的生意会做到这个份儿上呢？他不是没有向上面反映过类似的意见，可是……唉！虽然常总老拿聘林健飞做法律顾问说事儿，其实他本人不也是本信雇来擦屁股的打工仔么？上边的决定他只能执行，却不能反对。

夏梦雪鉴貌辨色，知道她的说辞说到常总心里去了。说到这里，她忽然想起前几天夜里几个姐妹在被窝里玩杀人游戏的情景。嘻嘻，常总就这么被我“杀”掉了。她暗笑一下，继续严肃地说：“从各方利益出发，我们认为，商铺换公寓可能是契合各方利益的最佳解决思路，因此我们才提出这样一个方案来，还希望常总三思。”

常总沉吟半晌，觉得这个思路很好，值得一试，于是说：“好吧，两位能否把这份调解方案给我们一份？我再请示一下上面的领导同志。时间不早了，这样吧，中午你们就别走了，我请客。你们看怎么样？”林健飞心想，就算常总是真心请客，也不能答应，小心无过错。虽然他和夏梦雪把本信夸得跟朵花儿似的，但在双方底牌还没有浮出水面之前，谁敢以身试险呢？于是他婉言谢绝了。

从本信总部出来，尽管霾还没有散去，但太阳那张惨白的脸终于从厚厚的阴霾中钻了出来，大地似乎也有了一丝活气。林健飞和夏梦雪精神为之一振，一夜的疲惫与焦虑也仿佛在一瞬间荡然无存。

林健飞在回所的路上使劲夸了夏梦雪一顿，说今天要不是你最后那几句话，咱们这趟就算白来了！夏梦雪撇撇嘴说：“哼，还好意思说呢！跟着王子殿下出来净蹭吃蹭喝；跟着所长大神出来，白吃白喝都蹭不上！”

“放心好啦，亏待不了你哟！”林健飞嘻嘻笑着哄着夏梦雪，那口气简直是在哄硕儿一般，“你嫂子看咱们这两天太辛苦，一大早就给咱们包了一大锅猪肉荠菜水饺，香得很呢！”

夏梦雪本来打算打趣林健飞小气、抠门的，可一提起袁婉茹，她就不好意思再淘下去了。她跟谁都能没大没小，包括爸妈，但虎令臣和袁婉茹除外。跟他们磕牙、捣蛋，夏梦雪总有种亵渎的感觉。

“对呀对呀，快开车！还不知道抢得上抢不上呢！”夏梦雪笑嘻嘻地说，“就王子殿下那饭量，能把咱们仨人的饺子全吞下去哩！”于是两个人高高兴兴地跟盖天鸣抢饺子去了。

3

几天后，廖主任打电话给林健飞带来了好消息：本信高层原则上同意了秋柳事务所的调解思路，但本信希望秋柳事务所能进一步充实调解细节，特别是进一步确定实施步骤。林健飞自然很高兴，对本信的要求也表示支持。毕竟上次带去的只是一个初步的调解设想，还不足以妥善解决这个案子。

然而，廖主任后面的话却让他惕然心惊：“为了确保调解顺利进行，我们希望贵所为我们提供一份委托业主的详细清单。啊哈！当然啦，我们绝没有泄露贵所机密的意思！啊哈！我们只是想了解一下业主们的基本情况，这样我们才好有的放矢，为他们挑选符合自身条件的公寓嘛！啊哈！也是为客户负责嘛！是吧？哈哈！”

林健飞一时不知该如何回答，他沉默了片刻，说：“好吧，容我们准备一下。”

林健飞放下电话，把本信的要求跟大伙说了一下。盖天鸣第一个站起来反对：“这可不行！傻子都看得出来，本信就是跟咱们下了个套！他就是想摸清楚咱们的底牌，看咱们手里到底有多少委托人！把资料给了他们，谁知道本信又生出什么幺蛾子来呢？”

林健飞又看看夏梦雪，夏梦雪紧皱着眉头，半晌才说：“我也不确定，不过我觉得还是把资料交给他们为好……”话还没说完，盖天鸣便跳了起来：“我说女王妹妹呀，拜托动动脑子好不好？人家布置好了圈套等着咱们往里跳哩！谁跳进去谁就是傻子！”

夏梦雪白了盖天鸣一眼：“你才是傻子呢！不对，你是二傻子！比傻子还二！”

林健飞和袁婉茹都笑了。“天鸣，你让小雪先把话说完……小雪，说说你的理由。”

夏梦雪迟疑地摇摇头，说：“我也说不好。首先，我基本同意王子殿下的看法：这很可能是一个圈套……”

“你瞧瞧，我说什么来着！”盖天鸣心急地说，“是圈套你还鼓动林哥往里钻！咱们三个一头钻进去，那不真成‘三傻大闹宝莱坞’了吗？”

话还没说完，林健飞便笑着拦住了他。

“小雪，你接着说。”

“廖主任今天给了咱们两个信息：第一个是个好消息，第二个却可能是一个坏消息。可是，他为什么要把好消息先讲给咱们听呢？无非是给后面的坏消息做个铺垫。也就是说，他的第一个消息实际上只是为了给第二个消息打掩护。反过来说，如果本信真的有诚意解决纠纷，那么，他一定会愿意与咱们协商第一个问题，而不是急于解决第二个问题。但如果是这样，那么前一条信息不是假的，就是为第二条信息服务的托儿，对，十有八九是为后者做铺垫。他不光要看咱们有哪些委托人，而且还要搞清楚这些委托人到底想要什么！”夏梦雪突然自信地说。

盖天鸣疑惑地看看林健飞，那神气好像在说：这丫头的脑瓜这不挺机灵的么？怎么明知道是圈套还叫咱们往里跳？

林健飞饶有兴趣地听着夏梦雪的分析，他插嘴问道：“那你为什么还要咱们交业主资料呢？”

“是啊，这一点我也拿不定主意……按理说，上次咱们去本信总部应该说到常总心里去了，所以本信可能还是有调解诚意的。可咱们能说服常总，常总能说服他上面的领导吗？这是其一；其二，他们现在说得那么好，感觉一切都是为了这个案子着想，如果我们不把资料交给他们，那么理亏的倒成了咱们！到时候他们就能堂而皇之地说是律师在阻挠调解！可如果我们把资料给了他们，谁知道他们会干出些什么事情来呢？”

一时间，大家都沉默了。名单交还是不交，这是个问题。

林健飞又看看袁婉茹，他想听听妻子的意见。袁婉茹平静地说：“我哪有什么想法呢！我就是觉得这件事办得有点太顺了。可话又说回来，被子要干净，就得拿出来晒，阳光是最好的杀毒剂。”

一句话提醒了林健飞，他前前后后回想了一下，是的，这事儿是太顺了。虽然我们的方案充分考虑了本信的利益所在，但毕竟还是会损害他们的利益。如今本信对我们的方案不仅不反对，反而要求我们进一步充实。不过，婉茹说得对。我们走的是阳关道，行得端、做得正。你再怎么折腾，万事总扛不过一个理字儿！就算本信包藏祸心，也未必敢暴露在阳光下。

“交，一定要交！”林健飞下定了决心，“不过，在交之前得先杀杀菌、消消毒！”

盖天鸣和夏梦雪一愣：难道还要放消毒柜里蒸一蒸吗？

林健飞立即给廖主任打了个电话，说名单可以交，但必须经过业主同意。

“啊哈，那是自然！”廖主任嘻嘻笑着说，隔着电话，林健飞仿佛看到廖主任那一脸的笑容可掬。

调解开始步入运行轨道。

经业主同意，林健飞亲自去送这份名单。业主们又是兴奋又是担心。起初业主们还不敢相信自己的耳朵，便成群结队地跑到事务所打听：本信真的同意调换调解吗？盖天鸣和夏梦雪便回答：至少目前他们可能还是有调解意向的。有几位便抱着这句话翻来覆去地念叨，仿佛那是一根救命稻草，又像是黑夜中的一粒火星。可能，可能啊！这两个字一头通向黑暗，一头通向光明，可既然有了光明，谁还愿意扭头盯着黑暗不放呢？

转念一想，业主们又感到有些难为情。想想这阵子自己都搅合了些啥呀！大家唇枪舌战伤和气不说，啥事儿都没办成！而当初那几个带头来摆事实、讲道理、痛斥律师无能的业主又觉得最对不住的还是人家林律师，看来这林律师也许是真心带领大家维护权益。人家也没讲什么大道理，一步一个脚印走到现在。扪心自问，当初的那些无理取闹实在没意思，如今他们对林健飞倒实在有些不好意思了。

只有王德光皱着眉头，一言不发。本信葫芦里究竟卖的什么药？他对本信的“善意”半信半疑。他怀疑这是一个圈套。可是，如果他挑明了这一点，那不是把刚刚聚集起来的人气又冲个稀里哗啦么！可如果不说，谁知道本信后面又安排着什么后招呢？王德光想了想，问道：“盖律师、夏律师，林主任对调解有什么看法吗？”

夏梦雪看了盖天鸣一眼，盖天鸣点点头。

“人在做，天在看。”夏梦雪说，“林主任临走前说，虽然咱们做了最大的努力，但不能确保本信真的有诚意与我们调解。既然他试探咱们，咱们也要试探他。但是，我们认为不管本信会耍什么花样，大家的安定团结是咱们维护权益取得最终胜利的关键。还希望大家一如既往地支持我们的工作！”

盖天鸣想了想，觉得这话意犹未尽，没表达出他的怨气来，于是拱拱手说：“有件事儿算我个人求大家了：拜托各位以后拆台的事情少办点儿、帮衬的事儿多办点儿；勾心斗角的事儿少一点，齐心协力的事儿多一点，不折腾，成吗？”

一席话把几位业主说得脸红了，他们无言以对。石建业边点头边向其他人说："盖律师说得对！咱们吃亏就亏在一盘散沙、缺乏团结上了！前一阵子还有那么多业主来给林律师添麻烦！现在想想，真是太……唉！不说那些啦！从今往后，咱们拧成一股绳，全听林律师的，早点把自己的正当权益要回来！"

刘淑芬略带歉意地拉着袁婉茹和夏梦雪的手说："阿姨没文化，说话有时候不中听，你们可别往心里去……"

其他业主也纷纷点头称是。虽然本信是否有诚意调解还不得而知，可不管怎样，大家总算看到了一点希望。本信肯接受调解方案，终归是向着积极的方向迈了一大步，只能走一步说一步了。

林健飞代表秋柳事务所将客户资料移交到本信手中，同时又提出了一份更为详尽的调解方案。林健飞向常总等人建议，如果双方能够接受这一方案的总体思路，可以进一步洽商，完善、细化、调整总体方案，尽量体现各自的核心利益；一旦双方无原则性分歧，先进行试点，试点成功后由业主分组直接到贵公司洽商，就具体的操作性事宜充分协商。

同时他建议双方洽商成功后，可以考虑以团购等适当名义集体签订合同，在国家《商品房买卖合同示范文本》的基础上签订、拟定具体合同文件。常总欣然同意。不过他要求林健飞再提供一份参与试点的人员清单，好安排参加试点的人员看房、选房。

迄今为止，一切顺利。看得出来，常总八成是有意调解的，但林健飞的心里却依然感到隐隐有些不安甚至有些畏惧。蒋总自从上次来所发了一通飙之后再没有露过面；而那位神秘的董事长至今没有出现过。

最让林健飞担忧的是，蒋总是董事长的小舅子，这是常总在一次闲聊中不经意间透露出来的。他虽然是总经理，比蒋总也大近二十岁，可处处却还要让着蒋总三分！而这几个关键人物仿佛人间蒸发了一般。

难道那个神秘董事长高瞻远瞩，不像他这个草包小舅子，只知道打打杀杀？抑或此时此刻，他们正躲在高处冷眼旁观，反复试探，准备出其不意地给我们致命一击呢？想到这儿，林健飞打了个寒噤。

晚上林健飞陪着硕儿打游戏，说是陪打，其实林健飞根本就看不进去，只是傻坐在一旁看孩子罢了。

两个人的交流同样针对的是游戏里的角色，交流过程中，林健飞才发现，原来很多哲理就蕴藏在生活之中：游戏里那些角色，任何一个都有其优点，但优点出现时，缺陷也会如影随形，从来没有完美的角色。

就如同他们和本信之间的试探，其实根本没有什么万全之策，“是故天有余而损不足”，只能在正与反的此消彼长中寻找胜机。到底是福是祸，是胜是败，一切走着瞧吧！

第六章　换房

林健飞嘴中的鸡腿突然啃不下去了，他呆在那里，若有所思，一声不吭。他把自受理这起案子以来跟本信较量的这几个回合在头脑中全部迅速回想了一下：难道本信的和谈与调解只是在主力吸筹？

1

“老伴儿，老伴儿！快拿酒盅子来！”石建业左手拎着一大袋东西，右手拎着一瓶锦绣春，还没跨进门就兴冲冲地嚷嚷。“快点儿，要大的！”

“瞧你这疯老头子！”老伴儿张月娥一边给石老头开门一边数落，“都这把子年纪啦，还跟孩子似的毛手毛脚，一点儿都不稳重！”

“哈哈哈，你甭管！拿大个儿的！”石老头兴奋地打开袋子，里面装的是一大包猪下水，里面有猪大肠、猪肺、猪拱嘴，还有一根苦肠。

“我正在城楼上观风景，忽听得城外一阵喊杀声……”兴奋之下，老头竟唱了起来。

“这老头子！瞧把你给乐的！吃喜鹊屎啦？”老伴儿把酒盅放到石老头跟前，拿起苦肠去厨房切了一下，又把刚炒好的菜端出来，老两口便一起吃午饭。

石老头却不言语，迫不及待地呷了一大口酒，心满意足地“呀”了一声。

“我正在城楼上观风景，忽听得城外一阵喊杀声……”

张月娥有些好笑，心想自打给儿子爱国买房子上当以来，老头子一张老脸天天拉得跟鞋垫儿似的！稍不如意就摔盆子砸罐子，看什么都不顺眼，今儿这是咋的啦？

石老头并不理会老伴儿那一脸的好奇和惊讶，可心里那叫一个美呀，比喝了蜜都舒坦。他墩墩筷子，呷了口酒，吃了口猪拱嘴，突然故作神秘地压低声音说："老伴儿！咱有喜啦！"

"什么？"张月娥惊喜地猛一探脖子，"你是说，咱儿媳妇有啦？"

"嗐！"石老头有点不高兴地说，"你这老婆子，脑子里就那点事儿，还能装点儿别的东西不？"

张月娥不高兴地白了老头一眼："不装这个装啥！你不也天天念叨着抱孙子吗？见了儿媳妇那俩贼眼珠子天天盯着人家的肚子看，别当我不知道！"

"净瞎说！"石老头不屑地"嗤"了一声，可过了一会儿又高兴起来。

"当然嘛，要孙子也是大事儿！要是咱家有了'石小业'，咱就不吃猪拱嘴啦，咱就改吃猪头肉啦！"

张月娥也吃吃地笑了起来。"那你说说，到底是啥喜事儿呀？"

石老头嘿嘿笑着，满满一杯酒一饮而尽，又满满斟了一杯，拿在手里饶有兴味地看着酒杯，却又不吭声了。

"你个死老头子！到底说不说？"张月娥实在忍不住，啪地一拍桌子，把老头吓了一跳，酒也洒了一桌子。

"你个死老婆子，有话好好说嘛！"老头心疼得不得了，忙凑上去吸溜洒出来的酒。

张月娥又好气又好笑，她知道，老头子这么多年来虽然喝不了几两，却嗜酒如命。只要是酒，在老头子看来，是一滴也决计不肯浪费的。

"瞧你那没出息样儿！"张月娥笑着嗔怪道，"还赖我？谁叫你嘴缝得跟尿片儿似的？"

石老头把桌上的酒吸光，又把杯里的酒一饮而尽，才笑呵呵地说："咱儿子那套房子马上就有戏啦！我今天去找律师，律师说他跟本信联系好啦，明天一大早带我们去看房、选房！”

“真的呀？”张月娥“呼”地一下子就站了起来，面前的筷子“哗”地就掉到了地上。“本信答应给咱们换房啦？”

“那还有假？”石老头兴奋地说，“我说啥来着？这小伙子，我早就看他行！”

“切，还好意思说呢！前几天也不知道是谁在家里发疯，吵吵着这小子‘嘴上没毛办事不牢’哩？”张月娥边说着边给老头夹了一块苦肠，“还跑到人家那里闹了好几场……”

“你这老婆子，专会挑人短儿！当时那不是……唉，那啥么？再说，那时候不是心里急么？又没啥把握……”

“那你现在就有把握啦？”

“准成，准成！”老头呼呼噜噜嚼着苦肠，含含混混地说，“参加试点的那几个业主上礼拜都领到了钥匙，估计这会儿正请林律师吃饭庆功呢！”

张月娥脸上顿时有了喜色，可又有点儿怨气：“唉，好歹也是个业主代表哩！这林律师也是，怎么试点的时候不先给咱们换，倒先给那几个人换？”

“妇人之见，你懂个啥！”老头不屑地哼了一声，“试点的这几个业主是我们几个业主代表一起选定的。业主代表得有点儿觉悟、做个表率不是？要是我们这几个解决了，拍拍屁股走人，本信要是突然反悔，我们怎么对得起大家伙儿的信任？再说，要不是我们这几个代表表了态，先人后己，拧成一股绳，甭说试点，就我们这帮乌合之众能做啥？做梦去吧！”

“你就清高去吧！剜到碗里才是肉！”老伴儿有点担心地说，“他们倒是拍拍屁股走了，可本信要是反悔了，那咱可咋办？”

“准成，准成！放心好啦！”老头信心百倍地说，“这回咱可找对律师啦！以前咱们请的那些狗屁脓包，想想我就来气！”老头愤愤地咬了一大口猪肺，又抿了一口酒，悠悠地叹了口气：“不容易呐，被骗了都快一年了呀……仔细想来，都是我自作聪明，害了爱国呀……”老头说着说着眼圈红了。

老伴儿见他忽然伤心起来，忙给他倒了一盅酒，又夹了一口菜，劝慰道："这不咱的房子快要回来了吗？这是喜事儿啊……咱们啥时候去看房呀？"

老头拿起抹布，也不顾脏净，擦了擦眼，嘿嘿笑道："是呀，是呀！明早八点，小王开车来接我们几个去售楼处。林律师也在那里等我们，这小伙子，我真没看错！"

石建业看看自家房子，这套房子还是当年评上市劳模后单位奖给他的。两室一厅，还有暖气，在当时算最好的房子了。屋子里到处是电线，仿佛蜘蛛网一般，那是他的杰作。身为电工，万事不求人，家里的电线、电路倒十有八九是他亲手走的线。只不过白炽灯换成了节能灯，灯线还是那根灯线。地板还是水泥地，原来白色的墙早已暗淡发乌。

倒是清一色的实木家具、实木门，却是八十年代初的款式，那还是他亲手打的，那时就没听说过家具还可以买。门窗上的漆已经斑驳不堪，轻轻一碰就掉下一片。厨房虽然还算干净，只是又破又黑。卫生间也是蹲式马桶。

有什么办法呢？做了一辈子工人，下了一辈子大力，拿了一辈子劳模奖，有一天却突然下岗了，从那以后他再也没能咸鱼翻身。一句话，虽然人类社会已步入了21世纪，但石建业的家，也许还包括精神，还停留在二十世纪八九十年代。

石建业有些心酸，可那酸辛刚冒了个泡就被欣喜挤碎了。

"月娥呀，"老头呷着小酒开心地说，"等弄到新房子，咱们家也刷刷房，我记得咱们上次刷房爱国还在上小学呢！"

张月娥也很高兴，两颗老迈的心仿佛返老还童一样，一起畅想着新房的新气象。老头一高兴，又唱起来："我正在城楼上看风景，忽听得……"忽然间，座机响了，老头拾起电话来，原来是刘淑芬。

"对，对……是八点整！王德光来接咱俩！……对，一起去售楼处选房……大妹子，当初我跟你说啥来着？……对，'老天看着哩！'大哥说的没错吧？哈哈哈哈……好，好，……明天一早见！"

2

第二天一大早，十月金秋的寒气伴着轻霾沁人肌肤，直入心肺。人们在晨霾中匆匆擦肩而过，又匆匆消失在晨霾中。

王德光开车接着刘淑芬和石建业去售楼处与林健飞和其他业主会合，一路上大家一言不发，一个个脸上虽然写满兴奋之情，可这兴奋中却又掺满了紧张、焦虑与不安。每个人都是彻夜未眠，半是希冀，半是忧虑。

几年前，他们购房成功后的那一夜也曾经彻夜不眠。不过那是购房终签、头脑发热后的余热。而如今却是苦待黎明的煎熬，那种感觉一半是火焰、一半是冰岩；忽而烈如焰火，忽而寒如冰窖。

此时此刻，其实对身在火车上的林健飞来说又何尝不是如此！本来他今天应当亲自主持换房事宜，但曹州超期羁押案又平生波折，他不得不临时决定由盖天鸣、夏梦雪代他去换房现场。

虽说迄今为止试点进行得出奇顺利，可林健飞却殊无快意。业主代表团队在过去的一个月里扩大到了77人，并且还有上升趋势。如果不能从快解决，本信一旦反悔，势必是一场恶战！为了稳住本信，他建议本信与业主签了一份《调解意向书》。

可话又说回来，不要说一张薄薄的民间调解协议，就是停战协议不也是上午才签订，中午就有可能互相开炮么？更何况，项总和蒋总始终没有露面表态，这一纸意向书至今让林健飞感觉犹如在刀刃上行走一般！万一……唉，不去想它了。

林健飞随手掏出一本《唐诗三百首》，漫无目的地翻看起来："疑是地上霜"呵，"一去不复返"呵，"空余黄鹤楼"呵，"换房早八点"呵………他硬着头皮翻着书，却全然不知上面写了些什么，而心思却总不由自主飞到了换房上……

王德光等人到达售楼处，见盖天鸣和夏梦雪早在那里等着了，不由一愣。

夏梦雪便把林健飞临时出差、把主持换房工作交给他俩的事情跟业主们大致说了一下，业主们点点头也就没再说什么。

八点整，两人便与业主们一起进了售楼处。售楼小姐一眼就认出了盖天鸣和夏梦雪，轻轻皱了一下眉头。真是不是冤家不聚头呀！这俩败类上个月浪费了她那么多感情不说，不知哪个缺德鬼还把她怎么向盖、夏两人推销房子的事儿向蒋总打了小报告，结果挨了蒋总一顿臭骂。要不是她后台关系面子大，早被炒鱿鱼了！

可公司还是扣了她上个月的奖金，又把她调到了本信四期售楼处。哪知道刚过来就又遇上这俩瘟神了呢？虽然她的眼睛里流露出来的是欲杀之而后快之情，但职业素养告诉她，顾客永远是上帝！于是她努力挤出一丝微笑，对两人说道："欢迎光临！"

盖天鸣倒是不计前嫌，冲售楼小姐憨厚地一笑，售楼小姐鼻子都快气歪了。

这时候，一名西装笔挺的黑矮男子笑容可掬地迎上前来，盖天鸣便向业主们介绍："这位是售楼处的黄经理，今天由黄经理安排咱们的换房事宜！咱们鼓鼓掌，希望黄经理能为大家选到理想的房子！"人群里稀稀拉拉地响了几声掌声。夏梦雪心里不由闪过一个念头：本信这几个头头的脸蛋儿，怎么生得一个比一个黑？

黄经理却不介意，他操着南方普通话，依然笑容可掬地说："哎呦，廖主任已经将大家的情况跟偶有讲过滴啦。首先偶代表公司领导欢迎大家来选房！一会儿偶和售楼小姐们会带着大家去看户型图、楼座沙盘和样板间。大家看上哪套房子就告诉偶和售楼小姐好不啦！哎呦，偶们四期的房子好滴不得了滴呀，对不啦？户型好，升值潜力大……"

黄经理意犹未尽，还要滔滔不绝地讲下去，张翼德忽然学着黄经理的腔调打断了他的话："哎呦，则话偶们都听了几百遍、几百年滴呀，对不啦？黄经理带偶们去看房好伐？偶们鼻子底下长的是嘴巴不是脚巴丫好不啦？偶们自己会说滴呀，对不啦？"

人群中轰地一阵爆笑，黄经理有些恼怒，他刚要出口反驳，王德光走到他跟前，笑着说：“黄经理，别生气！他就是喜欢开玩笑……要是没什么问题，麻烦您带我们去看房吧！您要是有事忙，我们自己看也行……”

黄经理这才转嗔为喜：“好滴呀，好滴呀！大家跟偶来……”

夏梦雪跟在业主后面去看公寓户型图，那里已经围着一群人。业主们犹如一阵微浪冲到户型图前。只见售房小姐正热情地向前排的那几个人介绍着：“对，一铺养三代，存款不如买商铺。”“8年回本，价额优惠最后三天！”“托管式租赁，坐享高额租金，您就安心数钱吧！”“年回报率12%、出租率86%，所剩房源不多了！”……

业主们尴尬地苦笑着相互看了一眼，有几个人甚至轻轻跟着背了起来，这些词儿他们再熟悉不过了。当初他们听到这些天花乱坠的词儿时，曾经是那样激情澎湃、血脉贲张、心花怒放，而如今再听到这些词儿，竟恍如隔世！

业主们不约而同地想：当初怎么就鬼迷心窍，轻而易举信了这么彻头彻尾的谎言！可眼见围在前面的那几个人听得频频点头，夏梦雪还有几个业主不由轻声叹息。她想，又有一批鱼要被本信网罗彀中了。也有几名业主躲在一旁，禁不住幸灾乐祸起来，可他们都没有点破，因为他们在签订《换房意向书》的同时也签了《保密协议》。

业主们仔细端详着、审视着、不厌其烦地询问着。“吃一堑，长一智”，更何况这是一个价值几十万乃至上百万的“天堑”呢！如今站在他们面前，售楼小姐们明显感到力不从心，她们以往所有的营销秘籍、宝典都濒于失灵。

站在她们面前的这群人仿佛不是来选房的普通老百姓，而是一流的国际建筑大师，问的每一个细节都是那么专业、精准，以至于周围一些不明真相的新人对他们不由肃然起敬，可有谁知道眼前这群专家、大师却是个顶个满脑门子官司、一肚子苦水呢？

“哎，闺女，俺想要这套！”石建业忽然指着一张图说。

“哪一套？好的，我看看！”售楼小姐一边笑眯眯地回答，一边麻利地翻着登记表。“对不起，大叔，这套已经预订出去了……”

“预订出去了？”石老头有些诧异，“上面不是还没插小红旗么？”

“抱歉，今天刚预订出去的，还没来得及插呢！”售楼小姐一边笑眯眯地回答，一边麻利地把一面小红旗插了上去。

“那么这一套呢？”石老头皱皱眉头，指着另一张图问。

“我看看……抱歉，这一套也预订出去了，还没来得及……”售楼小姐一边笑眯眯地回答，一边又麻利地把一面小红旗插上去。

“哎，闺女！大叔问你句话，行不？”石建业忍不住又问。

“大叔，您尽管问！”售楼小姐脸上又浮现出那招牌式的微笑。

石老头哪有心思享受这微笑服务！他皱着眉头问：“闺女呀，你以前做啥工作的？”

“我嘛，以前卖过雅芳、安利、洁莱雅；保险、阿迪达斯、皮仕·卡娜……”

“哦，行了行了，您甭往下说啦，”石老头挥挥手，“我还以为你以前是射击队的呢！怎么我指哪儿你就打哪儿！”

售楼小姐“扑哧”一声就笑了，她正要解释，忽然只听另一群人里有人嚷嚷：“这么多空房子，怎么我要哪套你们就往哪套上面插小红旗儿？你们这是叫我们选房来啦，还是叫三爷来陪你们玩‘打地鼠’哪？”

大伙儿一听那嗓门儿就知道是张翼德，不一会儿其他业主也嚷嚷起来。仿佛是为了回答业主们的质疑，这时候就听广播喇叭里“叮咚”两声脆响：“恭喜于天翔先生成为C1142号公寓业主！”“恭喜马丽娜女士成为D1329号公寓业主！”

王德光示意大家静一静，他走到黄经理跟前说：“黄经理，您知道，我们与贵公司已经签订了《换房意向书》，可贵公司合适的房源怎么都预订出去了？这叫我们怎么换？”

黄经理笑眯眯地解释：“没有滴事情呀！还有很多房源没有卖出去呢！大家再看看，只要是还没有预订出去的房源，大家随便挑！挑好了告诉我一声……”

无奈，业主们只得继续看下去。可剩下的房源不是200平以上的，就是100平以下的，不是极大，就是极小，业主们很清楚剩下这几套房子的实用面积。夏梦雪顿时疑窦丛生：怎么会这么巧？刚开门那些合适的房源就都预订出去了？却剩下那么多其他的房源？

“黄经理，我想要这一套！”刘淑芬忽然指着一套建筑面积是220平的公寓说。

“D1548？好滴呀！小张！侬陪这位女士去登记一下……”

盖天鸣和夏梦雪终于舒了一口气，心想不管怎么着，今天总算解决了一位……

“你们怎么这样欺负人！”过了没一会儿，只听刘淑芬“嗷”的一嗓子，随后“咣当”一下摔门声。只见刘淑芬气呼呼地走出来，脸都气紫了。大家忙迎上去问是怎么回事，刘淑芬不回答，她径直走到黄经理跟前，厉声问道：“黄经理！我以前买了你们两套110平的商铺，换一套220平的公寓，怎么就不行了？”

黄经理敛起了笑容，脸色也没那么随和了：“既然是换房，当然是一对一地换。侬买两套房子，只能换两套，哪能合并成一套哪？就好像侬去菜市场买黄瓜、西红柿，可最后侬却讲黄瓜、西红柿偶统统不要啦，偶要用黄瓜、西红柿换侬的小南瓜，伦家答应侬么？当然是不阔以滴啦！”

黄经理这番夹杂着南方口音的长篇大论在海右人听来不比天书更容易，业主们除了黄瓜、西红柿之外没听明白几个字，一时间反而不知道该如何回答是好。夏梦雪却听得一清二楚，她忍不住站出来反驳：“为什么不可以？虽然我不能拿自己的黄瓜、西红柿换你的小南瓜，可黄瓜、西红柿既然都是你卖给我的，为什么不能换嘞？钱一分都不少你的！”

夏梦雪的话业主们倒是听明白了，于是一起嚷嚷：“就是呀，夏律师说得对！”

黄经理这才发现自己引喻失义，忙辩白：“换也不是不阔以滴呀！不过得折算一下房价才阔以滴呀……”

话音未落，刘淑芬气愤地说：“你不提这茬也就算了，你们财务上折算了半天，怎么我还要补交80万才给换？”

“啊？”业主们不约而同地惊呼了一声。

“大姐，侬莫急，偶看看！”黄经理笑眯眯地凑到户型图上，那架势正像一条黄狗在用鼻子寻找失物似的。黄经理在上面嗅了半天，忽然像发现新大陆似的兴奋地叫道：“大姐，侬买滴莫不是商铺？”

“是呀！”

“这就对了，D1548是精装公寓，一平就2万哩！给侬要80万还是打完折后的优惠价哩！”

业主们面面相觑，刚进门时的那股热情瞬间降到了冰点，跟着一起来看房的几个老头连假牙都掉出来了。

“你们这是赤裸裸的欺诈！我们到消费者协会、工商局告你们去！”只听人群里有人冷冷地说。

大家闻声望去，不是别人，竟是覃韬玉！咦？她怎么也在这儿？王德光疑惑地看看两位律师。盖天鸣摇摇头，夏梦雪则笑了笑，轻轻摇摇头，又点点头，王德光马上明白了。

覃老师一直没有加入业主代表团，今天出现在换房现场说好听了叫“搭便车”，说不好听了就是浑水摸鱼！她的计划还是挺精明的：混在维护权益业主群里来换房，如果换房成功，既不用交律师代理费，还说不定能以小搏大，换一套大房子！

起初她一直隐忍不发，远远跟着看着，可跟了大半天也没寻到合适的房源。覃老师有些失落，刚才黄经理这一番宏篇大论她也没怎么听明白，于是不由自主地凑上前去想听个清楚，等听明白了真是又气又急。

看大家一个个呆若木鸡，她便想投石问路，鼓动业主们群起而攻之。可她忘了一点：自己在课堂上大嗓门儿嚷嚷惯了，不出声则已，一出声自有一股威严气势。话刚说出口，覃老师就后悔了。等众人把目光集中到她身上时，覃老师又羞又臊，脸一下就红到了脖子根。幸好她的脸色本来就是黄中带黑，大眼镜又遮住了目光，所以一般人也看不出来。跟她不熟的反而以为覃老师今天是春风得意、意气风发哩！

王德光明白，如今大敌当前，不是讨论个人品质、孰是孰非的时候，于是他带头响应："覃老师说得对！黄经理，今天的换房工作这么不顺利，贵公司难逃其咎！"

"就是呀，说好的换房，到这里啥都换不着，你们太没诚信了！……"业主们又嚷嚷起来。

黄经理的脸色登时就沉了下来："说话要讲良心滴呀！哎哟，偶好心好意陪着侬看了一圈又一圈，搭进去偶那么多时间，放着那么多工作不做，哎哟，时间就是金钱呀！侬买不起怪谁？真是岂有此理滴呀！"

盖天鸣一忍再忍。林健飞临行前委托他主持大局，可一行人逛了一上午竟然一套都没调换成功，这不拿人当猴耍么？他咬了咬嘴唇，平静地对黄经理说："黄经理，在换房问题上，我们已经与贵公司达成了《换房意向书》。为了表明诚意，贵公司当初跟我们要业主材料，说是为业主们安排换房，我们二话不说，以大局为重，就给了你们。上星期我和林律师带试点业主来换房，你们不也痛痛快快给换了吗？怎么今天就变卦了？"

"上周是上周，这周是这周！上周还有黄瓜、西红柿滴卖，这周只剩土豆、小南瓜啦，侬能怪得了谁？"

"黄经理以前卖菜的？"夏梦雪忽闪着一双水汪汪的大眼睛，一脸惊奇地说，"张口闭口就是黄瓜、西红柿！贵公司的房子要真是这么好卖，怎么单单只剩下两头的房子卖不出去？难道贵公司是准备自己留下来装黄瓜、西红柿的吗？"

业主们一阵哄笑，心想这丫头真行！一针见血，几句话就说到了点子上。

"侬胡言！"黄经理的面皮登时紫胀起来。多年来黄经理一直不停洗刷、漂白当初这段卖菜史，可自己还是不由自主拿着萝卜白菜打比方。也难怪，习惯成自然嘛！对他来说，那段创业史简直就是阿Q头上的癞疤。心想今日晦气，咋会叫这么一个小姑娘给揭开了哦？

“一个小姑娘家家的，讲话怎么可以这样信口开河、污人清白！”黄经理脸红脖子粗地嚷嚷，“偶告诉侬，侬若依偶就换；不依偶就飞侬家！偶好言好语跟侬讲道理，侬便恶言恶语唧哝偶。偶不跟侬个姑娘家家计较，侬个小女子休要同偶再言讲！偶也毋须同侬讲！偶是本信人，就要维护偶公司的利益！侬懂毋懂伐？”黄经理滔滔不绝，疯狂吐槽，两根蚂蚱般的手臂还配合着嘴巴上下左右慷慨激昂地挥舞。

夏梦雪却毫不生气，反而听得饶有兴味。反正这一段方言专业性太强，她是半句都没听懂。业主们更是不知所言，又是生气，又是好笑。不过黄经理最后这句话大家都听懂了，顿时一片嘘声。

“把你们常总叫来！”盖天鸣瞪着眼珠子，冷不丁怒吼一声，把黄经理唬了一跳。

“君子动口不动手，侬莫要仗势欺人！”黄经理愣了一下，气势顿时矮下去一大截，话音也有些颤抖。“就是常总来了，偶也是这般说……”

“什么叫仗势欺人？你们才是仗势欺人！”覃老师声色俱厉地斥责道。

“对，你们才是狗仗人势呢！”

“咱们不换了，去工商局告他们去！”

“对，去工商局。”

“去工商局。”

业主们呼啦啦地转身就要走，眼看局势就要失控，盖天鸣、王德光忙上前拦住业主们。

“大家不要激动，咱们听律师的。”王德光大声劝道。

“切，就这水平，成事不足，败事有余……”有人窃窃嘟囔了一句，张翼德瞪了那人一眼，扯着嗓门叫道：“王大哥说得对！咱们听律师的！谁觉得自己有本事，谁就走，我们不拦着！”人群顿时平静了许多。

盖天鸣平抑了一下情绪，转身走到黄经理跟前，沉重地说：“黄经理，我们今天可以说是抱着最大的诚意来的。可贵公司如此做事实在令人痛惜、心寒！在现在这种情况下，我们真不知道该怎么办了……小雪，那句话怎么说来着？”

“言而无信，不知其可！”夏梦雪意识到，前期他们所做的一切工作和努力今天看来是都白费了，不觉又是失望，又是愤怒。“甭跟他们咬文嚼字儿啦！反正他们这号人也听不懂！”

“对！既然黄经理不给面子，我们只好找常总说理去！由此造成的后果你来负！我们走！”

刹那间，夏梦雪仿佛看到黄经理那张黑灿灿的脸上闪过一丝讥笑。

业主们犹如潮水般稀里哗啦地退出了售楼处，人声鼎沸，良久不息。也有几名业主不肯走，还想劝劝那些执迷不悟、尚且蒙在鼓里的新人们：别再上当啦，大姐！这是我的名片，上面有我们的维护权益业主群号，万一你们买房上当受骗就来找我们……

旁边有几个人便没好气地半推半拉着他们往外走：“甭跟他们废话啦！还不接受教训，没看出她们是跟本信一伙儿的托儿嘛？”

3

林健飞正在外地处理另一个让人费心又着急的案子，忽然手机响了，电话那头传来本信廖主任冷冰冰的声音：“林律师，你没诚信！我们决定取消合作！”

林健飞心中“咯噔”一下子，昨天不还说得好好的，说好今天看房、选房么？怎么突然变卦，取消合作？

林健飞忙陪笑道：“廖主任，业主多了，自然人多嘴杂，您别往心里去，我回头一定跟他们再好好谈谈，强调一下换房纪律……”

“不用谈了，你没诚信……”廖主任粗声粗气地挂上了电话。

林健飞无暇细想，先把眼前的事情处理完再说！从拘押所出来，他又乘车赶往曹州法院办理上诉、反诉手续。

这时盖天鸣打来电话，气鼓鼓地说：“林哥，我们刚从售楼处出来，事情不对！本信全变了，业主们一套房子都没换出来，本信在耍我们呢！”接着盖天鸣便把换房过程一五一十地跟林健飞说了一遍。盖天鸣越说越气，到后来竟变成扯着嗓子冲手机吼。

林健飞听他吼完，平静地说：“天鸣，你们先别急。等我处理完这边的事，回去后跟大家再商量一下……”

放下电话，林健飞不由又惊又怒。他在法院大厅里踱了几步，深吸一口气，然后拨通了常总的电话，平静地跟常总谈了一下今天的换房情况，问这究竟是怎么回事？上次换房不是很顺利吗？

常总慢条斯理地答道：“各售楼中心的情况不一样，业主的情况也不一样。不可能指望一到售楼处就能立即选到合适的房子。”

“常总，您知道，业主与贵公司的关系刚刚得到修复，现在还非常脆弱。在彼此信任尚未完全建立的情况下，双方应本着理解共赢、互相尊重的原则处理换房过程中出现的矛盾……”

“我是本信的总经理，首先要维护本公司的利益。业主利益说破天那是他们自己的事情。总不能你说要100平的房子，我恰好没有，非得现变一套送给你吧？”

林健飞有些恼怒，心想这些开发商的嘴跟屁股怎么能随时对调着用！他平静了一下情绪，接着说：“业主选房当然需要一个过程，我们当然也不能强求贵公司完全按照业主要求准备最合适的房源。但廖主任刚才来电话，以没诚信为由拒绝与我们继续合作。贵公司这样做合适吗？”

“哦？”电话那头沉吟半晌，常总似乎有些迟疑。过了一会儿他才慢慢答道：“这个情况嘛……呃，……如果是这样，呃，那么……呃，这样吧，我来安排一下，你们再去选一次房如何？”

林健飞有些诧异：怎么？难道常总不知道廖主任的情况？还是廖主任气昏了头，口不择言？不过，既然常总还有合作之意，就要抓住这个机会，于是林健飞接受了常总的建议，两人又说了一些其他事情就把电话挂了。

林健飞处理完事情，便乘火车返回海右。这时候雾霾已渐散，林健飞掏出小酒壶，呷了一口牡丹酒，那是袁婉茹给他买的伏特加不锈钢扁酒壶。他走到哪里就带到哪里，不过这次他却没带回一瓣牡丹花。

4

回到海右城已是华灯初上，万家灯火。林健飞下车便去看车处取出他那辆大行SP18，直奔父母家。在臃肿堵塞的马路上，那辆折叠自行车犹如一道紫电青霜，迅速穿过大街小巷。

今天是周末，以往周末林健飞一家都是来父母家度过的，下午穆平秋早早就把硕儿接回了家。林子泉夫妇的房子坐落在东郊一个普通小区里，他们在这里已经住了近二十年。刚搬进来的时候，这里的黎明还是静悄悄，空气也极为清新。可如今城市的触角已经延伸到了这里。白天黑夜，各类车辆川流不息，甚至早上六点半不到就已经开始堵车了。

林健飞也曾动员父母回市里买套房子，可老两口就是舍不得这套房子。只是因为这套房子的每一面墙上、每一寸角落都积载了太多的回忆。房子再大、再豪华，不是自己日夜栖息的地方又有什么用？！

林健飞骑到楼下，传达室的老何笑眯眯地跟他打了个招呼，林健飞便扛起车子上了六楼。楼道里已经有些斑驳，好在依然干净。

林健飞轮着五指，仿佛弹奏音乐似的轮番轻敲着601室那道墨绿色的防盗门。只听一个孩子咯咯怪笑着，接着便是一溜跑步声就没了动静。

“硕儿，快去给爸爸开门！……你瞧这孩子！怎么躲起来啦？”穆平秋半是嗔怪、半是笑着给林健飞开门。这时房间里又传来一阵咯咯的笑声。

林健飞把车子推进屋，跟爸妈打了个招呼，便想坐下休息。他太累了。林子泉笑着说：“快去找找他！人家好不容易才找了个藏身之处呢！”

林健飞坐下就不想起来了，可一想硕儿正眼巴巴地等着他玩捉迷藏呢，于是起身到里屋去找硕儿。

“小兔兔，你在哪儿？灰太狼来抓你啦！”

屋子里一声不响。说来奇怪，林健飞又是看门后，又是翻壁柜，甚至还趴到地上看了看床底下，愣没找到硕儿！咦，这小兔崽子哪去啦?

“哈，你别动！我看见你啦！”林健飞灵机一动，突然冲着屋子里嚷嚷，其实他什么都没看见，就是投石问路，让硕儿自投罗网。屋子里依然悄无声息，林健飞索性不再找，到处瞎嚷嚷，哪知道硕儿就是不吭气儿。

林健飞找累了，一屁股坐在书桌前的沙发椅里，忽然只听到桌下一阵窸窸窣窣的声音。他探头往里一看，什么都没看见。过了一会儿，又是一阵窸窸窣窣的声音。林健飞猛地一探头，正好硕儿的小脑袋从抽屉柜后面露出来，正往外边张望。

原来这抽屉柜是一个带滚轮的活动柜，要不推开柜子，谁也想不到硕儿会躲在这里！

硕儿嘎嘎笑着从桌子底下钻了出来，一下就抱住了林健飞的大腿。

“老爸，你是不是一直没发现我呀？”硕儿有点小得意地问。

“嗯，”林健飞老老实实地回答，同时拿鼻子顶了顶他的小脑瓜，“藏在这种地方，也就是你这只小兔兔才想得出来！”

硕儿嘎嘎嘎地又是一阵嘻笑。

“吃饭啰！”林子泉拖着长腔冲屋子里喊道，今天他特意做了一大桌鱼肉，袁婉茹则做了她最拿手的腰果虾仁。硕儿便像口香糖似的粘在林健飞腿上，让林健飞拖着上了餐桌。

“哎呀，你这个小淘气，快点儿下来！”袁婉茹嗔怪着硕儿，“爸爸都累了一天了……”

说实话，林健飞刚进门的时候已经累得不想说一句话，可让硕儿这么一缠，一身的疲惫反而统统丢到爪哇国里去了。

虽有古语：食不语，寝不言，但在林家的饭桌上，几十年来保持不变的却永远是两个话题：一是听爷爷讲过去的事情；二是听爷爷讲股票的事情。不过这两个话题，除了爷爷林子泉感兴趣，没一个人爱听，因为几十年如一日，每天不厌其烦地讲这些，谁都会受不了。

“想当年，我下乡在建筑队做工人的时候，天天吃不饱呀！老话说得好：饱汉子不知饿汉子饥。那个地瓜面儿呀，上顿吃了下顿吃。现在一想起来就恶心、反胃……”林子泉说这话的时候永远是沉重地皱着眉头，特别是后两个词还加了重点号，全然不顾这句话在饭桌上会引起什么样的后果，每一个正要下咽的人感到他们现在吃的正是令人恶心的地瓜面。咽也不是，吐也不是，虽然他们压根儿就没吃过这可怕的东西。

每当听到这里，硕儿便率先抗议：“爷爷，你这个故事都讲了八百遍啦！”

“不会吧？”林子泉困惑地挠挠头，笑笑说，“我记得今天这是第一次讲呀……”

穆平秋笑着给硕儿夹了一块鱼肉：“硕儿说的一点都没错。你爷爷天天就知道念旧！永远生活在回忆里。……我当年下乡、进兵团，受过那么多苦，不也闯过来了吗？可我从来就不想。过去的就让它过去吧，既然已经发生了，想也改变不了什么，还不如一切向前看……”

林子泉一梗脖子：“你在兵团虽然受过苦，可你挨过饿吗？那时候……”

硕儿又反对：“爷爷，这段你也说了八百遍啦。”

袁婉茹轻轻敲了硕儿一下，说：“不懂礼貌，让爷爷说下去！”

林子泉笑笑，点点硕儿的小脑袋说：“是吗？瞧瞧你，这也不爱吃，那也不爱吃！老话说得好：饿了吃糠甜如蜜，饱了吃蜜蜜不甜。照我说呀，把你送到边疆去，饿你三个月，哪里还有不爱吃的东西？”

穆平秋不满地横了林子泉一眼：“又来了！现在边疆就吃得不好吗？我看你呀，就是陷在那个时代拔不出来了！我宣布一条纪律哈：从今天起，不许在吃饭时间讲那过去的事情！”

“噢，耶，耶，耶!”硕儿欢呼着鼓起小巴掌来。

林子泉讪讪地笑笑，咕哝着谴责硕儿是个小叛徒，“就会扛奶奶的顺风旗！饭都是我做的，连话都不让说了，这饭还咋吃？唉，想我那小时候……”

“纪律，纪律！”硕儿调皮地眨眨眼，那表情就像老师抓住他在课堂上小声说话一样，只不过这回他体验到老师抓住小朋友开小差时的快感了。

一家人都笑起来。

这时候电视里播放了一条新闻，这条新闻是这样的：国家将房地产营业税缴纳年限从五年调整为两年。听到这个消息，林子泉兴奋地说：“瞧好吧！下周一股市一开盘，房地产板块就要全线飘红啦！老话说得好：十年河东，十年河西。凭我十几年的炒股经验，市场肯定不会任凭房地产市场下滑的！嗯，怪不得前几天那几只房地产股票主力开始吸筹了……”

话题自然而然地转到了股票身上，林子泉兴高采烈地分析着当前的房地产股票市场形势，不过这类话题同他的怀旧题材一样，除了林子泉，林家没有一个人感兴趣。因此，与其说林子泉是在跟家人谈论股票，不如说是在自言自语。

林子泉从不介意家人的熟视无睹和硕儿的愁眉苦脸，他信心百倍地作出一系列惊人的预测：房价会继续上涨，钢铁、水泥板块会继续上扬；主力会急剧拉升股票，同时不断反复洗盘、震荡！……

林健飞只顾闷着头喝酒、吃肉，偶尔抬头微笑一下，或插问一两句话，配合一下林子泉的即兴演讲。林子泉以为有了听众，也就愈加逸兴横飞：“这主力吸筹嘛，里面的学问可大了！以我十几年的炒股经验，一眼就能看出来……你不行！”

“嗯，说得好，”林健飞一边啃着鸡大腿，一边附和着老头儿，“那什么叫主力吸筹呢？”

林子泉见有人向他请教，愈加高兴：“这主力嘛，就是持有一只股票的主要机构。吸筹呢，就是购买股票。只要他大量购买，股票价格自然就会上升；股价一上涨，马上就会有人跟着买。等股价拉升起来以后，他就开始砸盘，把股价又砸下去，一部分小股民就被震荡出盘；他又以极低的价格购入，这时候有更多的股民接盘。就这样不断高抛低吸……以我十几年的炒股经验，一般要上上下下经历五个波段。老话说得好：出来混总是要还的。等到了最高点，谁买谁倒霉！哼，这可瞒不过我的眼睛，我炒股炒了十几年了！……”

林健飞嘴中的鸡腿突然啃不下去了，他呆在那里，若有所思，一声不吭。他把自受理这起案子以来跟本信较量的这几个回合在头脑中全部迅速回想了一下：难道本信的和谈与调解只是在主力吸筹？

他突然想起常总来访时说的那句意味深长的话：“就这伙人，今天还把你当救星，明天就能掉过头来吃了你！”难道本信在利用调解吊足业主们的胃口，等把这些人的希望调动起来以后，再调转枪口，突然发难，挑拨律师和业主的关系，然后分而治之、各个击破？

想到这里，林健飞不由倒吸了一口冷气。是的，这种可能性一直存在，并且越来越大。在第一次调解方案中，林健飞和他的同事们已经领教了其中的利害。迄今为止，律师与业主之间实际上并没有形成坚实、稳定的信任关系。一旦律师与业主的信任被打破，他林健飞的工作不好做，还可能身败名裂。

他又想到了廖主任的来电。难道本信已经吸够了筹码，准备砸盘了吗？可又该如何解释常总的建议呢？林健飞有些后悔轻信本信的调解诚意了，虽然他对本信一直保持警惕，但本信如果下一步真走这一步棋，他的工作很可能会立即陷入被动。

凡事预则立，不预则废。不行，必须有所准备。

林健飞放下鸡腿，擦擦嘴，径直走进里屋打了半个多小时的电话。餐桌上没有阻拦他，林子泉也不再谈论股票。穆平秋则拨出一盘菜，放在一边。大家开始默默地吃饭。

对林健飞工作上的事情，林子泉和穆平秋的观点难得一致：林健飞愿意说呢，他们就听听；不愿说呢，他们也绝不打听。儿子在外面东奔西跑，唇枪舌战，说了一天，回到家里还要向父母汇报，这在林子泉夫妇看来，有啥好说的，那才叫不合情理呢！

林健飞从里屋出来，桌子上的其他饭菜都已经撤了，袁婉茹正在厨房里洗碗。

“为工作上的事？”穆平秋问了一句。

“嗯。”

穆平秋不再追问，林健飞坐下来继续吃为他拨出来的饭菜。

瞒天过海，欲擒故纵！他边吃边想，怎么会忘了这句千古名言！好在“亡羊补牢，为时未晚”，明天一定和业主代表们好好谈谈……

第七章　投诉（上）

林健飞带几十名业主，去了工商局。几辆警车前来维护秩序，王代局长和宋局长分别和他谈了一番话。

1

三天后，林健飞亲自带队，如约前往售楼处。时隔两个多月，夏梦雪再次来到这里，她固然想起了在这里蹭吃蹭喝的恶作剧，但也想起了拍的那些血淋淋的照片，自然“别是一番滋味在心头”。夏梦雪轻轻闭上眼睛，两个月前发生在这里的喊杀声和惨叫声仿佛依然在耳畔回响；而她睁开眼睛时，眼前依然是一派天堂般的梦幻。

她上次发的那几张图片只在朋友圈里转了几下，就此泥牛入海，杳无音信，那十几个业主的打白挨了。只有蒋总是真的出了一口气，想必此时正叼着大雪茄心广体胖，怡然自得。

一行人走到售楼处门口，夏梦雪惊讶地发现，售楼处的保安比上次增加了好几倍。不知道是对上次冲击事件的亡羊补牢，还是针对今天看房团的临时加岗，光门口就反复盘问了几次才放行。

虽然林健飞代理这个案子已经将近两个月了，但光顾售楼处还是第一次。起初，林健飞以为开发商的推销手段不外是靠了一条能把稻草讲成黄金的如簧巧舌。直到今天步入售楼大厅，身临其境，他才平生第一次见识到售楼推销术的强大攻势。那是声光电技术齐上阵的全方位的立体营销，让你所能看到的、听到的、想到的、能感受到的一切就是一句话：买到就是赚到。

虽然已是初冬，林健飞却冒出一层冷汗：要不是带着人来看房、换房，要不是跟本信打了几个月的交道，要是他自己来，没准儿当时就头脑一热抢着下定金了。那感觉不光是优惠尺度如此巨大，而且在不停暗示：你这一辈子都在为拥有这样一套住房或商铺而梦想呢！

现在，这群被营销术和欲望之浪冲得失魂落魄的“落汤鸡”带着满身的伤痕归来，跟着林健飞向经理室走去。几个五大三粗、打手模样的彪形大汉不苟言笑地站在经理室门口。林健飞提出要跟售楼经理谈谈，几名黑衣人身子一挺，机械生硬、气冲牛斗地齐声回答：“经理正忙，没空招待！”

林健飞和业主代表们相视一笑，站在门口不急不躁地说：“久闻托塔汪天王一双铁拳打遍东北无敌手，难道还怕一个小小的律师，靠几个小兄弟在外面把门望风吗？”

经理室的门“咣”地就推开了。一条满脸煞气的黑塔大汉怒气冲冲地立在门前，几乎把门框都挤满了。

林健飞并不认识汪天王，但廖主任在一次聊天时，无意间谈到了这位，说他得过散打冠军，一双铁拳无敌手，百十个人近他不得。不过这人平时邋里邋遢，不修边幅，所以有人给他送了个绰号叫“拖遢汪天王”。

“拖遢”跟“托塔”差不多，后来人们喊顺了口，便成了“托塔汪天王”。据说汪天王手下还有一群“乌鸦兵”常伴左右。今天林健飞一瞧这阵势，心想除了汪天王，还能是谁？

夏梦雪虽然没会过这位半神，但总觉得哪里眼熟。仔细想了想，原来上次在殴打现场，正是这位率领一班小弟把业主打得满地找牙，动弹不得。

“是谁要见我？”汪天王低头向下扫了一眼，瓮声瓮气地问。

林健飞走上前，把自己的名片递上去，抬头看看汪天王，微笑着说：“我是海右秋柳律师事务所主任林健飞，贵公司常总与我约好今天带业主们来看房、选房，还请汪经理予以接洽、配合。”

“嗯哪，”汪天王冷笑了一声，“林律师，你真行哇！能把常总请出来！一般有个售楼经理陪同就够有面子的了！”

林健飞微微一笑：“岂敢，岂敢！汪经理说笑了……汪经理方便的话，能否带我们去看房？”

汪天王眼一横，说：“我没空，要看你们自己看去。俺们那疙瘩领导说了，想换房就换，不想换随便！”

林健飞正要搭话，张翼德忍不住站出来，瞪着眼珠子厉声说道：“你这是什么态度？”其他业主也不满地跟着吵吵。

“啥态度？哼，就是这态度！”汪天王轻蔑地看了一眼张翼德，“不服的话，有种就单挑哇！”

张翼德勃然大怒，跳出来就要跟天王放对，王德光、石建业还有其他几个业主忙一把拉住他。

汪天王一动不动，冷笑着看看张翼德，又缓缓扫了其他人一眼，那眼神仿佛是在看人，其实是在看领口，仿佛随时都会跃起，一把揪住众人的领口，随手丢出去一样。汪半神的眼光所到之处，人们的目光不由就是一缩，最后汪天王的目光停在了林健飞身上。

林健飞强压着怒火，他也瞪起一双单眼皮小细眼，直盯着汪天王的眼睛，心说甭看这对牛眼珠子贼大，咱眼小聚光，看谁能瞪过谁！

“汪经理，请问你是什么意思？为什么说好的事情变卦了？”

“变卦？哼，你心里清楚！俺们那疙瘩领导说啦，你没诚信，俺们不跟你玩了……”

林健飞被汪天王的满不在乎激怒了，他跨上前一步，眼睛里仿佛喷着火，继续盯着汪天王的眼睛，仿佛要盯死他一样：“我不清楚！汪经理，上周你们的廖主任也是这句话。今天当着大家伙儿的面，你倒跟我把话说清楚！”话说到这里，林健飞就差咆哮了。

汪天王的一双牛眼与林健飞的小细眼又坚持瞪视了几秒钟，大概瞪累了，不由自主地滑到了别处。

“这个嘛……我可不清楚！反正是领导说的！你找领导问去好啰！”汪天王不耐烦地挥挥手。他虽然骁勇彪悍，但一向拙于言辞。

“哪个领导？常总、蒋总还是廖主任？有什么话不能当面说，扔下一句话拍拍屁股就走？还算个爷们儿吗？”林健飞拿起手机就给常总打电话。

电话那头无人接听。

汪天王脸上浮现出一丝嘲弄的微笑。

“我劝你还是省省吧！上边说了，给你们解决了几个已经够给你面子啦！还不知足，还想把本信掀个底儿朝天吗？”

一句话又激起千重浪。王德光等几个业主代表围上去，怒气冲冲地问：“既然你们本来不想跟我们合作，干吗还要跟我们签立《换房协议》？这不明摆着拿人开涮么？”

“没说不给换哪！你们随便看，随便选！看上哪套就换哪套！没人拦着你呀！”

“可你们的房源只能换大不能换小，这不明摆着坑人么？”刘淑芬气愤地说。

“把嘴巴放干净点儿！什么叫坑人哪？你挑不到满意的房子那能怨谁啊？”

其他业主也被激怒了，七嘴八舌地指责本信失信。

“怎么着？想到这里来撒野？也不打听一下我汪天王是干啥的！好哇，弟兄们……”汪天王拖着长腔，便开始活动脖子、手腕，其他几个打手解扣子的解扣子，活动关节的活动关节，只听一阵噼噼啪啪的关节声。

林健飞、张翼德被激怒了，一梗脖子就要上。心想愣的怕横的，横的怕不要命的。哥几个要是怕了你，名字倒着写！

夏梦雪、王德光一看这架势，知道本信今天有意挑起事端，这么多打手聚集在这里也绝非偶然，忙上前拉住两人。夏梦雪看看王德光，王德光会意，他一挥手，向业主们招呼：“各位兄弟姐妹！咱们这几个月来，和林律师一起维护自己的正当权益。现在本信不讲信用，公然撕毁约定，大家说咱们该怎么办？”

“怎么办？告他们去！”

“对，上法院告他们去！”

“上工商局告他们去！”

林健飞被夏梦雪一拉，心头的怒火登时消了一大半儿，也就慢慢冷静下来，心里暗暗感激这小丫头。林健飞昂首向汪天王说道：“汪经理，咱们是法治社会，不能靠拳头解决问题。我们一直抱着‘合则两利、争则两败’的原则跟贵公司争取妥善解决购房纠纷。贵公司常总也一直与我们保持着良好的合作态度。但我们没有想到贵公司竟然会出尔反尔，还要倒打一耙，把失信的责任推给我们！贵公司自夸以诚为基，以信为本，实则言行不一，为人不齿！我们会向有关部门反映，并要求对贵公司依法处置！”

“这是我们向贵公司提交的要求解除购房合同的律师函，”林健飞从公文包里掏出几页带着红五星的信纸，往汪天王手里一丢，“本来我们是不准备出具这份律师函的，可贵公司的做法让我们别无选择！”

他回头一扬手：“我们走！”

走出许远，就听身后有人高声叫道：“爱到哪儿告就去哪儿告！”

2

从售楼处出来，林健飞领着业主直奔海右工商局。一行人有的拼车，有的骑电动车、自行车，也有的乘公交，浩浩荡荡向舜耕区工商局进发。如果汪天王稍微注意一下，或者脑子稍微好使一点儿就会发现，看房团离开时虽然人声鼎沸，但走的时候却有条不紊。

尽管林健飞一度怒火中烧，但他知道，今天的结果并不意外，林子泉的“主力吸筹理论”一下警醒了他。周六、周日连着两天他召集业主代表们紧急磋商，讨论一旦本信失信的对策。其实对策不外是上访、打官司、找媒体。

可这些对策要达到什么目标却是一个难题。毫无疑问，如果打官司能解决这一问题，当然是首选方案，可一日官司八年打，更何况，能否顺利立案还是个未知数。

可和呢？周五的看房活动似乎已经流露出流产的迹象，而今天二次看房的失败充分说明，本信根本就没有诚意调解纠纷。还有一点是林健飞暗自庆幸的：本信很有可能误以为试点业主是业主代表，而业主代表不过是些刺儿头。这些刺儿拔掉之后，剩下的业主必定群龙无首。然后本信便可以趁机浑水摸鱼，顺势砸盘。这个盘是谁？自然是他林健飞。

其实也用不着本信来砸，业主们吃了闭门羹，自然找林健飞算账。到那时候，光靠业主之力，林健飞就臭到家啦！林健飞一倒，剩下的这帮不过是一群乌合之众，由他们闹去吧……

然而本信没有算到的是，根据前期的磋商，业主代表并没有参与首轮试点，因而这支临时搭建起来的业主代表团队的中坚力量并没有受到影响，这是值得庆幸的一件事。可如今战不成，和不利，就这样不战不和地拖下去，迟早要出乱子！可下一步该怎么走呢？

其实无路可走。业主代表们商讨了两天，决定如果本信撕毁协议，要么去法院要求立案，要么就去工商局投诉，要求退钱、退房！也有人主张去本信总部门口打横幅的。最后还是林健飞建议投诉优先，毕竟工商局有过处罚先例。可每一个人都很清楚，这是没有办法的办法。

房子就在眼前，可钱没了；希望就在眼前，可如火花一样闪了一闪，转眼也没了，还剩下些什么呢？痛苦、无奈、怨恨还是愤怒？业主们仓皇穿过大街上熙熙攘攘的人群和充满现代气息的商业区，那里到处洋溢着繁华的影像，可有谁会在意这一切繁华背后的阴影呢？

看房行动以失败告终，真正叫林健飞恼火的倒不是汪天王的铁拳头，而是常总的反复无常。“他兔爷姥姥的，这只老狐狸！”林健飞暗想，“他跟姓蒋的和姓廖的一个唱红脸，一个唱黑脸，一个唱白脸，不动声色地给我布了这么大一个局，差点儿就中了他的圈套！我可真是个不可救药的傻瓜！还是太嫩了，跟他谈判那会儿，差点儿跟他称兄道弟呢！他兔爷姥姥的，哼……”

林健飞肚子里正发狠，汽车不知不觉已经到了区工商局门前。区工商局位于美丽的东湖南岸。为了与东湖古色古香的仿古建筑风格相统一，工商局也建得钩心斗角，画梁雕栋，朱门碧瓦。一眼望去，别有一番韵味。

不过业主们此时正满脑门官司，哪有心思欣赏这景致！这时候，业主们便三三两两地站在门口，先来的等后到的。有的骂本信说话跟放屁一样；有的说自己早就知道本信靠不住！有的在这堆人里转几圈，跟着骂上几句，又跑到别的人堆里再转几圈，又跟着骂上几句；也有人唧唧哝哝地抱怨律师净瞎折腾，要是早听他的，到本信总部去静坐，堵大门；也有的若有所思，或站或坐或蹲，神色黯淡、默然无语……

工商局门口聚集的人越来越多，工商局办公室的花格窗里有几双眼睛焦虑地不断向外张望。不过，门内的人并不惊恐。其中有经验的几名老工作人员仍然头不抬地做着手头上的工作，闲暇的时候喝上几口茶。这种事儿见得多了，瞧这规模、人数，十有八九是房地产纠纷。

这时候，几辆警车呼啸而来，十几名警察跳下车，但是并没有上前阻拦，只是默默地围在马路旁，以防发生突然事件；过了一会儿，区街道办也派了不少人过来。他们也没有上前阻拦，同样一言不发地站在警察旁边。

几十个人一起来投诉，当然不犯法。双方其实没有任何矛盾，许多业主故意提高嗓门，讲述受骗经过，借此机会博取警察以及所有人的同情。

“哟，这不是王科长么？”维持秩序的人群里忽然有人跟王德光打招呼，王德光吓了一跳，循声看去，哦，这人他认识，姓于，叫什么想不起来了，是区某街道办事处的一名办事员，上月他去检查工作时见过面。

王德光有些尴尬，他面色凝重地走过去跟于办事员打了个招呼。没想到于办事员身旁还有好几个认识他的，一个个上前跟领导热情招呼、主动握手，搞得跟迎接刚下飞机的外宾似的。上个月王德光跟这些人握过手，那是领导对下级的关心；可今天再次握手，却觉得好不狼狈！好在大家都在基层做事，对他的不幸遭遇也多有耳闻，倒也能理解他的苦衷。

“没事儿，王科长，”于办事员笑着说，“你忙你的，我们就是过来维持一下秩序！”

王德光不由苦笑。

过了一会儿，业主代表又清点了一下人数，确定各组业主都到了，便和林健飞、夏梦雪一起涌进了工商局大院，早有一大堆人站在那里等着。

“我是海右秋柳律师事务所主任林健飞，”他一边介绍自己，一边又将手向身后的人群一伸，“这些都是本信中心商品房的业主，我是他们的委托律师，现在特代表他们向贵局投诉本信房地产有限责任公司涉嫌广告欺诈、价格欺诈、合同欺诈！请贵局依法对其违法行为予以查处！”

工商局的人群中走出一位白白胖胖的领导，看样子五旬开外，慈眉善目，一副弥勒佛的样子。他笑眯眯地迎上前，不断招呼：“好的，好的，……大家屋里坐、屋里坐！”业主们一看那屋子，最多也不过能容纳十来个人，心想就这屋子的尺寸，这几十号人都钻进去不跟沙丁鱼罐头似的？也就没有动窝。这位领导又做了几个请让的动作，客套了几句，便自我介绍，原来是区工商局的王副局长，目前代理局长，人称王代局长。

“请问宋局长在不在？”林健飞插问道，“我们想跟宋局长谈谈……”

王代局长有些不悦，不过转眼之间又笑眯眯地回答：“宋局最近不在，现在由我代理负责局里的具体事务，跟我谈是一样的，一样的……实在解决不了，我再向宋局和其他领导请示、反映……”

林健飞便取出一份投诉书，这也是昨天与业主代表们紧急磋商后的结果之一，以备不时之需，没想到今天果然派上了用场。

王代局长掏出老花镜，细细看了一遍，只见上面写着：

关于本信海右房地产开发有限公司滥用优势地位
操纵霸王合同诈害消费者基本权益的
投诉书

海右市工商行政管理局××区分局：

我们是海右市“本信中心”商品房建设项目的部分业主，现共同委托律师依法就本信海右房地产开发有限公司滥用优势地位、操纵霸王合同诈害消费者基本权益的违法行为，特向贵局提出投诉。

被投诉项目位于海右市××区××路贵局辖区内，由被投诉单位开发。众投诉人支付全款或定金所购买的商品房，多属于该项目的二期及后期工程，迄今延期未交付。至于可能的交付时间，被投诉人的答复莫衷一是，消费者的心中忐忑不安。

投诉人大多属于普通工薪阶层，购置商品房无非出于财产保值增值、改善生活品质的需要。但随着交房期限的一再拖延和工程进度的发展，投诉人终于惶恐的发现，辛苦积攒下的血汗钱，已经被投诉单位用精心编制的合同陷阱套牢：开发商建造的，不是当初许诺的；合同中写明的，不是当初宣传的；我们买到的，不是当初想要的。

这是一个典型的、突出的利用合同谋取非法利益的骗局。

后面洋洋洒洒数千言，有理有据，涉及法律法规清楚明晰，最后是林健飞等人的落款。

王代局长看完后，摘下老花镜，笑眯眯地说："大家反映的问题嘛，要有一个调查、了解的过程，对不对？请大家先回去。大家要相信，政府一定会给大家一个公道的！只要查明有违法行为，我们一定会秉公处理！大家快回去吧！啊……"

"我们当然愿意相信工商局，"林健飞没有迎合对方的笑容，不冷不热地说，"但工商局的公信力取决于其作为能力，而不是能许下什么样的诺言。"

王代局长有些恼怒地看看林健飞，心想你一个人来就得了，竟然还带上这么多人！

王代局长迅速估量了一下现场的形势，笑眯眯地说："好，大家的投诉书我们收到啦……天这么冷，大家站在这里别冻坏了！啊，还有老人家！你看，这么大岁数啦，还为这事儿出来跑一趟！大家把这事先交给我，都回去吧！容我们开会研究一下……"

吴批修掐着腰，先咳嗽了几声，扯着沙哑的嗓子说："谁愿回去谁回去，反正今天不给个说法，我就不回去！"

其他人也纷纷嚷道："我也不回去！就在这里等！"

石建业往吴老爷子身旁一站，也是一掐腰，跟着嚷嚷："不给解决呀，我们两个老头子今晚就上你家陪你吃饭、陪你睡觉去！"

王代局长心里暗暗叫苦，心想自己这个代理局长上任没几天，就碰上这么棘手的事儿！这些是能讲道理的人么？

也难怪业主们不通情理，这"慢慢"两个字可大有学问，一个月也是"慢慢"的，一年也是"慢慢"的。要不是法律明文规定诉讼时效的问题，只要有足够的耐性，没准儿还能等十年八载哩！

昨天，张翼德一边在投诉书上签字，一边恨恨地说："这帮熊玩意儿！那身子比泥鳅还滑哩！不麻利利儿地收网，下回别说再逮着他，就是想再见到他还不知道啥时候呢！"

更何况，今天业主们真是被逼急了，不到一星期，将近八十号人被人当猴似的耍了两圈。工商局必须给个说法！

林健飞也知道工商局不可能现场办公，但王代局长的圆滑世故很难让他相信工商局会及时处理。有道是"人一走，茶就凉"，必须趁热打铁！而王代局长这边急着往外撵，那边林健飞和众业主就是赖着不走，一时间双方僵持不下。

3

双方正僵持，不知什么时候，也不知是谁喊了一声："宋局长来了！"人群向大门口望去，只见一个面容消瘦、脸色苍白的老头从大门外走进来。老头看上去很虚弱，一双眼睛深深陷下去，然而却透着一股坚毅、深沉的气度，从中仿佛还能依稀看到老人年轻时的英气和雄姿。

宋德邻，区工商局长。大家看到宋局长的气度，不由自主默默为他让出了一条路。

宋德邻神色严肃地缓步走到林健飞面前，又缓缓看了业主们一眼，林健飞这才注意到老头手背上还粘着胶布。他心里不由一惊：怎么？难道他是从医院里赶过来的？一股关切之情不觉流露出来。

宋德邻却并不在意，他平静地听林健飞介绍投诉情况，又要过投诉书看了看，然后略带沙哑地向业主们说：“父老乡亲们！老少爷们儿们！情况我大体上都知道了！大家要是信得过我宋德邻，信得过林律师，就请林律师留下来，大家先回去吧！这件事我一定秉公办理！——林律师，请你跟我来一下！”

业主们看看林健飞，林健飞点点头，于是业主们便三三两两地走了，不一会儿功夫，工商局门口便空无一人。林健飞则带着夏梦雪跟着宋德邻进了办公室。

看业主们走了，工商局的工作人员也无声无息地回到了各自的岗位。

“小飞，你这小兔崽子！怎么这么不让人省心，怎么净给我惹事儿？”刚关上门，宋德邻便抱怨起来，却不严厉。夏梦雪不由一愣：怎么这宋局长跟律师这样讲话？

“宋叔，您别生气。”林健飞忙上前赔笑脸，搀着他坐下。

“这么没眼力介儿，还不快给我倒水？”宋德邻又颐指气使、老气横秋地抱怨，林健飞忙转身去给宋德邻沏茶。看夏梦雪一脸茫然，便向她吐吐舌头，做了个鬼脸儿。夏梦雪扑哧就笑了，心想这大神卖起萌来也蛮可爱的。

林健飞便笑着向夏梦雪介绍：“这是宋叔，我的老邻居，从小看着我长大的……”

“别说我是你宋叔，你是我叔！净给我添乱！”宋德邻一边接过林健飞递过来的茶，一边继续嘟囔。

“瞧您说的！不管到什么时候，您都是我的好宋叔！”林健飞满脸堆笑着，看看他手上的胶布，又关切地问：“宋叔，您这是？”

宋德邻把胶布一扯，又带着虚弱的声音数落：“你这小兔崽子，从小就不让我省心……我上周心脏刚做完搭桥手术，还没出院呢，你就带人来闹！”

林健飞面带愧疚之色。宋德邻心想这小兔崽子还有点良心，也就不再说下去。他呷了一口茶，定定神，便问道：“说说吧，在来工商局之前，你们都采取了哪些措施？”

林健飞一竖大拇指赞道：“姜到底还是老的辣！一下就抓住了问题的要害！要不人家怎么说‘不听老人言，吃亏在眼前呢’？”

宋德邻的脸上绽开了笑容，却摆摆手说：“甭拍马屁！净整那些没用的！你从小那点儿花花肠子我能不知道？”

夏梦雪扑哧就笑了，心想这老爷子嘴上不饶人，可心里却很受用。

林健飞便把从接受采访到受理案件至今的情况一五一十向宋德邻述说了一遍，宋德邻一边听、一边记，听不明白的地方又叫林健飞重复了几遍。

“今天要不是我们事先做了准备，甭说本信，光业主也能把我吃了！所以这才来投奔您老，请您主持公道！”

“恐怕也是醉翁之意、敲山震虎吧？”老头带着狡黠的笑意说，“小飞，你也知道，工商局不是没下过罚单，那罚单还是我亲自签发的。近来，不光你们，还有好几拨人来工商局投诉呢！”宋德邻长叹一声，不知是长叹他这个局长工作难做，还是慨叹业主维护权益艰难。

宋德邻站起身来，走到花格窗前，他极目远眺，远处的天光与湖水凝成一色，东湖里枯黄的芦苇正在寒风中荡漾。

宋德邻凝望着窗外出了神，半晌才喃喃语道：“当时我就签发了处罚书，亲自送到他们总部，还跟他们的律师干了一架。那龟儿子愣说我们的处罚单没有法律依据！为了扩大影响，我跟电视台联系，电视台也很气愤，愿一起为老百姓讨公道，我跟他们在电视上当场辩论。他们当然有恃无恐，说合同上规定得清清楚楚，事先经过了双方的一致确认。我们不得不承认，在法律形式上他们无懈可击。可以说他们合同文本上的约定精确到了每一个点上。更何况，在买房问题上，群众确实有过错，这一点不能否认。但我还是指出了他们合同约定与实际操作中若干明显的违法行为。他们的律师理屈词穷，便说对处罚结果不服，要求上诉。最终不了了之……”

宋德邻不再说话，办公室里静悄悄的，只有执拗的石英钟指针还在滴滴答答、一圈一圈地转。

过了一会儿，林健飞轻声问道：“宋叔，您看我们现在该怎么办？”

“怎么办？还能怎么办？称称你宋叔还有几两肉，拿去凉拌吧！”老头又发起了牢骚，“基层工作难呐！你宋叔说好听了人人叫一声宋局长，其实就是个小公务员，还是马上退休的；我好歹还算个局长，再瞧瞧我手下这帮兵，能指望上的没几个！哪个不是牢骚满腹、叫苦连天，抱怨压力大？都心中有是非判断，却又不敢作为，都怕本信干出什么事，那个本信无法无天！”

望着宋德邻瘦小的背影，蓦然间，林健飞觉得宋德邻老了。在他的记忆里，从认识宋德邻那一天起，他就觉得宋德邻是一条雷厉风行、敢作敢当、直须仰视的好汉，从没见他像今天这样犹疑不决、怨气冲天过。

林健飞见宋德邻闷闷不乐，便想换个话题：“宋叔，您的《稼轩传奇》写的怎么样了？”

“唉，最近老病缠身，也没写多少，”老爷子无精打采地说，“刚写完辛幼安立诛义端，正准备写他率五十壮士夜袭金营……”

说到这里，夏梦雪惊奇地发现，宋德邻暗淡的眼神里突然有了异样的神采。

“那是一个月黑风高之夜，”宋德邻悠然说道，“义军为数万金军所困，耿京罹难，群雄胆裂。弃疾时年仅二十有三，慨然而出，以五十壮士夜袭金营……”

宋德邻越说越激动，到后来竟眼噙热泪，拍着窗栏，仰天长啸，不能自已。在这小小的办公室里，如此疯狂行径，却深深震动着林健飞和夏梦雪的心灵。

宋德邻的神思似乎已经穿越时空，随着这位千古奇才鏖战沙场、秋点兵。

夏梦雪悄悄把一杯热茶递到他手里。宋德邻微微一笑，接过去呷了一口，思绪却又飘到了天边。

“宋叔，”林健飞轻声问，“如果辛大人再世，如果他就站在这里，您觉得他会怎么做呢？”

宋德邻脸上微微一抽动，他没有回过头来，依然凝视着远方，默默啜着茶，他已经说不出“能怎么办呢”之类的话。

“由工商局出面组织调解，”宋德邻缓缓说道，“虽然本信不会把区工商局放在眼里，但我们毕竟代表政府；如果区这一级解决不了，再逐级上报。就算工商局管不了，还有人民法院、各级人民政府。本信背景再深厚，再庞大，也不能一手遮天！……不过，我们的时间不多了，我能不能出院还两说，过了元旦就退休了。局里已经指定了代理局长，你们见过的，业务素质没得说，就是过于谨慎。至于能否实现调解，就看你们的了……另外，下次别带那么多人来，知道的说你们是来投诉说理的，别有用心的还不定怎么编排你们呢……”

从工商局出来，夏梦雪笑嘻嘻地问：“大神，这宋叔到底是什么来头？怎么训你跟训猴似的？”

林健飞也笑了。“老人嘛，就喜欢低着头、训个人什么的。宋叔是我的老邻居，可以说我从小就是宋叔、宋大娘看大的。宋大娘是真正的大家闺秀：不光识文断字，而且绣得一手好刺绣，剪得一手好窗花，做得一手好饭菜！尤其是她做的点心，那叫一个精致！就是现在用机器模子刻出来的也没她做得好看、好吃呢！”说到这里，林健飞咽了口唾沫，眼神儿都变了，好像眼前真有那么多花花绿绿、香气扑鼻的精致糕点似的。

夏梦雪咯咯笑起来：“我可没那本事！别说做糕点，能下碗面条就够我得意三天的啦！不过我方便面煮得还不错，特别香——一股方便面味儿！”

林健飞哈哈大笑起来，接着说：“小时候我就跟长在宋叔家一样，宋姐姐对我就像你对待硕儿一样……宋叔是老大学生，不光人正直，诗词书画样样精通……还记得咱们所墙上挂的那幅‘正心诚意’吧？”

夏梦雪使劲点点头。

“那就是宋叔的墨宝！是开业那天他写给我的……前一阵子老爷子开始撰写一部长篇小说叫《稼轩传奇》，听说有影视公司慕名，来联系小说的改编权呢！”

林健飞还没说完，夏梦雪早就喔喔哇哇地惊呼了好几声，没想到就这么个小小的区工商局里，竟然也藏龙卧虎呢！

“不过，依你看，宋局能为咱们主持公道吗？”

林健飞摇摇头，说：“宋叔马上要退休了，身体又不好，我哪能在这个时候给他添乱呢？更何况，就算他身体还硬朗，恐怕也难有作为……但不管怎么样，咱们不管是跟本信对簿公堂，还是把他拉回到谈判桌上，就必须得到政府相关部门的有力支持！”

夏梦雪点点头。“我也是这么想的。唉，咱们当初抱着那么大的诚意、费了那么大的劲，没想到还是功亏一篑！”

林健飞又摇摇头：“也不能那么说。咱们最初不也没抱多大希望么！求本信发善心，大慈悲，哼，简直是与虎谋皮！可现在好歹已经解决了几名业主的问题。只是我对姓常的，他兔爷姥姥的！确实抱有幻想，没想到他竟在这个节骨眼上砸盘，给老子下套，差点就中了他的招！”

夏梦雪笑了，她歪着脑袋想了想，不免有些失落。一个月前，她还在为自己“一二三四”的精辟分析洋洋得意。可一个月后，哪想到自己的那些“精辟”竟变成了“胡话”呢？仰望辛弃疾，夏梦雪想起林健飞刚才的那句话，于是问他：“如果辛大人再世，他会怎么做呢？”

林健飞微微一笑：那是他故意激老头的，不是有句名言叫：“请将不如激将”嘛！

夏梦雪也笑了，但笑得有些怃然。她仰视着这位目光坚毅、一手按剑、一手执书的燕赵侠士，不禁想，这位千古奇才身后究竟是豪气、才情多一些呢，还是孤独、落寞多一些呢？

林健飞看到夏梦雪怅然沉思，笑着搓搓冰凉的手，说：“好了，好了，小雪！我看就这么会儿工夫，你也被宋叔熏得多愁善感了！”

夏梦雪咯咯笑起来：“哈哈，你拿我当烧烤呢！”

两人笑了一会儿，夏梦雪又想起刚才的话，于是问道：“还是说正事吧……大神，我倒想问你一句同样的话：要是宋局这边指望不上，你看咱们下一步该怎么办？”

林健飞没有回答，而是使劲跺了跺马路。

“听出什么动静没有？结实着呢，再怎么跺也塌不了！只要路还是结实的，就甭担心下一步该怎么走！他本信甭说开着劳斯莱斯来，就是开着航天飞机来，咱也不怕……说到劳斯莱斯，咱们赶紧回去吧！王代局长说的对，今天是够冷的。站了这一会儿，脚趾头都冻僵了。今天出门没看老黄历，说不定是诸事不宜呢！快走，快走……”

第八章 投诉（下）

王局长刚上来就遇到了本信这个烫手的山芋，业主一趟趟往他这里跑，他就一趟趟往市局跑，市局每次都是一句“我们正在研究”，他又不能天天去，去多了，还会被认为工作能力不足；而业主这边却又无法交代。王局长意识到，他没法再躲下去，于是私下里约林健飞一谈。

1

第二天下午，宋德邻把林健飞叫到了办公室。

“小飞，情况不容乐观，”宋德邻一见面就说，“我亲自去了一趟本信总部，出乎我意料的是，本信这次态度异常强硬……”

林健飞走后的第二天，宋德邻便驱车去了本信，接待他的是廖主任，开始对他还算客气，待他说明来意后，廖主任的口气就变了。

“我们的合同不存在任何问题，啊哈，是经过批准的标准合同，啊哈！经得起任何法律条文的考验！”

“我看不见得吧？”宋德邻沉静地说，“我们收到投诉书，举报你公司合同存在霸王条款问题。你公司在合同中多次涉嫌强迫买受人接受显失公平的条款，请问作何解释？”

廖主任没吱声，他看了一眼公司的法律顾问杨虎裳。宋德邻跟杨大律师打过交道，听说他是毕业于英国什么“阿拉丁大学”（阿伯丁大学）法学博士，是真正的“海龟”大律师。

杨律师见廖主任示意，心领神会，马上把话题接了过来。

“市场经济嘛，自然要建立在契约的基础上。我们在与业主签订合同前，已经就所有可能涉及到的风险都向买受人做了较为充分的披露。也正因为如此，我们才在合同文本中对可能出现的各个风险点都做了详细的补充说明，并反复要求买受人在充分了解这些风险之后再考虑是否购买。业主亲笔签了字。由此可见，我们不但没有任何欺诈行为，而且我们是完全考虑业主权益的，并为业主的基本权益负责。”说到这里，他瞥了一眼廖主任，廖中和并没有抬头，他轻轻滑着茶碗盖，仿佛在为普洱茶的那一缕浓香赞叹不已。

杨律师微微一笑，话锋一转，继续说：“当然，尽管我们努力为业主着想，但凡事总会有百密一疏。不过呢，如果在个别具体环节上出现了问题，我们公司也会首先从客户角度考虑问题，甚至不惜牺牲公司利益来维护客户的利益！我们应该为社会分忧，努力承担社会责任！”

宋德邻苍瘦的脸上掠过一丝不易觉察的讥笑，心想这小子让油灯照得鬼话连篇，洋墨水喝得不少，可全灌狗肚子里去了！

“贵公司既然如此仁至义尽，为什么不能给想退款的业主把钱退了，或者把房换好？难道这也是承担社会责任的一部分吗？”

杨律师笑着回答：“双方有合同，白纸黑字，有业主违反合同，想谋取不正当利益，我们也在努力协调。贵局不维护企业正常经营业务，还帮刁民天理取闹，太不应该。”

“放你妈的……狡辩，无耻！”宋德邻勃然大怒，他重重拍了一下沙发前面的茶几，茶几上的那盆君子兰当的一声，一阵乱颤。他刚想用脏话问候一下杨律师、廖主任、他母亲，顺便问候一下他们家小狗他娘的刚要脱口而出便硬生生地咽了回去，毕竟他是堂堂的工商局局长。更何况，今天他有要务在身，不可意气用事。

宋德邻放下茶杯，突然感到胸口、后背一阵剧痛，嘴唇都气白了，不停地哆嗦，豆大的汗珠沿着脸颊流了下来。司机小张看情况不好，赶紧从宋德邻的口袋里掏出一瓶速效救心丸，倒出一粒塞进他嘴里。宋德邻闭目养了一会儿神，过了许久才缓过劲来。

见宋德邻突然发病，廖主任和杨律师也有些慌乱，万一这老头子真栽倒在这里那可就真说不清楚了，不过两人的身子并没有动。他们默默地等宋德邻缓过气来，就像两条壮年土狗在默默窥视一头卧地不起的垂老雄狮。

半晌，宋德邻才虚弱地说："我今天来，不是跟你们争论是非的，而是代表工商局调解你们与业主的合同纠纷。尽管对你们的处罚上级还没有任何答复，但是，人在做，天在看！如果你们愿意，我可以主持调解，并安排你们会面……"话说到这里，宋德邻已经没有力气说下去了。

杨律师有些同情这老爷子了。他看看廖主任，仿佛在请示，是否有必要跟林健飞当面谈一谈。只见廖主任冷冷地说："我们最初是极力主张调解的，啊哈！但他们的代理律师没有诚信，领导已经取消了与他们的合作！"

"哦？这我倒是头一回听说，"宋德邻断断续续地说，"你能说说他们的律师怎么个没诚信法吗？"

"哼，就这种小人，不提也罢！"廖主任轻哼了一声，"我们好心好意安排他们看房、换房，啊哈，不领情也就罢了，还恶语相加；这也没什么，生意嘛，难免舌头碰到牙，是不是？最可恶的是，啊哈！他们的律师揣着明白装糊涂，一方面鼓动业主跟我们签《换房协议》《保密协议》，啊哈，一方面又把换房内容贴到网上现场直播，故意泄露给其他业主，不断要挟公司，这不是没诚信是什么？！"过了一会儿，廖主任仿佛想起了什么，又说道："哼哼，要想调解也行，啊哈，让他自己来找我们总经理谈！"

宋德邻这才明白，本信与其说是对林健飞"不诚信"的可耻行径义愤填膺，不如说是对本信维护权益团队的迅速扩大而感到焦虑，也许还有某种恐惧。他意识到，本信需要的是"私了"，而不是把事情摆到谈判桌上公商。不管是由工商局出面还是由其他部门出面调解，都是本信不愿看到的。

尽管杨大律师言之凿凿，可如果本信同意工商局的正面调解，到那时候本信就会像“泰坦尼克”号一样，一旦遇到冰山的致命一击，本信这艘庞大的舰船必然四处漏水，乃至迅速沉海，从此万劫不复！

本信怎么可能接受公开调解呢？

宋德邻突然明白，本信的眼中钉绝不是业主，甚至不在意他这个区工商局长，而是一个土生土长的土鳖小律师林健飞！

宋德邻太熟悉林健飞的脾气，也太熟悉林家的家风了，这小子从小就出奇得倔强。别看顽劣异常，但在大是大非面前却极为强势，他怎么可能丢下当事人跟本信私了？就算他肯私了，别看林子泉对法律上的事儿一窍不通，可林健飞要是胆敢出卖当事人，林子泉能打断他的狗腿！

宋德邻神色黯然、踉踉跄跄地离开了本信总部。他隐隐约约感到，林健飞跟本信之间要有一场恶仗打了。可自己行将退休，又一身的毛病，一个病歪歪的老头儿能帮上他什么忙呢？小飞，这熊孩子，这从小就不让人省心的小兔崽子，我……

宋德邻把他跟本信这次不愉快的会谈跟林健飞说了一遍，只把自己犯病一节略过不谈。

“小飞，依我看，本信恐怕没有调解的意思，你准备怎么办？”

“哼，”林健飞冷笑一声，“怪不得昨天有十来个业主给我打电话，说本信私下跟他们说只要在告发律师贪赃枉法、借打官司敛财坑害业主的举报信上签字，就把保证金退还给他们呢！”

“哦？”宋德邻一惊，“他们签了吗？”

“要是他们肯签字也就不会给我打电话了，”林健飞笑笑说，“绝大多数业主拒绝了，他们说让本信坑了那么多年，最后还让人当枪使，没门儿！不过不排除极少数人会接受本信的条件。”

“还是多加小心，‘明枪易躲，暗箭难防’啊！”

“没事儿，宋叔，您放心好了！”林健飞又冷笑一声，“他现在手上拿到了业主名单，自以为掐住了我们的脖子，有点儿本钱就想舞刀弄枪，好哇！我还正愁没题目跟他斗上一斗呢！他倒先动上手了！”

话说到这里，林健飞转而笑道："宋叔，您不知道，这姓廖的第一次来见我时，那叫一个憨态可掬，温顺得就跟熊猫馆里的熊猫似的！如今倒反咬一口、倒打一耙，给我安插个破坏调解的罪名！只可惜，'若要人不知，除非己莫为'！"

"行了，行了！净是些马后炮！"宋德邻摆摆手，打断了他的吐槽，"甭整那些没用的，说说吧，下一步，你不会霸王硬上弓吧？"宋德邻茶喝到一半儿，忽然直勾勾看着林健飞不说话了。

"嘻嘻，知我者，宋叔也！"林健飞笑嘻嘻地恭维道，"邓小平访美时不是说过么：'小朋友不听话是要打屁股的！'"

宋德邻却笑不出来。

"小飞，你可要想清楚，"宋德邻紧盯着林健飞，一字一顿地说，"本信的屁股可不是小朋友的屁股，那可是老虎的屁股！"

"嘻嘻，就是老虎的屁股，也是不摸白不摸！"林健飞嬉皮笑脸地说，"您老的屁股我小时候不就摸过嘛？"

"你这小兔崽子，给我放严肃点儿！"宋德邻又好气又好笑，心想都到什么时候了，这小兔崽子还拿小时候的事儿跟我嬉皮笑脸！不过林健飞的话也让他想起林健飞小时候的调皮捣蛋。想起往事，老头一口茶没含紧，呛在喉咙里出不来，下不去，剧烈咳嗽起来，林健飞忙上前轻拍老头的背。

老头一边咳嗽，一边笑骂："你这小兔崽子，从小就不让我省心……"

林健飞点点头。想起往事，宋德邻不禁莞尔，又不禁有些伤感。

"小飞，那个时候，你跟硕儿差不多大吧？"

林健飞点点头："是呀，时间过得太快了，连我都有了孩子……宋叔，您说咱们那时候生活条件也不好，住的是筒子楼，可邻里之间那感情多好哇！那时候也没空调，也不看电视，夏天晚上全楼的老少爷们搬着马扎下来聊天，多热闹哇！蔡伯伯、赵叔叔、石爷爷……陈伯伯给大家讲《三国》、讲《福尔摩斯》，我就跟着宋姐姐坐在院子里一起数星星，宋姐姐教我认识星座……谁家有个事都拿着当自家的事儿办！可现在呢？"林健飞言下不禁有些失落。

“是啊，咱们现在日子过得是比那时候好多了，”宋德邻也不禁感叹，“吃得好，住得好，可人和人的距离却越来越远了。”

林健飞也感叹道：“时代不同了嘛！以前日子过得是紧巴点儿，可现在想想，当时也没觉得有多难。现在吧，日子过的是富裕了，可烦心的事儿反而多了起来。一套房子能把两家子人都给套进去！”

林健飞正要针对房子滔滔不绝地说下去，宋德邻打断了他的话：“别说那些没用的啦！小飞，还是说说正事吧……你准备怎么对付本信？真要摸老虎屁股吗？”

“切，就本信那点儿能耐，最多也就是一只大头苍蝇！”林健飞不屑一顾地说，“现在他们才拿到个名单，还没怎么着呢，就张狂起来，可见胸无大志！”

“别胡闹！”宋德邻皱着眉头轻声训斥道，“真不知天高地厚！人家的法律顾问都是洋博士，你连大学都没上过，是人家的个儿吗？还在这里苍蝇包饺子——好大面皮！”

“龙生龙，凤生凤，老鼠的孩子会打洞！”林健飞嘻嘻一笑，“我是没喝过洋墨水，但我那一套洋博士就未必能玩得了！”

林健飞口气渐渐严肃起来：“本信的盘子这么大，没点道行，他敢这么目空一切、敢这么狂吗？他瞧不起我，瞧不起您，瞧不起老百姓，他兔爷姥姥的！我们所的夏律师，就是昨天跟我来的那小姑娘说得好，本信干的都是见不得阳光的事儿；我们敢站在阳光里晒太阳，他敢吗？他只会躲在暗处耍阴谋，我就跟他站在阳处玩‘阳谋’！非把他打得跪地求和不可！”

宋德邻听后依然眉头紧蹙。

其实能否以打促和，把本信拉回谈判桌，林健飞心里也没底。但他现在只能前进，不能后退。

宋德邻知道劝不住林健飞，其实就内心深处而言，也不想劝。他当然希望有人站出来跟本信较量一下，除掉这个妄自尊大、鱼肉乡里的恶霸，可又不希望这个人是林健飞。如果在二十年前，他敢带着林健飞站出来跟本信PK。就是现在，只要身体硬硬朗朗的，他也敢和林健飞站在一起共担风雨！可如今，唉……

这时，宋德邻的手机响了，只听电话里有人声如洪钟地吼道：“喂，三德子！你这混蛋！怎么连个报告也不打，就溜出去了？你还想不想要命了？！”最后一句话咆哮着从电话里冲出来，像炸弹一样轰地炸开了。

宋德邻忙打着哈哈回道：“哈哈，老大，别发火！别我还没病死你先把我吓死了！局里出了点事儿，我回来处理一下，晚上就回去向你报到！”

“还想拖到晚上？哼！你现在就给我滚回来！现在不回来，我现在就派人把你抓回来，你信不信？”

“不用派人，不用派人！我马上就回，马上就回……”宋德邻忙点头哈腰地说。

“是我大学同学，也是我们寝室的老大，现在中心医院心内科当主任。”宋德邻挂上电话说，“我得赶紧回医院了，要不然他真能派人把我抓回去……”

林健飞的眼睛湿润了，他想说几句愧疚的话，可是喉头一哽咽，却说不出来了。

“宋叔，我送你……”

“你去忙正事吧，我叫小张送我回医院。”宋德邻摆摆手。忽然他仿佛想起了什么。“小飞，叔临走前再送你几句话，你给我好好记住了。”

林健飞点点头。

“‘上善若水。水善利万物而不争，处众人之所恶，故几于道。居善地，心善渊，与善仁，言善信，正善治，事善能，动善时。夫唯不争，故无尤。’孩子，遇到事情灵活点儿，不要蛮干……”

2

回到事务所，王德光几个人早在那里等着了，林健飞便把宋德邻跟本信见面的事情向他们几个做了一下通报。

张翼德一拍大腿，说：“我早就知道这帮王八蛋不肯接受调解，你们就是不信！现在你们都看见了吧？人家都打上家门了！”

石建业也抱怨道：“林律师，不是我说你呀，还是太年轻了！中了人家的圈套都不知道！我早就说了，本信的话不能信！可你就是不听！这下可好，替人家办了那么多事儿，最后热脸还是贴人家冷屁股上了不是？”

“不对呀，石大哥，”刘淑芬插嘴说道，“上次你不还说林律师办得好，办得对吗？怎么今天倒埋怨起林律师来了？”

“呃，这个……大妹子，同志之间，呃……总得有个批评和自我批评吧？”石建业尴尬地搓搓手，“当然啦，林律师很负责，工作态度还是很端正的……”

盖天鸣一梗脖子就想反驳，林健飞若无其事地按住了他。

“我不赞成石大叔的说法，”王德光看看林健飞，又看看其他业主代表说，“在咱们群里我也不赞成这种说法！咱们现在都到什么时候了，还不吸取以前的教训！人家本信巴不得我们打成一团，坐收渔翁之利呢！再说，林律师还有他们团队的敬业精神，这段时间以来所做的大量工作是值得充分肯定的！以前咱们又不是没想过跟本信打官司，可连案子都立不上！”

林健飞笑着冲王德光摆摆手。“大家的批评还是中肯的。对本信的突然反水，虽然我们有所准备，但现在看来还是掉以轻心了。不过，现在人家既然出招了，咱们就不能不接招！今天把大家邀请来，就是想听听大家的高见，看看下一步棋该怎么走。”

“王大哥、林律师说得对，”张翼德点点头，“窝里斗不是个办法！我先说说昨天本信要私了的事儿吧。具体情况大家都知道了，可昨天晚上突然有人在群里散布消息，说本信愿意优先考虑跟他签过《保密协议》的业主退还保证金，不过要我们单独去协商……依我看，本信的意图是‘秃子头上的虱子——明摆着’！他就是想给点儿小恩小惠，叫这些业主做本信的走狗，反咬一口！”

“那你是怎么处理的呢？”夏梦雪充满期待地问，她猜想，就张翼德那脾气，不杀他个七进七出才怪哩！

果然，张翼德做了个“咔嚓”的动作，说：“三爷岂能饶了这几个败类？

我手起刀落就要把他们踢出群去，后来叫王领导给拦住了！”说着他瞟了王德光一眼。

王德光冲他笑笑，说：“我借这个机会在群里组织了一场大讨论……”

“你看，到底是领导，政策水平就是高！”张翼德一挑大拇指称赞道。

王德光笑笑，接着说：“大家总的看法是，这是本信设的一个局。要解决一起解决就是了，干吗鬼鬼祟祟地叫我们单独去协商？后来有两个反复说这回本信的话是真的，绝对错不了！还说有几个业主连房子都要回来了呢！”

刘淑芬笑着说：“后来我们几个业主代表一合计，觉着这俩人八成是本信混进来的托儿。所以征得大家同意，叫翼德把他俩踢出去了。”

“这事儿办得真不孬！”石建业赞许道，“我老眼昏花的，也不会上网……本信这群杂碎这么干不是一回两回了！”

林健飞等大家说的差不多了，便说道：“首先，我代表秋柳律师事务所向大家这段时间以来的支持与理解表示感谢，对工作上的不足之处我们会努力纠正！今天请大家来一个是交流、沟通一下近期的情况，另外也想跟大家协商一下下一步的工作该怎样开展……”

“起诉、打官司！”业主代表们异口同声地说。

他又看看盖天鸣和夏梦雪，两人也主张起诉本信。盖天鸣早就窝着一肚子火，与其跟这种小人周旋、憋屈，不如对簿公堂，明刀明枪地大干一场！

林健飞轻轻摇摇头：“我们还不具备足够的起诉条件，要跟本信对簿公堂可太难了。”

说到这里他停了一下，看看身边的与会者，接着说：“我的意见还是以打促和，迫使本信与我们调解，虽然这种可能性也是微乎其微。”

王德光默然不语，石建业和张翼德则坚决反对。石建业皱着眉头，说：“林律师呀，你别怪我说话直，我们以前来找你就是请你代理打官司的，你倒好，到现在一口一个调解、求和，人家都来挖咱墙角了，你还想跟人家套近乎、劝人家别挖哩！”

“我早就说过，跟本信没啥好谈的！”张翼德站起身来，激动地挥舞着双臂，“你瞧瞧那个什么托塔汪天王的熊样！咱们现在还要腆着笑脸去抱人家大腿，这不他妈犯贱吗？要是传出去人家不笑掉大牙，笑话咱们都是怂包么？我第一个不同意！”

“唉，他们要是真肯换房子就不错了。”刘淑芬愁眉不展地说，“怎么办我不管，只要能把我该得的房子换回来！”

“我也不同意，”盖天鸣抱着双臂说，“林哥，本信把咱们耍得够久了！咱们要不跟他正面较量几个回合，就算官司打输了，虽败犹荣！否则，咱们今后在这圈子里还咋混？”

林健飞又看看夏梦雪：“你们是一个意见？”

夏梦雪点点头，在当前这种情况下，除了起诉，还能做什么呢？

林健飞没说什么，他又征询王德光的意见。

王德光沉吟半晌，才缓缓地说：“这个我说不太好。如果能迫使本信调解自然是上策；不过，假如说，我是说假如，我们要迫使本信调解，那为什么不现在通过起诉给他施加压力呢？如果本信同意调解，我们就通过法院达成调解；如果他不同意调解，我们就在法庭上战胜他！这样不更有效率吗？”

王德光的话立刻得到了其他人的赞同，林健飞也点头称是。他知道，大家心里一直有个结，就像树上留下的节疤，其实他又何尝不想跟本信在法庭上一见高下！

“可是，有一点不知大家想过没有？”林健飞说，“你们觉得是法院受理我们的起诉容易呢，还是工商局受理我们的投诉容易？判决难，执行更难！那也得在法院受理我们起诉之后才能进行调解，而法院能否受理我们的起诉还是个未知数……但向工商局投诉就相对灵活一些，我们以合同欺诈为由投诉本信，按照国家工商总局的规定，工商局就不能不受理，我们通过工商局给本信施压还是相对容易一些。”

盖天鸣摇着头说：“可问题是，本信现在狂得很，咱们能迫使他低头调解吗？”

“调解也好，起诉也罢，不管是战是和，都是手段，而不是目的。就这一点而言，我同意王科长的说法，咱们得找个两全其美、一箭双雕的办法。不过呢，我觉得现在满足这个条件的办法也就是以投诉为中心，通过工商局向本信施压了。如果工商局肯为我们主持公道，那么他就会代表政府正式处罚本信；如果工商局不作为，那么我们还可以通过业主代表团、律师、社会舆论等渠道对工商局和本信同时施压，迫使工商局下决心处罚本信，迫使本信接受调解。就算工商局出面，本信也不肯接受调解，我们的工作也没有白做……”

盖天鸣心想，这回本信反水，咱们前面做的那么多工作，不全白干了么？不过当着业主们的面，他没好意思说出来。

林健飞看出了他的沮丧和恼火，他轻轻拍拍盖天鸣的肩膀，眼睛却看着业主代表们说：“天理昭彰，咱们跟本信的较量争的是天理！老百姓都看着呢！他们越是失信，就越是违背天理；反过来说，咱们越是坚持调解，天理的天平就越倾向于咱们！同情咱们的人越多，支持咱们的人就越多。到那时候，就算本信高层也甭想一手遮天！我们的所有材料包括政府部门提供的各种正式材料随时都可以成为指证本信的最有力的证据！反过来说，如果我们不坚持调解，那么本信就可以轻而易举地把破坏调解的罪名扣在我们头上！所以，我坚持认为，我们下一步的工作重点应该仍然是调解优先。只不过，我们前期是和谈调解，如今要以打促和。”

“那依你看，我们现在该怎么办呢？”王德光问，所有人都在看着林健飞，他们被林健飞的一席话打动了。

“礼尚往来。”林健飞说，“这个问题我考虑很久了。人家先发制人，打了咱们一拳，咱们还得回敬一下，不然怎么对得起人家的拳头呢？不过在出招之前，先看看咱们手上有几副牌……”

“上访、投诉、媒体曝光、起诉，”夏梦雪有点沮丧地说，“咱们也就这几副牌，本信连政府都不放在眼里。咱们随便哪副牌打出去，他都能不费吹灰之力压在底下。”

业主代表们听了顿时沉默下来。林健飞看看夏梦雪，他这才注意到，那个神采飞扬、自信敏锐的小姑娘最近有些忧郁、消沉。

盖天鸣也有些心痛，他分明感到，自从和谈失败后，夏梦雪的话明显少多了，连她的衣服似乎都褪去了往日的艳丽，蒙上一层了无生气的灰色。

林健飞冲夏梦雪笑了笑，“牌不用多，关键是怎么搭配。只要瞅准时机，搭配得当！”

夏梦雪感激地看了林健飞一眼。这几个业主代表，除了王德光都是打牌的老手，扑克的积年，一谈到打牌自然眉飞色舞。林健飞便借着打牌的题目和业主代表们讨论起该怎么出牌的问题来。

“我说女王妹妹，晚上有空没？”下班前盖天鸣问夏梦雪，“你玉玲姐晚上想叫上你一起去‘加个桌’撮一顿，他们那里的炖排骨、荷叶粉蒸肉特别有名！”说到这里他还下意识地舔了一下嘴唇。

夏梦雪淡淡地一笑，说：“改天吧，晚上我还得帮虎老师做一个演讲的PPT……”

“小雪，有句话哥不知当说不当说……”

夏梦雪觉得有些好笑：“嘻嘻，怎么你也学起那些酸文人的拿腔拿调来了？”

“嘿嘿！”盖天鸣笑了笑，“小雪，咱们跟本信的较量才刚刚开始，刚才林哥也是这意思。你当初的判断到现在为止大部分是对的，只是本信调整了他的策略，让咱们摔了一跤，不过这没什么，爬起来再跟他打。要么他把咱们打趴下，要么咱们把他打趴下，直到向咱们求饶为止！”

夏梦雪心里有些感动。其实她并不是为自己主张和解而悔恨，她只是为人性的丑恶而感到心悸。本信固然虚伪狡诈，那么，在今后的时间里，我们是否也要以牙还牙、以眼还眼，用同样可怕的手段予以反击?

夏梦雪的心中感到一片茫然。可是，不管怎样，盖天鸣和林健飞对她的关心依然让她感到温暖。她很庆幸遇到他们，包括袁婉茹、硕儿……，她比那几个去其他公司实习的同学要运气多了，这使她感到精神上有所慰藉和寄托。

半晌，夏梦雪使劲点点头：“谢谢……大哥哥！”

这是她第一次这样称呼盖天鸣，盖天鸣的身子微微一颤，他的眼睛里有些欣喜、有些激动。不过他没有说出来，只是轻轻点点头，目送夏梦雪离去了。

3

两周后，一份《岭南晚报》的样刊放在了林健飞的办公桌上。打开第四版，一则题为《公摊70%，开发商究竟要哪般》的报道映入林健飞的眼帘。林健飞微微一笑，这是他打出的第一张牌，网络版早在上周就刊登出来了，并得到多家主流网络媒体的转载。

“家丑不可外扬”“不足为外人道也”。这是中国式的智慧。自从本信找关系删了海右采访林健飞的视频之后，海右媒体一度风平浪静。

既然本地不能报道，林健飞便找冯又陵还有其他朋友，不管怎样，本信的劣迹在外地报纸上得到了报道，犹如一颗石子冲破平静的湖面，在网络上荡起一圈圈的涟漪，跟帖如潮。帖子来自五湖四海，内容也五花八门。总之林健飞听说过的、没听说过的，网上全抖了出来。

虽说这些都是道听途说之言，当然不能作为证据，不过有了上次封杀节目的前车之鉴，林健飞叫夏梦雪把这些都统统下载下来了。事实证明，这样做确有先见之明，因为本信很快就摆平了此事。

不过林健飞并不气馁，因为媒体多，而本信的故事素材简直是取之不尽、用之不竭！结果本信刚扑灭这边，那边又着火。来来回回斗了好几个回合，本信被弄得着实有些狼狈。

然而另一张牌就没那么运气了。宋德邻住院以后，林健飞和业主代表们便三天两头地往工商局跑，询问投诉处理进行到了哪一步。工商局开始还算客气，王代局长全面主持工商局事务，对群众的投诉他表示坚决依法处理！

然而一次、两次、三次……都是“依法处理”“责无旁贷”“给我点时间”，再到后来渐渐变成了“去市里开会”“去省里学习”“陪同领导视察”，等等。

推辞得多了，业主们开始失去耐心，可又无法直接找王局长对峙，于是便时不时地私下议论王局长。其实这不能全怪王局长，他的工作还算称职，人很敬业，现在上级指派他代理宋德邻的局长事务。

有一次，工商局办公室人员照例把“王局长去外地检查工作”这句话从窗口丢出去给了投诉业主。话刚出口，石建业就皱着眉头问：“去哪儿啦？”

“呃，这个……我也不太清楚……我帮你打听打听……”

“甭打听啦，我告诉你王局长去哪儿啦！”石建业摆摆手说。

一言既出，工作人员都感到惊奇，心想局长连我们都没告诉说他去哪儿，你一个小老头儿打哪儿打听来的？林健飞和其他业主代表也不由感到惊讶。

石建业不慌不忙地伸出一根手指在空中虚晃了几下，然后神情严肃地说：“到月亮上喝酒去啦！我在这儿都能看见他正抱着酒桶咕咚、咕咚往里灌呢！不信哪？你们没看见‘寂寞嫦娥舒广袖’、‘吴刚捧出桂花酒’，来请局长喝碗酒吗？”……

石建业的“局长奔月说”一时在工商局传为笑谈。到后来甚至一有人无意间问起局长去哪儿啦？马上有人抢着回答：“到月球喝酒去啦！”更有甚者变成了“跟嫦娥喝酒去啦”！那口气比蟾宫饮酒更多了一份暧昧。

这一切王局长当然被蒙在鼓里。所有人在他面前依然毕恭毕敬，可他总感觉哪儿不对，总觉得那人刚一转身他就能听到吃吃的偷笑声。常言道：“没有不透风的墙。”时间久了，王局长自然风闻了这个典故，不由又羞又气、又急又恼！

其实这也不能全怪王局长官僚。平心而论，王局长这人并不坏，在家也是一个称职的丈夫和父亲。不烟不酒；除了老婆，不近女色，哪来的“嫦娥陪酒”！工作上也算称职。也许正因为这一点，上级才指派他代宋德邻代理局长事务。等过了年宋德邻一退休，他就有可能从副处提为正处。也正因为如此，在这个特别时期，他战战兢兢，如履薄冰，想平稳度过工作交接期。可没想到，刚上任就碰上本信这块烫手的山芋头，这团摸不得、甩不掉的刺儿球！本信的情况他是非常清楚的。宋德邻开出的处罚单本信至今不认账。他一个小小的代理局长又能把本信怎么样！宋德邻要他依法处置。王局长意识到，他没法再躲下去，于是私下里约林健飞一谈。

“林律师呀，”王局长抱怨道，“你们的投诉不好处理啊！群众胃口太大，这么多人要求退房、退钱，甭说本信，搁谁头上都不干哪！”

“您的意思是说，我们的投诉内容缺乏法律依据吗？”林健飞不满地问。

“瞧您说的，林律师。咱们这是私下里聊。”王局长唉声叹气地说，“唉，基层难哪！你们编排我，可你以为我就没为你们的事儿跑腿吗？市局、本信我跑了不知多少趟！可是……难哪！”

林健飞不禁同情起这位代局长来：“本信那边怎么说？”

“还能怎么说？喴，你看，”王局长指指桌上的几张纸，“这是本信当场交给我们的群众投诉书，举报你挑拨业主与房地产商关系，从中牟取非法利益……”

“哦？举报我？”林健飞笑了。

“而且是实名举报，”王局长说，“既然人家通过合法渠道投诉了，我们就得依法受理。林律师，你说说看，处在我这个位置上，我该处罚谁？”

林健飞接过投诉书大致看了一下，这早在他的意料之中。不过看到其中一份，他还是一声苦笑：那份投诉书上落款写着“吴批修”三个字。可仔细想想这样也好，老爷子也怪不容易的，两万块钱的定金不啻于他的这条老命！都七十多岁的人了，又跟着业主们东奔西跑，哪能受得了这折腾？如果本信悯老惜弱，肯给他退钱养老也算是善举吧。

林健飞陷入了沉思。看来，本信这回真的是“王八吃秤砣——铁了心”了，他那以打促和的良愿恐怕要变成针尖对麦芒了。可是，如果本信真像网上传闻的那样，为什么不对他采取极端措施呢？也许只是因为他是一个不起眼的小律师，还不配被采取极端措施？也许本信相信凭借现在的手段就能叫他身败名裂、生不如死？他更倾向于前一种可能性。想到这里，他暗自微微一笑：是的，他不配。

调解的可能性越来越渺茫，而诉诸法庭还遥遥无期，但是工商局这根与政府连接的脐带不能断。没有政府的影响，业主维护权益工作寸步难行；而工作一旦陷入停滞，必将引发委托业主不满。

事实上，业主群里不满的声音一直不绝于耳。最近就工商局投诉事件已经有人在抱怨律师工作不力，说律师故意拖时间、光拿钱不办事！到那时候，本信只要再稍微施加点压力，挑动业主向他反击，那么就能不费吹灰之力地碾碎林健飞这只敢向本信举臂的螳螂。

找宋德邻吗？林健飞暗自摇摇头。不行，他必须用法律的藤鞭紧紧缠住区工商局，而且要争取上级工商局的支持。

想到这里，林健飞冲王局长尽量温柔地一笑，说："王局长，那您准备处罚我吗？"

"都是没影儿的事儿，"王局长摆摆手说，"谁是谁非，我们该为谁做主，还是很明白的。怎么可能处罚你？"

"那您认为我们的投诉缺乏合法性吗？"

"林律师，你误会了，我没说你们的投诉不合法，但我们毕竟只是基层，我们没有那么大的能力处罚本信。"

"那您看谁有权处罚本信呢？"

"向上级反映吧。"王局长建议。

从此，维护权益团开始了向上级工商局的投诉。跟区工商局情形类似，向市工商局的投诉也是有入无出。最后，林健飞带着业主代表亲自去找市局领导座谈，市局领导指出：你们的投诉我们不予受理，原因是投诉书中没有举证本信非法所得的具体数额是多少。

"因此，我们缺乏足够的处罚依据，"领导从容地强调，"你们还是先委托审计部门，请求其对本信进行审计。有了审计意见以后，我们才能名正言顺地处罚！"

盖天鸣、夏梦雪听到这建议顿时目瞪口呆！那一刻，盖天鸣恨不得随手就把那份投诉书甩到领导脸上。夏梦雪更是惊诧莫名。这种推诿理由，真的让她大开眼界。

"领导同志，"林健飞平静地说，"我想您已经读过我们的投诉书。我们反映的基本问题是本信合同涉嫌违法的问题，而不是本信非法所得的问题。因此关键是看本信有没有合同违法的行为。至于所得额只是决定罚款多少的违法情节问题。如果非法所得查不清楚，按照最低数额罚款就是了，不能以此作为其行为是否违法的依据。”

“啊，这个……”领导明显感到有些力不从心，“工商局是执法部门，不是司法部门，对不对？没有具体非法所得金额如何确定违法事实？如何处罚？对不对？你应该去找审计部门或者法院确认合同非法后再来找我们……”

林健飞接受了领导的部分意见，只不过没有去审计局和法院，而是把“市工商局”中的“市”改为了“省”，一纸投诉又投向了省局。在与省局的接触过程中，林健飞深深感到，省局工作人员的政策水平、修养素质明显高于市、区两级分局。

“非常遗憾，对您提出的这个问题我们缺乏相关文件规定，所以无法回答，”省局的工作人员彬彬有礼地说，“我们是法治社会，不能在没有相关规定的情况下擅自作出决定……”

林健飞摇摇头，说：“中国的合同监管制度发展数十年，不可能‘网漏吞舟之鱼’。这么严重、这么多的违法行为都没有法律依据处理，我们法律的‘漏洞’难道会大到这样的程度吗？”

“抱歉，”工作人员依然彬彬有礼地回答，“我们无权做出处罚决定。”

“那么谁有权做出决定呢？”林健飞问。

“总局。”

“那么你们有权做什么事情呢？”夏梦雪忍不住追问道。

“嗯，这个……我们可以责成区工商局向被投诉单位发一份质询函……”

于是区工商局在省局的督促下，就业主投诉的主要问题向本信发了一份质询函；同时林健飞将省字划掉，改为“国家”二字，并进一步充实投诉内容和依据，唯恐言之不尽，唯恐有一个字缺乏工商总局的行政处罚依据。

国家工商总局的回复迅速、简洁而权威：“根据属地管理原则，责成当地工商局依法处置……”

尽管投诉这张牌打得艰难异常，但也不能说没有丝毫收获。可以肯定的是，至少国家工商总局已经知道此事，本信再想瞒天过海、把问题摁在海右就变得有些困难。工商局质询函还是起了作用，林健飞不久就接到了廖主任的电话：本信愿意跟林健飞见面一谈，不过仅限本人。

林健飞的第一反应是：“哟，贵公司这是要我单刀赴会呀！”

“没那么严重，啊哈！”林健飞隔着电话都能感受到廖主任的笑容可掬，“就是随便谈谈，啊哈，随便谈谈……”

其实，林健飞一直在等这个会谈。因为转眼已经到了十一月下旬，这两个多月来，林健飞马不停蹄，领着业主们东蛰西刺、南戳北挑，正如夏梦雪和林健飞所预料的，本信左抵右挡，累得气喘吁吁，狼狈不堪。而工商局也渐渐失去了耐性，见到林健飞就感到头痛。

这还在其次，维护权益业主私下里一商量：既然政府不愿意看咱一起去，那就叫上两三个难兄难弟，天天三三两两地轮番往工商局跑！这一招更损。工商局合同监管科里每天比集市还热闹。时间久了，工作人员自然疑心是律师在幕后主使，于是便把怨气统统撒到林健飞头上。

可他们哪里知道，林健飞也是一肚子苦水。业主们不满的情绪在增涨，他们痛恨本信失信，更抱怨林健飞拖泥带水，办案不力，而矛盾却依然没有得到丝毫解决。在这场没有硝烟的战争中，无论开发商、林健飞、业主还是工商局，大家或明或暗地混战一场，各方均已人困马乏，却不能退却，战局胶着在一起。

林健飞很清楚，这种胶着意味着什么——那将是一种无声无息的扼杀，犹如睡梦中的煤气中毒。一旦拖延下去，无论是他还是业主必将在劫难逃。即便劫后余生，也将元气大伤，对本信也是如此。

事态似乎有失控的趋势，本信被林健飞的报道和投诉整得焦头烂额，也许此刻项总也在后悔养虎为患，没有早点儿下手吧！在这紧急关头，唯一的出路就是砸开一扇窗口。然而砸窗者却不能是他，只能是本信。

解铃人还需系铃人，如果林健飞开口要求和谈，本信只会把煤气开得更大一些。如今机会来了。不管双方从此走向更为尖锐的对抗，还是从对抗回到谈判桌前，林健飞都必须抓住这最后的机会，与本信高层面谈。

是战是和，在此一举！

第九章　警告

“兄弟我干这一行呢，也有小二十年了。这二十年哪，不容易呀！”蒋总往座椅里一仰，两条大象腿顺势往办公桌上一搭，看着天花板，似笑非笑地说道：“二十年，我什么没见过呀！那年我还眼睁睁地看着一个律师出车祸挂了呢……啧啧，啧啧！……丢下老婆、孩子自个儿一个人先走了，可怜哪！可有什么办法呢？是福不是祸，是祸躲不过！”

1

会谈安排在这个月某一天的下午一点半，本信总部，林健飞提前十分钟到达。验完证件，刚要上楼，大厅小姐礼貌地止住了他：“对不起，林律师，总经理正在开会，请您在此稍等片刻。”

“哦？那会议什么时候结束？”林健飞有些意外。

“我也不清楚，不过总经理特意交代，说开完会就跟我联系。”

“好的，那我上楼等好了。”林健飞转身就要上楼。

“对不起，”大厅小姐微笑着说，“总经理说楼上办公室不方便，请您在这里等好了。”

林健飞四下里看看，只见大厅东头墙下陈列着一组沙发茶几，于是走过去坐下，掏出水杯不慌不忙地喝起茶来。表面上优哉游哉，可他心里却高度紧张，把这次会谈可能要谈的所有问题又迅速梳理了一遍，又把常总所有可能的对策梳理了一遍。两个方面都梳理完毕，林健飞觉得还不过瘾，又把从受理案件至今的历历往事梳理了一遍。

林健飞茫然地看看观音菩萨，又看看门外那两头看门的青铜狮子，一口一口机械地喝着茶。他下意识地看看矗立在西南角的那口大座钟：已经过去快一个小时了。林健飞皱了一下眉头，他要大厅小姐跟总经理再联系一下，小姐微笑着回答，她可不敢在总经理开会的时候给他打电话，还请林律师多多包涵！林健飞见她为难，也就不再说什么。

他漫无目的地在大厅里闲逛，漫不经心地浏览着墙上挂着的那些照片，无非是本信高层与省市领导人的合影。

林健飞开始细细端详本信墙上这些花花绿绿的各色合影，再看看门口那对似在打盹儿的青铜狮子和挑着尖牙的石象，不由想起夏梦雪和他评价过的那两个字：土豪。

他看完了合影，觉得实在没东西可看了，便掏出那本《唐诗三百首》无聊地翻了起来。

又一个小时过去了，林健飞渐觉烦躁，书也看不下去，便在大厅里不耐烦地踱来踱去，心想他兔爷姥姥的，这姓常的不会是在消遣洒家吧？什么大不了的屁事儿，中午也不睡觉，两个多小时了还没开完？

就在他绕着大厅兜圈子时，大厅小姐忽然叫住他：“林律师，总经理通知您上楼会谈。”

“好的，谢谢！”林健飞心里很不是滋味儿。不知为什么，那感觉就像皇上刚处理完军国大事，闲得没事儿了才想起宣他进殿面圣似的。小保安又要求查验一下公文包，林健飞还算配合。查过公文包，见没什么东西，小保安又冲他的衣服眉来眼去，看那意思还想搜身。林健飞瞪了他一眼，小保安退缩了。他犹豫了一下，便给林健飞打开了通勤机。林健飞平抑了一下情绪，这才上楼。

“啊哈，‘有朋自远方来，不亦说——乎儿？’”廖主任站在三楼电梯口，笑容可掬地诌出这么一句。为了增加幽默效果，他还特意在乎上加了儿化音。

林健飞打心眼里厌恶这张八面玲珑、一会儿变狼一会儿变狗的晦色长脸，然而他的回答却是："哈哈，廖主任，久违了，别来无恙？"不过他并不想握这双手，而是像古人那样拱拱手，这样就既避免了握手，又不失风度热情。廖主任一边哈哈笑着，一边为林健飞带路。三楼的所有办公室似乎一直很安静，不太像开过会的样子。林健飞微微有些诧异，不过他很快就把这茬给忘掉了。

他兔爷姥姥的！林健飞暗想，呆会儿进办公室，还少不得要跟这姓常的老狐狸套套近乎……

"总经理等你好半天了，"廖主任笑眯眯地把林健飞领进总经理办公室，"总经理，林律师来了。"

"嗯。"沙发椅中有人轻哼了一声，沙发椅背对着林健飞和廖主任，林健飞在这边只能看到一双没穿鞋的大脚正搁在大书橱的桌面上，那两只脚就像时钟指针似的叉开，指着书橱里那套崭新的精装本《二十四史》。

林健飞正要跟常总打招呼，只见那双大脚在桌面上微微一使劲，座椅便缓缓转过来，一颗大脑袋和一坨黑胖的肥肉转到了他面前，林健飞不由大吃一惊。

"蒋总！"林健飞脱口而出，他诧异地看看蒋睿杰，又看看廖主任，但都远不及心中的惊讶来得猛烈。此前他所有的谈判准备工作都是围绕常总展开的，而对眼前这位"蒋门神"，除了凶狠、暴躁，自己对他几乎一无所知。廖主任一口一个总经理，大厅小姐也这么称呼蒋睿杰，显然蒋总已经从副总升任正总了。那么，常总去哪儿了？他又该如何应对这位新总经理？管他是姓常还是姓蒋，随机应变吧。

"你好。"林健飞把惊诧硬生生地咽了回去，对蒋睿杰微微点了点头。

"呵呵，"蒋总一边穿鞋一边笑着说，"林律师，欢迎欢迎，请坐请坐！廖主任，快上茶！"

林健飞对蒋总的粗暴早已习以为常，对他的热情还有些不适应。

廖主任看林健飞神色有异，便笑着解释："蒋总刚刚升任本公司的总经理。常总嘛，公司另有任命，现在蒋总全面主持公司日常工作。”

“恭喜，恭喜！”林健飞笑容可掬、言不由衷地拱拱手。

“林律师客气了，”蒋总随手点上一支雪茄，“前一阵子兄弟多有得罪，董事长把我训了一顿。没办法，兄弟从小就这火爆脾气。还请林律师多多担待！”

“哪里哪里，蒋总快人快语，有大神风范！”林健飞恭维道。不错，是大神，他心中暗想，至于是天神、门神，还是牛鬼蛇神，那就不一定了。

蒋总哈哈大笑。几个人又寒暄了几句，蒋总便说道：“不久前听说，林律师带着业主四处告状，告了一圈也没个什么结果。依我看，何必呢？大家在这社会上混来混去，图的什么呀？你说说，林律师，你说带着这帮业主到处闹图个啥？”

林健飞微笑着回答：“受人之托，忠人之事。业主们既然委托我了，当然就得为我的委托人办事。‘拿人钱财，替人消灾’么！”

“这就对了嘛！”蒋总满意地点点头，“咱们出来混，说一千道一万，不都是为了钱么？对吧？就说我们董事长……”

廖主任突然咳嗽了两声，蒋总便不再说下去了。

廖主任便说道：“林律师啊，你干律师这个行当也是为了吃饭，对不对？既然是为了挣钱，何必办这费力不讨好的事儿呢？对不对？”

林健飞连连点头称是。

蒋总接口说：“咱们公司呢，挣钱虽然不多，但一年200亿的毛利润还是有的。林律师何苦放着大钱不挣，净在那些小事儿上抠抠索索呢！”

“就是嘛，林律师，”廖主任便插话说，“你看你忙活了这么久，捞着啥好处了？听说前几天，啊哈，还有几个吃里扒外的东西把你给告了？你看这是何苦嘛！”

听到这里，林健飞不由放声大笑：“就那几个小角色，充其量也就是出来扇扇风、点点火的小毛贼，成不了什么气候！万一叫他抓着什么把柄，搞不好还得反过来咬你一口呢！”

蒋总、廖主任脸上瞬间有些尴尬。

“林律师，”蒋总又点上一支雪茄，吐了一个大烟圈，“咱们就别兜圈子了。痛快点儿，开个价，多少钱你愿意退出这个案子？”

林健飞想了想，伸出两个指头。

“二十万？不多嘛，我再给你加二十万！”蒋总一挥手，“廖主任，你叫财务开张四十万的支票过来！”

林健飞轻轻摇摇头，两个指头没有放下。

“二百万？”蒋总的笑容消失了，不过他一咬牙，说：“好，二百万就二百万！咱们开个五年的委托合同，你看怎么样？”他又转身对廖主任说：“你现在就去办公室开个委托协议来！”

林健飞又摇摇头，两个指头还没放下来。

“两千万？”蒋总嘴唇一抖，那神气仿佛在说，你打劫呢！

林健飞点点头：“刚才贵公司也说了，一年有200亿进账，从200亿里面拿出两千万来，不过是从您老腿上拔根汗毛而已。我算了算，我代理的业主总款项也就这些钱，您把这两千万交给我，我回去就替您把这帮业主摆平了，‘拿人钱财，替人消灾’么！律师嘛，就是靠打官司混饭吃的，是吧？谁委托我，我就吃谁的饭……”

蒋总的脸色拉下来，他冷冷地看看林健飞，又看看廖主任，仿佛在问这小子脑子是不是有毛病，怎么油盐不进，一根儿筋哪？

“这么说，林律师是不给兄弟面子喽？”蒋总阴沉地问。

“岂敢，岂敢！”林健飞一脸谄笑地看着蒋总，“本信这么一棵大树，我想抱还抱不过来呢！解决了这个案子，我还得上杆子抱着您老的大腿，求您老多罩着我点儿呢！”

廖主任的脸也沉下去了：“林律师呀，不是我说你。老话说得好，啊哈：‘识时务者为俊杰’。你好好想想，就算你带着这帮人到处闹，你跟本信作对，啊哈，那不是鸡蛋碰石头么？甭说工商局最后会如何我们，啊哈，就算你跑断了腿，人家正眼瞧过你吗？就算我们当看不见，就他们办事的速度，到最后你能闹出什么结果来呢？啊哈，还不是惹得天怒人怨，费力不讨好？”

林健飞不得不承认，廖主任这话说得很真诚也很实在。

廖主任见他一言不发，知道是说到他心里去了，又进一步说：“甭说工商局受理不起，就是法院也不会接你们的案子。合同是你们自己签的，现在想反悔、赖钱，这里边的事儿，理儿清着哩！”

听到这里，蒋总微微一笑：“有句老话说得好啊：‘进一步地动山摇，退一步海阔天空。’人生在世，无非吃喝二字。林律师，想开点哈，别老钻牛角尖儿！”

两个人你一言我一语，翻过来倒过去，总而言之一句话：赶紧撤手！

林健飞知道，今天再达成调解的可能性已是微乎其微。可是，话又说回来，甭看本信说得天花乱坠，有着硬实的关系，不过他若真能一手遮天，还用巴巴地把他叫过来“随便谈谈”吗？这姓蒋的还用得着这么低眉顺眼跟他客套吗？哼，此地无银三百两！

想到这里，林健飞微笑着说：“两位的好意我心领了。我也知道这很难，不过呢，两千万还是比较容易解决的，花两千万就能买个天下太平，蒋总，廖主任，多划算呀！再考虑考虑，啊，再考虑考虑！”

会谈气氛陡然间降到冰点以下，三个人谁都不再说一句话。

蒋总阴着脸又点了一支雪茄。林健飞不说话，默默看着他抽烟，吐烟圈。

蒋总吧嗒、吧嗒地抽完最后一口，把雪茄把儿往烟灰缸里一拧，直盯着林健飞，林健飞也直视蒋总。

“哈哈哈……”蒋总突然放声大笑起来，半晌又盯着林健飞说：“林律师，真有你的，行！”他伸了一下大拇指。

“兄弟我干这一行呢，也有小二十年了，这二十年哪，不容易呀！”蒋总往座椅里一仰，两根大象腿顺势往办公桌上一搭，看着天花板，似笑非笑地幽幽说道：“二十年，我什么没见过呀！那年我还眼睁睁地看着一个律师出车祸挂了呢……啧啧，啧啧！……丢下老婆、孩子自个儿一个人先走了，可怜哪！可有什么办法呢？是福不是祸，是祸躲不过！”

“是啊，‘天有不测风云，人有旦夕祸福’嘛！”林健飞淡淡地说，“所以出门前得带把伞，别把值钱的东西都带在身上，家里也得锁好门不是？”

蒋总脸上的笑意消失了，他的眼睛里杀气腾腾、闪烁不定，林健飞感到一股寒意，不过他镇定自若地看着蒋总，仿佛要把这股寒气顺着原路逼回去似的。

好半晌，蒋总又放声大笑：“好，好，好，我们再考虑考虑！林律师，林主任！我还有些别的事情，今天就谈到这里吧！”

廖主任起身要送客。

“有朋自远方来，不亦说乎？”蒋总止住了廖中和，这话打蒋总嘴里冒出来，听着格外别扭。林健飞心想本信这几个头头今天这都什么毛病。

“林律师来一次不容易，我来送送你！”

林健飞客气地婉言相拒，蒋总热情地勾着林健飞的肩膀，说：“大老远来了，怎么也得送到大门口。上次林主任不也亲自把我们送到楼下吗？来而不往非礼也……”

蒋总不容分说，热情洋溢地与林健飞勾肩搭背。那一坨肥肉和烟熏味叫林健飞有些吃不消，感觉身上就像坠了个大秤砣似的。蒋总说说笑笑的，煞是亲密。刚出电梯口，还没到大厅，说时迟那时快，蒋总一把把林健飞推到墙角里，接着一个箭步冲上去。

林健飞还没反应过来，只觉脖子一紧，四肢一箍，便被蒋总掐住了。同时蒋总用那口肥大的肚子死死压在林健飞身上。刹那间，林健飞动弹不得，连气都喘不过来了。

“姓林的！别给脸不要脸！”蒋总的眼睛在昏黄的过道灯光里闪烁着恶狼一般的荧光，压着嗓子恶狠狠地说：“再不识相，我找黑社会灭了你！做得干净利索，连尸首都找不到，信不信？”

林健飞被蒋总掐得快窒息了，脸色涨红。蒋总将手松开，又挤住他的肩膀。林健飞喘息了半天，又咳嗽了几声，只觉得胸口肩膀生疼。他没有想到这南方胖矬子身手竟如此敏捷且孔武有力。

林健飞镇定地看着蒋总，一边咳嗽着，一边喘息着说："要是没点儿准备，今天我敢来吗？"

蒋总不由一惊，那只大手不由松了松。他赶紧看看周围，又急急忙忙摸林健飞的口袋，忽然摸到一根细长的东西。蒋总惊慌地掏出来一看，只是一支普通签字笔。

蒋总松了口气。

"好虎斗不过群狼！"蒋总又压住林健飞，不过这次口气明显弱了下去，"再不撒手，你们全家老少一个都不留！信不信？"

"对不起，请你的嘴巴离我远一点，"林健飞的脸色慢慢恢复过来，带着嘲弄的口气说，"你的口臭太重，都快把我熏聋了。我随身带着漱口水，要不要来点试试？"

蒋总勃然大怒，可在公司里却又奈何他不得。忽然，蒋总伸出脖子来看看大厅外，手慢慢松开了。

"姓林的，咱'骑驴看唱本——走着瞧'！"蒋总冷笑一声，一把"啪"地把林健飞甩开，把他甩了个趔趄，然后转身一扭一扭地上了电梯。

林健飞惊魂未定，他倚着墙角又喘息了一会儿，这才离开。大厅小姐和小保安见他衣衫不整、脸色煞白地走出来，都感到惊讶。林健飞冲他们努力挤出一丝微笑，却没有说什么。

林健飞出门，刚取出自行车就要走，只见一辆黑色奥迪在他身旁停下来，里面探出一颗戴墨镜的脑袋。林健飞认识，正是汪天王。

"林律师，上哪儿去？"汪天王主动打招呼，"来，我送你一程！"

"多谢汪经理，"林健飞摇摇头，"我习惯骑自行车！"

"不用客气，来来来，我送你一程，哈！"汪天王说着就要下车。

林健飞暗叫不妙，转身跳上车就要跑。汪天王刚要跳出汽车，这时对面马路上恰好一队巡警走过。巡警一见这情势，感觉不对，便停下来，远远地看着。

汪天王一看情况不妙，便没有下车，把胳膊往车窗框上一搭，笑着对林健飞说："林律师，你刚从公司出来吧，来办什么事？"

林健飞见托塔天王不敢轻举妄动，也就放了心。

"哦，和你们蒋总谈谈调解的事儿。"

"谈成了吗？"

"还没有。"

"我早知道谈不成！"汪天王抱怨道，"这姓蒋的不是东西，我早就想找他说道说道！咱们一起上去跟他谈谈咋样？你放心，有我罩着你哩，他不敢把你怎么样！"说着又要下车拉林健飞。

林健飞心想这不又是一个"此地无银三百两"么？我要是落到你们手里，那今天岂不是吃不了兜着走？

"你跟他谈吧，我没空！"林健飞跨上大行SP18，"嗖"地飞了出去，"拜拜了您呐！"林健飞远远地招招手，头也不回地消失在车流中。

汪天王看看拥堵的车流，又看看巡警，冲他们笑笑，便熄火停车，独自一人悻悻地上楼了。

林健飞没命地狂奔，一直狂蹬到护城河畔才停下来。他回头看看，汪天王并没有追上来，这才松了一口气。再看身上，才发现在这初冬黄昏里，竟是一身大汗！护城河一如既往如玉带一般绿意莹然，只是那一团团白色的水蒸气在铅灰色的天空下、在干枯的柳梢中缓缓弥漫飘散，仿佛泥沼散发出的诡异的沼气。

林健飞掏出水杯，在护城河畔的接水点哆哆嗦嗦接满了泉水，全然不顾茶叶和冷水泡在一起，咕咚咕咚一口气全喝了下去。甘甜的泉水带着丝丝的凉意，渐渐抚平了他的惊魂。

林健飞在河畔坐了一会儿，渐感石凳冰冷刺骨。他想了想，便掏出手机来打电话："喂，是程警官吗？我是林健飞，请录音作好记录……"林健飞便把他从受理本信到今天会谈的事情向程警官做了详细说明，并把蒋睿杰和汪经理的情况着重强调了一下。

"今后一旦我遭遇任何不测，这就是证据。请程警官保留好线索，可能有助于破案。”

“好的，”程警官录完音后说，“林律师，有什么事情请及时打我电话，你也要多加小心，注意防范！”

林健飞打完电话，看着护城河水出了一会儿神。良久，他轻叹一声，精疲力竭地转身离去了。

2

第二天，秋柳事务所同时收到两份快递函件，林健飞打开第一个信封看时，上面写道：

关于对海右秋柳律师事务所向贵局举报海右本信（集团）房地产开发有限责任公司涉嫌商品房买卖合同部分条款问题违法情况的回复函

通篇都是铺满法律名词的狡辩，呈报对象是区工商局，这封回复函的最后写道：

综上所述，敬请贵局审慎对待秋柳所举报的上述有关情况，其举报内容，我公司均一一作出说明。事实证明，秋柳所举报所涉及的内容均是不成立的。这纯属该所律师房地产知识匮乏、职业素养不够等原因所致。其通过挑动部分业主不合理要求向贵局举报之手段，欲达到获取不正当利益的幻想是不能实现的。为此，我公司已就秋柳所恶意中伤、损害我公司利益的情况向有关部门进行了举报。

林健飞饶有兴味地读完了这份长达十页、近五千字的答复书，又打开另一个信封，里面只有薄薄的一页纸。他轻哼了一声，这封信只是代理本信法律事务的律师所发给林健飞的一封律师函，内容不过是上一封信的缩写。不过信的最后一段引起了他的注意：

> ……综上所述，贵所提出的上述业主拟要求解除合同的理由是不成立的，双方所签署的《商品房买卖合同》根本就不存在违法、违约等可以导致被解除的情形。请贵所收到本回复函后，积极与业主沟通，将涉及相关问题及法律风险充分提示并告知业主。否则，不但业主的预期目的实现不了，而且还将承担由此所产生的费用，敬请业主审慎对待！
>
> 特此回复。
>
> 海右信诚律师事务所
>
> 律师：杨虎裳
>
> ×年 × 月 × 日

林健飞看到这里不觉纵声大笑，盖天鸣、夏梦雪不知道他在笑什么，于是凑过来一起看。林健飞指指最后一段，两人也笑了。

“对业主真是好贴心、好暖人呐，都这个时候了还辣么关心别人受没受损失，”夏梦雪酸不溜丢地嘻嘻笑道，“还真是暖男呢！不过这名字起得真帅！”

“哦？是吗？”盖天鸣白了她一眼，“那你还不赶紧上赶着嫁给他？人家还是洋博士哩！”

出乎意料的是，夏梦雪这次并没有反驳，而是点点头笑着说：“嘻嘻，我跟他不配……要嫁你去嫁吧，你没听说现在国外同性恋婚姻合法了吗？”

林健飞笑着说：“你们俩就别掐了。说说吧，对这两份答复你们怎么看？”

两个人把信件从头到尾仔细读了一遍，盖天鸣说：“不得不承认，这头海龟法律素质确实不赖，用句文明词儿形容啊：屁股挂暖壶——有一定（腚）水瓶！”

“而且是上得了庙堂，做得了流氓，”林健飞点点头说，“这才叫八宝金殿喊一声——有文有武呢！”他把在本信的经历跟两人说了一下，夏梦雪惊得嘴都合不上了。她看看袁婉茹，袁婉茹忧心忡忡地点点头，却没有说什么。

“林哥，你真该叫上我，真该叫上我！”盖天鸣咬牙切齿，“为什么不叫上我，非要一个人去？我要是在那里，这姓蒋的连这姓汪的一块儿收拾！”

林健飞拍拍盖天鸣宽厚的肩膀没说话，他很感动。

“是啊，你要是叫上天鸣，也有个照应。”袁婉茹也跟着埋怨，“非得逞强，硬闯这鸿门宴！这回可好，差点回不来！”

“不入虎穴，焉得虎子！”林健飞轻轻笑笑，“至少我们知道本信……”林健飞没有说下去，他本来想说的是“已经做好了两手准备”，但看看袁婉茹一脸幽怨，便没有说下去。

他转念一想，笑着说：“至少我们知道本信已经明确表示不与我们调解，还要跟我们打官司呢！这样一来，我们就能名正言顺地跟他们干一场了。”

夏梦雪把本信的回复函又迅速读了一遍，皱着眉头说：“大神呀，人家说是‘希望秋柳所通过司法手段解决’呢！”

“哦，有什么区别吗？”

夏梦雪摇着头说：“这区别可大了，‘希望’是说他想叫咱们告他，而不是他想告咱们。按理说，他在前面把咱们臭骂一通，又是‘强词夺理、胡搅蛮缠’，又是‘无中生有、恶意中伤’，，简直够得上诽谤罪了。如此义愤填膺，本来应该愤然起诉，在法庭上与你对簿公堂。然而可笑的是，他们在饱受诬蔑中伤的时候却寄希望于造谣者去告他！哈哈，真笑死我了！”

夏梦雪咯咯笑了一会儿，又说：“这实际上是告诉咱们：有本事你就去告吧！反正‘司法机关也不允许’！你们再瞧瞧他的第一条理由：‘国家工商总局发布的《合同违法行为监督处理办法》属于行政规章，其法律效力低于法律及行政法规。’又援引最高法院的司法解释：‘《合同法》实施以后，人民法院确认合同无效，应当以全国人大及其常委会制定的法律和国务院制定的行政法规为依据，不得以地方性法规、行政规章为依据。’这话显然不光是说给咱们听的……”

“哦？还有谁？”盖天鸣疑惑地问。

“工商局！”林健飞拿过回复函来又仔细看了几遍，答道，“他明摆着告诉工商局：靠边站，大爷的事儿你们管不了！也有可能是给工商局支个招，叫工商局告诉咱们：你们的事儿我们也管不了，到别处告去吧！”

夏梦雪点点头，说：“更有可能也是在告诉业主：你们的事儿，工商局管不着，法院不会管，而你们的律师又是个‘以获取不正当利益为目的’的小阿飞，跟着他闹能有什么好果子吃？到头来还不是赔了夫人又折兵，白叫律师骗走那么多钱吗？所以呀，还是乖乖跟我们合作，最多也就是寻求法律救济，还能有口余粮。这么做，无非是把工商局、业主和咱们统统踢出去，一石三鸟！全踢出去了，这窦娥也就不冤了。”

林健飞不能不佩服这丫头的机灵劲儿，话虽通俗搞笑，但入木三分、一针见血。他也不能不佩服杨虎裳，这是他第一次跟这位洋博士过招。单就这封信本身而言，写得真是矫若游龙，挥洒自如；高屋建瓴，招招制敌！

3

本信能走到今天，靠的绝不仅仅是关系和打手，还有一大批精英为之驱策。

林健飞很珍视这短暂的交锋，尽管并不是正面的。在阅读这封信的时候，他不止一次地想，如果他是杨虎裳，能否写出这样高水平的代理词来？杨虎裳敏锐地抓住了他的弱点，对方不动声色地用了一个嘲弄的字眼来评价他的业务水平：泛泛。这两个字把前面所有关于林健飞在房地产方面的无知概括得淋漓尽致、形象精准。

林健飞并不感到羞愧，他也不怨恨杨虎裳的刻薄。事实上，他对杨虎裳倒是表示出了欣赏和钦佩。这人的确是个人才，不管业务能力还是情商都是如此。时而据理力争，时而义愤填膺；时而正面攻击，时而博取观者同情。

至于信中对他本人的攻击，他倒不以为意。相反，如果此刻他在为本信代言，说的话可能比杨虎裳更难听。作为律师，全力为自己的委托人辩护，纵横捭阖、远交近攻，他并不认为这有什么过错，虽然这在常人看来实在难以接受。

不过话又说回来，这封答复函讲得再天花乱坠，再能把法律条文玩弄于股掌之上，也掩饰不了道貌岸然背后的胡说八道、蕉鹿自欺。同时，林健飞也暗自庆幸对手如此详实地撰写了这份回复函。因为迄今为止，他还没有收到本信任何正面的答复。而这封回复函如此详尽，显然把本信所能想到的冠冕堂皇的理由差不多都迫不及待地亮出来了。

“国之利器，不可以示人。”

哈哈，这个道理原来这洋博士不懂！林健飞猜测，杨虎裳之所以把这篇回复函写得如此详尽，可能是为了向政府机关表明“公司领导高度重视”，但从某种意义上说，杨虎裳不打自招，等于出卖了本信的司法招数。这就叫言多必失。一旦与他正面过招，这些招数都使老了，还能捯饬出什么新花样？！

不仅如此，他还从杨虎裳嘲弄、不屑的语气中嗅出了轻敌的味道。倒不是杨虎裳在信中极尽挖苦之能事，而是字里行间充斥着本信惯有的骄纵与傲慢。那里面不仅有对林健飞的不屑，也有对工商局的不屑，甚至处处暗示：这事你管不了！也正因为如此，他才敢放言叫林健飞有本事就去告我们吧！才敢把这些理由写得如此详细，唯恐对手不明所以。透过这封信，他仿佛看到杨虎裳撰写这封信时那意气风发、趾高气扬的德性。就这一点而言，夏梦雪从一开始就敏锐地把握住了。

不过，杨虎裳并没有看错，这个案子立案的难度太大了。白纸黑字，签字画押，谁都能轻而易举地说出一大堆冠冕堂皇的代理理由来。这一点杨虎裳不是说得很清楚了吗？法律相信你有充分的“预判能力”，而我们本信又有“合理的、充足的、科学的”理由，你老百姓再折腾，怨天怨地，说到底是你个人投资失误，你能怪得了谁？

调解至今，林健飞除了起诉之外已无路可走，这一点无论是他本人还是本信都看得一清二楚。而且从本信这方面看，分辨率也许更高一些：不费吹灰之力他就把林健飞和维护权益业主团像钉甲虫那样死死钉在那里，并堵死了林健飞所有可能的退路，还在他的头顶上方悬挂着一根吊索，可以随时套住他的脖子。此刻，本信倒可以嗑着瓜子儿，坐观其变了。

林健飞和工商局都很努力，可维护业主的权益，到今天与其说是遥遥无期，不如说是风雨飘摇。

林健飞放下信函，他想立即把业主代表们请到这里来，商讨起诉的事情。忽然，他发现袁婉茹正忧郁地看着他。他这才想起，打昨晚逃回家把他的经历告诉她后，袁婉茹的脸上就一直是这个表情。

七年的老夫老妻了，当然已经用不着天天互相猜测彼此的心思。她当然知道他会怎样做，也当然知道她阻止不了他这样做。对受骗的业主，袁婉茹总体上是同情的，虽然自从接了这个案子以来，秋柳所的麻烦事接踵而至，有时候她觉得有的业主素质还不如本信的流氓，幸亏是少数。

可她自己的家庭也不过是一个普普通通的家庭，他们能承受得起这样巨大的压力吗？也许本信只是虚言恫吓，迫使丈夫退出本案。可问题是，为一个普普通通的代理案件就拿着身家性命拼此一搏，这样做值得吗？更何况，本信声称他们的目标不止是林健飞。

不过，林健飞并不太在意袁婉茹的忧郁，眼下，他就把袁婉茹的忧郁看成了担忧。

“啊，没什么了不起的！”林健飞仿佛是对盖天鸣解释，“我估计本信也就是吓唬吓唬，迫使我退出这个案子而已。吠犬不咬人嘛！本信要真想置我于死地，还用提前通知我一声吗？再说，既然发狠要灭掉我，干吗又迫不及待地把回复函和律师函送过来？这不是画蛇添足吗？”

说着他瞅瞅袁婉茹，袁婉茹脸上依然没有笑意，倒是盖天鸣傻笑着频频点头：“嗯，林哥，你说的没错，没错儿！”

夏梦雪看袁婉茹不悦，知道她心里在担心什么。可话又不好说出口，只好走过去拉着袁婉茹的手，算是一点安慰吧。

袁婉茹不由笑了，她拍拍夏梦雪的手，反过来安慰她说：“小雪，你别为我担心……该来的总会来的。你不是说过吗？咱们越是站在阳光下就越安全，他们就越不敢把咱们怎么样！再说，以前我在公安局当代办员的时候，这种流氓见得多了！一个比一个横，天老大他老二，其实往地上一蹲，还不都是那副德行！”说到这里袁婉茹忍不住一笑。

夏梦雪没跟流氓打过交道，但经袁婉茹一说，联想到一大帮光着脑袋、戴着手铐的小流氓老老实实团成一个圈儿、蹲在地上的情形，也咯咯笑起来。林健飞见袁婉茹笑也跟着傻笑了一会儿，却丝毫没有注意到袁婉茹那短暂笑意中的隐忧。

林健飞同业主代表们紧急磋商后，决定召集全体业主宣布起诉的决定。会场选在对面一家大酒店的会议中心，现场座无虚席。

林健飞缓缓扫视了台下一眼，严肃地说：“各位业主：从十月初至今两月有余，在大家的支持、信任和共同努力下，我们与本信进行了艰苦的调解工作，并努力争取政府相关部门的支持和帮助。然而令人遗憾的是，本信目空一切，毫无调解诚意，昨天已经正式知会我所，明确表示他们以其合同不存在违法事实为由拒绝我们的调解要求，并声称工商局无权处理，司法部门也不会支持我们的要求，并扬言动用黑恶势力暗杀维护业主权益的律师全家！我及我的家人目前正受到死亡的威胁……本信的目的无非是迫使本律师退出本案，并许诺退出后给我二百万甚至更多作为补偿和拉拢的条件，我已经拒绝了。

“可能会有人说：要是给我二百万，我就干！那是个人选择，我无权干涉。我也喜欢钱，我也要靠代你们打官司养家糊口。钱嘛，多多益善！但‘君子爱财，取之有道’。为了钱出卖灵魂的事儿咱能干吗？为了几个臭钱，出卖老少爷们儿那是咱爷们儿该干的事吗？本信说我勾结你们煽风点火，其目的是为了获取不正当收益，还要我劝你们好好考虑考虑。好，这个话我愿意替他转达：不想继续维护个人权益的可以立即退出团队，律师代理费全额退回。我决不食言！

“我们经过协商决定，从即日起向法院请求立案，起诉本信的不法行为，还海右父老一个公道！但我不得不指出，正如本信所言，我们的立案过程很可能会异常艰难。但不管如何，法律都是我们的旗帜！

“为此，我们在此重申团队纪律，要求全体参与维护权益的业主，包括代理律师在内，务必遵守以下纪律：

第一、维护权益行动务必严格在法律许可的范围内进行；

第二、不得冲击任何政府机关，更不能煽动不法行为，不要给利益集团以任何冲击社会治安的口实；

第三、一切行动听指挥，不接受本信任何形式的‘私了’和拉拢；

第四、严格管理维护权益的业主群，入群业主均采取实名制，不得通过网络平台散布谣言，有意挑起争端、相互攻击等破坏业主团结的行为；

第五、业主代表以身作则，不得在可能损害其他业主权益的情况下擅自采取损人利己的行为；

……

“最后，我要说明的一点是，作为律师，代理诉讼事宜是我的职责所在，原则上不主持业主维护权益的行动，但可以从专业角度给予合法的和必要的法律支持。

“我们的时日已经不多，我们的前途究竟是光明还是黑暗从根本上说还要取决于在座各位的决心和勇气。没有大家的齐心协力，没有大家的团结一致，我们的维护个人权益的结果永远都是原地不动！为了我们的未来，为了我们的亲人，为了我们的家园，让我们拿起法律的武器，与本信在法庭内外周旋较量、一决高下！”

第十章　立案

看律师和业主们不为所动，死活要求立案，郑院长便摇摇头，叹息一声说："好吧，既然你们坚持，我可以答应给你们立案！但是，我最后奉劝你们一句，你们这官司不好打！甭说打输了，就算打赢了又怎样？你们觉得真能拿回自己的钱么？"

1

林健飞已经记不起这是第几次来法院了。自从他慷慨激昂地说了那一大堆大话后，从那一刻起，无论他还是业主们便浩浩荡荡加入了立案杯马拉松大赛。起跑的时候，裁判们——法院的工作人员还算客气，本来也严肃公正，都支持业主，要惩处奸商的，但看见"本信"二字，面现为难。

"呃……好的，你们的起诉要求我们收到了，"工作人员踌躇地说，"请耐心等候受理通知……"

转眼从11月初一直拖到11月底。受理通知还在无限期等候中，然而原告的耐心却在迅速流逝。

工商局这边也悄悄起了变化。自从焦点从投诉集中到起诉之后，工商局比业主更乐于看到法院变成寻求正义的地方，甚至偶尔有业主来要说法，工商局也会主动地建议他去法院要说法，说拿到法院判决工商局处理起来更有底气。

而法院这边也日益不堪其扰，于是建议业主们去工商局投诉。说还是投诉效率高，有了投诉罚单再来打官司可谓如虎添翼……两个部门都在走程序，似乎都不希望招惹这种费力不讨好的事。

林健飞决定找法院领导谈谈。

这天林健飞带着夏梦雪来到区法院。访问区法院虽然也需要预登记、查验证件、过安检等一系列繁琐的程序，但对林健飞却是相当客气。工作人员姓田，年龄不到三十岁，一边办理登记等一系列手续，一边热情地请林建飞坐，还殷勤地为他沏茶倒水。

林健飞连声道谢："小田，你忙你的，不客气！"

夏梦雪惊讶地看看林健飞，悄悄问道："大神，这大姐对你咋恁般客气？"

林健飞神秘地一笑，轻声说："不打不相识。几年前我为一桩案子来法院，小田当时刚进法院，虽然干的是安保工作，但是有点儿那个，怎么说呢……衙门气。在那里只管修指甲，看我也是爱答不理的，说领导正忙，叫我回去等。当时我二话不说，把一麻袋东西往桌上一摔，她就乖乖主动给我找领导去了。"

"哦，真的呀？那里面装的是什么法器，这么灵？"夏梦雪瞪大了眼睛。

"不是法器，是人的骷髅！"

"啊？！"夏梦雪惊叫一声。

"没错儿，"林健飞吃吃笑道，"律师在刑事案件中经常接触骷髅，实正常不过，其实我那天装在袋子里的是买的仿真玩具。当时小田就是这个腔调，和你一模一样！小姑娘嘛，哪见过这阵势！打那以后，她对我特别客气。你别看他们穿着制服看上去是那样高不可攀，其实脱下制服都是老百姓……"

这时候，小田通知林健飞上楼去钟玉良庭长办公室会谈。

钟玉良四十来岁，夏梦雪第一眼的感觉便是帅爆了！而且绝对是制服男：一身笔挺的黑色法官西装，领口上嵌着红色的法官徽章，这身衣服在别人身上也不过是法律工作者的标志，而穿在钟玉良身上却是极度合体，仿佛是可着他匀称的身材量体裁衣而成。一头浓密乌黑的头发犹如法律条文一样梳理得一丝不苟，仿佛那是法律尊严的象征。举止得体，以至于还没有说话，一股儒雅、从容之气便油然而生。只是眉心上刻着一个深深的川字，想来是眉头紧皱的时候多，眉头舒展的时候少。

钟玉良从容不迫地请林健飞坐下，笑笑说："早知道你该来了。"不过这笑意转瞬即逝。

"哦？"林健飞倒有些意外，也微笑了一下说，"既然钟庭长开门见山，那我就单刀直入了：法院为什么还不予以立案？"

这话对法官而言似乎有些霸道，不过钟玉良倒不觉违忤。事实上，他跟林健飞私交虽然平平，但这么多年来，林健飞过硬的法律素质给他留下了深刻的印象，所以他经常邀请林健飞来院里一起商讨一些案件。

"难哪！"钟玉良轻皱了一下眉头。

这已经不是第一次从基层政府官员那里听到这两个字了，林健飞心想，要是容易我还来找你吗？不过他还是追问道："难在哪里呢？案子本身很复杂吗？"

钟玉良说："林律师啊，其实不一定非要打官司嘛！你看这样办好不好？最近我们院根据上级指示设立了一个调解委员会，专门调解各种纠纷。由法院出面调解如何？"

调解委员会林健飞还是第一次听说，不过他很清楚，本信肯调解的可能性即便不是零也是低于万分之一的小概率事件。但钟庭长盛情难却，不由他不接受。更何况，一旦调解失败，法院必定更加同情原告业主。

林健飞真正担心的是：如果调解变成原地踏步走的借口呢？于是他便把与本信调解的过程向钟庭长详细说了一遍。

"这个你大可以放心，"钟玉良见林健飞答应调解，不由喜上眉梢，"调解委员会成员是由本院退休老法官组成的，工作经验丰富。由他们出面调解，调解效率是非常高的。当然，如果调解依然解决不了，再要求立案也未尝不可。"

"既然这样，我们一定全力配合，争取最好的结果。"林健飞见钟庭长都把话说到这份儿上了，也只好同意，"但我们不知道本信是否配合，如果本信不肯接受调解，我们保留立案起诉的权利。”

“这个一定，一定！”钟庭长起身把林健飞送出门，望着两位律师离去的身影，他长长地松了口气，可眉头却又随即紧锁起来。

法院派来的调解员是一位年过花甲的老太太，姓赵，一眼看去，颇有和平大使的气势。慈眉善目，端稳干练，没有丝毫普通老太太的龙钟之态。法院还给调解员开了一间会议厅大小的办公室。

赵老太太如今已赋闲在家，偶尔出来客串一下调解员。说话也不用像以前那样字斟句酌，没有多少顾忌。老太太虽然脱下法官袍多年，但威风不减当年。她认真接待了林健飞和原告业主代表，认真听取他们的调解意见，并多次和林健飞、盖天鸣等律师深入交换对案情的意见。

她同情这些老百姓，也愿意为他们争取自己的合法权益。林健飞看得出，区法院是颇有调解诚意的。委派赵老太太出马，尤为体现出法院方也许应该说是钟玉良的良苦用心和匠心独具。赵老太太那满头的华发和老年女性的慈柔，对满腔悲苦、一身创伤的业主们来说多少是一个抚慰。

然而业主们对调解已经不抱多少希望了。本信要是肯调解早调了，干吗还要等到法院出面调解才肯调呢？一个小小的区法院能有多大面子叫本信低头看上一眼？这一点，不光林健飞等律师看得清清楚楚，就连赵老太太也逐渐发现希望渺茫。

这本身就是一个力量悬殊、极其不对等的调解。可多一个朋友总比多一个敌人要好，维护权益的业主们依然积极配合。

然而这次调解并没有持续多久，本信便首先打破了法院的幻想。

赵老太太多次通过法院向本信抛出橄榄枝，邀请他参加三方调解。而本信却一直当耳旁风，根本就不当回事儿。到后来法院警告本信如果再不参与调解，后果很严重！本信这才派出调解团到区法院。

领队的是一位姓隋的美女经理，抵达调解厅的时候已经迟到了近一个小时。

隋美女款款地走上前来解释说：她是本信另一个市场的销售经理，由于不熟悉海右地形，走了不少弯路，所以才迟到了，真是万分抱歉！

业主们不由面面相觑：你不是这个市的，跑到海右来添什么乱哪？林健飞强压住心头的不快，打开公文夹，开始谈判。刚谈了几个问题，他就发现隋美女一双澄澈的妙目中闪耀着一无所知的光辉。隋经理目视左右，同样是一片茫然，莫名其妙。

林健飞说不下去了，他把公文夹往桌上轻轻一推，站起身来对赵老太太说：“调解员同志，我认为在这种情况下调解根本无法进行下去。很显然，本信的调解人员对调解内容、问题根本就是一无所知！请问在这种情况下我们该怎么谈？”

赵老太太不满地看了隋美女一眼，脸色也沉了下来：“隋经理，我们法院为贵公司和业主纠纷调解一事做了大量工作。你们从一开始就推三阻四，如今好容易派人来谈，可是却一问三不知！你叫法院怎样相信你们的调解诚意？”

隋美女连连道歉：“对不起，对不起呀，各位！我是今天早上来海右本信总部开会的。领导也没说什么，只告诉我有个会要我来应酬一下，就把我派过来了。大家放心，我一定把各位的意见转达给领导同志！”

“闺女，那你知道我们都有啥意见吗？”石建业不满地问。

隋美女茫然地摇摇头，但还保持着小甜饼般的微笑。

“姑娘，那你知道我们的意见交给你们多久了吗？”刘淑芬也不满地问。

隋美女又茫然地摇摇头，不过她很快就微笑着说：“没关系，您全告诉我，我一定一字不落地把大家的意见向领导反映。小李，小赵，你们来做一下记录……”

张翼德吹了一声口哨，说：“不用问我们了，美女！恁还是回去问问你们的领导吧！我们的意见他们知道的比我们还清楚呢！”

夏梦雪见隋美女尴尬窘迫，忙对众人说：“隋经理毫不知情，大家就不要为难她了吧。只是……”她转过头来对隋美女说：“您是来海右访问的客人，按理说我们应该略尽地主之谊，只是在这种情况下，我们真的很难跟您商谈，还请您多多谅解！”

隋美女感激地看了夏梦雪一眼，满脸通红地离开了会场。她并没有撒谎，可却稀里糊涂、平白无故地受到法院和业主们的一顿责问！可有什么办法呢？

隋美女犹如一朵晶莹的浪花闪了一下，从此便再也没有出现过，本信也没有再派出任何调解代表团。不过本信很快正式知会法院，这个通知文件与其给工商局的答复函大同小异，只是主体部分只保留了对林健飞的强烈谴责和不屑一顾，却没有逐条批驳业主们的无理要求，而最后一段则完全是把杨虎裳律师函的最后一段粘贴过来了事。

这已经很能说明问题了。

“没关系，好事多磨嘛！”赵老太太勉强笑道，“我们可以通过法院给本信施加压力，迫使他们接受调解嘛。”说这话时连她自己都感到没有底气。

这一天石建业随律师到法院询问调解进度。休息期间他走出调解厅，想抽根烟解解乏。在老伴儿的坚决反对下，老头已经戒烟好多年。如今愁肠百结，无可排解，抽根烟吧。摸索了半天才发现只有烟卷没有打火机。

这时墙角有人蹲在地上喷云吐雾，于是他走过去说：“大兄弟，借个火。”那人抬头看了他一眼，老头吓了一跳：只见那人戴着一顶破毡帽，满脸褶子，一道长十几厘米的伤疤从毡帽沿边一直延伸到左脸颊。

石建业没说话，接过打火机点燃了香烟，又把打火机还给那汉子，便蹲在了一起。

两人默默吸了一会儿烟，石老头忍不住问道：“大兄弟，你这伤疤是咋弄的？”

“被人打的……”汉子无精打采地说。

“我看你也不像惹事的主儿呀？”石老头心想这汉子一看就是老实巴交的农民，能惹着谁？

“唉，谁叫俺是农民哩？”汉子有气无力地吸了一口烟，久久没有动静，半天才长长吐出一大口烟来，仿佛那生命的脉搏已经停止了跳动，可又突然寿转回魂似的。

石老头看汉子的那副穷苦像，顿时起了怜悯之心。

“唉，我也算是老工人了，当年人家还叫咱一声工人老大哥，工人老师呢！现在倒好，出门要是喊一声：我是工人！人家还瞧不起咱，嫌咱没文化，就是下大力的，得靠边站哩！”石老头想起往事，不禁感慨万千。

两人蹲在地上相视一眼，不由都笑了。

“来来来，大兄弟，抽我这个……”石老头热情地抽出一根烟塞到汉子手里。两个人同病相怜，话也就多了起来。汉子问石建业来法院做什么，石建业便把他的故事啰里啰嗦地讲了一遍。

汉子突然一拍大腿：“你也是来告本信的？俺也是呀！大哥，你瞧见没有？”汉子把帽子猛地一摘，指着头上那条从后脑勺到脸颊的长疤说：“这道疤就是那伙丧尽天良的东西给打的……”

在石建业的介绍下，汉子的代理律师与林健飞见了面。他的律师叫于秋霖，名字听起来很有诗意，可人却长得五大三粗，声如洪钟。于秋霖代理的这个案子委托人不止汉子一个，有上百号人，比林健飞的维护权益业主还要多，这些委托人也就是几个月前盖天鸣、夏梦雪在帝豪时代广场邂逅的那伙农民了。

林健飞便询问于秋霖案子进展如何，于秋霖拧着眉头，大声说道：“非常难！到现在没有什么进展，法院也是说要调解。这还在其次，……有人和本信穿一条裤子，天天派人盯梢！三个来月前我们去找本信理论，结果被本信的人揍了个半死！还扬言说谁敢代理这个案子就叫那律师一家不得好死！”

夏梦雪不由打了个冷战：“那你为什么还要代理这个案子呢？”

“刚才你们见到的那位叫于耕田，是我族叔，我就是小杨村走出来的……我就不信党和政府能眼看着农民挨打、没处说理去！”

“于律师说得好！”盖天鸣老家是农村的，听了于秋霖的话，大起惺惺相惜之意，“本信就是欺软怕硬！于律师，以后咱们经常沟通，相互支持，相信政府，相信法律我就不信本信能把天都翻过来！”

林健飞与于秋霖建立了战略同盟。两支团队及时相互通报案件信息。这也是林健飞自受理本信案件以来遇到的第一个忠实、可靠的盟友。

夏梦雪把她当时拍的照片转交给于秋霖，并答应如果有出庭的那一天，她愿出庭作证。不管如何，这组照片终于得其所在，有了它的归宿。

当然，本信并不在乎林健飞有多少狐朋狗友。在它眼里，这些业主都是乌合之众罢了。

2

转眼已经拖到了年末，还有几天就是元旦了。调解，这曾经寄寓着业主全部希望和美梦光环的大天使，如今却手执长镰，换上了黑色的法袍。

悲观情绪开始在业主中间蔓延、扩散，来得迅速而悄无声息。首先就表现在业主群里发言的少了。上次热烈的讨论出现在换房方案的设计上，走到今天，业主们连对骂的兴趣都没有了。偶尔有人出来发发牢骚，抱怨买房子赔了那么多钱，还要交律师费，这回真是背字儿走到家了！他们已经走得太久、太累了。

“林律师，我们已经没有退路了。”

“是啊，我早说过法院靠不住。”

“去市政府告法院不作为！”

“不，还是去本信总部示威。”

“还是去信访办。”……

夏梦雪感觉事务所的天花板都要震塌了，林健飞劝大家安静一下，可很快他的规劝也被湮没在业主们的群声鼎沸之中。

“冷静？林律师，你叫我们怎么冷静？”刘淑芬不满地说，“我一百多万打了水漂，还要付还贷利息、交律师代理费，钱一样没少交，可现在一样都要不回来！林律师，你说说，我怎么冷静？”

张翼德瞥了刘淑芬一眼，说：“刘大姐，咱一码是一码！别什么脏水都往人家律师身上泼，好不好！林律师没少为咱们的事情操心！不过，林律师，您说咱们要调解优先，我们也优先调解了；说去工商局投诉我们也去投诉了；法院说要调解我们也没意见。可您看看，我们折腾来折腾去，折腾了快半年了，到现在折腾出一点好果子来了吗？”

“就是！”石建业插嘴道，“这半年来咱们倒是没少给本信办事儿，又是给他送材料，又是跟着法院调解……瞧现在都调出什么结果来了吧？”

“是啊！是啊！咱们这半年都折腾了些啥？”

“林律师，我们也不怨你，是本信太坏了！”

“对呀，我们要让全社会都知道本信的丑恶嘴脸！”

七嘴八舌又乱成了一锅粥。夏梦雪不由想到一个人：要是王德光在就好了，可惜他今天上班。

这时候只听盖天鸣大吼一声，犹如半空中起了个焦雷：“大家肃静！”把一屋子人唬了一跳，转眼就平静下来。

盖天鸣高声说道：“大家的心情我们都理解，可人多嘴杂，咱能商量出个什么结果来，对不对？大家先听林律师把话说完行不行？”

林健飞说：“这几天我们几个也在反复商量这个问题，我们的心情和大家是一样的。我们一致认为，这件事情不能再拖下去了，必须有个了断！但是我们绝不赞成四面出击！为什么？第一，我们没有任何法院不作为的证据，就是去告状我们也不会得到支持；第二，也是最重要的一点：请大家想一想！一旦我们到处告状，如果又被当成皮球踢，我们又没有任何进展怎么办？到那时候我们只能疲于奔命，越来越疲劳，闹到最后只能是一败涂地！”

“那你说该怎么办？”有人插了一句嘴。

“不能再拖下去了，”林健飞坚定地说，“今天是30号，大家再坚持最后一天！请相信我，这件事一定会给大家一个交代！”

送走业主，林健飞便和业主代表们一起去法院调解厅询问调解进程，赵老太太依然很和气。老太太没有丝毫推脱的意思，但她在这个案子上已经无话可说。

林健飞问道：“赵老师，您看年底前我们还有调解的希望吗？”

“很难，”赵老太太诚恳地回答，“但我会努力帮你们继续调解。”

自隋美女离去后，“继续调解”这四个字林健飞已经听了二十七遍。

“好的，谢谢。”林健飞也诚恳地向赵老太太微鞠一躬，“我代表全体业主向您这段时间以来为调解所做的努力表示衷心的感谢，并提前祝您新年快乐！”然后他便领着业主代表转身离开了。

赵老太太看着他们远去的身影，总感觉哪里有些不对。可转念一想，既然我坐在这个位置上，就一定争取最好的结果，于是她拿出卷宗，又仔细研究起来。

第二天一大早，海右寒流滚滚。昨晚的天气预报说，一股西伯利亚高压气旋已形成，我国北方地区将在未来一到三天内迎来一股寒潮，海右气温从零下五六度一口气降到了零下十几度。

法院安保小田虽然已经是美女她妈，可爱美之心却依然不减当年。即便寒流凛冽，她还是穿着那条尽显美腿的打底裤，只不过在外面套了一双高腰真皮长筒靴。只是风衣实在没法穿了，她不得不老老实实裹上了大羽绒服。

羽绒服是艳丽的亮黄色，尽显女性颀长婀娜的曲线。只可惜在如此猛烈的寒流里，她忽略了一点：她是开电动自行车上下班的，早上她骑着电动车先把孩子送到幼儿园，然后再上班。到法院时已经冻得花容变色，鼻涕横流，就像打了蜡的红富士，又像《机械公敌》里戴着透明面具的机器人。美女风采荡然无存。

刚进法院大门，小田便看到林健飞和黑压压一大群人在寒风里等着了。不过她没有太在意，以前法院门前也是这样的。她还跟林健飞热情地打了个招呼，如果她预先知道林健飞今天的所作所为，也许就不会这么冒失了。

小田刚把立案大厅的大门打开，林健飞和业主们便如潮水般涌了进来。

区法院的立案大厅庄严肃穆，宽阔而宏大。大厅内的几根厚重的大理石柱直入堂顶。立案受理窗口有十几个，每一个窗口都一尘不染。窗口前陈列着一溜黑色肃穆的椅子。大厅旁设有饮水机和桌椅，门口还有一台取号机。

这是为打造“全国文明法院”而做的努力，不过这一切对林健飞来说没有什么吸引力。他向身旁的人使了个眼色，一起进来的人便一个个排队取号，但没有人去座椅区就坐，而是一齐涌向立案窗口，把所有窗口堵了个水泄不通。

然而没有人喧哗吵闹，甚至无声无息，立案大厅里一派安静宁谧的和谐氛围。

林健飞懒洋洋地冲夏梦雪笑了一下，说："走，小雪！咱们找地方坐下去。你林哥今天心情特好，我给你背段《楚辞》。顺便说一句，我还是屈原的粉丝呢！"

工作人员起初并没有注意到立案受理窗口外的变化，接到第一份立案申请的小姑娘一如既往地微笑着，说道："好的，您的立案申请已收到，请您回去等候受理通知。"

话音刚落，只听她后面的同事也在微笑着说："好的，您的立案申请已收到，请您回去等候受理通知。"接着所有窗口都不约而同地出现了这句话。

工作人员大多是春葱一般的小姑娘，本来笑点就低，不约而同地笑了起来，心想今天怎么这么凑巧！可再看看眼前这位申请人一言不发，依然没有走的意思，再看看他身后的那些苦主，一个个面沉似水，脸拉得一个比一个长，也没有催前面赶紧走的意思。大家不由自主地悄悄相互问道：你受理的案件是什么？

所有立案申请完全一致：起诉本信合同欺诈，要求取消购房合同！

姑娘们这才意识到事态的严重性。这时候只听大厅里有人怪里怪气地，也不知道是唱还是念道："帝~高阳之苗裔兮~，朕皇考曰~伯庸……"

"大神，你这是唱的哪一出呀？"又听一个银铃般的声音笑着问。

"不懂了吧？亏你还是研究生哩！这叫吟诵，可是咱们老祖宗传下来的宝贝哟！"

"听上去怪怪的，怎么还摇头晃脑的？"

"嗯，刚开始听确实有点古怪，但听习惯了就爱听啦……"

林健飞的声音并不大，其实他对吟诵也是一知半解。法警见情势不对，可又吃不准是否该上前制止。业主们也听不懂林健飞在哼哼什么，反正知道他今天就是来惹法院生气的。更何况跟林健飞相处快半年了，对他的之乎者也早已见怪不怪，所以连头都没回。

但听他吟诵久了，一股慷慨悲凉、沉雄激越之情油然而生。

“……长太息以掩涕兮，哀民生之多艰！”吟诵到这里，林健飞眼睛里莹然一闪。夏梦雪想起这半年来经历的种种艰难困苦，眼睛也有些湿润了。

来办理其他案件的立案人开始沉不住气了：“大叔，你们什么时候完事儿？我这里还等着交费哪！”

石建业白了他一眼，不急不躁地说：“甭着急呀，先来后到，按号排队！”

大厅里的人越来越多，有些着急上火的人便央求道：“大哥、大姐，帮个忙，成不成？我家里还有急事儿，让我先办……”

前面的人跟商量好似的，全是这句话：“甭着急呀，先来后到，按号排队！”而且答得文明礼貌，体贴周到。

“……吾令帝阍开关兮，倚阊阖而望予……”林健飞半闭着眼，继续摇头晃脑地吟诵着。

“林律师，你们这是怎么回事？”

林健飞睁开眼睛，钟庭长那张英俊的脸气得都变形了，眉宇间那个川字也更加清晰可辨。

“你也真是的，林律师！”赵老太太也不高兴地数落道，“昨天上午不还说得好好的吗？我们继续帮你们调解，可你下午就把《立案申请书》发了过来！你这不是……不是……不觉得快递费很贵吗？”

林健飞恍若不闻，接着吟诵道：“‘时暧暧其将罢兮，结幽兰而延伫。’小雪，你文化水平高，你说这四句话是什么意思呢？”

“嘻嘻，虽然吟诵我不懂，可《离骚》我小时候就倒背如流啦！”夏梦雪笑嘻嘻地说。

“哦，是吗？我文化水平低，一直不太懂。你给我解释解释吧。”

“这帝阍呢，是给天帝看门的大神……”相当于《圣经》里的圣彼得……

“啥叫……剩……必……得？”林健飞一脸茫然。他对西方文化一向是七窍通六窍。

“就是给上帝看门的大天使呀！反正都是看大门的……这四句话的大致意思是说：‘我求看门大神为我打开天门呀，可他却倚在门口看着我不让进；时间在一分一秒地流逝，马上要天黑了呀，我只能结好幽香的兰花在天庭门口久久地等待……’”

林健飞意味深长地看了一眼等候立案的业主，又看了看钟玉良和赵老太太，说：“钟庭长、赵调解员，请告诉我：本信还有可能接受调解吗？请你们以法官的公平、正义和一个法律人的良知回答我。”

赵老太太垂下了头，她无言以对。

“那你们也不能闹法院哪！”钟玉良皱着眉头说。

“钟庭长，您误会了，我们都是老百姓！”林健飞彬彬有礼地说，“您看，取号、申请、排队……我们完全是按照法律程序来的，这才是文明法院的表现嘛！您上哪儿找这样文明的原告去？”

“你……”钟玉良不由气愤填膺，可林健飞的话又无懈可击，总不能派法警来抓正常办理立案手续的市民吧？

钟庭长缓了一口气，转而委婉地说：“林律师，咱们有话好好说，你先叫他们过来，这个事情咱们可以慢慢商量……”

“真抱歉，”林健飞继续彬彬有礼地说，“作为律师，我不能干预当事人的合法权利……”

“你……”

“……不过我相信，他们一定愿意跟法院领导好好谈谈这个问题。”林健飞继续彬彬有礼、笑容可掬地回答。

3

会谈依然在调解庭举行。其实已经没什么好谈的了，因为连幼儿园小朋友都能背得出来，无非是那雷打不动的老三样：调解、调解、再调解。钟庭长苦口婆心地劝群众不要立案，还是走调解之路。说调解省时、省力、省钱，而立案费时、费力、费钱，难道你们的律师事先没有提示你们这里面的风险吗？说到这里，他还瞟了林健飞一眼。

林健飞很清楚，钟玉良这句话明摆着是要挑拨业主和律师之间的关系，要么就是在恶意揣度林健飞的叵测居心，反正都是要警告业主：别着了律师的道儿！官司没打赢，可钱却让律师拿跑了！

林健飞和夏梦雪一声不吭，因为这毋须他们作答。更何况，钟玉良这是明知故问，林健飞几周前就把调解历程详细告诉过他的。

王德光说："法官同志，我们正是在万般无奈之下才选择起诉！林律师和他的团队不仅为调解做了最大的努力，而且已经减免了我们的部分代理费用。我们非常感谢法院的关心，大家说是吧？"

在王德光的示意下，业主代表们纷纷点头称是：感谢领导同志的关心！感谢法官同志的栽培！他们把能想到的感谢统统感谢了一遍。

钟玉良却总感觉有点儿刺耳，然而感谢了一圈之后又回到了原点，他只好再从调解的好处出发，调解、调解、再调解……

林健飞看钟玉良和业主代表们说得差不多了，便说："我们衷心感谢人民法院对人民群众的关心和体贴，也正是基于这种精神，我和我的同事一直努力促成双方调解。但是，您看……"

他取出几份文件，指着最后一行不动声色地说："这是本信及其律师写给工商局、法院的回复函复印件和一封致我所的律师函。我想钟庭长和赵调解员也已经收到其中的一封了吧？三封信的内容是完全一样的：希望我们通过司法途径予以解决。也就是说，本信拒绝了我们的调解请求，并一而再、再而三地希望与我们对簿公堂。因此，我们只是努力配合一下本信的要求，也希望法院尊重并支持本信的合法主张。"

钟玉良和赵老太太面面相觑，一时不知该如何作答。业主代表们则相视暗笑，暗地里赞叹林律师可真行，这就叫"以子之矛攻子之盾"呀！

转眼一上午过去了，法院的大门虽然洞开，可跟没开一样。寒冬腊月，寒流滚滚，钟玉良额头上却是一层热汗。他起身走到僻静处去打电话，声音急切，却听不清楚他在说些什么。过了一会儿，钟玉良回来坐下说："各位业主，林律师、夏律师！刚才我跟院长通了电话，他一会儿就过来，亲自和大家谈，你们看好不好？”

在等院长的空闲，林健飞便要拉着钟庭长出来吃饭。钟庭长自知法官不能接受当事人吃请，便推脱有事，叹口气回办公室了。

其实林健飞哪有心思吃饭，开弓没有回头箭，今天既然得罪了法院，那就只能得罪下去了。不给立案，绝不回头！这时候，只见小田悄悄走过来递给他一杯热茶，转身便迅速走开了。林健飞感激地看了她一眼，也没有说话。他知道在这特殊的时刻，这杯热茶意味着什么。几个法警暗暗目光传言，悄悄表示支持，林健飞点头回应。正义、邪恶，人心自有公道。

业主们便三三两两地替换着出来买盒饭，看石建业等几个老头捧着盒饭默默无声地吞咽，林健飞不由鼻头一酸，走上前去劝道：“石大爷，你们几位老先生先回去吧！今天有寒流，时间久了身子骨能受得了吗？这边的事儿我们几个年轻的担着就是！”

石建业笑着把一小瓶二锅头递给林健飞：“来，林律师！喝一口！暖暖身子！甭为我们这儿把老骨头担心！不给立案哪，我就不回去！话说回来，老哥几个！今天林律师可真给咱们长脸啦！哈哈，依我看哪，说话管事儿的来了，这事儿也就能拍板啦！”

石老头虽说斗大的字不识几个，也爱发牢骚，但在识人断事方面却颇有过人之处。

还不到中午一点，院长郑元铭便从外面风风火火地赶回了法院，在七八名法警的簇拥下进了立案大厅。郑院长早已年老谢顶，一圈花白的短发拱卫着中间那光亮的穹顶。作为院长，无论走到哪里，自有一股不怒自威的气势。

钟玉良听说院长来了，忙从办公室出来。此时赵老太太已经回家，她说在这里恐怕已经发挥不了什么作用了。

钟庭长指着林健飞向院长介绍说：“这位是林健飞律师，是这些群众原告的代理律师。”

郑院长看了林健飞一眼，不过他没有说话。

林健飞落落大方地走上前去，双手恭恭敬敬地呈上自己的名片，自我介绍了一番。

郑院长一手接过名片，却没有看上面的内容，眼见满大厅乌压压的一大堆群众，他高声说道："各位群众！请大家放心，人民法院一定会秉公执法，还大家一个公道！只要是合法的请求，人民法院一定会支持！"

看群众情绪平静下来，郑元铭冲钟玉良使个眼色，便邀请林健飞、夏梦雪和业主代表去会议室，七八个法警随后就要跟进。

林健飞冲两位法院领导笑笑，说："就这么几个群众代表，有必要这么兴师动众么？"

郑院长略一迟疑，一挥手说："那好，你们几个就留在外面。不过，林律师，我们必须确保你们没有带任何录音设备！小田，你过来检查一下！"

钟玉良有些吃惊且懊悔：早上开会前怎么忘了这一出？幸好，小田没有检查出任何令人不安的东西来，他暗暗松了口气。

宾主刚落座，林健飞毕恭毕敬地将《立案申请书副本》呈给郑院长，不卑不亢地说："郑院长，我们跟法院没有任何矛盾，不存在'围堵'的问题。这是《立案申请书》的副本，正本已于昨天下午送达贵院，如无异议，敬请法院及时受理，予以立案！"

郑院长一听严肃地说："林律师，你们完全可以委托一个人来，用得着所有人一哄而上么？再说，立案用得着写申请书吗？这不是画蛇添足么？"

林健飞心想，你说得倒轻巧！没有这份申请书立此存照，以后谁知道我们要跟本信打官司？不过他还是谦恭地笑着解释："维护权益的群众选择单独立案起诉呢，是他们的权利，我无权干涉。至于《立案申请书》呢，我们主要是为了表明敝所对此案的重视，也是为了彰显法院权威而书，相信人民法院会为人民群众的合法要求作出合法的判决！"

这是个泥腿！郑院长皱着眉头脱口而出："你们要求立案，嗯，立案不难……可你们就不想想，就算立了案，你们赢得了吗？"他直视着林健飞，话却是说给业主代表们听的。

郑院长的一番话引起一片哗然。

林健飞起身正视着郑院长，说：“我想请问郑院长：刚才这句话是否代表区法院的态度？”

钟玉良忙打圆场：“哪里！哪里！郑院长只是善意提醒大家注意诉讼风险！没有别的意思，哈！判决难、执行难你们也是知道的。都是人民群众，存点钱不容易！投资房地产就已经倾其所有了，再加上律师代理费、起诉费用，等等，万一官司打输了那损失可就太大了！所以郑院长完全是为群众考虑，绝对没有别的意思，哈！”

张翼德紧盯着钟玉良的额头，开口说：“川庭长……”

“我不姓川，我姓钟！”钟玉良有点烦躁地说，他的眉头皱得更紧，那个川字更加明显了，夏梦雪几个人紧咬着牙关差点儿没笑出声来。

张翼德一直好奇钟庭长额头上这个川字怎么就长得那么形神兼备，又忘了庭长姓啥，只记住了这个川字，结果一不留神就把钟庭长叫成川庭长了。

“哦，对不起，川……川……（钟玉良怒目而视）钟庭长！上午我们已经说过了，是本信盼着我们跟他们打官司，不是我们吃饱了撑的找他们打官司！你们法院也说调解，可调来调去除了调我们又调动了谁呢，是吧？人家本信连理都不理我们！您瞧瞧，法院、律师、业主到现在一直就是咱仨人凑一桌，这不明摆着三缺一吗？您说，这局往后咱们还怎么打？”

夏梦雪忍不住就要笑，心说这张三爷来法院打麻将呢！可他这话糙理不糙，比林健飞的话还要形象、传神。

“就是啊，本来就是本信不肯调解嘛，”刘淑芬和石建业也说，“你们法院非死按着我们这边调解有什么用？”

看律师和业主们不为所动，死活要求立案，郑院长便摇摇头，叹息一声说：“好吧，既然你们坚持，我可以答应给你们立案！但是，我最后奉劝你们一句，你们这官司不好打！甭说打输了，就算打赢了又怎样？你们觉得真能拿回自己的钱么？”

郑院长最后这句话是极为真诚也是极其现实的，业主代表们默默地看看彼此，当立案真的即将成功时，大家反而有些踌躇了。是啊，打输了怎样，打赢了又怎样？他们还能剩下什么？

也许将一无所有，也许只剩下——希望。

是的，“希望本无所谓有，也本无所谓无”。难道要在绝望中失去一切吗？

不，那还不如把失去的一切留给希望。

法院答应了业主的立案请求，剩下要讨论的就是如何立案以及立案费用的问题了。这属于技术范畴。在前一个问题上，林健飞与法院达成了一致，即以一名业主代表全体原告出庭，但在立案费用上却费了些口舌。

林健飞主张减半征收，因为本案当事老百姓的遭遇已经够受得了，其情可悯，其遇可怜！后来他还给法院上书，请求减半征收诉讼费。郑院长笑笑说，诉讼费征收都是计算机预设好的，无法调整。不过最后实际缴纳时，法院还是只按一半收取了诉讼费。

从会议室出来，已是傍晚时分，冬天的傍晚已是一片漆黑，几粒寒星在天边瑟瑟抖动着。林健飞不由想起四个月前他拍完节目走出电视台的那个夜晚，只不过那时是初秋，如今已是寒冬。

其他业主见他们出来了，便凑过来询问协商结果。林健飞看了郑院长和钟庭长一眼，忽然微微一笑，他向业主们高声介绍道：“各位业主，老少爷们儿们！这位就是咱们郑院长！郑院长已经明确许诺在元旦前，也就是今天一定给大家立上案！让我们以热烈的掌声向郑院长和钟庭长表示衷心的感谢，向人民法院的所有领导、同志致以崇高的敬意！”

郑院长冷不防被林健飞推上前台，吓了一跳，又气又恼。

夏梦雪肚子里差点没笑岔气儿，心想大神呀，你可太损了！有你这样逼宫的嘛？！不过她却带头热烈鼓掌，还举着胳膊领着大家推波助澜：“向郑院长致敬！向人民法院致敬！”

郑院长有些尴尬，但后来看群众热情高涨，也委实是真情实意，不由也笑了一下。他看看林健飞，那笑意中不知是欣赏、是赞叹还是惋惜。他一言不发，轻轻拍拍林健飞的肩膀，便上车走了。

林健飞却没有离开，他要眼看着王德光、刘淑芬等业主代表立案成功之后再走。直到他们拿到举证通知书，他才松了一口气。

林健飞和夏梦雪的眼睛里泛起了泪光。

这张立案回执来得太不容易了，这是几个月来他们和维护权益群众艰苦奋斗而来的第一个成果。尽管这只是万里长征第一步，后面的路注定要比这更加崎岖、坎坷、漫长。

林健飞擦擦眼睛，忽然想起了什么，他急忙打了个电话："喂，是于秋霖兄吗？我是林健飞，我已成功立案！请你立即来法院……"

元旦假日，虽然寒流刺骨，林健飞和袁婉茹还是带硕儿去东湖玩了。林健飞两口子很珍视和硕儿一起度假的每一分每一秒，因为他们知道，放松很快就会过去，成功立案后，谁都不知道会有多少困难在等待他们。

一家人沿着东湖畔信步而行。林健飞从小在东湖畔长大，对东湖自是别有一份感情。东湖是海右第一泉水湖，景色宜人，特别是下雪的时候，一片银装素裹，湖面上泛着轻柔的雾气，东湖更是散发着如梦如幻的神韵。

东湖是大自然的奇迹，在其南部，有一片连绵数十里的山脉。这些山斧凿刀削，连成了一尊宏大的卧佛。佛慧山中一尊高达8米的佛头正居卧佛灵台方寸之间，寓意心中有佛。这本来就是极其震撼的一大奇迹，而这奇迹中的奇迹则在于这尊卧佛恰恰倒映在东湖之中，仿佛佛祖拥着东湖酣然入梦，又仿佛在保佑这一方水土，这个情景形成了天下独一无二的奇观——"佛光倒影"。

如今东湖里的"佛光倒影"依然清晰可辨，只不过矗立在舜耕山下的几座摩天大楼与舜耕山一起倒映在东湖里，恰如几柄利刃从佛祖的胸前、肚脐插入。

好在秋柳园里还有林健飞的两位"老邻居"在那里常年居住。

这两位"老邻居"是两棵树：一株是老槐树，一株是老石榴树。小时候林健飞没少爬上去采槐花、摘石榴。对他而言，这两棵老树不是木本植物，而是家里的两位精神矍铄、充满活力的老人。

只是秋柳园除了这两位"老邻居"，原本错落有致的老房子早已被碾压一空。想到小时候在秋柳园嬉笑玩耍的情景，想到那时慈爱有佳的邻里，想到那时喘息着炊烟却为人们遮风挡雨的老房子，林健飞很是感慨。

人跟房子是有感情的，房子因为有了人而有了生命，有了历史；人的生命因为有了房子而有了归宿，有了回忆。包括虫鸟，包括花草，包括树。

正因为如此，林健飞厌恶把房子变成投机商品；正因为如此，林健飞痛恨本信，因为他把本应是归宿的房子变成了吞筋食骨的恶魔；也正因为如此，虽然他同情业主们的不幸遭遇，但内心深处却对他们当初购房的投机行为深为反感。但他是律师，不能把个人好恶带到工作里来。

“健飞，跟本信打官司有取胜的把握吗？”袁婉茹忽然轻声问道。

林健飞拍拍老槐树，自信地点点头，说：“法庭以内，我一定能打败他。”

“那么法庭以外呢？”袁婉茹看着硕儿，又忧心忡忡地问。

硕儿正热火朝天地忙着打水漂。林健飞没有回答，他弯身捡起一块小石片，走到硕儿身边，抱抱儿子的小肩膀，身子微微一侧，手轻轻一掷，那石片犹如一只凌波的燕子疾速掠过湖面，一口气掠起十几个水圈。波纹渐渐扩散，荡开，扩大，最终消融在东湖的微浪里了。

那一瞬间，硕儿的欢呼声响起，伴着波纹，荡向远方。

第十一章　开庭

代理词、证词，一共106份文件，原告律师在法庭上的精彩发言，令本信仓皇而逃……

1

今天开庭。

这天早上，吃过早饭，林健飞便站在盥洗镜前穿律师袍。这件律师袍已经陪了他十二年了，他刚工作那会儿还没有律师袍一说，但是，从领到律师袍的第一天起，林健飞便开始穿着它开庭。

袁婉茹仔细检查、打理着律师袍上的每一寸布料。她发现律师徽章有点歪斜，于是取下重新钉上去，又整理了一下律师领带，然后整体看看衣服搭配效果：律师袍里面是一件白色保暖衬衫，黑皮带、黑西裤，一双锃明瓦亮的黑皮鞋。头发有点翘起来了，她用梳子蘸着水又把它们压下去；脸上还有几根没剃干净的胡子，她拿起小剪刀剪掉……

看着眼前这个眉宇间透着自信果敢、英气勃勃的男人，她不由有些好笑：难道自己真的像夏梦雪说的那样是个“制服控”？每当林健飞一改邋遢、穿上律师袍的那一瞬，她就忍不住想，自己当年是不是就是因为见到他这个样子才芳心可可，毫不犹豫地嫁给了他？不管怎样，直到今天她依然喜欢看他穿律师袍的样子。

“代理词、证词、U盘放在公文包的内层里了。商品房购买发票三张、广告宣传单三份、工商局处罚单一份、规划局回复一份……一共106份，都放在这个档案袋里了，你再检查一下……罗汉花茶装茶杯里了，兑了点儿温开水，到法院后你找小田再兑点儿热开水。签字笔带好没有？”袁婉茹唠唠叨叨地说着，林健飞一边嗯嗯地答应着，一边和袁婉茹最后一次检查出发前的每一个细节。

手机响了一下，林健飞没有接，他知道那是盖天鸣和夏梦雪已到楼下。

硕儿静静地在旁边看着爸爸妈妈做准备，他也力所能及地给爸爸妈妈递梳子、拿剪子。收拾妥当，林健飞摸摸硕儿的小脑袋，笑着说：“儿子，瞧着吧！今天老爸要摸老虎的屁股啰！”

硕儿扭着小屁股，嘻嘻笑着唱起了自编的儿歌：“一二三四五，老爸打老虎！见了大老虎呀，摸它大屁股！”

“哈哈，好小子！都会编儿歌啦，有前途！”林健飞又摸摸硕儿的头，这才出门。

上了车，三人只是彼此微微一点头，盖天鸣便闷头开车。这次开庭的代理律师是林健飞和盖天鸣，至于夏梦雪，由于还处在实习阶段，林健飞只安排她和业主们一起旁听。虽然三人一言不发，可心里却在想同一件事：这场官司能打赢吗？

其实，在律师的词典里，案子从没有打赢打不赢一说。作为律师，只有尽可能为委托人依法代理、辩护，尽可能维护委托人的合法权益，即便他十恶不赦也不例外。但破天荒头一遭，林健飞的脑海里竟然也闯入了这个疑问。

其实这并不奇怪。

自从法院受理案件以来，林健飞和他的小伙伴们日以继夜地整理资料、组织举证、分析证据、撰写代理词，一切在有条不紊地进行。廖主任来过几次电话，继续恩威并施，授意林健飞开庭时“敲敲边鼓就行啦”，林健飞便趁机谈条件，哪知廖主任却嘻嘻哈哈地顾左右而言他。

本信的警告对开庭工作没有多大影响，然而一纸法院通知书却几乎阻断了秋柳所的所有努力。通知书是这样写的：

王德光、石建业、冀鹏海、……李金鳞：

关于你们与海右本信（集团）房地产有限责任公司商品房销售合同纠纷的案件，经本院审查，因你们的诉讼请求及起诉的事实与理由表述不够明确，特释明如下：

根据相关法律规定，合同无效、撤销合同、解除合同均可以使合同关系产生变动。你们主张被告海右本信（集团）房地产有限责任公司返还定金仅是合同关系变动的后果。但是在一个合同经济纠纷中，当事人不能既主张合同无效，又主张撤销或解除合同。因此，请你们在庭审前以书面形式明确是基于上述哪一种情形主张返还定金，并对起诉的内容进行相应的变更调整。否则，你们将自行承担法律后果。

特此通知。

××市××区法院

×年×月×日

业主们虽然看得一头雾水，但已经感到语气相当不祥，于是慌里慌张地拿来问律师。林健飞看了心里登时一沉，通知书本身没什么深奥的，透过晦涩难懂的法律术语，无非是说你要起诉就得有一个明确的理由，围绕一个案由起诉，在要求被告退还房款的问题上，法院只能审一个理由，要么起诉撤销合同，比如以欺诈为由；要么起诉解除合同，比如延期交房问题。否则属于诉讼请求不明确，法院将驳回起诉。

因此，必须重写起诉状，如果起诉合同欺诈，就不能体现延期交房等违约或合同无效内容。要起诉也可以，但必须分不同理由起诉多次。另外，法院还顺便谈了谈作文规范的问题：起诉状应当简明扼要，案情很简单，律师如果把庭审方案弄得复杂，就是缺乏自信云云。

单从法律规定上看，法院通知书无懈可击。

可问题在于，本信这么大一个案子，是起诉一个问题就能说清楚的事儿么？

三位律师一合计，祭起了尚方宝剑：根据最高人民法院《关于民事诉讼证据的若干规定》，上述起诉要求不适用于社会影响较大的案件，对于此类案件，可以并案审理。

法院没有再回复。事实上，此时距离开庭已经不到3天了。

几位律师担心的当然不是法律有何规定，而是法院的态度。从出道那天起，老律师们就教导林健飞要跟法官搞好关系，他也一直努力这么做。可如今林健飞没有回头路，只能硬着头皮向前走。

来到法院，业主代表们正三三两两地从四面八方赶来，慢慢走进法院。

盖天鸣看看人来得差不多了，便扯着大嗓门说："咱们最后再强调一下开庭纪律：第一，严格遵守法院开庭规定；第二，不得对被告及其律师进行任何形式的语言攻击，更不能进行肢体攻击；第三……"

话音未落，仿佛是为了回答这句话，只见一辆大型奔驰飞驰而来。杨虎裳跟着蒋总下车，摇摇摆摆地走了过来。蒋总看了林健飞一眼，冷笑一声，说："林律师，你放心！官司打赢打不赢都没关系！不会有人把你放在心上的。"

林健飞彬彬有礼地回敬道："您说得太对了，我不过是个无名小卒嘛！不过，如果官司打赢了，人们就会把您放在心上的。"

业主们夹杂着叫好声鼓起掌来，盖天鸣不得不又强调了一遍纪律。蒋总轻哼了一声，便和杨律师一起步入法庭。业主们也陆续进了法庭。

开庭前，林健飞多次向法院申请最大的法庭，法院答应了这一请求。然而令法院始料未及的是，前来旁听的人数仍然大大超出了法庭的座位数量。院方不得已，只好临时从别处搬来一大堆椅子，连过道、走廊都坐满了人！

不过那毕竟是法院。走进法庭的那一刻，业主们不由肃然起敬。国徽上那五颗熠熠生辉的金星犹如五柄利剑高悬在每个人的心头，仿佛在俯视大地苍生，洞悉人间善恶；祛除魑魅魍魉，扫清宇内妖邪。除了在寻找座位、搬运座椅时发出一些声响，此外肃然无声。

林健飞和盖天鸣、王德光在原告席就坐，蒋总和杨虎裳则走上了被告席。

2

上午10时整，审判长钟玉良以富有磁性的男中音庄严宣告开庭。按照常规，他宣读了审判的各项要求，然后便要求原告陈述起诉事由。

林健飞站起身来，整理了一下律师袍，凝视着法官席朗声说道：

“尊敬的审判长同志，我们是海右秋柳律师事务所律师林健飞、盖天鸣。现特代表王德光等77名维护权益的群众向贵院控告海右本信（集团）房地产开发有限责任公司涉嫌合同欺诈。请求法院：一，依法判令被告返还原告购房款，并赔偿贷款利息损失；二，本案诉讼费用由被告承担。下面请允许我代表原告向法庭陈述诉讼事实与诉讼理由。”

不知是林健飞抑扬顿挫的陈述还是法庭庄严肃穆的氛围，坐在旁听席上的夏梦雪和业主们瞬间觉得他高大起来，就像沐浴在金光中的庄严圣使。许多业主不由坐直了身子，虽然他们跟林健飞打交道的时间不短了，时间长了觉得律师也不过如此，跟自己没啥两样。然而，直到此时此刻，他们才突然发现林健飞身上仿佛散发着异样的光彩，令人感到他是那样神圣而不可侵犯。连杨虎裳也不由向前倾了一下身子。

林健飞明显感到了气场的变化。多年来，如果说有什么令他自我陶醉的事情，那便是在法庭上义正辞严、口若悬河了。那一瞬间，仿佛全世界的目光都集中在他身上；那一瞬间，他觉得自己就像披坚执锐的大将即将杀入敌阵，跃马逞枪，所向披靡。

这种不正常的快感往往让他忘了一般人误会的律师行业潜规则：打官司是为了钱，我们所做的一切都是为了钱。钱，钱，钱！只有钱才是我们应该追求的唯一真爱，才是一切理想、信仰的亲爹！否则倒显得你精神失常，那往往是要被同行所唾弃，为社会所不齿的。因为既然大家都这样，你凭啥是例外呢？不管怎样，林健飞在法庭上总可以精神胜利一把。至少此时此刻，他踌躇满志。在做了洋洋洒洒又细致谨慎的案情介绍后，他接着陈述道：

“本案系因被告开发的海右市‘本信中心’项目欺诈、侵害消费者合法权益而引起的消费者系列退房纠纷案件。

“为了实现促销目的，被告采用密集广告宣传手段，对盈利前景作出更具诱惑的允诺；就消费者至为关注的房价问题，则以各种巨幅‘优惠’诱导消费者签订合同。宣传的内容，可谓眩人耳目。

“原告到被告售楼处后，被告销售人员做出了更具诱惑力的宣传。不少消费者在被告的宣传攻势下头脑发热，当即订购了被告的商铺/公寓。

“但在预交多达数万元的定金之后，根据被告周密策划的路线、步骤，不少消费者在计算出诱人的‘优惠价格’并交足全款后，方被要求在商品房买卖合同的指定位置签字。当消费者提出审阅合同时，被告则以合同是国家示范文本、从不允许修改等理由加以搪塞。此时，多数消费者已经履行了付款义务，所谓木已成舟，在‘办理手续’这样的细节上只能就范。至此，原告与被告签订了《本信中心商品房买卖合同》。然而，随着被告交房期限的不断拖延，特别是社会上流传的有关被告的负面消息，引起了消费者的警觉和恐慌。当部分疑虑重重的消费者赶到工地现场，在众多商铺/公寓中辗转找到自己的商铺/公寓时，才发现自己用血汗钱换来的商铺/公寓根本无法使用，有的过道低矮、伸手可及。

“所谓一期工程门可罗雀，绝非日进斗金。对此《岭南晚报》等报刊进行了深入报道，揭示了其中的骗局。

“被告单方拟定的商品房买卖合同装帧精美，厚达33页，篇幅长达二万字。行文曲折反复、用语佶屈聱牙。经反复专业审查，方发现该合同中强化被告利益的内容连篇累牍，限制消费者权利的手段无所不至。可谓损人利己，借合同之名，行践踏合同精神之实！”

说到这里，林健飞举起合同说：

“透过这些条款，我们不难发现，该合同打着‘双方一再确认’‘特别确认’的幌子，完全架空了消费者权益，体现的是被告的单方意志。如此周密的绑架，不啻于披着合法外衣的卖身契！……”

“好！”张翼德带头叫起来，旁听席上响起一阵热烈的掌声。蒋总脸上一阵红，一阵黑，一阵青，一阵灰。五颜六色逐渐在他那张肥黑的“调色板”上拧在一起，最终化作了冷笑，杨虎裳则带着嘲弄的微笑倾听着。

钟玉良皱皱眉头，轻敲了一下法官槌，说：“肃静！”

林健飞见杨虎裳不以为然，不由来气，心想这厮如此狂傲，今天非杀他个片甲不留不可！他喝了口茶润润嗓子，接着把原告的诉求清晰表达完。夏梦雪不经意间瞅了蒋总一眼。只见蒋总脸上一阵红、一阵黑；一阵青，一阵灰。五颜六色逐渐在他那张肥黑的“调色板”上拧在一起，最终化作了冷笑。杨虎裳则带着嘲弄的微笑倾听着。

最后，林健飞说，“安居才能乐业，置业关乎民生。市场的活跃需要自由，但离不开法制的规范。原告请求人民法院依法维护消费者的合法权益，引导正常的市场秩序，让合同回归社会的福祉！以上是我的案由陈述，下面由联席代理律师盖天鸣律师进行举证，谢谢！”

林健飞落座，旁听席上又是一阵热烈的掌声。

盖天鸣咧嘴冲法官笑笑，眼睛却瞟着蒋总和杨虎裳。他从林健飞的公文包里取出一本厚如大辞典的档案袋，大声说：“尊敬的审判长：我谨代表原告就起诉案由向法庭举证……”

盖天鸣中气十足地陈述。此时，坐在旁听席上的夏梦雪抿嘴一笑。因为她分明看到，当盖天鸣举起那厚重的档案袋时，杨虎裳的嘴角微微抽搐了一下，眼睛里充满惊愕的神色。

“这些证据将充分证明，”盖天鸣扬扬厚厚的档案袋，接着说，“被告以欺诈手段骗取消费者信任，签署了一份毫无公平可言的合同，因而是无效的！首先，请看这份《本信商品房买卖合同》……”

盖天鸣挣挣肩膀，他一直不太习惯西装的垫肩，卡得肩膀很不舒服。不过这动作在别人看来就像运动员在赛前热身，在夏梦雪看来，王子殿下要准备投弹了。果然，盖天鸣如迫击炮一般，把证据一颗接一颗地投向本信。他对本信的合同逐一剖析，从缔约内容包括房屋的交付期限、交付状态、房产权利证书的办理及其办理期限、合同的解除权、违约责任，乃至司法救济的请求权、物业的使用的各个环节到缔约程序翻了个底儿朝天。

“我们从这份庞大、芜杂的所谓合同里都看到些什么呢？”盖天鸣自问自答道，“双方权利义务极度不均衡、不平等、不合理。被告利益享有充分保障，消费者利益毫无保障；被告合同权利极大，随时享有合同解除权；消费者合同责任极重，随时承担高于被告数千倍的违约责任；对被告履行义务的要求极为宽松，对消费者履行义务的要求极为苛刻！

“正如林律师所言，这份合同通过所谓的‘共同确认’‘一致同意’等字样，企图预先排除消费者表达真实意思、事后获得司法救济的机会。因而从根本上违反了法律关于‘公平、平等、诚信、自愿’的合同精神，践踏了起码的合同正义，侵害了以不特定消费者合法权益为内容的社会公共利益！”

一阵热烈的掌声淹没了盖天鸣的陈述。

“肃静！肃静！”钟玉良皱着眉头，又敲了敲法官槌。

盖天鸣咧着大嘴笑了一下表示感谢，他接着说：

“如此显失公平，是消费者缺乏足够的判断力吗？不！我们看看合同签订时间就可以不言自明。主合同签署时间为××××年12月31日，而与之同一文本、应当同时签署的补充协议却是次年的1月15日，相差半月。

“合同日期如此随意，究竟说明了什么？三十六计中有一计叫‘借尸还魂’，用在合同邀约中也许并不恰当，但足以说明，被告有意假借国家合法合同之躯还不可告人目的之魂！以国家示范文本的权威性掩盖其《补充协议》的欺诈之实！示范文本中大量公平、合理或者用于保护消费者合法权益的内容被空置甚至划掉，而在众多的合同附件中，将大量对消费者不利的实质性条款隐藏在半月后签署的所谓《补充协议》内。《补充协议》对消费者不公平、不合理的规定没有加以必要的提示和说明，合同条款根本不是消费者的真实意思表示，根本不具备履行要约、承诺的实际缔约程序或缔约行为的基本要件。

“不仅如此，根据《最高人民法院专家法官阐释民商裁判疑难问题–合同裁判精要卷》，这种补充协议具备‘霸王合同’的所有特征。因为消费者完全被置于任人宰割的位置，只有缴款的义务，却没有任何实际的、应有的权利！”

“好！”旁听席上响起一阵海潮般的掌声。

“肃静！肃静！”审判长再次扬起了法官槌。

“由此可见，”盖天鸣接着说，“不是消费者无能，而是被告太狡猾！……”

旁听席上一阵轻笑声。

“……盗用合同补充制度，违反提示说明义务，规避国家示范合同文本的使用，让消费者在交完全款后在合同指定位置签字，是被告以欺诈方式诱导消费者签订合同的重要环节和手段！”

盖天鸣放下合同，又取出几张发票，接着说：“如果说是由于合同文本晦涩难懂，把消费者丢进了五里雾、迷魂阵，那还是消费者咎由自取的话，那么，我手上的这三份购房发票则更清楚地证明，消费者在购房前对合同并不知情。

“请看这三张发票，付款时间至少是在合同签订大半个月以前。也就是说，消费者完全在不知情的情况下签订了一份毫无公平可言、完全违背消费者真实意思甚至还没有见到的合同！……”

“尊敬的法官先生，”杨虎裳忽然请求发言，“我要抗议，原告律师肆意脱离举证主题本身，借题发挥，将一系列与法律本身无关的比喻和不实之词强加在被告身上，并对被告实施语言攻击，这严重违反了举证要符合公正、客观、合法的要求。”

“吁……”旁听席上一片嘘声。

“肃静！”钟玉良敲敲法官槌，“被告抗议有效！原告，请结合案情进行举证，不得对被告进行语言攻击。”

蒋总满意地看看杨虎裳，又得意地瞟了盖天鸣一眼。

盖天鸣正慷慨陈辞，忽然被法官制止，正要辩解，林健飞拉了他一下，示意他坐下。然后自己再度起身，接着盖天鸣的话说下去。

“刚才法官同志谈到证据，我来说明一下。从刚才的举证看，我们不禁有一个疑问：消费者怎么会如此心甘情愿地把自己交给被告，信任到连合同都没签就迫不及待地交钱付款呢？也许会有人说，是因为被告实力雄厚，是因为盛世路寸土寸金，总之是消费者完全信任被告，才签下了这份显失公平的合同。因此即便有过错，也是消费者的过错。事实果真如此吗？请看以下证据。”

林健飞举起厚厚一摞报纸和广告彩页，说：“这是被告在本市主要报纸上发布的售楼广告和宣传彩页。我们仅举证被告自首次刊登广告到现在四年间的9份报纸和两本涉案房屋的宣传材料。在期房交易中，消费者只能看到天花乱坠的广告、听到铺天盖地的宣传，陷于眼花缭乱的宣传攻势之中。现有广告隐瞒了超乎想象的高公摊，在普通消费者缺乏专门知识和交易经验，以及对被告实力和宣传的盲目信任之下，对于实物状态和使用前景无从想象。只有看到实物后才发现套内空间极为局促，难以添加必要设施，更无法在室内垂直利用两层空间。被告作出的承诺与事实不符，隐瞒了相反的情况。

“另外，买卖价格涉嫌欺诈。标的物和价格是买卖合同的两大核心要素，是决定消费者交易动机和目的的关键因素，考察广告中价格方面的内容我们可以发现：

……

“依据国家工商行政管理总局《房地产广告发布暂行规定》第九条之规定：‘房地产广告中对价格有表示的，应当清楚表示为实际的销售价格，明示价格的有效期限。’鉴于商品房虚假宣传是侵害消费者合法权益的重灾区，国家工商行政管理总局《欺诈消费者行为处罚办法》、国家发改委《商品房销售明码标价规定》等规章对价格欺诈均作出了大量相关规定，其中虚构原价、虚假优惠价折价、谎称降价或者将要提价正是‘诱骗他人购买’的典型‘价格欺诈行为’。

“显然，对所有人的优惠或长期的优惠就是‘实际的销售价格’，而非因特定原因、在特定时间段相对于原价作出的降价优惠。从事后来看，在当前房地产价格继续攀升的市场背景下，显然不可能出现如此巨幅优惠。价格欺诈，构成合同法上的欺诈行为。

……

“原告在其购房前后之所以判若两人，不是个人投资失误所致，而是被告诱导、欺诈所致。即便抛开被告故意欺诈的因素不谈，在合同标的物和价款的认识问题上，依据最高人民法院《关于贯彻执行〈中华人民共和国民法通则〉若干问题的意见》（试行）第七十一条之规定，这一过程符合行为人对标的物的‘规格和数量等的错误认识，使行为的后果与自己的意思相悖，造成较大损失的’情况，构成重大误解。

“第三，在商铺/公寓盈利能力方面，被告涉嫌夸大盈利能力，特别是商铺，消费者考虑的并不是自身居住的舒适、便利等因素，核心价值就是商铺的盈利能力，主要体现为出租的概率和价格。

“对此，被告仅选择我市商场中的成功案例进行宣传，一再强调实现盈利的有利因素和相关数据，并明确表示11.8年甚至短短四五年就会收回成本，由此言之凿凿的宣传‘一铺养三代’‘存款不如买商铺/公寓’，令人不得不动心。

“在此基础上，广告中均表示提供‘代租服务’或‘托管式租赁’，这样贴心的关怀究竟会产生什么效果呢？照被告的说法，不仅可以‘解决投资的后顾之忧’，而且达到‘坐享高额租金’乃至‘安心数钱’的程度。由此给消费者产生的印象是只要购买就会赚钱，前脚购买后脚就能赚钱，而且自己不用寻找租赁客户。

“被告在其广告中比人民政府还要关心人民群众的共同富裕，领着老百姓一起奔小康！事实果真如此温馨、感人吗？让我们来好好考察一下。

“首先，被告刻意隐瞒了投资风险这一关键事实，刻意使消费者误以为一本万利、稳赚不赔。我们知道，商场是盈利还是亏损，取决于市场背景及其整体经营的成败，而不仅仅是其宣传的有利因素，这对于专业开发商的被告而言是心知肚明的。但对普通消费者而言，没有商业运作的经验和知识，一味被动地根据宣传进行决策，‘买的不如卖的精’，对风险因素无从知悉。在被承诺‘托管租赁’从而‘安心数钱’的情况下，消费者正是基于意思表示的不自由，先交款然后才补签了合同文件。

“其次，对比所签署的合同，没有‘代租服务’的任何内容，没有关于让消费者‘安心数钱’的任何措施。相反，对于如此关键的承诺，明确表示广告不作为合同依据，而且是消费者完全认可、从而放弃‘安心数钱’的承诺。至于其合同外实际提供的‘代租服务’，并不是让消费者‘安心数钱’，只是类似于提供租赁信息的中介，消费者完成交易之后才发现，所谓商铺门可罗雀，不仅没有‘解决投资的后顾之忧’，而且瞻前顾后全是‘忧’！”

旁听席上又是一阵喝彩声。

“虽然我们只谈到上述三个方面，但是涉及标的物的状态、交易成本和最终交易效果，直接决定消费者的交易动机和交易目的。是消费者愿者上钩吗？不！正是被告不断通过其缤纷可喜、言之凿凿的误导，给消费者造成的印象是买的便宜、物超所值、一本万利、没有风险，以隐瞒其真实售价、真实空间以及真实投资风险等不利因素，许诺的与得到的完全不符，导致消费者在决策交易前后一直受惑于被告虚假宣传，抱着幻想在合同文本的指定位置签字。

“依据最高人民法院《关于贯彻执行〈民法通则〉若干问题的意见》（试行）第六十八条之规定，被告行为属于‘故意告知对方虚假情况，或者故意隐瞒真实情况，诱使对方当事人做出错误意思表示的’行为，因而构成欺诈！”

蒋总虽然一直不把林健飞、盖天鸣放在眼里，可听了这些控诉，十冬腊月里还是一身汗。他时而恼怒地看一眼林健飞，时而看看杨虎裳。杨虎裳面沉似水，下意识地摆弄着面前一页薄薄的A4纸，那是他的答辩状。

林健飞看得出，蒋总和杨虎裳有些坐不住了，他不动声色地微微一笑，继续说：“下面我想请原告王德光代表起诉业主向法庭陈述他的购房过程。”

王德光便向法院陈述了他的购房遭遇，他讲起自己在工作时听说本信实力如何雄厚，团购优惠力度大的消息，同事们争前恐后地去购房。他去售楼中心考察过两次，当时场面是如何火爆，售楼小姐是如何接待他们、周围的人又是如何鼓吹，房子销售速度快得惊人，不到一星期就销售将罄。售楼小姐又如何为他托关系，找门路，弄到内部指标，又催促他交定金，交首付，如何以各种理由不让看合同……

他的叙述逻辑清晰、言简意赅、详略得当，没有哭天抢地似的哭诉，只是平静而又滴水不漏地陈述事实，而这些事实比哭天抹泪更有说服力。

不管是法官还是人民陪审员，都对他的陈述留下了深刻的印象，这样一个有理性的人，要么是故意装出来的高级骗子，要么就是一个连如此理性的人都上当的受骗人。

盖天鸣请求播放一段录音，那正是他和夏梦雪蹭饭时录下的证据。

“是的，”王德光肯定地说，“虽然不能肯定就是他们本人，但他们基本都是这样说的。有个女人的口音我至今还记得，应该就是那三个托儿中的一个！”

蒋总又惊又怒，脸上的肌肉一抽一抽的，他没想到这大嘴除了张嘴骗饭吃，把自己弄得颜面无存不说，居然还留了这么一手！

盖天鸣咧着大嘴冲蒋总笑笑，仿佛在感谢本信盛情款待的同时，又提供了如此生动的证据。夏梦雪在台下和业主们一起为王子殿下鼓掌，她看看盖天鸣一脸的温存，又看看蒋总一脸的气急败坏，嘻嘻暗笑。心想虽然本信的“买一用二”实在不靠谱，但对盖天鸣而言，倒是实实在在的“吃一送二”！

盖天鸣接着王德光的话说：“从原告陈述中我们看到，本案缔约程序全面违反法律规定，虽徒具合同的形式要件，但从实质上排除了消费者的缔约行为，消费者完全是根据对广告和口头宣传的确信补签合同，所谓的合同不能代表双方当事人的真实意思表示，完全是被告利用欺诈手段欺骗消费者签订的合同！”

“是的，原告作为公务员尚且如此，其他76位业主的遭遇可想而知！”林健飞继续举证，“从原告及其他业主陈述词中我们不难看到：第一，签合同时消费者根据被告安排预先交齐了全款。依据《城市房地产管理法》第四十一条规定，房地产转让属于要式法律行为，应当签订书面合同。

“本案合同实际上是消费者先交定金、再交足全款，然后补签书面合同，本身违背了合同特别法的程序性规定。

“第二，缔约时一味要求消费者在指定位置签字，对于消费者提出的疑问则以‘都是国家规定好的格式合同、有异议也不能改、今天合同没有打印出来、有关宣传合同上都能体现、绝对没问题’等众多理由予以搪塞，使消费者无法事先审阅合同，其实质是对消费者的欺诈，是对消费者合同缔约权的剥夺。

“第三，在广告宣传的基础上，被告的工作人员对消费者关心的商铺经营前景、盈利条件作出了进一步的宣传，例如××，××，××等等，使消费者更加怦然心动，更加确信广告宣传的真实性、可信性，从而达成交易目的。

“依据《民事诉讼法》第六十三条之规定，当事人陈述是民事诉讼的第一种证据形式，作为当事人亲身经历的事实，有着其他证据不可替代的作用，经查证属实的应当作为认定事实的依据。依据最高人民法院《关于民事诉讼证据的若干规定》第六十九条之规定，未到庭的证人证言只是不能单独作为证据使用，仍然是赖以发现案件真实的主要证据方法，司法解释并非排除书面证词的证据效力，只有发现真实、实事求是，符合普通社会成员的价值和判断标准，才是民事审判的生命力。

“众所周知，类似签约过程在我国商品房市场有相当的普遍性。合同只许签不许看、看了也白看，似乎天经地义，这一过程不难想见。在此基础上，大量证人证言和当事人陈述，以直接、言辞的形式，还原了被告滥用优势地位、操纵交易流程、架空缔约程序，从而欺骗消费者签字的实际过程。这些证据众口一词，相互衔接、相互印证、相互解释，尽管证据形式不同，但互补性强，是本案的力证！”

“也正因为如此，被告的欺诈行径引起了本市政府相关部门的高度重视。”盖天鸣见林健飞投完一轮炸弹，接着上场继续投。

“这是××××年××月××日，海右市工商行政管理局区分局对被告作出的海工商×检处字【××××】第××号行政处罚决定书，认定并处罚了被告利用格式合同侵害消费者合法权益的行为。

“行政机关已经认定，被告行为实际上排除了消费者依法变更、解除及解释合同的权利，限制了消费者的选择权，违反了《合同违法行为监督处理办法》第十一条第一项、第四项的规定，构成采用格式条款排除消费者重要权利的合同违法行为，并予以警告、罚款……

“这是海右市城市规划局出具的回复书，证明被告在未经批准的情况下擅自更改规划设计……

“这是现场照片资料，有的房顶伸手可及，有的花费二十多万元购买的商铺放不下一节柜台；有的花费四五十万元买的公寓不如卫生间大；有的套内空间还有供整个建筑物使用的柱子、下水管道等设施，进一步侵占了消费者的套内空间……

“多家媒体对被告的欺诈行径进行了深入的报道。这是《午夜不关机》的报道、《岭南早报》的报道、《西华商报》的报道……啾，啾，啾，报道……报道……”盖天鸣像变戏法似的，手里的证据层出不穷。

杨虎裳忍无可忍，再次举手请求法官应禁止原告罗列与起诉理由无关的证据。

旁听席上一阵嘘声。

“肃静！”钟玉良敲打着法官槌说，“反对无效，原告可以举证一切合法的证据。”

业主们报以热烈的掌声。钟玉良皱着眉头，再次要求“肃静”！

“现场照片表明，”林健飞对刚投出去的炸弹解释道，“对这样的房屋，已经不只是给消费者造成损失应予赔偿的问题，而是消费者完全有合理理由拒绝接受这样的标的物。从法律上讲，业主对套内空间享有独立产权，是消费者购买物业的主要目的所在。在有限的套内空间被公用部位进一步压缩的情况下，合同规定消费者对此乐于接受、放弃异议，不仅是对消费者合法权益的肆意践踏，本身也是被告公然利用欺诈手段签订合同的外部表现。

“为制止被告的欺诈行为，消费者通过代理律师向被告送达了多份律师函，指出其利用合同欺诈消费者，而且即便按照合同约定的交付期限，其延期交房的行为，已数倍于最高人民法院《关于审理商品房买卖合同纠纷案件适用法律若干问题的解释》第十五条有关三个月迟延履行构成根本违约的参照标准。

“因此，无论是从合同缔结阶段考察合同的效力，抑或从合同履行阶段考察被告的违约程度，被告前后的严重过错程度，均根本侵害了消费者的合法权益，超出了维持合同效力允许的范围，消费者均有权要求及时撤销，维护自身的基本权益。

“依据最高人民法院《关于民事诉讼证据的若干规定》第三十五条第一款之规定，根据庭审的发展，在必要时法庭应当告知变更并继续审理被告严重违约部分的诉讼请求，从而避免打多个官司、提高诉讼效率。

“此前，消费者已经向工商行政管理机关提出了相同内容的申诉，但是被告以向消费者发出律师函或向工商行政管理机关发出回复函的方式，拒绝了消费者的合理请求。迄今为止，其既不退款也不交房，继续侵害消费者合法权益，导致消费者的损失进一步扩大，对本案纠纷负有全部责任！”

林健飞最后总结道：“最高人民法院在《民商事审判指导》（总第11辑）中指出：‘合同自由不是绝对的自由。对于因合同自由而引发的恶意竞争、追逐暴利及其所导致的当事人事实上的不平等、滥用权力等负面影响，人民法院应当依据法律规定予以适当的干预，以落实法律规定的诚实信用、公序良俗和公平原则，实现合同自由与合同正义的平衡。’

“这一指导思想实际上体现了当前合同立法及其审判的国际发展趋势，是在市场经济高度发达的背景下，消费者普遍处于严重弱势、事实上地位不平等的回应，体现了法律赖以存在的正义价值。

“合同的日常监督仅仅是维护合同正义的一个环节，在现有行政执法成果的基础上，民事审判更应积极回归合同的精神，切实维护合同正义，而不能被格式条款所绑架！因此我们恳请法院主持正义，责令被告退还欺诈所得，并赔偿原告相应的利息！以上就是我们的代理词，谢谢！”

这时候台下又响起热烈的掌声。

钟玉良这次没有制止，他看看被告，严肃地说：“下面请被告针对原告指控发言！”

杨虎裳紧紧攥着那一纸答辩词，无论是他还是蒋睿杰完全没有想到，林健飞的团队会有如此充足的准备！跟蒋总一样，杨虎裳瞧不起林健飞这帮律师界的乌合之众。直到此刻他才领教了这只土鳖的厉害，这场辩论对他和本信的围猎简直是一出兵不血刃的十面埋伏！

杨虎裳沉吟良久，他跟蒋总交换了个眼色，蒋总冷笑着点点头。于是杨虎裳放下答辩词，落落大方地起身说：“我仅代表被告在此说明两点：第一，原告起诉理由驳杂而模糊，看似言之凿凿，实则泛泛而谈，离题万里！企图对一个普通民事诉讼上纲上线，吹嘘到危害国家安全的地步。我们认为，要么是原告法律专业素质不高，要么是原告故意混淆视听，哗众取宠……”

“吁……”

“肃静！”

林健飞请求发言：他请被告律师具体说明，究竟哪些问题说明他业务素质不高，或者混淆视听、哗众取宠？否则请法官驳回被告律师的无理攻击。

杨虎裳意识到，如果再逐条批驳林健飞、盖天鸣的代理词，当着那么多人的面公然扯谎，那无异于自打耳光，自讨没趣。更何况，言多必失。一旦被林健飞捉住把柄，以后必然节节被动。想到这里他只是指出法院曾经责难过林健飞的那条理由，无非是起诉书上只能陈述一个起诉理由，而不能既要求撤销合同，又主张合同无效。

林健飞对此早有准备，把他跟法院的答复重述了一遍。其实他一直庆幸，法院没有再拿这个问题做文章，因为一旦法院因此不受理他的诉讼请求，或者按照法院所说，只陈述一个诉讼理由，那么今天站在这里侃侃而谈的是杨虎裳而不是他林健飞了。这场官司届时必输无疑。

因为那只是点对点的点射，而不是今天这样全方位的立体攻坚战。只要对方坚持合同有效，法院就可以支持被告请求。而业主们所有的不白之冤到时候可就真是哑巴吃黄连了。而现在他把所有问题都摆出来，反而把本信挤到了一个点上。就算本信手眼通天，有了这些如山铁证，本信要想逐一驳倒，与其说是掩耳盗铃、自欺欺人，不如说是引火烧身。

钟玉良看杨虎裳没能举出什么有力的论点，便说道："原告代理律师请求有效，请被告律师以事实、证据发言！"

杨虎裳无奈，只得继续说："第二，我想提请法官注意：原告诉讼时间已经过了诉讼时效，已不再受法律保护。因此，被告请求法院驳回原告诉讼请求！"

钟玉良皱皱眉头，心想本信律师就这么两下子也就罢了，两条答辩一条都站不住脚，诉讼时效这样的基本问题，难道立案之初法院会不知道吗？

果然，林健飞轻而易举地指出：诉讼时效的确切含义是指自受害人知道自己权益受到侵犯之日起计算，而不是自合同签订之日起计算。

钟玉良又问："原告、被告还有什么要陈述的吗？"

杨虎裳摇摇头。

林健飞站起身来，说："本案千言万语，我们只想讨一个说法：这样的合同，究竟算不算'霸王合同'？我们的法律和社会究竟对霸王合同容忍到什么程度？还要允许它打着合同自由的旗号走多远？老百姓买房子买成这个样子，究竟算不算吃亏上当？都说消费者福利、鼓励消费者依法维护权益，可在现实生活中，究竟老百姓吃亏吃到什么程度、受伤受到什么时候，才能得到法律的保护？这不仅仅是谁胜诉、谁败诉的问题。法律究竟是什么，一个社会公平与正义的尺度究竟在哪里？我们翘首以待，恳请法院作出公正的判决！谢谢！"

旁听席上再次爆发出经久不息的掌声。业主们已经不知道今天鼓了多少次掌，但在他们一生当中，还从没有像今天这样鼓得带劲，痛快，过瘾！

钟玉良又没有制止，他等掌声过后，最后问道："请问原告、被告是否同意调解？"

林健飞等人点头同意，如果不同意调解，这个案子必然旷日持久，最终将成为没有胜负的消耗战。可是如果调解，岂不是又回到立案前的彷徨状态？林健飞清醒地认识到，今天的庭审虽然远远谈不上峰回路转，但让人们看到了希望。有了法院这张牌，等于维护权益的道路上有了一盏灯。即便调解不成功，法院再不给力，也不能面对这么一大堆海量证据睁着眼判我们输！

杨虎裳也表示同意调解，钟玉良扬起法官槌，宣布庭审结束。

旁听席上掌声雷动。业主们兴奋异常，像迎接英雄似的把林健飞和盖天鸣捧了出来。林健飞看了一眼法官席，只见钟玉良冲他微微一笑，似乎也在赞叹他们工作扎实，准备充分，辩论精彩，只是那笑容转瞬即逝。林健飞很兴奋，这说明法院对他们的辩论是认可的。

3

刚走出法庭，只见石建业和几名业主迎了上来。大家感到有些奇怪：咦？这几个人刚才不还在法庭里旁听吗？怎么跑到这里来蹲点儿了？

“别提啦！‘懒驴上磨屎尿多’！”石建业有点儿难为情地摆摆手，说，“刚才有点内急，出来上了趟厕所，再回去人家警察就不让进啦！只能在门口干等着。也听不大清楚，就光听见鼓掌了！”

人群中爆发出一阵笑声，大家嘻嘻哈哈地问另外几个人：“那你们几位呢？”

“唉！也是出来上厕所，再回去就不让进了！”那几位也唉声叹气地埋怨，“老石，你也真是的！你自个儿出来也就罢了，也不跟我们说一声，害得我们白跑了一趟……”

“谁说我没跟你们打招呼？”石建业不满地瞪了他们一眼，“我不是在门口拼命摆手，叫你们别出来吗？”

“啊！那叫摆手呀？”几位业主同时叫道，“我们还以为你叫我们赶紧出来呢！”

“哈哈哈哈……”

夏梦雪笑着说：“对不起呀，各位！是我们工作没做好，忘了告诉大家法院有规定：开庭以后不允许随便出入！”

刘淑芬、张翼德几个业主七嘴八舌地说：“太可惜了，你们！没看到林律师和盖律师的辩论！”

“太精彩了！对方律师哑口无言，就说了两条意见，还全叫林律师给批回去了！”

“本信根本就没理可讲嘛！”

“咱们讲了两个多钟头，他们一共说了不到十分钟！咱们的律师把他们炸得晕头转向，连北都找不到了！哈哈哈……”

王德光也笑着称赞道：“今日一战，林律师、盖律师打出了气势，打出了威风！”

林健飞笑着摆摆手，说：“我们两个可不敢贪天之功！这份代理词里面还有夏梦雪律师的一份功劳！而且是咱们全体人马共同努力的结果！没有大家的积极配合，咱们的证据不可能这样充分、充足！在此，我代表秋柳律师事务所向大家表示衷心的感谢！”

业主们报以热烈的掌声。

这时，蒋总和杨虎裳也走出了法庭，业主们冷冷看着他们，没有嘘声。两人面无表情、目不斜视地从业主中间走过，但还是感到一股寒意。

林健飞走上前去，微笑着说：“蒋总，法庭上嘛，剑拔弩张，我攻你守，这是很自然的事情。出了法庭，该怎样调解还是怎样调解……”他随手把一封信递给蒋总，又说：“这是我们为调解而签发的律师函，希望我们早日解决矛盾纠纷，您看如何？”

蒋总铁青着脸，轻哼一声，也不接信，冷冷看着别处，倒是杨虎裳一言不发地接过了律师函。两人摇摇摆摆地从业主中间走过去，跨进奔驰，一溜烟走了。

第十二章　殴打

林健飞蜷成一团，任人殴打，却一声不吭。只是他忽略了一件事，他的脸正对着水池坝，而那水池坝是用碎石颗粒垒成的，他的脸虽然再没有受到殴打，却被殴打的惯性一次次撞到碎石坝上，脸上反而被蹭得血肉模糊。

1

像往常一样，夏梦雪早早第一个来到事务所，开始打扫卫生。从没有人要求她这样做，有时候连袁婉茹都感到过意不去，想早点儿过来，起码还能表率一回。可一般情况下，她还要送孩子上学，所以她倒往往是最后一个进所。

其实连夏梦雪都不晓得自己为什么会这样勤快。说实话，照她本人的说法，宿舍内务一塌糊涂，人称“小糊涂仙子”。到后来，这称号渐渐简化成了“仙子”“仙儿”。再后来竟变成了“馅子”“馅儿”。夏梦雪倒是来者不拒，一概笑纳。反正回到宿舍，扒个窝就能睡。可要说她是为了在实习单位表现一番，那就太冤枉了。因为谁都知道，夏梦雪从来都不是一个善于作伪的女孩。而且所有人一致认为这种集邋遢、勤劳于一身的品质对夏梦雪来说实属正常。

夏梦雪正在抹桌子，忽然听到敲门声，随后一个浑厚的声音温和地问：“请问林健飞律师在吗？”

夏梦雪吃了一惊，她打开门，不由脱口而出：“虎老师！”

来人正是夏梦雪的导师、著名经济学家、海右大学资深教授虎令臣。看到夏梦雪，虎令臣也有些诧异。虽然他知道夏梦雪去律师事务所实习了，但没想到夏梦雪会在这样一个小事务所里实习。

夏梦雪毕恭毕敬地请老师坐下，给他上茶，询问来意。虎令臣微微一笑，说想来咨询林健飞点事情，便不再说下去。夏梦雪也就不再追问，只是一个劲儿地为老师端茶送水。

虎令臣坐在沙发上，时而若有所思，时而面现忧色。只不过这忧思转瞬即逝，仿佛融入到手中那盏热茶的缕缕水汽中了。

夏梦雪见虎令臣一言不发，便打电话催林健飞赶紧过来报到。此时林健飞正蹬着自行车在路上飞驰，听说虎令臣来访，也是一惊。此前他只在电视上见过虎令臣，哪想到这位传奇人物今天会一大早莅临他那小小的事务所呢！林健飞加快了速度。

赶到所里时，虎令臣微笑着起身相迎，一双大手伸了过来："你好，林律师！"林健飞放下自行车，忙不迭地迎上去，紧紧握住虎令臣的手，热情而略显局促地笑道："久闻虎教授清名卓著，远播四海，今日一见，幸何如也！"

虎令臣温和地一笑："哪里哪里，不过是个百无一用的教书匠和老学究罢了，林律师年轻有为，雏凤清于老凤声，后生可畏啊！"

两人又寒暄了几句，林健飞便邀请虎令臣到办公室一叙，夏梦雪作陪。宾主落座，林健飞迅速而不失礼貌地端详了一番这位大家人物，感觉本人比在电视上更有风度：一头花白而浓密的头发，额头宽广，面容瘦削，目光浑厚而敏锐，仿佛蓄满了无尽的睿智和洞察力，又充满了可敬与可亲。两道浓眉犹如两柄利刃向鬓角刺去；人中又长又深，嘴角分明，仿佛那是意志坚毅使然。身材高大魁梧，坐在那里比林健飞还高出一头。要不是背有点儿微驼，人们会以为那是一员气压群雄的虎将，而不是一位学贯中西的学者。

不知为什么，与虎令臣对视，让林健飞感到有种自上而下的压力感，但那种压力却不会让他感到违和，更不会感到压抑。那是一种如坐春风的感觉，又像在智慧的海洋里游弋，让林健飞感到说不出的澄明、欣喜。

“知识就是力量。”林健飞心想。在虎令臣面前，无须说一句话，他就感受到了这句话的分量。他没上过几天学，但对大学者总有一种说不出的钦敬。

林健飞起身为虎令臣殷勤倒茶，然后便询问来意。

虎令臣接过茶水，表示感谢，然后轻轻放下茶杯，慢条斯理地说：“我今天不是作为学者来访，而是作为一个普通公民委托林律师代理起诉本信合同欺诈，退还房款！希望林律师能勉为其难，接受我的委托请求！”

林健飞、夏梦雪大吃一惊！怎么，连虎令臣竟然也是本信房地产的受害者？

“是的，”虎令臣看出了两人脸上的惊讶，接着说，“我去年曾经代儿子，你虎子哥，买过一套本信中心的公寓。说来惭愧，作为经济学家，今年交房的时候才发现上当受骗！可是有什么办法呢？我们看了本信的团购信息，你师母和我一样老眼昏花，结果可想而知！发现受骗后，我咨询了海右许多著名律师，看看能否通过法律途径挽回损失，可他们都说这官司打赢的概率不大。也通过关系请人帮忙过问，也解决不了。甚至有人还半开玩笑地对我说：‘本信卖给你的东西也敢退？’”

虎令臣越说越激动，到后来猛地拍了一下圈椅。

林健飞和夏梦雪震惊了。他们没有想到连这位可敬的大学者竟然也被本信所骗，更可怕的是，听虎令臣的意思，海右大学显然还有其他的专家教授也惹上了本信这团祸水！

“虎教授，”林健飞问，“既然有这么多老师受骗，那贵校为什么不插手帮老师们解决合同纠纷呢？”

“我们不是没有向学校反映过，”虎令臣控制了一下情绪，缓缓说道，“但不是学校亲自组织的集资建房，学校也无能为力。学校出于道义，也跟本信进行了协商，但没有任何结果。”

林健飞出了一回神，又问道：“我冒昧地问一下：请问到目前为止，老师们为维护权益方面做了哪些事情呢？”

“一帮书生，能做什么呢？”虎令臣摇摇头，“其实你们的交流群里有不少是海右大学的教师甚至是教授，不过大家都在观望……”

说到这里，虎令臣半是悲哀、半是自嘲地挥挥手，抑扬顿挫地说：“教师嘛，为人师表。跟着老百姓到处打官司那像什么样子！”

林健飞也笑了，他说：“虎教授，您一直是我尊敬的大学者，为您代理本案是我的荣幸，也是我义不容辞的责任！本信连您这样的大学者都能骗，只是……”

林健飞说到这里有些说不下去了，可是他不能不告诉虎令臣，这个案子涉及的不可控因素太多、太复杂，代理走到今天，他依然没有取胜的把握。因为迄今为止，他还没看到任何向有利迹象。

“你这样开诚布公我很高兴，”虎令臣温厚地笑了一下，说：“听朋友说，林律师不久前在法庭上舌战本信，语惊四座，为海右受骗的业主们奔走呼号。我是很感动、也很钦佩的。所以我才下决心来委托您代理。”

虎令臣签完代理协议，林健飞和夏梦雪便一起把他送下楼，目送他步行离去。林健飞最初想为他免费代理，但虎令臣却坚持按照最高标准支付了律师代理费。

中午一点来钟，盖天鸣风风火火地从外面赶回来，一进门便咕咚咕咚喝下两大杯凉白开。林健飞便问他工商局那边的事情处理的怎么样了。

盖天鸣一抹嘴，摆摆手说：“难，难，难，难，难，难！”

夏梦雪便伸着脖子不住地往外张望，袁婉茹感到奇怪，便问她看什么呢？

夏梦雪又张了一会儿，才说：“我听王子殿下说了这么多男（难），可这老半天就看见王子殿下一个男踩着风火轮闯进来，其他那五个男（难）在哪里？”

大家一听，再看看盖天鸣的满头大汗，一齐哈哈大笑起来。

“你就别拿你王子哥哥穷开心了，”盖天鸣苦笑着瞟了她一眼，“我打早上就泡在工商局里，嘴皮子都快磨破了，工商局也没拿出个处理意见来！王局长倒是一副菩萨心肠。上次总局把投诉书打回来后，他叫咱们把投诉书又投给了工商局法制办，法制办又一层层传到了总局。今天我过去催问处理结果，结果倒是出来了，可你们猜他们总局这回怎么处理的？”

“属地原则，发回本地？”夏梦雪蛮有把握地猜测。

“发回本地？亏你想得出来！”盖天鸣白一眼夏梦雪，说，“人家这回直接叫咱们去省政府法制办投诉！说有了政府法制办的文件他们才能有坚实的处罚依据！”

“真会挑地方，”林健飞喃喃地嘟囔道，“等咱们投诉到人家那里，恐怕又该叫咱们回过头来找工商局要说法了。”

夏梦雪叹了一口气，说：“我到现在就不明白，这么简单的一件案子，事实这么清楚，怎么就那么难解决？”

袁婉茹也为没能见到这位传奇人物而感到可惜，可没办法。最近硕儿老在班上淘气，早上她刚到学校就被老师连人带孩子一起“捉”到了办公室，被老师好一顿批！从办公室出来，哪知道这小兔崽子竟然腆着小脸儿骄傲地说：“妈妈，刚才老师训我，我一点儿都不害怕！”

几个人又笑起来。夏梦雪都笑得趴到桌子上起不来了。

“哈哈哈……好小子，”林健飞嘿嘿笑着说，“行！有前途，是我儿子！”

袁婉茹白了他一眼，生气地说：“你还帮他说话！下回你去送他，让老师好好教训教训你，我可丢不起那人！”

“得令嘞，老婆大人！”林健飞笑着说，“可惜我今晚就得去玫乡出差了，估计后天才能回来……”

“你就给我天天开空头支票吧，”袁婉茹不满地说，“小心哪天我罚你款！”

林健飞和盖天鸣、夏梦雪又讨论了一下午案情，三人的意见是一致的，必须紧紧抓住工商局。虽然开庭时，他们援引了工商局的处罚单据，但他们很清楚，这份证据并不足以支撑本案，必须取得工商局针对本案的直接罚单，同时借助工商局和法院之手共同对本信施压，迫使其接受调解方案才能尽快结束这场维护权益战争。

也正是出于这种考虑，林健飞自庭审回来后，接二连三地向本信发出律师函，试图把本信拉回到调解谈判桌上来。但这些律师函一概如泥牛入海，杳无音讯。

袁婉茹要提前走一会儿，她得去东湖接孩子。每天穆平秋接硕儿放学，娘俩穿过东湖公园，在公园旁等袁婉茹来接硕儿回家。

走到楼门口，袁婉茹忽然感觉有人在盯着她，顺着目光看去，只见三条彪形大汉正在门口晃来晃去。不知为什么，袁婉茹本能地打了个激灵，不过这感觉转瞬即逝。她迅速走出大楼，去停车场开车，可总感觉背后那几双眼睛还在盯着她，如芒在背。不过她想，也许是多心了吧。

2

林健飞和盖天鸣、夏梦雪研究完本信的案子，这时候，不知是谁在门口喊了一声："林律师，你爸叫你下去一趟，他在楼下等你！"林健飞正埋头研究卷宗，也没看清是谁，随口应了一声，便漫不经心地下了楼。

走到门口，他放目四望，想看看林子泉在哪里。突然，只觉黑影一闪，他被人一把揪住领子，就像一只小鸡似的被拎到丽东大厦门口的小胡同里。那里同样站着两条彪形大汉，同样穿着厚厚的大衣，戴着大帽子，脸上捂着厚厚的口罩，戴着黑墨镜。

林健飞忽然明白了点什么。

"你是林健飞？"这时拎着他的那条大汉把他猛地往地上一掼，压着嗓子说，"你爹今天给你减减肥！"两名大汉不由分说，上前便照着林健飞拳打脚踢，第三名大汉却没有动手，只是拿着录像机在旁边拍摄。丽东大厦的小保安惊呆了，但他们只是呆呆地站在那里旁观，没有人敢上前一步。

林健飞见势不好，急中生智，他忽然想起有一次办案时法医说过一句话：遇到袭击时一定要守住有利地形，护住要害部位。林健飞抬眼一看，眼前几步处就有一个垒起来的水池。说时迟那时快，就在他抬头的一刹那间，几只船一般的大脚不约而同踹向了他的面门。

林健飞只觉眼前一阵剧痛，金星乱迸，顿时血流满面。他顺势滚到水池旁边，蜷曲着身子，抱紧了头，窝在水池的角落里。几条大汉便追上来，冲着林健飞没头没脸地暴打。水池里的金鱼打个水花，惊慌失措地四散逃开了。林健飞虽然感到浑身剧痛，但他护住了头部、肋骨和下身，因此这殴打的效果恐怕要叫雇主失望了。

雇主是谁?

林健飞很清楚，除了现场的小保安，大家都很清楚。

林健飞蜷成一团，任人殴打，却一声不吭。只是他忽略了一件事，他的脸正对着水池坝，而那水池坝是用碎石颗粒垒成的，他的脸虽然再没有受到殴打，却被殴打的惯性一次次撞到碎石坝上，脸上反而被蹭得血肉模糊。

殴打持续了十几分钟。手持录像机的大汉示意可以收工了，几个人才收住拳脚，扬长而去。林健飞挣扎着坐起来，他重重地喘息着，脸上的血和被蹭下来的碎石粒混在了一起。他冲着那几个人努力笑笑，可是他已经被打得笑不动了。

“喂，哥儿几个！辛苦了……”

几个人扭过头来诧异地看了他一眼，其中一条大汉还没走远，扭身补了一脚，又把林健飞踹倒在地。

“不客气！公事公办！别怨哥儿几个下手重！谁叫你得罪了人！这是买一送一的赠品……”

他还要踹几脚，手持录像机的大汉一把拉住他，冲他使个眼色，意思是活干完了，可以交差了。于是几个人大摇大摆地从小保安们中间走过去，消失在大街上。

这时候，那几个小保安还是一动不动。他们不知道眼前这个血流满面的人是该打还是不该打，只知道他一定是得罪了人而被打。

林健飞用手擦擦流到脖子里去的血，冲他们挤出个笑容，便步履蹒跚地回所了。盖天鸣、夏梦雪看到林健飞都惊呆了。只见他脸上血肉模糊，口歪眼斜，双目充血，鼻青脸肿，浑身上下全是灰尘。两人不约而同地上前高声叫道：“这是怎么回事?”

林健飞摆摆手，一屁股坐在沙发上喘息了一会儿。半晌，他才气息微弱地开口说："被……被打的……"

"是谁？"盖天鸣暴跳如雷地吼道。

"还能有谁？"林健飞想笑一下，哪知道一笑便牵动了伤口，他只好闭口不言。

不知道是受到了惊吓还是心里难过，夏梦雪哭了，她一边抽噎着一边说："林……林哥，我，我这就给嫂子打电话……不，不，我先给你拿毛巾……"

林健飞有些无力地摆摆手："别，先别告诉……你，你……嫂子……"

盖天鸣怒吼一声，拎根铁棍就要冲下去。"我去宰了这帮王八蛋、龟孙子！"

林健飞一把拉住他。

"天鸣，他们人多势众，咱们……打不过他们的。这帮人就以打人为生，做的很专业，不是一般的打手……有下套的，有打人的，有放哨的，还有拍摄的，到时候好拿着视频去找他们的雇主要钱……他们只管打人、杀人，从来不会管原因……"林建飞喘着粗气，断断续续地说，"再说，这个时间，估计他们……早就跑了，全蒙着脸，咱们上哪儿……找人去？"

盖天鸣呆立了半晌，长叹一声，把棍子愤怒地摔在地上，震动的声音都把林健飞的伤口处震得生疼。过了一会儿，楼下传来"笃笃"几声回响，显然是楼下表示不满的回应。

夏梦雪抽抽嗒嗒地把纸巾和毛巾拿过来，要给林健飞擦擦脸，林健飞又摆摆手。他问："谁有照相机？拍下来作证据……"

一句话提醒了两人。夏梦雪忙给他拍照，盖天鸣随后愤怒地点着鼠标，敲着键盘，把这些照片发到了业主群里，他在图片下面附了一句话："今日傍晚律师遭人黑手！"

业主们还沉浸在初战告捷的喜悦中。有的说，这下本信可无话可说了吧？有的说，没去出庭的就后悔去吧！你们真该看看本信那帮人的德性！也有的人说，哈哈，林律师V5！本信的律师从头到尾都听傻啦！一句话都说不出来！

林健飞被殴打的照片传到群里去以后，犹如投进了一颗手雷，在业主中间轰然炸开，刚才的喜悦转眼间被一片责骂声淹没。有骂本信下作的，有骂打手凶恶的。

业主们开始愤怒地在各大新闻媒体的微信群里转发这些照片，试图求更多人关注。

实事求是地说，林健飞对本信的报复并非完全没有心理准备。当初，王德光、石建业他们就说过，本信什么都干得出来；常总、廖中和也曾告诫他本信什么都干得出来；取而代之的蒋总更是接二连三地警告过他。

林健飞忽然想起，在法庭上，蒋总一言不发，目露凶光，恼羞成怒，恐怕那时候他已经在酝酿殴打事宜了。其时林健飞也相信他们什么都干得出来，只是不知道他们会在什么时候、在哪里干而已。

什么都干得出来。这话太直白、太乏味、太露骨、太横暴，可没有哪句话比这句话更能精确描述本信的为所欲为、肆无忌惮，也没有哪句话能比这句话更能精确描述本信的有恃无恐、目空一切！

林健飞虽然挨了打，但是他的大脑反而异常清晰，他并不认为本信殴打律师的目的只是为了报那一箭之仇。如果本信仅仅是为了报复，完全可以按照蒋总的说法：雇佣黑势力杀人灭口，或者将他打成重残或植物人，叫他求生不能，求死不得！为什么还要留他一条狗命呢？

哼，他冷笑一声，想叫我知难而退，也不打听打听你林爷是什么主儿！我正愁找不到题目做文章呢，你倒送上门儿来了！

如今本信结交不成，不考虑如何在法律上占尽先机，而是耀武扬威，屡施阴谋，其骄横跋扈、有勇无谋之态可见一斑！

林健飞脑子里飞转着，他决定带着本信惠赠他的这块招牌四处给该看的人看看。这不是拿着伤疤四处摇尾乞怜，而是四两拨千斤，借力打力，把本信的暴行化作法律的铁证，最终织成一张大网，反扑本信，推动维护权益的进度惩罚奸商，维护法律的权威。

想到这里，林健飞语气平静地打了个电话：“喂，海洋，你到我这里来一下……”

不一会儿，一名戴着白色头盔、高大英俊、眉清目朗的交警站在秋柳所门前，这是林健飞的发小儿，区交警大队的交警章海洋。林健飞与章海洋自小好得穿一条裤子，两人既是同桌，又是一对淘气包，常被一起罚站。

两个人都没考上大学。章海洋初中毕业便去当了兵，后来转业到地方还做了几年派出所所长。如今三十而立，思乡心切，终于调回海右，做了一名交警，就在秋柳所附近的一个十字路口执勤。如今他虽然每天就是跟红绿灯打交道，但守着家人故土，倒也其乐融融。

章海洋接到林健飞的电话，虽然林健飞没说什么，但章海洋凭直觉知道林健飞一定出了事。果然，章海洋一看到林健飞的惨相，勃然大怒，大喝一声：“谁干的？”

林健飞招招手，示意章海洋坐下，便把今天的遭遇跟他讲了一遍，最后说：“海洋，我叫你过来，是想叫你帮我调阅一下路口周边的录像资料，看看这几个人的行踪去向，然后带着证据去派出所报案。”

听林健飞讲完他的遭遇，章海洋反而沉默了。半晌，他皱起眉头数落起来：“林子，录像的事情好说，我一会儿就去调。可你小子也太亡命，竟敢在太岁头上动土！这家企业我听说过，这你也敢惹！你这么跟他们对着干下去，那不是拿着鸡蛋碰石头么？我丑话说前头，录像我可以帮你调，但你得赶紧给我撤出来，别趟这趟浑水！我告诉你，背后打闷棍、死得不明不白的蹊跷事儿我见得多着呢！听见没有？你这头蠢驴！”

林健飞不耐烦地摆摆手，说：“你到底帮不帮忙？要帮忙赶紧给我去调录像，啰里啰嗦哪这么多废话！”

章海洋一拍桌子，骂道：“你小子他妈就一根筋犯浑是吧？就算你不为自己着想，也总该为婉茹、硕儿着想吧？……”

“行了，行了。”林健飞不耐烦地打断了章海洋，“给个痛快话儿：帮还是不帮？不帮的话赶紧从我眼前消失！”

“哼，”章海洋站起身来，转身就走，“就你那驴脾气，撞了南墙还不回头，见了棺材还不落泪呢！你他妈给我悠着点儿……你先去报案，我随后就到！”

章海洋经过门卫室，心中忽然一动。他走进监控室，以警察身份调阅了录像。果然如他所料，录像镜头里根本看不到肇事者的脸，甚至看不到他们的完整身影。

“他妈的，够专业！”章海洋低声骂了一句。

在盖天鸣的护送下，林健飞去派出所报了警。他前脚刚进派出所，还没来得及说话，就听警察大院里一片嘈杂之声，把警察倒吓了一跳，以为有人要围攻公安局呢！

盖天鸣侧耳一听，只听有人高叫道：“我们要报案！严惩凶手！严查幕后指使人！”

接着又是一阵附和声：“对，对！不用查，就是本信干的！我们要求警方调查本信！”……

盖天鸣微微一笑：“甭紧张，是张翼德……”话音未落，就听一阵嘈杂的脚步声，接着三十几名业主犹如一群迁徙而过的角马闯进了警察办公室。业主们群情激昂，义愤填膺，七嘴八舌地讲述了林健飞的遭遇。

警察们还没来得及安抚这些群众，就听电话一个接一个地打进来，有口头报案说歹徒袭击律师的，有要求警方立即逮捕肇事者的，到后来市民服务热线12345打来电话，要求公安局立即设法安抚群众，因为12345邮箱和电话都快爆表了……

派出所的金所长见群情汹汹，马上赶过来询问群众有何请求，林健飞便把今天的殴打经历向警方陈述了一遍。

“什么，你们确定是本信所为？”金所长听完后吃惊地问。

林健飞和业主们点点头，便把这个案子向金所长简要介绍了一遍。

金所长站起身来，背着手来回踱了几步，才叹口气说：“不瞒你们说，我自己也是本信的受害者啊，四十几万全套在本信的公寓上了！你们还能跑到这里找警察，可我们警察找谁说理去？”

林健飞等人先是惊愕不已，后来倒成了同病相怜。

金所长长叹一声，不知是慨叹案子难办，还是慨叹身不由己，他接着说：“你们既然来报案了，我们也只能依法处理……小程，你带着林律师和群众去笔录室录一下口供。”

程警官与林健飞早就打过多次交道，看到林健飞，没有多寒暄，而是先耐心地将林健飞、盖天鸣和业主们的陈述记录下来。这时，章海洋也来了，他把录像资料交给了程警官。在这些录像里，肇事者要么是低头而过，要么是侧身背影，没有一个正面影像，最后这伙人一起消失在一条小巷中。

程警官做完记录，说：“林律师，虽然你我都清楚这起案件的幕后黑手是谁，但以目前的证据而言，根本就不能证明本信与此有关。即使结合你上一次被本信威胁报案所提供的线索，同样无法证明。而且，报案只能作为社会治安事件处理。不过，需要证据的话，我们警方全力配合！”

林健飞和章海洋都点点头，这一点从一开始他们就很清楚。

从派出所出来已是傍晚，林健飞叫盖天鸣今晚代他去玫乡法院跑一趟，拿到材料后再去一趟省高院，继续为另一个案子去有关部门反映情况。盖天鸣看了一眼章海洋，章海洋点点头，说：“你放心，有我在，我看谁敢碰林子一指头！”盖天鸣这才放心，说了声“保重”就走了。

章海洋非要拉着林健飞去医院，他跑前跑后，在医院的各个科室之间忙个不停。处理完林健飞身上各处的伤口，章海洋便要送他回家。林健飞一把抓住他，笑着说：“走，喝酒去！”

“都打成那德性了，你他妈还喝什么酒？”章海洋没好气地说，不过话刚说出口，他就明白了：林健飞在拖延时间。他想晚点儿回家，越晚越好，而章海洋也觉得真该跟林健飞好好谈谈了。

两人找了一家饭店，要了几个菜，便对酌小饮。

“林子，你要小心！”章海洋举起酒杯，诚恳地说，“打官司我不如你，可要说起办案子来，我可是摸爬滚打多少年的老警察了！你别以为本信就是吓唬吓唬你！今天你也看到了，所有录像资料里面都看不清肇事者全貌，打人手法专业、逃逸路线、躲避路口摄像头……每一个细节都布置得井井有条！咱不是孬种，也不做缩头乌龟，可咱们总不能硬碰硬，得讲究策略不是？”

“行，行，行！喝酒。哦，照你原来待的那地方的说法，哈酒儿！”林健飞笑眯眯地跟他碰了下酒杯，刚要一饮而尽，便“哎哟”一声，原来是嘴角的伤口碰到了酒。章海洋刚要劝他别喝了，林健飞却把服务生叫过来，要了一根吸管插在酒杯里，开始嗞溜、嗞溜地吸酒。

章海洋又好气又好笑，知道他没听进去。这小子从小油盐不进，不可理喻。于是便讲起自己当派出所长时经历的各种蹊跷事。打冷枪的、拍砖头的、灌酒推海的、下毒的、制造事故的……

林健飞吸着酒、品着菜，饶有兴味地听章海洋讲那些惊险的故事。章海洋看他那满不在乎的神气，气就不打一处来，要不是看在他满脸绷带的份上，他真恨不得上去给他俩耳光！

章海洋把酒杯重重往桌上一放，脸一沉，便骂道：“你他妈了个巴子的，跑这儿来听老子讲故事来了，是不是？”

林健飞又举起酒杯，笑眯眯地说，他实在没办法放声大笑了：“嗯，故事不错！来，哈酒儿！”

章海洋哭笑不得。他没有举杯，身子往座椅后背上颓然一摊，一脸无奈地看着林健飞，仿佛在想这混小子今天是被揍成了脑震荡，还是被揍成了傻子？

林健飞也不管章海洋喝不喝，又把酒杯里的酒吸得涓滴不剩。

“说真的，海洋，”林健飞说，“咱们好久没这么痛痛快快地坐在一起喝酒了吧？虽然这些年酒没少喝，可跟兄弟喝酒的机会可是越来越少了！虽然今天我挨了揍，可能跟你一起喝酒，这顿打就没白挨！我还挺快活呢！来，是兄弟咱们就再干一杯！”

章海洋有些感动。自从他从所长位置上退下来、回海右做了交警后，他很少喝酒也很少碰酒了。只有跟林健飞在一起喝酒，他才喝得舒心，喝得过瘾，喝得痛快！

章海洋举起酒杯跟林健飞碰了一下，也是一饮而尽。

“林子，听我一句话，别蛮干！别‘身后有余忘缩手，眼前无路想回头’！真走到那份上，那可什么都晚了！跟你说话呢，听见没有？你这个猪头！”

林健飞笑了，他拍拍章海洋的肩膀，说：“海洋，有你这句话，咱们这兄弟就没白做！你这话我记下了。你放心，本信不敢拿我怎么样！为什么？因为我要给他织一张大网，不管是打是和，我们都会牢牢把他缠在网里。这张网不动则已，越动越缠，越缠越紧！相反，如果我现在退出，我一定第一个被咬死！就算真到了那一步，哼，我临死也得拉他个垫背的！”说到最后一句，林健飞的语气突然变得有些阴森可怕。

章海洋呆呆地看着林健飞，忽然感到眼前这个人竟是如此陌生。虽然他与林健飞自小就是莫逆之交，一起挨批、站走廊、逃课，干那些种种匪夷所思的淘气事儿，可是理想对他来说，却是不曾存在过的。

他觉得自己能急流勇退、洁身自好已经很不错了，可他还是不能明白究竟有什么东西值得林健飞拼死也要捍卫？不就是一桩普通的代理案子吗？

“究竟为了什么？”章海洋疑惑地追问道，“总不会是为了理想、为了法律的尊严那些谁都不信的屁话吧？你可太幼稚了！你以为自己还在上初中吗？还是想去上大学？”

林健飞嘻嘻笑了一会儿，却没有回答，他殷勤地劝酒，喝到兴头上，林健飞有了几分醉意，舌头打着卷说：“谁都……不……信，是因为没法……信，可不是不，不愿……愿信！”

3

两人一直喝到饭店打烊。章海洋打车把林健飞送到他家楼下，又叮嘱了他几句，这才回自己家。寒风乍起，林健飞打了一个寒战，酒便醒了一大半，脸上的伤也骤然作痛。他在院子里走了一会儿，看看时间，快十点半了，想来硕儿该睡下了。

林健飞走到家门前倾身听了听，家里没动静。拿钥匙打开门，他这才发现娘儿俩还没睡，袁婉茹还在陪硕儿写作业。林健飞不由懊恼，想退出去，可两人已经看见他进来了。

袁婉茹一见林健飞脸上的绷带，就明白了一切，眼泪刚要涌出，却被她硬生生地收了回去。她转身悄悄擦擦眼睛，把林健飞迎进来，林健飞点点头，微微一示意，便别着脸坐到了沙发上。

硕儿轻轻走过来，静静地看着林健飞满脸的绷带、伤痕和那双眼角淤青变形、布满血块的眼睛。过了一会儿，他跑到盥洗室，拿着一条冷水毛巾跑到林健飞跟前，一边递给他，一边轻声问："爸爸，你疼吗？"

林健飞看着硕儿那双清澈的大眼睛：那里面装满了童真、无邪和关切，他只觉泪水唰地就涌了上来。

"爸爸见到硕儿就不疼了……"林健飞勉强笑着说。此前他一直在害怕：害怕硕儿见到他这副可怕的样子会害怕，可他没有想到硕儿会如此镇静。仿佛硕儿也在担心，自己害怕会让爸爸感到更加痛苦。

林健飞洗洗便睡了，打了一夜呼噜，那呼噜里夹杂着呻吟。袁婉茹把硕儿送上床，坐着发了一会儿呆才躺下。

她一夜没睡，泪水湿透了枕头。

翌日，林健飞很晚才醒来。他这才感到浑身酸楚，伤处剧痛，只见袁婉茹正红肿着眼睛看着他。

"硕儿呢？"林健飞吃力地看看屋里。

"我已经送他去上学了。"袁婉茹坐在他身边，轻轻梳拢了一下他那乱糟糟的头发说，"今天就别去上班了，我刚才跟小雪说了一声，请她代劳一天……你想吃什么，我给你做……"

林健飞摇摇头，他挣扎着要爬起来，袁婉茹忙按下他，又气又急地问："你要去哪里？"

林健飞在床上喘息了一会儿，嘟囔道："撒泡尿……也不行吗？"

袁婉茹又好气又好笑地轻捶了他一拳。

吃完早饭，林健飞就要出门，袁婉茹忙拉住他：“健飞，你听我一句：今天哪里咱都不去了，就在家里好好休养一天，行吗？”

林健飞瞪着通红的眼珠子，让袁婉茹感到有些害怕，可她还是拽着林健飞的胳膊不放。

林健飞凝视着袁婉茹，看她泪眼婆娑，目光便柔和下来。他拉着妻子的手坐下，柔声笑着说：“婉茹，我知道你是为我好，可我今天必须出去！现在案子已经到了关键时刻，我们必须争取有关部门的更大同情和支持……”

“健飞，咱们斗不过他们的。”袁婉茹紧紧抓着林健飞的手，仿佛担心会失去他似的，“再说，就算咱们能打赢这场官司又怎样？业主不能跟咱们过一辈子，官司一打完就各奔东西了！也许一年，两年，五年……只要本信这棵大树不倒，天知道他会怎么报复咱们家！健飞，就算你不顾惜自己，你也该为爸妈想想，为硕儿想想啊！”

说到硕儿，袁婉茹的泪水唰地就下来了。

“这个……”林健飞的笑容一下就僵住了，他从一开始就没想过要把父母卷进这起案子，更不要说硕儿了。可是，如果矛盾进一步激化，他能保证家人的安全吗？

家比天大，天道有常。不，不会走到那一步的。

“要相信党和人民群众嘛。”林健飞沉思了一会儿，又半是严肃、半是嬉皮笑脸地说，“天理昭昭，老天爷看着咱们哩！再说，咱们林家在海右几百年，什么劫难没经历过！风风雨雨，不照样走到今天，枝繁叶茂吗？”

“放心好了，我不会跟他们硬拼的，”林健飞在袁婉茹额头上吻了一下，安慰道，“连孔子都知道遇见浑人惹不起躲着走，我干吗跟本信死缠烂打哩？我今天去相关部门跑一趟，不是叫他们替我伸冤，为我报仇，我就是叫他们给本信施压，让他们接受调解……”

“可本信怎么可能接受调解呢？”袁婉茹摇摇头，“以前不接受，现在就更不可能了。”

“那咱们就更得争取调解了。”林健飞看着袁婉茹忧郁的脸色，心想得激激她，于是接着说：“你想，现在本信正得意呢！一定以为我被打怕了。如果我不出招，他们就会想，既然第一次把我打趴下了，那为什么不再来第二次、第三次，一直把我打得听见本信两个字儿就吓得屁滚尿流呢？你说，我是躲在家里等他们上门继续打呢，还是趁他们还没上门，让政府给咱们撑腰，叫他们不敢再来打我呢？”

袁婉茹迟疑了半晌，她忽然放开林健飞的手，转身取下外套，穿好皮靴，说：“去哪儿？走，我开车！”

袁婉茹拉着林健飞去工商局、司法局、法院转了一圈。正如林健飞所料，他的伤势招牌博得了所有相关部门领导的恻隐之心。尽管林健飞一而再、再而三地给他们制造麻烦，可在他们内心深处却都同情、理解、支持他。

一个律师没有任何违法乱纪之举，却横遭报复，这到底是为什么？司法局领导表示一定严查到底；工商局王局长不住关切地问林健飞的伤势；钟玉良则惊愕不已，他没有想到，光天化日之下，被告竟敢如此嚣张！

而林健飞的回答则让他们感到出乎意料，甚至有些感动。林健飞并不在意自己这一箭之仇，而是反复向有关部门表达努力调解的愿望。虽然不免有借题发挥之嫌，但其情可悯。钟玉良皱着眉头，摇头说：“难哪！林律师！你们这个案子我们不好判哪！甭说现在，就说开庭那会儿，你知道法院最后为什么没有驳回你们的起诉状吗？”

这个林健飞倒是从没想过。

钟玉良苦笑一声，说：“你以为开庭容易吗？本信也千方百计想驳回你们的起诉状哩！是我们据理力争才勉强开了庭……我说既然已经允许人家立案，现在又阻止人家起诉，我们还是人民法院吗？”

林健飞没有想到这其中竟会如此曲折。

就冲这个，他感谢钟玉良，这才是真正的人民法官。林健飞希望法院尽快采取相应措施，不管是调解还是判决。钟玉良眉头紧锁，最后叹息一声，答应了。

两人回到单位，只见一名身材魁伟的男人站起身向林健飞夫妇走来，林健飞大吃一惊，以为又要遭暴打，细看一眼，他兔姥爷爷的竟是常总！

这老狐狸，怎么这个时候登门造访？他来干什么？和谈？威慑？还是看笑话来了？

林健飞还没从惊愕中清醒过来，常总已经走到他面前。常总仔细端详着林健飞的伤处，轻轻摇摇头。

“何苦呢，”常总叹息道，“我说过的，他们什么都干得出来！”

“谢谢常总关心，”林健飞冷冷答道，“常总光临敝所，有何见教？”

常总看出了林健飞的敌意，不由笑了。

“我知道，你心里一直在怨恨我出尔反尔，不守信用。可说来说去不过是各事其主，我做了我该做的，你做了你该做的，不是吗？再说，今天我不是作为本信的总经理来看你的，而是作为跟你较量过的对手来看你，难道对曾经的对手不应该保持一份尊重吗？”

林健飞不由一愣：什么叫“曾经的对手”？

常总神色泰然地说：“我辞职了。”

林健飞这回惊讶到了极点，他半信半疑地看看夏梦雪，夏梦雪轻轻点点头。他又带着狐疑的神色紧盯着常总的眼睛，仿佛要看看这里面是否别有隐情。

常总看出了林健飞的疑虑，他微笑着拿出一纸合同，递给林健飞：“这是本信昨天交给我的《企业劳动解除协议》。其实几个月前我就已经被挂起来，辞没辞职都差不多……”说到这里，常总脸色黯然。不过，他很快就恢复了常态，接着说：“这样也好，昨天解除了劳动合同。给本信擦了十几年屁股，总算解脱了。”说到这里，常总带着自嘲的口气笑起来。

林健飞这才明白为什么蒋总会突然升任总经理，汪天王会出现在换房现场。他接过合同，看了一眼，笑笑说：“常总，你别怪我多疑，就你们本信，不，就他们本信，只要是叫‘合同’的东西，三句话里面得有两句半是陷阱哩！”

常总摆摆手，说：“你别叫我常总了，还是叫我老常吧！”

两人不由哈哈大笑，尽释前嫌。

林健飞便请常庆黎到办公室一叙。两人自然聊起了本信，常庆黎便把这段时间以来的经历跟林健飞讲述了一遍。原来常庆黎一直反对那份合同和附件，后来业主纷纷要求退款换房时，他主张调解优先，他觉得，本信就算有关系，也不能这样不讲规矩，公然坑蒙拐骗哪！

“我们的工程师按照常规设计本信中心建筑图，董事长把图纸要过来，改了一夜，第二天就要我们按照他的思路重新设计。当时我和工程师就看傻了：这哪里是建房子，分明是做棺材嘛！可董事长说就按这个办！房子造出来，我看实在不像样子，就说这些房子只能租，不能卖！否则后果不堪设想！可是，上面想钱想疯了！非要卖！还他妈说什么代租！那代租跟包租就差一个字儿，可两者差着十万八千里，能不能代租出去还两说呢！这他妈不是比坑人还坑人吗？”

常庆黎越说越激动，夏梦雪给他茶杯里续了水，常庆黎喝口茶平抑了一下情绪，又说：“当时我就跟董事长说：咱们绝不能把这种房子卖给老百姓！他不听。等你们闹得沸沸扬扬才想起我的话，叫我出面周旋。我从心里讲是非常赞同你们的方案的，因为这符合双方的利益。可项总偏听偏信他小舅子蒋总的话，说你们就是一群乌合之众，闹两天就散了，本信犯不上跟你们一般见识。

“该收买收买，该清理清理……所以从那时起我就被架空了，什么事儿都不告诉我……”

林健飞忙插话：“这样也好，不用助纣为虐、为虎作伥！”

“呃，好，就算是吧。后来听说你们立案成功，上面才坐不住了，派人到处打点，也没能阻止你们开庭。开完庭蒋总灰头土脸地回到总部，嚷嚷着要杀了你全家！那时候我对本信已经失望透顶。反正上面已经不信任我，就算他们不撵我走，我也干不下去了，所以递交了辞呈。本想等拿到劳动解除协议就来跟你聊聊，让你有所提防，没想到他们会这么快就下手！”

林健飞静静地听着，这是他第一次听说本信高层的决策内幕。在这以前，跟他打交道的只是一口巨大的暗箱，一座巨大的暗堡。他只看见从中射出的暗箭，却从来不知道里面究竟是谁在射箭，又是谁在操纵指挥。

显然，与他相接触的只不过是小兵，真正的幕后主使在后排呢！他看看夏梦雪，夏梦雪也看看他。两人都想起了几个月前他们对本信的基本判断：目空一切，骄纵自大。原来我们一直都“不叫什么问题”，真是“若艾草菅然”啊。哼，也好，那就让你慢慢认识这些问题！

不过，对老常他还是非常钦佩、也是非常感谢的，是条汉子！想到这里他摇了摇头。

常庆黎有些奇怪，难道林健飞不相信他的话么？

“您别介意。”林健飞笑笑说，“我刚才只是想到项羽逐范雎，本信连您这样的高人都不要了，那可真是自毁长城啊！”

常庆黎很高兴，林健飞把他跟项羽、长城相提并论，他自然开心。

“林主任，我没上过几天学，比不上你们这些有文化的人……”话音甫落，林健飞、袁婉茹、夏梦雪三个人都忍不住哈哈大笑起来。

常庆黎以为在笑他，不由有些生气，袁婉茹忙解释：“常总，你别生气，我们都在笑林健飞呢！他连大学都没上过，您还叫他‘有文化的人’呢！”

常庆黎也笑了：“读过书不一定有文化；有文化不一定读过书。我们蒋总倒是研究生学历，我们的法务里还有海归博士，可他们除了会吃人、捞金，还会些什么呢？”

林健飞便问常庆黎今后的打算。

“老了，”常庆黎有些怅惘，苦笑着摇摇头说，“干不动了，鸟尽弓藏嘛！该回家了。做个小本生意，过两年熬到点就退休啦，‘人生难得老来闲’嘛！”

常庆黎又劝林健飞找好退路，“本信手眼通天，你斗不过他们的。”一句话戳中了袁婉茹的心事。她忧心忡忡地看着林健飞。

林健飞轻轻点点头，也不知道是赞同还是反对，他笑着回答：“常总，你不是海右人吧？海右人自古以来能吃亏，不吃气！”

常庆黎摇着头说道：“林主任，你骨头硬，这是我常某人最佩服的一点。可我奉劝你别意气用事。你以为凭借有钱，本信就可以如此嚣张吗？”

林健飞突然站起身来，指着窗外的天空，厉声说道：“天理昭昭，民意如天。哼，不是不报，时候未到！”

林健飞说完猛地一拍桌子。

一时间，办公室里鸦雀无声。常庆黎却暗自叹息。

林健飞缓缓情绪，轻轻地说：“常总，你的好意我心领了。当然，我也不会硬闯龙潭虎穴，鸡蛋碰石头。该谈就谈，该和就和。可要叫我退出这案子，有本事就……哼！”他忽然看到袁婉茹忧郁的神色，便不再往下说了。

常庆黎看时候不早了，便邀请林健飞吃饭，“我请了你两次，你都不肯赴宴，这次总该给我个面子了吧？”

林健飞犹豫了一下，又摇摇头，笑着说：“还不是时候，等案子水落石出的那一天，我请你，到时候一定跟你痛饮三百杯！”

林健飞等人把常总送下楼，常庆黎叫了辆出租，他的劳斯莱斯已经被收回。车拐弯的时候，他忽然回头看看丽东大厦，又看看这座他曾经打拼了大半辈子的大城市，不由怅然若失。

走了，走了，该走了。他回味着林健飞的每一句话，心想：是条汉子！

第十三章　围攻

林健飞吼道："快打电话，叫他们千万别回来！本信的人杀过来了！"林子泉一时没听明白，又听林健飞吼道："报警！快报警！"

1

下午4:10，穆平秋准时来到海右小学门前。一张张洋溢着"放学啰"的兴奋小脸在学校门口热切地张望着，突然看见门口某一张熟悉的面孔，便拍打着稚嫩的翅膀，欢叫着飞过去，蹦蹦跳跳地跟着爸爸妈妈或者爷爷奶奶回家了。

不一会儿，穆平秋便看见硕儿向她默默走来。以前硕儿也是吱呀怪叫着扑进奶奶的怀抱，而最近这段时间，硕儿沉默了许多。起初，穆平秋以为硕儿是因为挨老师批而沮丧，直到今天她才知道其中原委。

穆平秋去了秋柳所。林健飞被打后十几天没敢露面，虽然袁婉茹解释说健飞出差了，硕儿也一声不吭，但穆平秋总隐隐有一种切肤之痛。母子连心。对于母亲来说，从一个小生命在她的子宫中植根发芽的那一刻起，这种微妙的联系便贯穿了她的一生。更何况，她在袁婉茹和硕儿遮遮掩掩的神情中总感觉哪里不对，于是直奔秋柳所。

林健飞被穆平秋逮了个正着，躲又没处躲，藏又没处藏，只好老实交代。穆平秋听后出奇地平静，只是点点头，说："注意安全，先别告诉你爸。"

从秋柳所出来，穆平秋只觉得不知什么东西在她心口猛地刺了一下，痛得她撕心裂肺，痛彻骨髓。可她绝不会劝阻林健飞收手，她相信林健飞的抉择，既然林健飞没有错，低头退出那不是林健飞的风格，更不是穆平秋的风格。

可林健飞的伤口却如长鞭一下下抽打在她的心上。尽管她表面平静如水，心中却又是愤怒，又是痛楚，那比打在她自己身上还要痛苦百倍。不过，如果打手们打的是她，她不会沉默，更不会求饶，而是拼死反击，宁可同归于尽，也绝不任人凌辱！如今林健飞被打，反而激起了她的斗志。虽然自己不能跟儿子并肩作战，但至少可以努力保护他，保护儿媳，保护硕儿！

一想到硕儿，穆平秋的满腔怒火和悲愤转眼化为无限慈爱。穆平秋牵着硕儿的小手，硕儿哒哒地走着，一言不发。她没想到硕儿会为林健飞保守秘密，更没想到硕儿会隐瞒那么久。可是，她看得出这件事已经在硕儿幼小的心灵上投下了阴影，这比林健飞挨揍更让她心痛。

“硕儿，”穆平秋紧拉了一下硕儿的小手，轻轻地说，“爸爸的事情，奶奶都知道了。奶奶知道，硕儿不肯说出来是怕奶奶担心，对吗？”

硕儿扬起小脸儿，眼睛里噙满了泪水，却竭力不让泪水掉下来，他仰望着穆平秋，天真地问：“他们为什么打爸爸？爸爸又没有做坏事。”

穆平秋蹲下来凝视着硕儿那双闪着泪光的大眼睛，心里突然一颤。眼睛也泛起了泪花。

“硕儿，”穆平秋努力把泪水咽回去，又擦擦硕儿的眼睛，抚摸着硕儿的头发，轻轻说道，“爸爸得罪了坏人，坏人怕爸爸，所以才要打爸爸。爸爸不怕坏人，硕儿怕他们吗？”

“我不怕！”

“嗯，这才是奶奶的好孙子！”穆平秋抱抱硕儿，“他们要让爸爸怕他们，要让硕儿哭，这样他们才高兴。你说，硕儿该怎么办呢？”

硕儿低头想了想，说：“我偏不哭！我要笑，我要哈哈地笑！”

穆平秋笑了：“那你给奶奶笑一个！”

“哈哈，哈哈！”硕儿学着大人那样哈哈大笑。

“不行，不行，”穆平秋笑着说，“笑得太假了。再笑一个！”

硕儿又开始哈哈大笑，可到后来连他自己都觉得这笑声太假、太傻，禁不住咯咯地笑起来。

到底是孩子。

转眼就到了小年。海右城里城外笼罩着厚厚的雾霾，偶尔飘落几片雪花。如今的海右，新年燃放烟花爆竹都少了很多，不过林健飞从小就爱放鞭炮，所以还是买了几挂鞭炮准备噼里啪啦放一通。。

放鞭炮，一是为了喜庆，二者，则是林健飞想借鞭炮好好除除晦气：这一年，他接的这几个案子没一个顺风顺水，剪不断、理还乱。

自从林健飞和业主们连续走访各主管部门后，本信似乎消停了许多。虽然案子依然没有进展，但本信也许久没有动静，想来也在紧锣密鼓地筹划对策。夏梦雪早就放了假，但她一直没走，直到小年这天她才不得不踏上回家的列车。

夏梦雪走了，林健飞便劝盖天鸣也回老家看看。盖天鸣却一直不放心，怕本信再度报复。林健飞觉得不久前刚给本信施了压，估计年前他们不会冒天下之大不违，故伎重演，所以，他叫盖天鸣也回去了，因为这一年盖天鸣就没好好休息过一天。

虽然林健飞的分析有理，可事实证明，林健飞还是错误地估计了形势。

小年这天傍晚，袁婉茹提前走了一会儿，去超市买年货，然后再去公婆家。硕儿早就放假了，天天呆在奶奶家，写会儿作业，看会儿书，又玩会儿小时候坐过的学步车。穆平秋见硕儿无聊，便带他去对面超市的充气城堡玩。

家里就剩林子泉一个人忙着做火头军了。他不止一次地抱怨今生命何苦，一个大男人竟然天天围着灶台转！可一想到硕儿，他就一边嘟嘟囔囔发着牢骚，一边去收拾那条大草鱼了。一会儿的功夫，一盆雪白的、冒着扑鼻香气的奶汤草鱼就上了桌。

林子泉刚要回厨房，就听一阵砸门声，接着就听见林健飞急促的声音：“快开门！”

林子泉刚拧开锁，林健飞便闯了进来，劈头就问：“硕儿呢？婉茹呢？”

“哦，硕儿跟他奶奶去超市了，婉茹还没到家……”

林健飞吼道：“快打电话，叫他们千万别回来！本信的人杀过来了！”

林子泉一时没听明白，又听林健飞吼道：“报警！快报警！”

林子泉更糊涂了，到底是先打电话还是先报警？报什么警？

林健飞一看林子泉呆站着，瞪着血红的眼珠子冲林子泉嗷嗷地吼道：“快打电话！叫他们别回来！再报警！”

林子泉目瞪口呆，他还从没见儿子如此暴怒失态，但想来事态紧急、严重，于是急忙给穆平秋打电话，又叫她立即给袁婉茹打电话，叫她千万别回家。接着拨打了110，可又不知该说什么好。

林健飞一把夺过手机，继续扯着嗓子吼道：“我是律师林健飞，因为代理案件而遭到本信集团迫害！今天他们派出一辆面包车，车牌号码××××，上面有十来个人，自我下班后一直尾随跟踪到我家门口。请你们立即出警，保护我的家人安全！”林健飞又把地址连吼了两遍才放下电话。

他直奔厨房，拎着一把菜刀就要冲出去，刚冲到门口，他忽然想起了什么，扭过头来又冲林子泉吼道：“没有我的同意，千万别开门！”他又从猫眼里往外瞧瞧：“该死！这猫眼什么时候坏了？”丢下这句话，林健飞重重地一摔门，拎着菜刀下了楼。过了一会儿，林健飞又冲进来，说：“爸，110快到了。家里不安全，跟我一起去公安局，谅他们不敢胡来！”

林子泉虽然还不清楚事情的来龙去脉，但感觉形势严峻，他摘下围裙，换上外套，顺手抓起他的登山拐杖，默默跟着林健飞下了楼。

走到门口，林健飞忽然转身叮嘱林子泉：“爸，你跟我保持一定距离。一会儿如果他们冲上来，你千万别冲上去！赶紧报警！”林健飞说着快步向前走了几步，警惕地注视着身边走过的每一个人。

林子泉不置可否，他紧紧握了握手中陪伴他爬遍大半个中国名山大川的不锈钢登山杖，暗想：哼，想动我儿子，先问问这根拐杖答不答应！

林健飞大步走到小区门口，看看左右，仿佛松了一口气。过了一会儿，一辆警车呼啸而至，林健飞上前跟警察说了两句，便招呼林子泉过来，两人一起上了警车。到了派出所，林健飞便向警方陈述了案情。

傍晚时分，林健飞接到本信总经理蒋睿杰的电话，要求他立即停止一切骚扰本信的活动，并在报纸上公开发表声明，承认自己代理业主完全是利益驱使，打着代理维护业主权益的旗号敲诈合法经营的企业，是律师队伍中的害群之马。否则，由此引发的一切后果自负！

林健飞当然拒绝了。他说，和谈的大门我们一直向贵公司敞开着，遗憾的是，贵公司不仅对我们的诚意熟视无睹，反而倒打一耙！蒋总听到这里哼了一声，便挂上了电话。

林健飞预感到，本信要对他动手了。他立即给业主代表们打电话："一旦我遭遇不测，希望你们做好相应的准备。"

刚走出丽东大厦，林健飞就看见一辆面包车慢慢在后尾随。他本想调转方向，免得把祸水引向父母，但转念想起了章海洋的话：如果被他们劫持到僻静的地方，死都不知道怎么死的！不行，还是先回家。

另外他还有一些期冀：万一跟踪他的不是本信的人呢。直到小区门口，他的期冀最终破灭，确信了的确是本信的人。然而那辆车到了小区门口却没有进来，仿佛在窥伺动静。

林健飞立即钻进小区，小区里楼群林立，如果本信不知道他的确切地址，不啻于大海捞针；但如果本信知道呢？想到这里，林健飞几乎是狂奔着上了楼，又拎着菜刀跑出来，走到车前，厉声问道："你们想干什么？！"

车里的人没料到他会折返，看他手里明晃晃的刀，颇有拼命之意，一时反而不知如何应对。

林健飞看得出，这几个不过是跟班小弟，便吓唬道："我已经报警！你们要是想留下来一起好好谈谈的话，就等两分钟。"

车里的人相互看了一眼，便踩油门开走了。

林健飞松了口气。

警察没有说什么，认真做完出警笔录，才说道："林先生，你所反映的情况发生在丽东大厦，不属于我们这个片区管辖。但是，我们会悄悄守在这附近，也会通知这个片区派出所，一旦有需要，你打110。”

林健飞点点头，他是律师，当然明白这个道理，但他希望警方能及时理顺责任问题。

警报解除后，林氏父子便去超市接到穆平秋娘仨，一起回家了，到家已是晚八点。一家人坐在餐桌旁正准备开饭，突然就听一阵砸门声：“林律师，开门！我们要跟你谈谈！”

穆平秋示意袁婉茹把硕儿带到里屋。

“你们是谁？”林子泉厉声问道。

对方不应答，砸门声响成了一片，显然不止一人。

林子泉抓起他的钢杖，又向林健飞使了个眼色，林健飞会意，拿起了菜刀。

穆平秋平静地走到门前，沉着地问：“你们究竟是什么人？为什么晚上私闯民宅？”

对方一边擂着门，一边嚷嚷着要进门跟林健飞谈谈。

穆平秋说：“你们要跟他谈就去他单位，这是家庭场所。如果你们再不走，我们就报警了！”

对方不回应，反而砸得更响更密集，就像暴雨狂砸着门窗。

林健飞再次报警。

过了一会儿，只听门外一阵急促的脚步声，犹如大迁徙的群兽狂奔而过，一会儿声音便消失了。

林健飞附在门上听了一会儿，外面悄无声息。穆平秋赶紧走到里屋，硕儿拉着妈妈的手站在地上，虽然神情紧张，却没有恐惧的意思。穆平秋抱着硕儿的小肩膀，问：“硕儿怕吗？”

硕儿倔强地摇摇头，说：“我不怕！他们要是敢闯进来我就踢他们！”

“好，好，好孩子！”穆平秋又看看袁婉茹，不由吃了一惊。只见袁婉茹手里提着一把斧子，正虎视眈眈地盯着防盗门。

穆平秋没说什么，暗暗叹了一口气。

这时候，110来了。警察要林健飞去派出所做笔录，林子泉担心林健飞遭遇不测，于是要求一起去派出所。刚走到楼梯口，就见两名衣装不整、神色猥琐的中年男子在楼梯口张望，刚露头便扭身就走。

“站住！”警察大喝一声，两人停了下来。警察要两人出示身份证，两人咧着嘴笑着说没有。警察便要求搜身，两人一边憨笑着一边配合地举起手来。搜了半天，除了衣服之外果真一无所有。警察便把这两人带回去询问，两人满不在乎地嘿嘿笑着跟着警察下了楼。

楼道口不知什么时候多了两把破折叠椅，两人二话不说，抱起椅子就走。林子泉父子俩不由愣住了，心想这是哪路神仙哪，出门还自带折叠椅？两位警察全不理会，押着两人走到一辆长面包警车前。两名流氓也不急着上车，打开门便要把折叠椅放到车上。

“哎哎！”两位警察忙吆喝着拦住，“你们俩以为要去哪儿？坐警车去钓鱼么？把这两把破椅子给我拿出来，放下！不许带上车！”

“那哪成！”两名流氓哼哼着嘟囔道，“万一叫小偷偷跑了呢？”一边又使劲往车里塞。

几个人哭笑不得：一直以为流氓跟小偷不过是一丘之貉，谁能想到流氓也怕小偷呢！只好由他去。

林健飞刚要上车，警官一把拉住他，打开前车门，说：“林律师，你坐前排；大叔，你跟我坐后排。你们俩给我老老实实坐中间，听见没有？”

林健飞感激地看了他一眼。

上了警车，两名流氓刚坐下便咬牙切齿，自言自语地发狠：“你等着，你等着！弄死你！”

“哟，本信想弄死我呀？”林健飞若无其事地问，这号流氓他见多了，反正口头威胁又不犯法，撂下几句狠话反而显得他们临危不惧，将来好向主子讨赏。林健飞看得出来，这几个人不过是小喽啰。

他已经不像起先那样惊怒失措，又恢复了律师的职业本能。他开始慢慢套他们的话，以作为将来反击的证据，没想到这两个人如复读机一样翻来覆去就那几句话：“你等着，弄死你！”

都是职业流氓，滴水不漏！林健飞暗想，本信不光手眼通天，在这方面专业水准也不低啊！

警察喝斥那俩人，他们才闭住嘴。

到了派出所，警察开始审讯这两人，无非是猫三狗四，刚刑满释放，系无业游民。不出所料，问及谁指使来骚扰，两人不答话，连先前的“弄死你”也不说了，只是呵呵傻笑。警察见问不出什么结果，便将两人拘留了。两人乐呵呵地扫了林健飞一眼，进了拘留室。

警察打开记录本，刚要做笔录，就听值班室的警官通知出警，出警地点还是林子泉家。原来警察前脚刚走，众喽啰又一哄而上，轮番敲门，楼洞里除了砸门声一片死寂。

警察再次到达林家，楼内却空无一人，只有满楼道的烟头。很显然，流氓们对警察的一举一动了如指掌，跟警察打起了游击。敌进我退，敌退我进，敌疲我扰。

夜里十点半，门外寂然无声，想来也该消停会儿了，袁婉茹便给硕儿擦擦手脚，安顿硕儿睡下。硕儿瞪着大眼睛说睡不着，袁婉茹心中一痛，便躺在硕儿身旁，说妈妈陪你睡，好吗？硕儿点点头。袁婉茹想了想，去厨房把那把长水果刀拿来垫在枕头下，硕儿有点儿惊恐地看着妈妈。

“硕儿不怕，”袁婉茹安慰道，“妈妈保护你，有妈妈在，谁都不敢碰硕儿！”

袁婉茹躺下，轻轻拍着硕儿，硕儿一会儿就睡着了。袁婉茹静静地看着硕儿那宁静的、清秀的小脸儿，轻轻吻了一下硕儿的额头，心想时光多快呀，感觉才一眨眼功夫，硕儿就从一个只有小猫大小的婴儿长成上一年级的小学生了。对老林家的人来说，硕儿就像家里的小太阳，走到哪里哪里亮。

林家人并不溺爱硕儿，可家里每一个人一想到硕儿，就不约而同地想：一定要给孩子一个最幸福的童年。可是，如今本信如此肆无忌惮，会不会对林家采取极端行动？嫁给了林健飞注定嫁给了不安与动荡，经历多少苦难她不在乎，可是硕儿该怎么办？袁婉茹突然感到一阵恐惧。

她想到，万一本信冲破大门，她该如何保护硕儿？她当然不怕死，可想到硕儿她又突然怕死了，她怕自己会死在硕儿前面，却至死也不能保护孩子。

想到这里，袁婉茹下意识地握了握枕下的刀。

谁都不能碰我的孩子。

正胡思乱想，林子泉父子俩回来了。两人还没来得及坐下，门外突然又是一阵砸门声。硕儿一下惊醒了，一咕噜爬起来，跑到客厅里。袁婉茹忙抱起硕儿，把他放到床上，说："妈妈和硕儿都不出去，妈妈在这里保护硕儿！听明白了吗？"

"嗯，"硕儿似懂非懂地点点头，"妈妈，我在这里保护你！"

袁婉茹的眼泪唰地就涌出来了。

此时已是午夜，林健飞只能继续报警。

流氓们又敲了一会儿才撤退，他们时间控制得很精确。少一分钟不走，多一分钟不留。倒像是他们在跟踪警察，而不是警察在追踪他们。等警察走后，流氓们再度团团围住林家，只是这次没有再砸门。

林子泉一家虽然明知道这伙儿人就在门外窥伺，但一看安静了许多，便各自上床睡觉。林子泉心想，也好，外面没暖气，冻煞这群王八蛋！

凌晨三点半，突然又是一阵砸门声。这次却是两个女人的声音，说她们是从河南来的，要进门跟林健飞谈谈。

林健飞冷笑一声，心想本信真够贼的！见流氓不管用，就叫女人上场。看样子不是光想吓唬吓唬，还真想进门文攻武卫。哼，一旦开了门，这伙流氓想怎么折腾就怎么折腾，连报警都没机会！

他刚要作答，穆平秋拦住了他。穆平秋躺下后，思来想去，觉得硬拼不是上策。天下辩不过一个理字，于是走到门口，隔着防盗门平心静气地说："你们不远千里，从河南来到海右，按理说，我应该请你们进门，喝杯热茶，甚至喝碗热粥暖暖身子，可现在还不是时候。为什么？林健飞作为一名律师，做了他该做的事情。他所做的一切都是合法的，没有为个人谋求任何不法利益！他做的一切光明磊落！作为他的母亲，我为儿子感到骄傲！可是，你们呢？不寻求合法的途径，不敢运用法律的武器和林健飞光明正大地较量，只知道拿人钱财，挟私报复，靠鬼蜮伎俩不择手段地迫害他和他的家人！你们也有家人，你们的家人受到不公正的迫害时难道你们就不想正义得到伸张吗？”

门外忽然静了下来，穆平秋见她的话似乎起到了效果，便接着说：“如果你们确实有不同的想法，明天，不，今天完全可以去秋柳所找林健飞当面谈。你们这样围堵他的家庭，威胁他的父母妻儿，请你们自己好好想想，究竟能起到什么作用呢？”

穆平秋声音不大，却字字千钧，锤问着每个人的灵魂。

良久，门外寂然无声。

林家上下老小便不再理会，各自上床继续睡。直到早上7点半，又是一阵砸门声。林子泉已经不再怒火中烧，反而同情起这帮流氓了。楼道里冷风劲吹，想来这帮小杂碎一夜没睡，也真够敬业的。

不知道这一夜究竟报了多次警，可这次报警警察却迟迟没有来。林健飞心里咯噔一下子，难道是本信已经跟警方联手，警方默许了本信的围攻行为？这一次门外的流氓们砸起门来也格外卖力，闹了半个多小时才撤离。

警察到达后连说抱歉！路上堵车不说，正好又遇到一起扒手案件，顺手抓了小偷，才赶到这边来。林子泉夫妇也不断向警察道歉：“实在不好意思，为我们家的事一夜之间麻烦你们来回奔波。”

两位警官笑了，说这都是分内的工作，只是你们这个案子涉及到两个片区，现在上面正在协调出警的问题。另外，你们这次捅的马蜂窝太大，你们怎么敢惹他们呢？我们的能力有限，只能做到这一步，但会尽全力……

穆平秋客气地笑了一下，说：“好的，谢谢。我们会考虑你们的意见。不过，你们能否调阅一下周边的录像镜头，查清这伙人的行踪？”

两位警官摇摇头，说他们昨晚就查过了，遗憾的是，你们小区的大门口还没安装摄像头，而你们这栋楼的摄像设备多年前就坏掉了。

林子泉再度陪林健飞去了派出所，做完笔录，林健飞便坚持要去上班。林子泉昨晚才知道林健飞被打的事情，虽然林健飞一直睁着一双血红的眼睛在他眼前晃来晃去，但老头一向不善观察，竟然一直没当回事儿。然而知道事情的来龙去脉之后，林子泉却一夜无眠。

此时见林健飞还是满不在乎，林子泉火了："都什么时候了，你还去上什么班？"

林健飞笑着摇了摇头，说："我还有好几桩案子要开庭，总不能因为本信威胁就不干了。"

林子泉直愣愣地看着他。半晌，老头戴好帽子，说："走！"

林子泉在林健飞身后不到20米的地方跟着，贴身口袋里掖着那把锈迹斑斑的斧子。经过这一夜的折腾，林子泉虽然不知道事态将向何处发展，但他明白了一件事：警察保护不了林健飞，也保护不了林家。而他作为一家之主，岂能坐视儿子、家庭毁于宵小之手！

林子泉警惕地紧盯着身边的每一个人，不时回头看看有没有人跟上来。说来也怪，他看每一个人似乎都是歹徒，可每一个人看上去又不像坏人。把林健飞送上楼，林子泉把斧子往桌上一放，非要坐在大门口。林健飞劝了好半天，说一会儿业主们就来，才把老爷子劝走。

林健飞把门反锁好，在屋里坐了一会儿，出了一会儿神，无意间往窗外一瞥，只见林子泉还在楼下转悠，转了好半天才回去。林健飞的眼睛湿润了，刹那间，他不由躬身自问：这样拼死拼活地跟本信斗是否值得？把家人拖进这个黑色的漩涡是否值得？

他目送着林子泉踟蹰远去的身影，蓦然间，他感觉那背影是如此瘦小。他只记得林子泉一向脾气简单火爆，直到此刻他才猛然发现：父亲老了。

2

这时有人敲门。林健飞擦擦眼睛，心里却一沉。通过猫眼看是王德光、张翼德和石建业，他才松了口气。昨晚他给业主代表们打了电话，几位业主代表当时就要带人来，林健飞见时候不早了，便说警察已经介入，明早你们再来一起商议对策。

林健飞把他们请进来，锁好门，便简要通报了一下昨晚的情形，几位业主惊得目瞪口呆。

“现在看来，这起事件策划得够巧妙的。”王德光沉吟道，“早不来，晚不来，偏偏选择小年这一天围攻律师。刘淑芬他们几个外地的前几天就走了，现在留在海右的也有相当一批业主准备回家。很显然，本信想趁着大家都忙过年，一举攻下律师！”

“这帮狗杂种！真不要脸到家了！”张翼德咬牙切齿，“拉拢不成，就到处给咱们挖陷阱、下绊子；法庭上辩不过，就打黑枪、下黑手！现在连人家老人、孩子都不放过！”

“你就别卖嘴啦，净说那没用的。”石建业摇摇头，“你们说说怎么办吧？总不能眼睁睁看着这帮畜生欺负到老人、孩子头上吧？”

张翼德刚要辩解，听石建业说完后半句，忽然又瘪了下去。昨天他听说这事儿后急忙去找一位“道儿”上的朋友，叫他带上一帮地痞流氓火速驰援，以毒攻毒。还甭说，那哥们儿还真够意思，当时就集结了几个弟兄气势汹汹地要往林家赶。

哪知道一句不经意的话便吹散了这帮好汉。当时那哥们怒气冲天地问：“大过年的，是哪个不长眼的龟孙子出来挑事儿？”

“本信。”张翼德随口说道。

这两个字犹如一根棘刺儿扎到了气球上，好汉们陡然间便泄了气。

“嗯，这个……”为首的那哥们儿踌躇地支吾道，“三哥，嗯……我刚想起来家里还有点儿事儿，得赶紧回去一趟，你带这几个弟兄去吧……”

那几位互相对视后，也纷纷说忽然想起有事，有的说今天是赵四爷的生辰，叫他过去伺候；有的说他妈打电话叫他回家过小年；有的说老婆一个人在家怕黑，他得回去陪老婆……不久众人便如鸟兽散得一干二净。张翼德正要问个究竟，就听一个边摇头边嘟囔：“吃了熊心豹子胆了，连本信也敢惹……”

几个人听到这里都笑了，林健飞也谢谢了张翼德的一番好意。林健飞暗想：幸好没来，否则他满身是嘴也说不清楚！虽然本信派流氓骚扰没人管得了，可他一旦跟地痞流氓有了联系，那不是给本信制造口实吗？人家还正愁抓不到把柄，置他于死地哩！

“不管什么时候，”林健飞说，“我们的一切行为都必须符合法律程序，这是咱们与本信较量的基本前提，法律是我们唯一的武器！”

王德光说：“话虽然不错，可我们这阵子天天去工商局、法院催着要结果，除了正在受理，什么都没带回来！这一过年，就算正月十五以后也未必能要出来！而这期间还不知道本信又会怎样对付我们呢！”

“还怎么对付？这回不真打上门来了吗？”石建业气呼呼地说，“上百口子人连帮咱们的律师都保护不了！我提议，从现在开始，咱们轮流护送林律师上下班！看哪个敢动林律师！”

张翼德表示赞同，王德光却觉得有些难办，毕竟不是所有业主都愿意站出来保护律师的，可他又不好说什么。

林健飞刚要表示感谢，就听楼道里一阵嘈杂的声音，接着便有人砸门。王德光几个一下就跳了起来。林健飞摆摆手，示意大家安静。他看看外面，是本信的人来了，林健飞冲几位业主努努嘴，示意他们躲到旁边的房间里去。

王德光几个人藏好，就听林健飞打开门，几个人哭哭啼啼地走进来。来人不多，两男两女，张翼德悄悄打开了录音笔。

四个人刚坐下，就听两个女人开始哭天抹泪，骂林健飞这不积德、挨千刀的！把他们家的孩儿可坑苦了，害苦了！叫他们怎么活下去哟！

王德光不由一愣。他本以为来客也就是耍耍大刀片子，哪知道这两人上来便是一哭二闹。两人说的是南方方言，跟说相声一般。只听一名男子咳嗽一声，那两名中年妇女忙收声止泣。

这时那名男子便操着浓重的南方方言说道：“我们的孩子在本信做售楼员，过去工作得很好，领导也很赏识。可你现在非要跟本信打官司，到处败坏本信的名誉，现在本信的房子都卖不出去了！我们孩儿工作业绩上不去，奖金也拿不到，工资也拿不全，天天害怕呀！害怕下岗啊！就这样提心吊胆地上班儿，都得抑郁症啦！”

又听一名中年妇女插嘴说：“不光得了抑郁症，还住了院了！现在在医院里天天打吊瓶，每天的医药费就上千！都是你惹滴，你得赔！”

另一名妇女又哭上了：“我滴孩儿呀，你命咋就那么苦！”

“等等，”只听林健飞打住女人的哭诉，“我没听明白，到底是几个人得了抑郁症，几个人住院了？”

“就一个！我滴孩儿呀，命咋就……”

“哦，我还以为得百八十个呢！”

“下不了那么多！”那名哭诉的妇女怒气冲冲地说，“都是你害滴呀！我滴孩儿……”

“那我就不明白了，”林健飞再次打断了她的哭诉，“既然只有一个孩子住了院，怎么来了四个父母？”

另一名男子解释：“我是孩儿她老舅，那是她小姨，这是孩儿她姑姑，那是孩儿她叔叔。我们家孩儿惨哪！打小儿就没了爹，她妈妈身体又不好，好不容易成个家，在这奋斗了八年多。到现在好嘛，饭碗倒叫人给砸了！甭管怎么说，你害了我们孩儿，我们就找你算账！”

“几位贵姓？远来都是客！来，先喝口热水！”

这时就听一阵急促的喝水声，想来这几个人委实是又冷又渴。

“你甭打听我们叫嘛！我们就是她亲戚，你甭想打听我们是谁！”

只听林健飞问道：“你们从南方哪里来的？”

“湖南……啊不……湖北。”

“今天早晨过来的？”

“对，我们这孩子的日子过不下去了。”

“你们怎么从湖南，啊不，湖北过来？你们公司在海右这边不是有很多人吗？”

四个人停顿了一会儿，仿佛在交换眼色，这时只听老舅说：“我们跟公司没关系！孩子抑郁了，你就得给我们解决！”

“哎呀，你们说的这个事儿至于吗？”

“怎么不至于呀！”只听一名妇女哭丧着说，“她现在都抑郁了！觉得被人算计了！她打印了一大堆资料，成天研究这资料，没心思卖房，没心思工作，都是叫你给害的！”

“就是嘛！”又听另一名妇女接着说，“你们不是在维护业主权益，你们明明是敲诈公司，谄害售楼员嘛！你有问题可以找开发商谈，对吧？国家有正常的渠道，你们可以找，可以和他们谈，把我们家的孩儿卷进来干吗呢？”

“那你们的孩子叫什么名字呢？”

四个人又停顿了一会儿，想来又在交换眼色，这时就听孩儿她叔嚷嚷：“我们不能告诉你名字！告诉了你，我们孩儿那工作还能干吗？不能告诉你！”

“那你们孩子多大年纪呢？”

四个人齐声回答：“多大年纪也不能告诉你！”

这时就听林健飞学着湖北口音问：“那她是男是女总能告诉我嘛？”

王德光几个差点儿没笑出声来。

好像老舅不乐意了：“你甭管她是男是女，反正她抑郁了，我们就得找你！”

“哎呀，连跟我说话的人都不知道是谁，我听得一头雾水呀！”林健飞说，“你们大老远来了就是客人，有什么要求尽管说！我毕竟是业主的代理律师。作为律师，我们只要接受了当事人委托，就必须忠于当事人，为我们的委托人服务，这是律师的一个基本规则。我们老百姓买房子是为了过好日子不是？您那里一个人得了抑郁症，我们这里上百号人比得了抑郁症还难受呢！咱有事说事，有问题解决问题。你们说对不对？”

只听一名妇女说道：“这个嘛，你可以找公司谈去。”

“去你们公司谈也可以，要谈咱就好好谈，别动不动就动手打人。”

王德光微微一笑，看不出来，林律师还真是大大滴狡猾！殴打律师一直没有人承认，如今林健飞居然把套下在这几个人身上了！

果然，就听老舅急忙说道：“那个打人和我们没嘛关系。对！我们和打人没关系，没关系！”

王德光肚里好笑：这不是此地无银三百两吗？既然没关系，你怎么知道打人的事呢？

孩儿她叔似乎也觉察到刚才的话有漏洞，只听他说道：“我们今天来就是打算解决问题，不打算走了，就在你这过年啦！”

“哦，不走了？”林健飞关心地问，“那晚上住哪儿？”

一个妇女回答：“就住你这儿。”

“对！”孩儿她叔一拍大腿，“我们来了就不走了！你要是不赔呀，我们就上你们家吃去、住去！”

“对啦，”孩儿她姑和小姨附和道，“我们知道你家住哪儿！”

“你们不是湖北的吗？海右人生地不熟的，你们怎么知道我家住址的？”

几个人一时语塞，不由面面相觑。

“这个嘛，”她姑发话了，“我们也是听孩儿她同事小王说的。”

“你们说的这个小王我从来没听说过，她是怎么知道、怎么认识我的呢？”

王德光不由笑了：问得好！看张翼德却在咬牙切齿，石建业则皱着眉头，仿佛在想：这都是一群嘛玩意儿！

好像四位来客也发现着了律师的道儿，怕说下去越陷越深，只听老舅说：“你甭管，反正我们就认准你了！你就知道挣昧心钱！害得我们滴孩儿得了抑郁症，还住了院！一天医疗费就上千！你要是不给解决呀，咱们就走着瞧！”

“嗯，”孩儿她叔阴鸷地说，“饶不了你，不信你试试！”

“谁饶不了我？”

“我就饶不了你！”

“能把你的姓名留一下吗？”

“留啥？我们随时就找着你，你回家我们也能找着你，我们孩子抑郁了，你对她造成了伤害……”

“我到现在都不知道究竟伤害谁了？你说我伤害了她，那你说，我是打她了还是骂她了？”

“你打她？你打她我们还得干呢！”

小姨接口说：“还用打嘛！你瞧你写的那些东西，你发表的那些东西，给她造成了多大的压力，就是你害了她！我滴孩儿呀……”小姨和姑姑又开始干嚎。

“你还不如打她骂她呢！”孩儿她叔说，“你一直搅和，避重就轻，我们是孩儿她家长，和公司没有关系。孩子抑郁了，你对孩子造成了伤害，家庭接近破裂了。你得在报纸上公开道歉，明白吗？”

“给谁道歉？”

“给我孩儿道歉！”

“好，我会考虑你们的意见。”林健飞又问，“你孩子尊姓大名？我总不能向一个不知道叫啥的人道歉吧？”

“你甭管叫嘛名字，写员工就行！”

“哦？你的意思是，要我给本信全体员工道歉？”

“对啦，你就是为了诈钱！所以我要鼓动老百姓一起揭露你，知道嘛？”

“可据我了解，贵公司不是到现在还天天做广告说房源所剩无几，叫老百姓抓紧时间抢购吗？跟我们打官司生意还这么火爆，贵公司员工利益没受什么影响呀？你想鼓动老百姓反对也得有人……”

“做事别做绝了，”老舅粗暴地打断了他的话，“你要做绝了，你就试试！甭说明年，看看今年你能过得去还是过不去？”

“我怎么把事做绝了？”

“你现在就把事做绝了！”姑姑和小姨有些急躁，话题又回到了原点：“现在我们孩子得抑郁症了！”

会客厅忽然静了下来，半晌只听林健飞轻描淡写地说：“贵公司这次来呢，找的这个切入点比较特殊。我事先确实没想到，这个策略也确实高明。而且，贵公司过去没说的，你们今天都说出来了，好极了！”

“很好是吧？”老舅冷笑着说，“还没到时候哪！是福不是祸，是祸躲不过！今天是头一步，你知道吗？”

“既然是这样，我有句话请转告贵公司领导……”

“我们转告不着！”老舅再次粗暴地打断了林健飞的话，“我告儿你，好虎斗不过群狼！钱该挣的挣，不该挣的你别挣，别到时候有命挣钱，没命花钱！”

“我不明白你是什么意思。”

“你不明白？”老舅恶狠狠地说，“我告儿你：今天你想死，让你死；明天你不想死，我送你死！明白吗？”

“你们是来解决问题来了还是杀人来了？要解决问题就说明白，如果是来骚扰的，我可要打110了……”

“有本事你现在就打110，你打呀！”老舅挑衅地说。

“打就打！”只听张翼德大吼一声，从里屋跳了出来，王德光和石建业也随后走了出来。

四人大吃一惊，后来还是老舅先恢复了神色，继续挥舞着拳头，气急败坏地说：“我告儿你们呀，你们想报警就报警，想录像就录像，想录音就录音，我们不怕！”

“对，我们不怕！”其余三人也跟着附和，可脸上却现出“三十六计走为上”的急切神情。

“你等着！姓林的！你等着！”四个人一边嚷嚷着一边夺门要走，刚打开门，只见两位警官正站在门前。

林健飞快步走上前，向四人介绍：“我来介绍一下：这两位是尹警官、宗警官；这四位是本信的受害家属。我相信，虽然四位不愿对我透露受害人的名字，但一定愿意告诉警官，请警官为你们主持公道……”

王德光等人陪林健飞去派出所做笔录，并把录音留下做证据。无论警察怎么审问，四人什么都不说。过了一会儿，托塔汪天王驾车来到派出所，把这四人领了出来，上了另一辆车，正是昨晚跟踪林健飞的那辆面包车。

林健飞和三位业主眼睁睁地看着本信的人扬长而去，不约而同地说道：“精彩！”

3

穆平秋等林子泉回到家，便要出门，袁婉茹也要去上班。穆平秋说她必须出去一趟，不能束手待毙，等着本信再打上门来；袁婉茹则说秋柳所还有一大堆账务要处理，特别是还有一大堆支票要划转。

林子泉惊讶地看着这两个女人，心想这女人怎么都这么不可理喻！都什么时候了，还到处乱跑！一起呆在家里陪陪硕儿不好么？

穆平秋摇摇头。光天化日的，他们不敢拿我们怎么着！袁婉茹也执意要走。林子泉拿她们没办法，只得叮嘱两人小心，随时联系！

穆平秋先把袁婉茹送到秋柳所，看看周边，确信无人跟踪，便直奔家具市场。她信步走进一家门业门市部，在猫眼展柜前停了下来。

一名胖胖的妇女走过来，满脸笑意地问：“大姐，想要猫眼吗？我的猫眼可是这个市场里最全的，什么型号都有！”

“是吗？”穆平秋低头看着五颜六色的猫眼，“我想要一个不容易被破坏的、质量最好的……”

“你家法院的？”猫眼老板依然满脸笑意。

穆平秋不由抬头看看猫眼老板，笑着问：“你怎么知道我是法院的呢？”

“嗐，来买猫眼的十个有八个是法院的。”猫眼老板为自己的金睛慧眼颇为得意。

“法院跟猫眼有关系吗？”穆平秋倒有些好奇了。

“当然有关系啦！这年头，法官特怕遭报复，昨天还有三个法官前后脚来我这里买猫眼呢！干我这行的，这种事儿见得多了去啦！”

穆平秋笑了：“您可真厉害！一眼就能看出顾客是干什么的……跟您说的

差不多吧，我儿子也从事法律工作，不过他是律师……”穆平秋便把林健飞的事情简略说了一遍。

猫眼老板的眼睛顿时瞪得比猫眼还圆。

“跟本信打官司？了不起！大姐，呶，这是我这里最好的猫眼，视野开阔，外面很难破坏——我也帮不上啥忙，只收个成本价，你要的话拿去吧！”

穆平秋吃了一惊：“怎么，你们也听说过本信的事情？”

“海右城里哪有不知道本信的？”猫眼老板摇头叹息着说，“不就是坑人的房地产商吗？光我们这个市场里就有不少人买了他们的房子。当时幸好我钱不凑手，没跟着上当！听说他们硬得很呢！你儿子怎么敢惹他？他们真缺德呀！你们可得小心！了不起，啧啧，了不起……”

猫眼老板絮絮叨叨、前言不搭后语地说了一大堆，穆平秋感谢着拿走了猫眼。

回到小区，她先去了一趟居委会，把昨晚的遭遇跟居委会主任说了一下。她不求居委会站出来见义勇为，只希望传达室的保安能在本信流氓进入第一道大门的时候通报一声，居委会主任连忙摆手：“这事儿我们管不了！跟我们没关系，你也甭找我们！”

“不是要你们出面，”穆平秋有些不悦，“就是想请你们保安帮个忙，给我们事先打个电话就行！”

“甭指望他们！”居委会主任不耐烦地挥挥手，“就这帮小子，站在那里就是一摆设！不遇到事儿还罢，遇到事儿跑得比兔子都快！”

穆平秋有些失望，虽然多年来她已经习惯于失望，但还是为居委会主任的冷漠而感到有些寒心。

“大姐，”穆平秋转身刚要转身离开，居委会主任忽然叫住了她，“惹不起躲得起。大姐，你们全家，还是出去躲躲吧……”

穆平秋婉然一笑，不置可否。她决定去老何那里碰碰运气，老何满脸歉意地说：“穆大姐，真是对不住！昨晚你们家出了那么大的事儿，我……”

穆平秋感到一丝慰藉，见他过意不去，忙说：“老何，这事儿你管不了，不怪你。不过，如果你看见可疑的人，能给我们打个电话或者发个短信报个信儿吗？”

老何连说没问题。

穆平秋又从一楼开始挨家挨户地求助，邻居们都是工作多年的老同事，见穆平秋有求于他们，自然慨然允诺。穆平秋正挨家布防，突然接到林子泉的电话，要她马上回来。

穆平秋刚进门，林子泉便急匆匆地要出门去接袁婉茹。刚才袁婉茹打电话，说她在去银行办业务的路上被人跟踪了。那人见袁婉茹发现了他，便走到她跟前，不阴不阳、皮笑肉不笑地说：“哟，我看你很面熟嘛！改天咱们好好认识认识，哈！”

“婉茹现在哪里？”穆平秋焦急地问。

“还在银行大厅，”林子泉把斧子往怀里一揣，“我去把她接回家。”

穆平秋又叮嘱了林子泉几句才让他出门，然后便关上了门。

“奶奶，”硕儿忽然指着防盗门说，“门还没反锁上呢！”

穆平秋抱抱硕儿，说没事的，爷爷和妈妈一会儿就回来。

“还是锁上吧。”硕儿有些紧张地拉着奶奶的手。

穆平秋便问他怕吗？硕儿的眼神里掠过一丝惧意，可随后却坚决地摇摇头：“不怕！”

穆平秋刚把门反锁上，硕儿便高兴起来，

穆平秋也不由破颜一笑，便拿出猫眼来给硕儿玩。硕儿对这只小望远镜感到很好奇，饶有兴趣地玩了起来。一会儿拿起这头看看穆平秋，一会拿起那头看看窗外，喜得嘎嘎的。穆平秋没敢立即安猫眼，因为要安装就得把门打开。家里只剩下娘俩，她不敢冒这个险，还是等林子泉回来再说吧。

此后几天，业主们每天早晚轮流来接林健飞夫妇上下班，周六周日业主们休息，林子泉便披挂上阵亲自护送。白天，本信带着人轮番到秋柳所寻衅滋事；夜间虽然依然骚扰不断，但已经不如小年夜那天激烈。报警成了家常便饭，简直比一日三餐还丰盛。

小年的第二天傍晚，林建飞接到了盖天鸣的电话。原来盖天鸣老家上网不便，本不知林健飞家被围攻的事，还是夏梦雪火急火燎地打电话给他，将事情说了一遍。盖天鸣暴跳如雷，打电话给林健飞说他马上赶回来。

林健飞坚决阻止了他，说怕他回来同样会被围攻，而且现在业主们天天保护他家，他很安全。

其实林健飞并不希望业主做他的保镖，他更愿意和盖天鸣或章海洋一起上下班，毕竟两人是他的朋友，而业主再怎么说跟他只有业务关系，而非亲友。一来怕是给人家添麻烦，二来业主也未必齐心协力。

在业主群里刚要排班保护林健飞时，就有人出来抱怨：我也受到本信威胁，你们怎么只保护他，不来保护我？只是如今事态紧急，林健飞又不想盖天鸣和章海洋为自己担心，于是便都没告诉他们此事，只能暂时由着业主保护。

转眼便是腊月二十七。这天早上，张翼德和冀鹏海来接林健飞上班，林健飞刚开门就闻到一股刺鼻的恶臭，只见地上零零散散地丢着几根大便，门上则喷满了粪汁。

林健飞马上明白了，他立即报警，并把张翼德和冀鹏海叫上楼来。两位业主看到满地、满门的粪便，怒火中烧。拿起手机便拍，随后发送到业主群里，并写道：本信这群狗杂种不仅围攻林律师和老人孩子，而且公然在他父母家门口泼粪！

110赶到现场，林健飞一看，除了程警官和李警官之外，冯又陵也赶到了。程警官解释说上级经过协调，把你的案子和骚扰案并案交由我们所处理了，而冯记者恰好在派出所采访，顺便跟了过来。

两位警官和冯记者便拿起相机取证。“嫌疑人最初想从猫眼里将粪汁灌进去，你们瞧，”程警官先指着门外又指着门内的一道发黄的痕迹说，“这是昨晚嫌疑人硬灌进来的粪汁，但后来一看灌不进去才泼洒在门上和地上。可惜没有录像，没有直接证据。”

两位警官的结论是，这起泼粪事件性质极其恶劣，已经超出了一般社会治安的寻衅滋事范围，他们要立即向所长汇报，年节临近，事多，警力不足，建议林家极早转移，以防不测！

穆平秋、林子泉看看满地的粪便，不怒反笑了。这么大的一家公司，天天吹嘘自己关系如何如何，又是打人，又是骚扰，又是泼粪。不过，冒着数九寒天，提着这么一摊东西爬上六楼，干这么脏的勾当还真不容易！说实在的，当初还觉得本信财大气粗，还叫嚷着灭门啥的，咱惹不起；可谁知道净是些连地痞流氓都不屑一顾的下三滥手段呢！

张翼德和冀鹏海一嘀咕，冀鹏海便对林子泉夫妇说："叔叔、阿姨！我们刚才在群里跟其他业主商量了一下：我们想给您家安装一部监控器，正好我认识一位卖监控器的，钱我们出！您看行吗？"

林子泉夫妇也觉得该安一部监控器，不过安监控的钱还是自己出。而张翼德和冀鹏海却坚持，说林律师为了我们的事情连自己的老人、孩子都卷进来了，我们出这点钱算什么！老两口见拗不过他们，只好先应允下来。

林健飞和业主们要跟警察去做笔录，冯又陵却悄悄拉住了林健飞。他看看污秽不堪的大门，又看看林家老小，眼神里不知道是愤怒还是忧虑，是悲怆还是怃然。良久，他转过头来，凝视着林健飞的眼睛，轻声说道："健飞，负面新闻不好。我只能帮你到这里了，所有证据我会妥善保存。邪不压正，相信总会有水落石出、大白于天下的那一天……"

林子泉和穆平秋开始清理粪便，穆平秋忽然想到，林健飞孤身作战，受到如此众多的威胁、迫害，难道律师协会不应该站出来为他说句公道话吗？想到这里，她便找林健飞要律协的电话，她要会会海右律协主席。

林健飞虽说也是律协会员，不过除了按规定缴纳协会年费，平时跟律协没有什么来往，也没有律协的电话。更何况，他不太相信律协能起什么作用。不过，业主们听说后觉得值得一试，多一条路总比无路可走强，说不定还能得到海右律协的有力支持。王德光、石建业便自告奋勇，下午开车接穆平秋一同去海右律协。

海右律协驻在西郊一座土得不能再土的二层楼里，要不是楼顶那枚硕大的中国律师徽标志，人们还以为是县城里的供销社呢！一行人走进律协大楼，楼上静悄悄的，好像只有办公室有人。

律协办公室的工作人员是个二十出头的女孩，见这么多人来访，有些惊讶。穆平秋要求面见律协主席，小姑娘说主席不在。

“那你有律协主席的电话吗？”王德光追问。

“没有，”小姑娘迟疑了一下，“我去找领导问问。”说着便转身出去了。

小姑娘刚出门，王德光冲石建业使了个眼色，石建业便把住门口，王德光急忙打开办公室抽屉，从中拿出一张电话通讯录。

“嘿，果然不出所料！”王德光微微一笑，立即转交给穆平秋，“大姐，您收好！”

不一会儿，小姑娘领着一位个头高大的中年男子走进来，自称是律协秘书长，热情接待了他们。穆平秋便把来意说了一遍，秘书长沉吟半晌，说：“这件事我们也知道一些，我们也很难过，也很着急，但主要领导都不在。您看这样行不行？你们先回去，等领导回来我立即汇报，一定维护咱们律师的正当权益！”

王德光、石建业都是闯荡衙门口的老江湖了，甭说石老头，就这套“袖里乾坤”的把戏王德光都玩腻了，岂能瞒得过他？

王德光和石建业不满地说：“等，等，等！我们的律师被打了，要等！被人跟踪了，要等！家里的老人、孩子受到生命威胁了，要等！家里被泼粪了，还要等！请问，你们是不是要等律师全家遭受灭顶之灾之后才不等了呢？”

秘书长一脸尴尬，可仍然说大家先回去，我们一定尽快向领导反映云云。

穆平秋平心静气地说：“秘书长同志，我要说的是，林健飞是为了维护法律的尊严而受迫害，而不是因为一己私利而受报复。如果是后者，我不会为他流一滴眼泪！可现在情况不是这样啊！”

说到这里，穆平秋突然哽咽了一下，接着说道：“我一个老百姓都知道法律神圣不可侵犯。可如今，林健飞只是因为坚守法律底线而全家横遭报复、迫害，而有关部门却集体失声，无人过问，只能靠同样是老百姓的业主保护。难道本信羞辱的仅仅是林健飞吗？他们不是在往我家门上泼粪，而是在向法律的大门上泼粪，是在挑衅、羞辱国家的法律啊！说直白一点，律协是律师的娘家人，难道作为同样是律师的你们，能眼睁睁看着一个同行为维护法律而遭受迫害，却能袖手旁观、无动于衷吗？如果是这样，连法律从业人员都可以肆意被凌辱、玩弄，请问律协究竟还有什么存在的意义？”

穆平秋说到这里再也忍不住了，不禁无声饮泣起来。

整个办公室沉默了，王德光看得出，秘书长被穆平秋的一席话深深打动了。不知过了多久，秘书长站起身来，说：“阿姨，您看这样成吗？您先去会议室稍等一会儿，主管领导现在外地，我马上跟他联系一下……”

王德光、石建业对穆平秋不禁肃然起敬。如果说此前两人与林健飞还是靠委托代理关系得以维系，甚至是依靠利益纽带才得以维系，那么在穆平秋身上他们则看到了一种超然于个人利益之上的精神。那是一种久违的正气，散发着明亮而柔和的光辉。

秘书长打了半个多小时的电话，然后过来找穆平秋，要跟她单独谈，两位业主有些不满。穆平秋冲他们点点头，便跟秘书长单独去了另一间办公室。秘书长告诉穆平秋，说领导对此非常重视，但身在外地，正在往海右赶，回来后一定在第一时间处理这件事情。

如此答复，穆平秋还算满意。秘书长把她和两位业主送出大门，王德光漫不经心地问：“能否把你们主席的电话告诉我们？”秘书长迟疑了一下，笑笑说：“您直接给我们打电话好了，我们工作时间一定有人接听。”

王德光哈哈笑道：“好的，一定，一定！”

王德光开车先送下石建业，又送下穆平秋。穆平秋连说了好几个“麻烦你了”才进小区。王德光却没有立即走，他目送穆平秋走进楼栋，又等了许久才离开。

第十四章　最后通牒

王局长喜上眉梢，说："您是说成立专案组？"

"对，法不责众！不管是成是败，你们上可以对得起组织嘱托，下可以对得起百姓期许，而你们都将立于不败之地。既彰显了正义，又保护了自己，何乐而不为呢？"

1

穆平秋到家已是下午五点半，安监控的师傅还没来。林子泉正忙着做饭，硕儿还在写寒假作业。穆平秋便把跟律协的交涉情况跟丈夫说了一下，老两口一合计，觉得律协未必真能解决什么问题，但至少要让他们知道这件事。

两人正聊着，林健飞突然来电：本信刚才给他下达最后通牒：要求他今晚九点钟以前必须去本信与蒋总面谈，否则，由此造成的一切后果自负！

老两口的心猛地一提，如此说来，小年夜的围攻只是一颗信号弹，真正的进攻才刚刚开始！此时距离21点已不到三个小时。穆平秋便问林健飞准备怎么办，林健飞沉吟了一下，说："家里不能呆了，你们带硕儿先去宋叔家避一下，一会儿宋姐来接你们。我和婉茹还有些事情需要处理，处理完后再与你们会合……"

刚挂上电话，就听有人敲门，老两口吓了一跳。林子泉拎起菜刀，厉声问道："谁？"

只听门外说：“大叔、阿姨，我是冀鹏海！安装师傅来安监控了。”

老两口松了口气，林子泉透过猫眼仔细看了一会儿才开门。穆平秋便急忙安排硕儿吃饭，她则进屋收拾硕儿的衣服，并把家里所有带有个人信息的字纸收了起来。

林子泉向安装师傅连说抱歉，安装师傅摆摆手，说没关系！小冀把事情都跟我说了，我也帮不上什么忙，只能做这点儿事儿了。你们放心，赶紧吃饭，一会儿就安装完。

哪知道安装师傅带的线缆不够长，中途又不得不回去取线缆。

穆平秋迅速收拾好房间，饭却一口都不想吃。硕儿也没胃口，只是静静地看着爷爷奶奶忙活。穆平秋忽然想起王德光“偷”来的那份电话联系表，对，现在必须跟律协主席取得联系！穆平秋赶紧掏出电话表，拨打了表上的第一个电话：“喂，请问是律师协会的洪顺章主席吗？”

“我是……”随后便听电话里“呃”的一声，好像打了个饱嗝。穆平秋无暇细想，便把林健飞收到最后通牒的事情跟洪主席简要说了一下。

“什么最后……通……通牒？”洪主席莫名其妙，“你是谁？你说的事儿我没听说过呀！”

一瞬间，穆平秋有种被欺骗愚弄的感觉，只觉得怒火直冲脑门，太阳穴突突乱跳。

“洪主席！”穆平秋声调一下高了八度，“我是海右律师事务所律师林健飞的母亲穆平秋，今天下午为本信迫害林健飞一事拜访了你们律协。你们的秘书长左一个要为受害律师主持正义，右一个领导同志高度重视，第一时间严肃处理！可你作为主席却声称不知情！林健飞因为老百姓维护权益遭受一而再、再而三的迫害，你们作为律师行业秩序的维护者，却尸位素餐，对迫害律师的行为熟视无睹，任其肆虐，难道不感到羞耻吗？

“我也见过你们协会楼顶那枚大大的律师徽章，林健飞的律师徽章虽然比你们的小多了，可他却在为这枚徽章而战；而你们顶着这么大一面盾牌，当你们的律师为捍卫法律尊严而遭遇迫害的时候，当黑恶势力一再凌辱这面徽章的时候，作为律协主席，难道您不该考虑一下为此做点儿什么吗？”

电话那头沉默良久，却没有挂掉电话。

“穆女士，”洪主席仿佛受到了很大的震动，“您说的这件事情我确实不知道，我还在外地。不过您放心！我马上落实一下，把事情搞清楚了马上跟您联系，您看可以吗？”

放下电话，穆平秋余怒未消，但时间已经不容许愤怒，再说愤怒有意义吗？

穆平秋继续整理衣物、家务，她不想让那些宵小之徒以为老林家是丧家之犬，仓皇出逃，反而把屋子收拾得更整洁。硕儿还是不想吃饭，穆平秋忧心如焚，但此时此刻，也不好催促孩子。

时钟指针指向晚八点，宋德邻的女儿宋霑已到楼下，可安装监控的师傅却还没有收工的意思。林子泉催穆平秋带硕儿先走，等安装完监控再去找他们。

送走穆平秋娘俩，林子泉回到家里，突然感觉偌大的房子变得空荡荡、冷冷清清，心里很不是滋味。房子有了家人才叫家；没有家人，再大的房子也不过是一处现代洞穴而已。

看自己做的满桌饭菜，林子泉头一回感到有些惆怅。心想，难不成留着给本信那帮龟孙子吗？想到这里，他招呼冀鹏海：“小冀，你还没吃饭吧？老话说得好：人是铁，饭是钢，一顿不吃饿得慌！来，陪叔把饭吃了！”冀鹏海忙客气推辞，林子泉一瞪怪眼，说：“怎么，瞧不起大叔的手艺吗？”

“不不不！”冀鹏海忙赔笑着说，“大叔手艺棒极了！我刚到楼门口的时候就闻到香味儿啦！”

林子泉听别人赞美他的厨艺，比女孩子听人家赞美她的美貌还要心花怒放。

“那还不过来吃点儿？”林子泉又招呼他，“一会儿大叔就走了，还不知道什么时候回来，难道还要便宜那帮只知道行下三滥的兔崽子们吗？岂有此理！一起吃！”

冀鹏海和安装师傅一听这话，都哈哈大笑起来。林子泉给林健飞两口子拨出一部分菜，冀鹏海便坐在餐桌前，如风卷残云般把满桌的饭菜吃了个一干二净，连菜汤都没剩下。林子泉虽然天天做饭，但他肠胃不好，平时晚饭吃得就很少。不过看冀鹏海那如狼似虎的吃相，心里觉得真痛快！林子泉墩墩筷子，就着小菜喝了几盅二锅头，不觉酒兴大发，拍着桌子唱起来：

“马大保喝醉了酒啊，忙把家还！

只觉得（那个）天也转来，哎嗨，地也转呶~

为什么那太阳落在东山下，

月出正西，耶！明了天！哎，明了天~噢~噢~~”……

冀鹏海拍着桌子大叫：“好！”又笑着问林子泉：“大叔，您这唱的是哪一出呀？土得掉渣，可听起来又挺带劲儿的。过瘾！”

“哈哈，小冀，这你就不懂了吧？”安装师傅笑着替林子泉解释，“这可是吕剧《借亲》的经典片段《马大保喝醉了酒》啊！老哥，你还别说，唱的还真是那个味儿！”

林子泉自觉得意：“老话说得好：好汉不提当年勇，好女不提当年俏！不是吹牛，想当年我在建筑工地上，下了工几十个工友跟我赛这段儿，楞没一个能唱过我的！哈哈哈……”

小冀吃完饭，帮林子泉洗好碗筷，这时监控也安装完了。林子泉便问小冀去哪里，冀鹏海说业主们都商量好了，今晚大家去秋柳所，准备彻夜保护林健飞。林子泉点点头，拎起饭盒，说：“走，我和你一起去！”刚要出门，林子泉忽然想起了什么，转身在写字台里掏出一张大信纸，在上面刷刷写了几句，便往门上一贴。

冀鹏海走上前去一看，只见上面新作一首打油诗《有钱木钱，回家过年》：不速之客来拜年，花甲老朽犯点难。深更半夜来骚扰，老朽木有压岁钱。家中父老眼望穿，盼儿回家过大年。元宵节后再来拜，老汉不惧您纠缠！

看完这几句打油诗，冀鹏海不觉哑然失笑。心想这林律师整天之乎者也的，究竟是家传呢，还是“传家”呢？连老爷子也要诌两句才肯走。

窗外的天空彤云密布，乌中透着红，霰雪纷飞，打在人脸上有点儿凉，有点儿疼。林子泉拿起钢杖，又仔细检查了一遍燃气灶和所有门窗，看了一眼房子，默默关上灯，对冀鹏海说道：“走吧。”

宋霑开车把穆平秋娘俩拉到宋德邻家中，宋德邻的夫人欧阳蕙莅正在家里焦急等待，见穆平秋和孩子安然无恙，才算松了一口气。

“让奶奶抱抱！”欧阳笑着一把把硕儿抱起来，“哎呀，硕儿长大了，变沉了，宋奶奶老啦，抱不动喽！”说着便把硕儿放下来，却依然拉着他的小手不放。欧阳又转过来对穆平秋说：“平秋，你们就在这里住下，料他们也不敢冲击市委家属大院！吃饭了没有？”

“给你们添麻烦了，”穆平秋满怀歉意地说，“孩子什么都吃不下去，到现在也没吃东西。”

“瞧你说的，太见外了！”欧阳又心疼地看着硕儿，“瞧这些坏人把孩子害的！硕儿想吃什么？对啦，硕儿最爱吃宋奶奶做的西红柿虾仁鸡蛋面啦！奶奶这就给硕儿做去！”

“我也要吃！”一个白生生的小男孩儿嘎嘎叫着跳出来抱住硕儿，两个小男孩拉着手玩了起来。

“好好好！”欧阳脸上笑开了花，“乐乐，你和硕儿哥哥比赛，看谁吃的多好不好？”

乐乐开心地拍着小巴掌说：“我能吃四碗！”

宋霑却数落起乐乐来：“哼，你这个人来疯！刚吃了那么多还要吃，晚上还睡不睡觉了？”

硕儿见到乐乐也就暂时忘却了这几天的惊恐，乐乐拽着硕儿去他房间看他养的各种电子鸟去了。

欧阳给硕儿和乐乐做好面，特意给硕儿捞了许多虾仁，便和穆平秋坐在旁边看硕儿和乐乐大口地争着吃面。看着看着，穆平秋的眼圈红了。硕儿吃得正高兴，忽然看见穆平秋流泪，赶紧端起小碗来，走到穆平秋面前，说：“奶奶饿了，奶奶吃！”

穆平秋擦擦眼泪，笑着说：“奶奶晚上不吃东西，硕儿和乐乐多吃点！”

欧阳抚摸着硕儿的头发，笑着说："硕儿真懂事！平秋，你也吃点吧。"

穆平秋擦擦眼泪说："我吃过了……德邻怎么不在家？"

欧阳笑笑说："小霑去接你们的当儿，他就在家里团团转、撞笼子，说坐不住，刚才去小飞单位了。唉，说起来真是作孽呀！连老人、孩子都不放过！"

欧阳便聊起了宋德邻的退休生活。宋德邻元旦就退了，可一直不放心林健飞的事儿，他预感到林健飞这回又要捅出一个大窟窿。

两位老邻居都经历了大半个世纪的沧桑，可仍然感慨万千。对本信，穆平秋并不感到畏惧，这一生她见过的变故多了。

不知不觉已经是夜里十点钟。宋霑要带乐乐回家，乐乐跟硕儿玩得正开心，拽着硕儿的胳膊，扭着身子不走。要走也行，得叫上硕儿哥哥。

宋霑笑着问硕儿："要不要跟大姑姑回去睡？"

硕儿虽然也舍不得跟乐乐分开，可一听要跟大姑姑回去，便坚决地摇摇头："我不去！我要保护奶奶！"

大人们都笑了。

乐乐便要留下来和硕儿哥哥一起睡。宋霑装着无所谓的样子说："好呀，你留在这里好了，晚上我和爸爸一起睡。"

乐乐眼睛里顿时现出迟疑的神色。最后终于慢吞吞、不情愿地穿外套和鞋子。快出门的时候，乐乐突然回头问："硕儿哥哥！晚上你不跟妈妈一起睡么？"

硕儿摇摇头："我都是自己睡。"

"哇塞，"乐乐一时间对硕儿崇拜得无以复加，"我好崇拜你噢，硕儿哥哥！好了不起哇！自己睡！"直到出门，乐乐一手紧紧抓着妈妈，一边嘴里不住地念叨："自己睡，自己睡……"

2

林子泉和冀鹏海赶到秋柳所，几十名业主已经把律师所挤得像沙丁鱼罐头一般，正在热火朝天地讨论对策。见到林子泉，林健飞夫妇有些诧异。林子泉把保温饭盒往桌上一放，叫两人趁热吃，然后环视了一下屋里的人们，给他们深深鞠了一躬，说："我是林健飞的父亲。感谢各位这段时间以来对我们家人无微不至地保护……法律上的事情我不懂，但我知道，林健飞作为律师，在代表法律为你们辩护。如果林健飞干的是违法勾当，为虎作伥，也不怕当着你们的面告诉林健飞，以后不许踏进林家门半步！可既然是正当的，合法的，本信迫害林健飞，就是在破坏法律、破坏国家！老话说得好：多行不义必自毙！你们放心！甭管他关系有多硬，有多强大，也逃不过'天理'二字！作为他的父亲，也代表他的母亲，我要说：儿子，我支持你！"

在林健飞的印象里，父亲从不是一个善于演讲的人。然而今天父亲这一席话却令林健飞肃然起敬，也令在场的所有业主肃然起敬。看着林子泉那瘦小的身影，雪珠冰碴与斑白的头发眉毛胡子混在一起，有几位业主的眼眶也跟着湿润了。

"说得好，大林！"只听外面有人高声叫道。

人们往外一看，不由吃了一惊："宋局长！"

宋德邻边走进来边摆摆手说："退啦，早不是什么局长了……听说林大律师得罪了人，我得过来瞧瞧。"

业主们并不知道宋德邻与林健飞的关系，却不约而同地想：这老官僚今儿个是来凑热闹呢，还是看笑话的？石建业便气鼓鼓地说："宋局长，您现在既然退下来了，咱们就都是老百姓啦，对不对？既然都是老百姓，咱们有些牢骚话得跟您好好唠唠，是不是？您说，我们这个投诉究竟是不合法，还是案情复杂？从你们分局到总局一直拿我们当皮球耍！"

其他业主也跟着嚷嚷起来。

林健飞忙为宋德邻解围："大家不知道，宋局长为咱们的案子跑前跑后，没少……"

"小飞，"宋德邻摆摆手，"你叫大家说下去。"

业主们便把这段时间以来到处吃闭门羹、踢皮球的怒气向宋德邻排山倒海般地倾泻下来。

“你说，你说！你们拿着我们纳税人的钱，天天坐办公室，眼看着我们老百姓的血汗钱叫人说骗就骗、说抢就抢走了，连个屁都不放一声！”

“整天喊全心全意为人民服务。好容易求你们来服务一回吧，这个要请示，那个没政策！”

宋德邻一言不发地倾听着，王德光倒有些坐不住了——大家只图一时口快，却忘了王德光也是区政府科长，刚才那番话等于把他也骂进去了。王德光忙插嘴说：“各位，各位静一静！咱们今天是来商讨对策的，不是来开批斗大会的！跑偏啦，跑偏啦！再说，我、老石和张翼德都可以作证，宋局长真的没少给咱们出主意，主持公道！”

石建业和张翼德见大家批了那么久，宋德邻却一声不吭，也觉得有些过了，石建业讪讪地说：“小王说的对……不过嘛，宋局长，你别见怪……主要是大家这么久以来都憋坏了、气坏了！特别是他娘的本信打官司打不过我们就打律师，现在竟然丧……丧……小张，那个词儿怎么说来着？”

“丧心病狂！”

“对！丧心病狂到围攻律师家庭！连年都不让过了！”

“就是嘛，整天嚷嚷着自己关系有多硬，可干的全是连下三滥都不屑于干的事儿，还有点儿起码的廉耻吗？”业主们刚压下去的火噌地又冒了上来。

王德光忙岔开话题，说：“大家静一静！宋局长是领导，也是专家。咱们明天要去工商局，是不是该听听专家的意见？”

业主们这才静下来。

等业主们吐完槽，宋德邻站起身来，跟林子泉一样，也给大家深鞠一躬，说：“首先是我工作没有做好，我向大家诚恳的道歉！别的我不知道，向工商管理部门合法反映问题，那是党和政府赋予群众的基本权利，任何人都无权干涉！我没有什么可以帮上忙的，但我愿意明天和你们一起去！”

所有人大吃一惊，简直不敢信自己的耳朵。

宋德邻见大家一脸狐疑，又严肃地说：“是的，我和你们一起去。第一，作为工商局前任局长，我在退休前没能为群众站好最后一班岗，是我有愧于大家；第二，政策方面的问题我比你们应该更清楚；第三，我做过工商局长，工商局上上下下的领导还能给我几分薄面；第四，现在本信正紧盯着你们的林律师，随时准备欲加之罪，他不方便和你们一起去……”

业主们这才明白宋德邻的来意，一起报以热烈的掌声。

林健飞被深深感动了，他知道，作为律师，他不能组织群众上访、去政府反映问题，特别是在当下这个特殊的时刻。上次带领群众集体投诉、围堵法院，实属万般无奈之举，但那也是剑走偏锋，打了法律的擦边球。

如今本信用下三滥手段，却无人可制约，可如果林健飞稍微偏离一点儿法律的航线，就有可能遭受灭顶之灾。而此时此刻，宋德邻提出和业主们一起去工商局上访，不啻于雪中送炭。

业主们又商量了一会儿，这时林健飞的手机再度响起，依然是无休无止的威胁、恫吓，不是暴尸街头，就是灭门灭种。当然，究竟是谁打来的永远都是个谜。

林健飞试探着给蒋总打电话。说起谈判和威胁的事儿，蒋总反而嘻嘻哈哈地笑着问道：“你说的是什么事呀？我怎么没听说过呀？哈哈，林主任，新年快乐哟！”说着便把电话挂了。

他兔爷姥姥的！林健飞暗想，谁说蒋总四肢发达头脑简单？哼，这头猪，比猴还精，比蛇还滑！

林健飞还要去一趟派出所，袁婉茹和七八位业主一同前往，林子泉便跟宋德邻回家了。下楼的时候，袁婉茹猛地一拉林健飞。

林健飞不解：“怎么啦？”

袁婉茹指指五十米开外的阴暗处，那辆曾经跟踪过林健飞的面包车正静悄悄地趴在那里。

“甭害怕，”林健飞轻笑着拍拍袁婉茹，“就当是出来遛狗吧，你不是一直反对给硕儿养条狗么？”

林健飞夫妇从派出所出来已是凌晨时分，在派出所期间，林健飞又接到几次威胁电话，无非是警告他有警察护着又怎么样？当着警察的面也能弄死你！

显然，本信掌握着他的一切行踪。

夜幕沉沉，林健飞不好去搅扰宋德邻一家，跟派出所商量后，便和袁婉茹在公安局旁的一家小旅馆住下。程警官亲自来反复叮嘱店老板，说一旦有任何可疑人等出入旅馆，立即报警！两人折腾了一天，又困又乏，却不敢脱衣服。

袁婉茹看看窗外，那辆面包车不知什么时候跟了过来，犹如幽灵一般无声无息地停在外面。她冷笑一声，轻轻躺在林健飞身边，却怎么也睡不着。林健飞见她辗转反侧，以为她在担心孩子。

“没事儿，硕儿是个小男子汉！”林健飞轻轻地说，“孩子小时候经历些磨难不是坏事儿……”袁婉茹正要反驳，可林健飞话还没说完就睡着了。

袁婉茹却睡不着，明天她就要带着硕儿回娘家了。虽说这段时间林健飞和公婆一起住，衣食无忧，可袁婉茹心里却一百个不放心，心想这辈子算是攥在这两个男人手里啦。她细细端详着林健飞，看硕儿哪儿像他，哪儿像自己，渐渐也睡着了，睡梦里却全是硕儿那双忽而快乐、忽而忧郁的眼睛。

就在林健飞夫妇去派出所的同时，夏梦雪坐在她心爱的海伦H-3P前，近乎疯狂地一遍又一遍地弹奏着柴可夫斯基的《悲怆》和巴赫的《托卡塔和赋格》。她的双手狂砸着键盘，势如狂风暴雨。《悲怆》变成了悲愤，《托卡塔和赋格》变成了歇斯底里。突然间，夏梦雪尖叫一声，只见右手小指上鲜血淋漓，指甲盖被弹掉了。

温若琳听到女儿的叫声没有动，她轻啜口咖啡，继续撰写论文。这鬼丫头平时就爱一惊一乍，大惊小怪，对女儿的“狼来了”她早已习以为常。

“出什么事了？”夏艮谦听到叫声，却一头闯进琴房。夏梦雪一言不发，颓然坐在琴凳上，任由鲜血迸流。

夏艮谦大吃一惊，赶紧找来绷带，为女儿包扎伤口。

“琴由心生，不萦于物。”他半是责备半是心疼地说，“哪有你这样乱砸一气的？还是为林健飞的事儿？”

夏梦雪怔怔地看着父亲，突然泪如泉涌。

“难道……”夏艮谦心中一动，“你爱上他了？”

夏梦雪一愣，心想这老帅哥怎么净胡联系呀？

“帅锅，”夏梦雪一本正经地说，“拜托有点儿想象力好不好？这么大岁数的人了，还活在琼瑶小说里，小心老美女K你哟！”她朝卧室努努嘴。

夏艮谦笑了笑，他跟女儿闹惯了，也不以为忤。

“唉，没办法，都是叫老美女熏的！”夏艮谦苦着脸说，“老美女天天研究爱情文学，古今中外没一篇儿她不知道的！你说说看，你老爸就是一理工男，不紧跟时代形势，跟中央保持高度一致，那还得了哟？一旦桃花变色，天威震怒，那可就……啧啧啧~”夏艮谦仿佛打了个寒颤，摇摇头不再说下去。

夏梦雪不由破涕为笑。

夏艮谦见女儿笑了，便坐在女儿身旁，说：“来，小美女，跟老帅锅说说，到底发生什么事儿了？”

夏梦雪脸上刚见了点儿阳光，转眼又被乌云笼盖。她便把林健飞遭殴打报复到收到最后通牒的事情说了一遍。

夏艮谦皱着眉头说：“我认识的律师往往肥得流油，滑得溜手，还真没见过这样主动招惹是非的。要说这林律师也真是，抱几根大腿、糊弄口饭吃也就罢了，干吗偏偏找这么大的企业作对头？”他又看看女儿，不由数落道：“成大事者必有定气，有事情咱们全家一起商量。你倒好，把指甲盖儿都掀掉了，解决什么问题了？再说至于么？”

“老夏，我得说你两句哈，”夏梦雪不乐意了，“你们知识分子怎么全这脾气？说起来都是大学里的专家教授，平时个个家国天下、社稷苍生的，怎么一遇到事情就绕着走？我最瞧不起道貌岸然的家伙了！”

夏艮谦没生气，笑着说：“呵呵，你没听说‘会写不会念、会说不会练’‘光说不练假把式’么？就算我是假把式、，那你这不‘道貌岸然的家伙’又做了些什么呢？”

夏梦雪被问住了，半晌，她幽幽地叹口气说：“什么都没做，就打了一圈电话……”

自林健飞遇袭后，夏梦雪一直密切关注事态的动向，因此最后通牒的信息刚出现在群里后，夏梦雪才能及时发现，并第一时间通知了盖天鸣。

盖天鸣当时打电话就打算连夜回海右，林健飞先是坚决阻止了，可后来感觉情势严峻，想了想对盖天鸣说：“也行。不过哥托你一件事，……你看行吗？”盖天鸣沉吟半晌，答应了。

而后林健飞又把所有涉案资料从网上传送给夏梦雪，夏梦雪心中一阵刺痛，她知道：林健飞已经做好了殉职的准备。

给盖天鸣打完电话，夏梦雪紧接着便跟虎令臣联系，虎令臣听说此事也吃了一惊。可夏梦雪请他向领导反映的请求他实在做不到，因为虽然他也算高参智囊，却没有和领导的直接交集。不过他可以找电视台关系，看能否曝光。

一会儿工夫，虎令臣的电话回复，电视台爱莫能助，因为电视台一听本信，直接婉拒了。

夏梦雪只觉得心中一寒，如堕冰窟雪窖。只是她还不死心，她找出一堆电话号码，把她在政府、媒体、名校工作、学习的师兄师姐、师弟师妹，一大堆博士硕士、博导硕导、记者名嘴，把能想到的电话统统打了一遍。她满心期待中间会杀出个鲁智深来，然而她的求救信号却如泥牛入海，杳无声息。

有的认为夸大其词；有的认为小题大做；有的劝夏梦雪赶紧退出，不要再趟这滩浑水；有的愿意帮忙却爱莫能助，而绝大多数则选择了沉默。

恍然间，夏梦雪感觉自己仿佛置身于深不可测的黑暗泥潭，渐渐地，她的希望破灭了。所谓正义，不过是压在潘多拉盒子下的希望。希望被压制久了，就变成了绝望。

夏梦雪求告无门，便把满腔的绝望、怨气和怒火倾泻到了钢琴键盘上。在音乐里她任由血与火在键盘间流淌、灼烧，一不留神，小指刮到了黑键上，指甲盖立马被弹飞了。

夏艮谦静静听女儿讲述她的经历，他的脸色渐渐严肃起来，心里却五味杂陈。一方面，他为女儿有如此强烈的正义感而感到欣慰、自豪；另一方面他又为女儿有如此强烈的正义感而感到忧心忡忡，——这样的人纵使才高八斗，却也更容易因为正义感而吃亏。

夏艮谦把女儿搂过来，就像小时候那样把她抱在怀里，轻轻爱抚着她的头发，安慰她说：“咱们家小雪做得对，爸爸妈妈为你感到骄傲，真的。”

那一刻，夏梦雪趴在父亲怀里，哭了个痛快。

3

正如宋德邻所料，工商局对节前如此大规模的群众来访始料未及，而这位前局长竟然也掺和其中更是出人意外。王局长忙把老局长请到办公室上座，宋德邻却走到沙发前坐下，便向王局长询问投诉受理进度。

“难哪！”王局长蹙蹙眉说，“上边到现在不给个说法，就这么拖着。您老知道，咱们就是在基层干活的，除了手下这十几号人，咱们能管得了谁？”王局长围着个难字唠叨了半天。

宋德邻轻轻点着头，耐心听王局长诉完苦，才说道：“王局，我知道咱们很为难，你做局长更为难！可你想过没有，咱们再难有外面那些群众难吗？事儿不办，咱们工资还可以照拿；可外面那些群众，找谁要钱去？大冷的天儿找谁诉苦去？就说那个林健飞，本信如今逼得他全家上至老人下至孩子连夜逃难，又找谁说理去？”

王局长频频点头，说：“谁说不是呢！都是为了工作嘛！可您看上边说是叫咱们底下自己想办法，可咱们不还得听上边的不是？”

宋德邻摇摇头，说：“挟山超海的事办不了那是真办不了；给老百姓做点儿力所能及的事情说办不了那不是办不了，是不办。上边既然有意叫咱们去做，咱们就放手大胆地去做，只要有理有据，合法合规，谁敢说半个不字？”

王局长苦笑一声，说：“您说的都没错，可咱们是基层啊！办得合上面的意思那还好；要是不合上边的意思，群众满意了，拍拍屁股走人，可咱们不还得在这里干扛着不是？再说不怕您笑话，我经常担心背后被人捅刀子、穿小鞋！”

宋德邻默然。他知道王局长的话没有半点虚言。这些年凭他的资历和能力往上至少干到市局是没问题的。可干到区局就再也上不去了。宋德邻绝不是一个贪图禄位的禄蠹。“我本将心向明月，奈何明月照沟渠”。他自认为一生光明磊落，胸无芥蒂。可这一生除了得到个好字，他又得到过什么呢？即便他以清高自许，可眼见着蝇营狗苟之徒平步青云，站在上面对他颐指气使，他的心里又何尝不感到苦涩难平！然而，在他心目中总有一根无形的魔杖，让他近乎本能地抗拒种种诱惑。是“全心全意为人民服务”吗？走过了几十年，他还记得这句话“时刻准备着为共产主义奋斗终生”吗？可他还做不到抛却世俗享受，犹如虔诚的清教徒那样抛弃一切物欲，专心侍奉上帝。宋德邻曾经很苦恼，也很茫然。他曾经用几十年的时间去寻找这根魔杖，以为它在幽深的峡谷，在高高的山巅，在辽阔的海洋，在缈远的天外。当他的心灵在无尽的荒漠中孤杖远征，在疲惫、焦渴、绝望中几近湮灭时，蓦然回首，他才发现那根魔杖其实就在他心中，它的名字叫——良知。

书上说，良知起源于物质，会如何随着社会生产方式的变化而变化，如何受到社会习俗的约束与影响。可惜宋德邻已经不是正在求学备考的大学生。他只看到随着物质条件的变化，人们的良知正在泯灭，只剩下一点残明烛火还在飘忽闪烁。也许，根据“辩证法”，再过一二百年一定会出现更崇高的良知吧。可他宋德邻还能再等一百年吗？

宋德邻缓缓说道：“小王，你说得都对。咱们是说了不算，我也知道。但你这几十年来可曾越过雷池一步？没有。为什么？因为你心里有杆秤。尽管会有倾斜，但你永远不会打翻它。也正因为如此，我才向领导举荐你做我的接班人。当然，业务素质也是一个方面……”

王局长震惊得哑口无言，他万万没有想到宋德邻会是他的推荐人。其实，当初为了这个位子，他没少找关系，唯独没有找过宋德邻，可谁成想宋德邻却恰恰是他命中的贵人呢！

宋德邻并不理会王局长的一脸惊诧，继续说：“如今我们面临的这个投诉确实不是咱们这个层面可以解决的。可它却是一杆秤：一头是本信和他的关系，一头是老百姓。是，老百姓啥都给不了咱，说不定还落一身埋怨。但是，你能打翻自己心中那杆秤吗？我相信，你不能。”

“宋局长，我，我不知道您，您是我的……”王局长结结巴巴地说。

宋德邻笑着摆摆手：“都是过去的事儿了，不提也罢。还是说说眼前这事儿吧，说说你是怎么想的？”

“宋局长，您说得对！我也不忍心看着老百姓跳进火坑里没人拉一把，可是，”王局长无可奈何地说，“我也是‘单丝不线，孤掌难鸣’啊。”

宋德邻笑了，说：“好，有王局长这句话就行，其实也未必是孤掌难鸣，办法总比问题多嘛！”

“那依您的意思是……”

宋德邻仿佛又坐回了局长的位置，条分缕析地说：“先把推字丢一边儿，看看咱们能做些什么。组织上既然要求咱们处理，无非是两种可能：要么是本信有关系，上面不想管；要么是觉得不是什么问题，上面没必要管。但无论哪种情况，关键是这起投诉的重要程度还没有引起组织上的重视，那怎么才能叫组织上重视呢？”

说到这里，宋德邻意味深长地看看王局长，见他听得正聚精会神。

“很简单，”宋德邻接着说，“把咱们局的几根线串起来，织张网不就行了？”

“织网？”王局长听糊涂了。

“对，你不是说单丝不线吗？你算一根，张副局长、李副局长、祁科长各算一根，你们几个凑到一起织张网，上可以引起领导重视，下可以抚慰群众，中可以保护自己。”

王局长喜上眉梢，说：“您是说成立专案组？”

“对，法不责众！不管是成是败，你们上可以对得起组织嘱托，下可以对得起百姓期许，而你们都将立于不败之地。既彰显了正义，又保护了自己，何乐而不为呢？”

王局长听到这里哈哈大笑：“哎呀，老局长，姜还是老的辣！”

宋德邻笑笑说：“老姜算不上……老油条嘛，倒还凑合。现在情况紧急，外面的老百姓正怨气冲天呢！”

王局长立即着手成立本信专案组，就本信违法经营的问题进行全面调查。这根长期松松塌塌的线索终于绷紧了，等于为林健飞他们的行动拓出了一片新的空间。

业主像欢送英雄似的送走了宋德邻，大家正为这小小的胜利雀跃不已，冀鹏海突然给王德光打来电话，说本信今天上午又派了四五拨人去秋柳所骚扰，来人干什么的都有！有受害人家属，有因林律师代理案件而遭受投资损失的业主，有不明真相的各路群众……林律师一早上什么事情都没干，光忙着报警了。不光这样，林夫人一出门就遭到跟踪，本信的人已经尾随到她家了，现在林大叔正在赶过去……

王德光心里一沉，石建业和其他业主便吵吵着杀回秋柳所保护林健飞。

“等等！”王德光猛喝一声，“咱们去也没有用！躲得过初一，躲不过十五！干脆咱们来个围魏救赵！”

“怎么个救法？”业主们问道。

王德光与业主代表低声商议起来。

林健飞决定把袁婉茹和硕儿送到乡下他姥姥家，袁婉茹非要回家收拾收拾东西才肯走。不料刚一出门就被盯梢，一直到她家门口才发现。袁婉茹心想，这下坏了！不过事已至此，后悔无益。

袁婉茹看看隐匿在楼道里的两名盯梢的高个汉子，看他们贼眉鼠眼的样子，气就不打一处来。她打开锁，“咣”地临门一脚，倒把这两人吓得噌噌倒退了两步。袁婉茹轻蔑地看了两人一眼，径直进屋，锁好门，给林子泉和穆平秋打了个电话，便开始收拾东西。林子泉一听又气又急：都什么时候了，还收拾什么衣服！急归急，老爷子还是十万火急地出了门。

林子泉揣着斧子，本打算打的赶过去，然而早十点的海右城正堵得水泄不通，甭说出租，就是公交车也挪不动几步。林子泉正着急上火，一辆挂着出租招牌的黑摩的向他驶来。

林子泉无暇细想，忙招手上车，开车的是个一圈白发围着穹顶的秃顶老头，老头见有人招手要车甭提有多高兴了，热情地问：“去哪儿？”

“东湖新苑……”

“好嘞，上我的车就对啦！十五分钟保管把你送到！”老头一踩油门，那车轰一声就上了自行车道，遇到堵车连人行道都敢上。

要在平时，看到这么一辆不守交通规则、横冲直撞的黑车，林子泉早就在后面跳着脚骂上了，可今天他却暗自庆幸。

一路上，林子泉与老头谈笑风生，把老头夸得心花怒放。

“不是我吹牛！在海右城里要说跑得最快的，还得是我的车！”

“那当然！老话说得好：老将出马，一个顶俩！您老一看就是开车的大行家……”林子泉恭维着，一边却在想：一会还得靠这老头把婉茹送走！

果然如老头所言，不到12分钟，林子泉就到了林健飞家的楼下。林子泉紧握着斧子，不动声色地说：“老爷子，你稍等会儿，我上去接个人，下来还坐你的车，行不？”

老头哈哈笑着说：“你上去，你上去！我等你……”

林子泉观察了一下四周，见没有异常，便上了电梯。到了儿子家门口，只见楼道里人影一闪，却没有看清是谁。他的心里咯噔一下子，右手斧柄握得更紧，左手却腾出来敲门。

“谁？”袁婉茹警惕地问。

“我。”林子泉平静地回答。

袁婉茹便把林子泉迎进去，说：“爸，我收拾好了，这是健飞所里的公章、财务章，您帮我保管好。”

林子泉接过印鉴，说：“衣服你自己拿，我要空出手。待会儿要是打起来，我来应付，你快跑！”

袁婉茹拎起行李箱，又扫了一眼家里，便和林子泉出了门。

林子泉和袁婉茹并肩走向电梯口，两名高个男子一边神色不定地不断往这边瞅，一边鬼鬼祟祟地发短信。

哼，小贼！林子泉杀气腾腾地瞪了两人一眼，心想敢上前一步老子劈了你！

林子泉和袁婉茹下楼，两名大汉也跟着下来了。林子泉和袁婉茹不慌不忙地上了车，只见黑摩的轰地一声就开走了。回头看时，那两人赶出来急忙开车要追，却被堵在大门外的车流中。

哼，跟你林大爷玩这手，也忒嫩点儿！

林子泉把袁婉茹护送到市委宿舍大院门口，他先下车看看周围，见无异常，便叫袁婉茹上了另一辆车，硕儿已经坐在车里，却是盖天鸣开车。原来那天林健飞托付盖天鸣的事，正是让他把硕儿娘俩接到乡下。盖天鸣冲林子泉点点头，二话不说，开车就走。

林子泉怅惘地看着远去的车影，付了车钱，向老头真心说了声谢谢。老头轰地一踩油门，乐呵呵地递给他一张名片，说："还是我的车好吧？记住喽，下次还坐我的车！"

4

张翼德接到石建业电话，得知大家要去找市政府信访办反映情况，便打定主意下午无论如何要同去。他在一家国有银行工作，虽然听着体面，其实他只属于临时工，档案都不在银行。

在身份上，张翼德只是劳务公司向国有银行派遣的临时工，连档案都不存放在银行里，而是放在人才市场。在银行里，代办员跟正式工干同样的活，工资却不及正式工的一半。而且就算任劳任怨拼命干一辈子，也休想有半点儿提拔的机会。

由于前台客户众多，像张翼德这样的基层工作人员基本每天中午一点半以后才能吃上饭。吃饭的时候，他向内勤齐主任请假，说下午三点出去办点儿私事。齐主任听他说起过这事儿，也很同情他，因此便同意了，不过要他跟贾行长说一声。这时候，贾行长正好从外面回来，晃晃悠悠地进了行长室。张翼德扒拉了几口饭便出了内勤室，找贾行长请假。

刚到门口，一股浓烈的酒气"嗡"地冲了出来。张翼德心里便打了个突儿。贾行长不喝酒还好点儿，喝了酒便结结巴巴，黏黏糊糊，不可理喻。可今天这事儿张翼德还非去不可。于是他清了清嗓子，敲敲门，——其实门并没有关。贾行长那张红扑扑的小圆脸上正醉眼朦胧，睡眼惺忪。一看张翼德站在门口，头便如挂在弹簧上的那颗美人锤似的，前摇后晃地使劲点点头，示意张翼德进来。

“贾行长，下午我有点儿事，想请个假，提前走一会儿……”张翼德小心翼翼地说。

贾行长晃着脑袋，看上去像是在参悟什么，半晌他才听明白这句话。

“不、不、不……行！不能、能……能请假！……”

“行长，我有点急事儿，必须请假……齐主任都同意了……”

“不、不、不……行！不能、能……能请假！……”

不知为什么，这个不字和能字贾行长总是拖得太长，以至于听起来倒像是“行，能请假！”

张翼德的暴躁指数在噌噌往上蹿。

“贾行长，是这样的：我买房子叫人骗了。我们这些业主实在没办法，只能去上访……”

“说什么都、都……都不行！”贾行长不耐烦地挥挥手，“‘一个……个萝、萝、萝卜……一个坑！’银行雇你、你……是来干活的，不是雇你卖、卖……卖楼的……”

张翼德再也按捺不住，“嗷”地一嗓子，吐槽能量突然爆表。他“啪”地一拍桌子，贾行长面前的那只茶杯“砰”地跳了起来，有几滴热茶一下子就溅到了贾行长脸上，把贾行长吓了一跳。

“姓贾的！不提干活还自罢了，你有什么资格教训三爷不干活！打你还没上大学三爷就在这里干！你张三爷在这里都干了十年了！你才来了几年？要不是有靠山，你能爬这么快吗？！我告诉你，今天这假你准也得准，不准也得准！不准，三爷今晚就抱着煤气罐上你家去，你信不信？信不信？！”

其实这也不能全怪贾行长。贾行长醉得稀里糊涂，连谁是齐主任都没听清楚。他迷迷糊糊地意识到张翼德好像是要请假，至于为什么请他没听清楚。可最后“煤气罐”这三个字他听清楚了，那酒登时醒了一大半。张翼德的一番抢白虽然像一瓢凉水让他清醒了几分，可他依然口眼难开，作声不得，只能老老实实听张翼德训斥。

“……你说你有什么呀？不就是个专科生吗？三爷函授本科都拿下来了！当年雷哥在这里的时候，你天天给人家穿小鞋儿！唯恐人家比你强！人家不就是找总行解决了一下银行考试报名资格的事儿吗？何况是市行给人家弄错了！你倒好，竟然叫小刘和三爷我替你盯梢，说人家就爱找领导打小报告，给我盯着点儿！人家现在上北京读博士去了。你呢？哼，说好听了叫行长；其实不就是个分理处小主任吗？上周行里开运动会，瞧你那个嘚瑟劲儿！在行长面前点头哈腰、摇头摆尾、眉开眼笑的！一见到我们，那脸‘呱叽’就掉地上了，天天板着个脸跟玉皇大帝他爹似的！不装你能死啊？有那功夫先把你那俩后槽牙补上！

“再说说这钱……行里每年往下拨了多少钱？你三爷进银行的时候拿两千，现在还是两千！光过手的现金也点了很多亿了吧？没有功劳还有苦劳呢！他奶奶的，十年没给三爷长工资也就罢了，倒教训起你三爷来了！还有这伙食标准……行里定的是每天每人十块钱。你定的是全行十块钱，一人伙食标准还不到一块钱！就是喂猪都不够！天天不是叫全行职工吃白菜炖粉条就是萝卜炖粉条！你倒天天下馆子，从不在这里吃！你说，那9块钱哪儿去啦？！”

贾行长本欲辩白几句，可一则酒未醒；二则，良心使他沉默。

张翼德越说越激动，开始还气愤交加，到后来反倒越说越兴奋。

“……瞧瞧你那熊样，啊？天天喝得醉醺醺的！党中央、国务院就是这样教你管理银行工作的？”他也不想想人家党中央、国务院跟这么个银行小主任到底有啥关系？反正这贾主任本来就听得不明不白。张翼德说得正在兴头上也不在乎，就差说联合国了。他忽然想起那天和雅洁参观辛弃疾纪念祠，里面有幅国画画得挺好：辛弃疾正提着灯拿着剑仔细端详，旁边还写着“醉里……灯……剑”什么什么的，张翼德也没记住，于是又无师自通地训斥道：“人家是‘醉里提灯亮剑’，你哪？醉得一塌糊涂！你对得起党、对得起祖国、对得起人民吗，咹？！”

张翼德数落得正起劲，贾主任突然高声嚷嚷起来，也不结巴了：“我不喝行吗？我不喝行吗？！一天到晚喝八顿酒，以前我上学那会儿滴酒不沾呀！

现在一检查身体，脂肪肝、酒精肝、胆囊炎、胃肠炎……都出来了……我才三十二岁呀……”

贾行长突然抱着脸，像个孩子似的呜呜地哭了起来。

这一点张翼德却没想到。以前他看到的只是那个装腔作势、不苟言笑的贾行长，可他没有想到他也有流露真情、痛哭流涕的时候。张翼德反而不知道该说什么了。

“不喝行吗？没有存款咱们吃什么，喝什么？！不喝酒本信集团的那两亿存款怎么进的咱们行？你当它是扑腾着翅膀自己飞进来的吗？！”

张翼德一听“本信”二字，那刚压下去的火苗噌地又冒上来了：“你不提本信还自罢了，一提本信三爷我就火冒三丈！他是存进来两个亿，可那全是三爷的血汗钱呐！坑了你三爷爷不说，还要你三爷替他数钱！真是气煞我也！”

两个人忽然都无语了。一个捂着脸低声饮泣，一个咬牙切齿过后却感到无尽的心酸。这时候齐主任赶紧进来劝架。营业室里来办业务的客户们早就一个个张着脖子在那里看西洋镜。再说大庭广众之下，一个行长鼻涕一把、泪一把的那像什么样子！齐主任劝了贾行长几句，说小张家里确实有急事儿，他已经准假了。贾行长擦擦眼泪，叹口气，冲张翼德挥了挥手。齐主任忙给张翼德使个眼色。张翼德会意，起身便离开了。走到营业大厅，他忽然看见小刘他们几个正幸灾乐祸。小刘一边偷笑着，一边还冲他悄悄一伸大拇指，然后拇指便头朝下栽了下去。

张翼德冲她一笑，也暗把大拇指做了个朝下的动作，却又把大拇指朝上点了点。然后便满面春风地走出了营业室。

这毛丫头，三爷的招牌动作倒叫你拿去现学现卖了。张翼德心中暗想，今天这顿气撒得过瘾！解气！三爷这十年来还没这么痛快过哩！话说回来，这姓贾的也怪可怜的！可谁来可怜我和雅洁呢？管他呢，反正过了年三爷就跳槽了……？

石建业和冀鹏海见张翼德来了，便跟他说了一下情况。市政府信访办已经受理了他们的信访内容，并承诺今天下班前一定给出明确答复。业主们不肯走，便站在雪地里等消息。

大家又等了一个半小时，信访办仍然没有动静。时间久了，有几位便开始咳嗽、打喷嚏，还有几位惦记着要接孩子、回家做饭，便三三两两地走了，到后来只剩下不到十个人站在那里等消息。

石建业时不时掏出酒瓶子喝两口，却不知冷酒入身“醉”加一等，到后来竟然醉得有些不知东南西北了。张翼德和方雅洁手握手依偎着相互取暖，见老头支撑不下去，便劝他先回去吧，我们在这里盯着好了。老头赌气，一仰脖又喝了一口，说：“我没醉！我，我要等……等什么却想不起来了。”

隆冬时节，天黑得早。六点钟不到，信访办的官员出来了。说经过我们反复研究，我们认为你们所反映的问题已经进入司法程序。政府应当尊重司法独立性，请你们向有关部门反映云云，又递给他们一张答复函。

几位业主面面相觑，无言以对。在雪地里站了近三个小时，最后得到的竟是这样一张不到三十字的纸片。又见上百号警察一个都没走，这边就剩几个光杆司令，只得自认倒霉，垂头丧气地各自回家了。

石建业踉踉跄跄、晃晃悠悠的，不知什么时候转到一栋黑黢黢的楼前。老头揉揉眼睛使劲看：咦，这不是本信中心么？怎么跑到这里来了？这时候酒劲发作，老头支撑不住，一屁股坐在马路牙子上。

本信中心那数以千计的黑洞洞的窗口正无神地看着他，仿佛在看一只微不足道的蚂蚁。寒风乍起，吹过大楼时发出一阵呜呜的怪叫声。

“你……你甭叫！”老头一手拎着酒瓶子，一手指着大楼大声吆喝，“叫……叫我也不怕你！有本……本事你来……来吃了我呀！嗝，就……就知道穷……穷叫唤！老子非得教……嗝！……教训教训你！”

石建业奋力把那只二锅头扁酒瓶砸过去，酒瓶砸到墙上却没有碎，只发出一声钝响。

“哈哈，怕了吧？”老头用力过猛，倒把自己四仰八叉地甩在雪地里，半晌爬不起来，却指着大楼哈哈大笑，“有本事叫流氓来打……打我呀！有……有本事叫警……警察来抓……抓我呀！老……老子不怕你！”

“爸，你真在这里！”只见一条魁梧的汉子急忙跑过来把老头扶起。

“你……你是谁？”老头醉眼朦胧地看着眼前这汉子，觉得眼熟，一时却又想不起是谁。

“是我，爱国呀！”石爱国又急又气，忙把自己身上的军大衣脱下来给老头披上。

老头定睛认了半天，果然是儿子。

“爱国！爹……”

石爱国一愣，心想老爷子醉得真不轻快，连儿子、爹都分不清楚了。

石老头的嘴唇哆嗦着，脸上似笑非笑，好半晌突然哇地一声哭了出来：“爹对不起你呀！”这时候酒劲突然涌上来，老头只觉得天旋地转，一下瘫倒在儿子怀里，昏睡过去了。

第十五章　问道

“咬紧牙关，我便是我。努力努力，一点不错。”林健飞去冯玉祥墓碑前默诵良久，心潮澎湃，不能自已。

1

宋德邻回到家，林子泉和穆平秋却不见了，觉得奇怪，便问妻子。

“回家了……”

“什么？”宋德邻大吃一惊，责备妻子道，“怎么不拦住他们？”

欧阳蕙莨叹口气，说：“大林和平秋把孩子送走后就要回家，我怎么都拦不住。平秋说把孩子送走了，心里就没后顾之忧了，她要回家亲眼看看歹徒到底敢不敢破门而入；再说叫几个流氓一吓唬就望风而逃那是她的耻辱，岂有此理！你也知道平秋的脾气……”

宋德邻疲惫地倚坐在沙发上，闭上眼睛把林健飞跟本信较量的这几个回合又过了一遍，又把工商局可能的对策想了一遍，最后长吁一声，再也没说一句话。

林子泉和穆平秋没有直接回家，而是兵分两路：林子泉去了秋柳所，穆平秋则去了派出所，她要问问金所长案子的处理情况。

刚进派出所，只见程警官正厉声训斥一个女孩子，那女孩儿哭得花容失色、稀里哗啦。

“你说你一女孩儿家家的，不好好上学念书，整天动刀动枪的，想干啥？回去好好想想。以后再叫我们抓住，你自己看着办！”那女孩儿抽抽嗒嗒地说了声谢谢就走了。

程警官一见穆平秋来了，忙热情打招呼。

穆平秋便笑着说给你们添麻烦了。

“哪里哪里！”程警官一边微笑着一边起身让座，“天天都是这样。唉，现在这些孩子！您看到刚才那女孩子了吧？还是大学生，就因为男朋友说分手，这姑娘拿起水果刀就来男孩家拼命！幸好没出人命。”

穆平秋不由笑了，便询问案件进展情况。

“这个案子市局非常重视，”程警官说，“已经定性为可能升级为刑事案件的严重治安事件，市局要求我们将本案作为春节期间的重大案件，严防突发事件的发生。如果最近您或家人发现周围有任何可疑人员，不管真假，请立即与我们联系……”

穆平秋非常感谢公安局的高度重视，不过有一点她不明白：难道警方不知道始作俑者是谁么？为什么不直接调查本信呢？

程警官脸上的笑容消失了，眼睛里现出犹疑的神色，突然激动地轻声说：“阿姨，如果这个案件交给我办理，我说什么也要调查个水落石出，还林律师一个公道！可是，我一个人起不到决定性作用啊……”

程警官紧紧握着警帽，却说不下去了。

穆平秋淡然一笑，说：“程警官，你这样开诚布公，我很高兴，也很欣慰。不管这案子的结局怎样，有你和你的同事，有林健飞，我就相信总还是有希望的。”

一瞬间，程警官真想戴好警帽，起身立正，给穆平秋行一个标准的军礼，但他忍住了。程警官沉默了一会儿，便打了个电话，只听他不满地说：“金所长，会开完没有？林律师的母亲来咨询案情，已经等很久了……我们还要让人家再等多久？……什么？哪个林律师？就是遭本信报复、殴打，全家遭受骚扰、泼粪、盯梢、被迫逃难的那个律师林健飞！”

穆平秋的心头一阵凉意，虽然她不知道金所长也是本信受害者，但她看得出，金所长最初对这个案子是很重视的。不过近来见到她似乎很怵头，不太想见她，要不怎么会把她推给程警官呢？

就在这时，只见两名警官带着几名小混混进来了，林子泉和林健飞也跟了进来。六目相对，都没想到一家人竟在这里见了面。穆平秋眼看着几个人进了审讯室，没多久，又眼看着那几个人趾高气昂、喜气洋洋地被一条彪形大汉领走！

不必问发生了什么，天天如此，林健飞早已习以为常。本信例行公事地天天派人上门骚扰，林健飞天天例行公事地报警，警察例行公事地出警，混混们例行公事地到派出所兜一圈便回去了。一切都是公事公办。

不过这一次稍有不同，这次几个混混闹事，正巧让洪主席碰到了。原来洪主席接到穆平秋的电话后虽然没立即回电话，但今天一大早还是陪市司法局行业管理处处长季侠去了秋柳所。两位领导对本信的耍流氓行径又气又恨但也无计可施，只能建议林健飞全家年前还是出去躲躲，年后再跟本信周旋。

林健飞却没有走的意思。他看得越来越清楚，本信未必想要除掉他，他的意图很明显：要么逼迫他就范，要么逼迫他逃走。如果他这个时候离开海右，本信必然迅速拉拢、瓦解业主阵营，再腾出手来收拾他，可谓不费吹灰之力。甚至无需本信动手，业主团队就能不战自溃。他绝不能走。

两位领导来得巧，正赶上小混混定时演出“闹秋柳”。季处长勃然大怒，立即要求公安严惩。面对市司法局如此强大的气场，寻衅滋事者居然面无惧色，圆满完成任务后，非常配合地跟着110去派出所了。

于是一家人就在派出所相遇了。穆平秋不由暗想：这日子究竟什么时候才是个头啊？转眼就到了年三十。业主们对市信访局的答复当然不满意，除了王德光上班来不了，石建业感染风寒在家卧床不起，以及若干不在海右的业主没有参加上访之外，绝大多数业主依然天天左右奔波，一直持续到年三十中午。

不知道是围魏救赵取得了成效，还是公安局、工商局、司法局、律协等机关、单位对本信施加了压力，年三十这一天，持续近十天的盯梢、围攻突然全面停止了，仿佛一场噩梦，来无影，去无踪。

甚至连天公也作美，一夜间，持续了近一个月的雾霾也散去。碧空如洗，万里无云，整个海右城仿佛依偎在阳光怀抱中恬然酣睡的婴儿。

林家的阳台上、卧室里铺满了醉人的阳光。坐在家中温暖舒适的沙发里，沐浴着熙熙融融的阳光，品茗一杯香茶，穆平秋有些恍然。她不禁怀疑自己是否有些草木皆兵了，甚至怀疑这场闹剧是否真的发生过。

林健飞心里也感到不踏实，与此前十几天甚至更长时间的狂风暴雨相比，今天一切太安静，太正常了。他反复想了无数种可能性，甚至怀疑本信已经监听了他的手机、控制了他的电脑。因为种种迹象表明，本信对他的一切活动了如指掌，而他却始终猜不透本信下一步会走什么棋。

自从安装上监控镜头以后，林子泉天天都睡在监控屏幕前。只要有人经过，他就会起来看看。除夕这天凌晨2点半还真有人上楼，走到楼梯口看见监控镜头，扭头便下去了。至于是不是本信来客，林子泉就不知道了。

一家人开始忙年。穆平秋忙着洗衣服、被罩，林子泉去菜市场买年货，林健飞擦完门窗、拖完地便去买对联。再怎么折腾，再怎么迫害，年还得过。不光要过，还要过得更喜庆。

贴完春联，林健飞便要去秋柳所和自己家贴春联。老两口不放心，可林健飞坚持要去，林子泉便陪他走了一趟。两人在秋柳所和林健飞家门口又放了两挂鞭炮才回大本营。

从傍晚五点起，海右城里开始稀稀拉拉传来鞭炮声。林健飞也要下楼放鞭炮，林子泉便走在林健飞前面。放鞭炮的时候，林子泉站在院门外，挡在林健飞前，警惕地注视着外面的动静。

放完鞭炮后，他又在楼下转了一会儿，连周围停靠的汽车他也要凑上去看看里面有没有人。以至于有些车主带着异样的眼光看着他，以为梁上君子春节还不放假，在小区里加班踩点哩！林子泉看没有异常才上楼。

穆平秋便笑他神经过敏，林子泉摇头笑道："老话说得好：小心驶得万年船……"

三人一起包了两大盘饺子，林子泉又做了满满一桌子鸡鸭鱼肉。其实他很清楚，这一桌子饭菜就算加上林健飞一个星期也吃不完。可一想到硕儿，一想到本信的那群下三滥，他就想做得更丰盛些。

晚七点，林子泉照例打开《新闻联播》，这次穆平秋没有反对。虽然大家嘴上不说，可心里都空落落的，那里分明少了点儿什么，那是一个孩子嘎嘎的笑声。

“来，咱们举举杯，”穆平秋强作笑颜说，“为过去的一年，为未来的一年，干杯！”

“等等，”林子泉说，“小飞，你得替婉茹喝一个，我呢，得替我孙子喝一个！”

穆平秋又好气又好笑：“胡闹！硕儿过了十五才7岁，喝的哪门子酒！”

林子泉一瞪眼，说：“你甭管！硕儿是咱家的小男子汉！等他长大了，我还要他陪我喝酒呢！”

穆平秋觉得林子泉胡搅蛮缠，不可理喻。甭说硕儿还小，就算硕儿长大了，家里已经有了两个酒鬼，她可不希望再有第三个。

林子泉依然自顾自地说：“你不懂，这是我们男人的事儿！”

“好！”林健飞举起杯来说，“爸，妈，咱们全家一起喝一个！”

一家人一起喝下除夕的第一杯酒。

第二杯酒林健飞便要敬父母。自己闯了这么大一个窟窿，闹得家里鸡犬不宁，爸妈连半个不字都没说，林健飞觉得心中有愧。

“儿子，”林子泉打断了他的话，“这第二杯酒嘛，爸敬你！你先把酒喝了，爸再告诉你为什么。”

林健飞惶惑地把酒喝下去。

林子泉一干为净，便说道：“儿子，爸为什么要敬你呢？第一，咱林家世代不是劳力，就是地痞流氓，到了你这一代，咱家终于出了一个律师，而且是敢说敢做、有职业操守的律师！

“第二，咱们家的人都是普通老百姓，就该过老百姓的日子，所以我打心里不愿你接这案子。咱惹不起、躲得起嘛！可话又说回来，咱不惹事，也绝不怕事！欺负到咱头上，咱就得反击！

“第三，虽然你挨了打，咱们家也跟着受了牵连，可你没做错什么，因为你代表的是法律！反过来说，你要是替本信干那些伤天害理的事情，老子现在就清理门户！

“第四，我和你妈妈都是从旧时代走过来的，困苦、灾难、危险什么没经历过！老话说得好：人生不如意事，十有八九。但是如今这点危险和咱家经历过的比起来，不算什么。只是不该把孩子牵扯进来……”

说到硕儿，林子泉的眼圈红了。

林健飞见父亲心情不好，忙笑着说：“硕儿在姥姥家玩得可开心了，都不想回来呢！”其实他也是杜撰，由于怕本信监听，林健飞一直没敢、也不让袁婉茹给他打电话、发短信。袁婉茹要跟他联系，会用硕儿他姥爷的手机给穆平秋打电话。

“哦？真的吗？”林子泉生气地哼了一声，“这小没良心的……”

“你别听小飞瞎说，”穆平秋笑着说，“刚才你们下去放鞭炮那会儿硕儿还来电话，说‘奶奶，我想回家，我想你了……’”

“说想我了吗？”林子泉半是焦急、半是期待地问。

“没听说，就说想奶奶了……”穆平秋眼睛里顿时放射出幸福、快乐的光芒，好像硕儿就站在她眼前似的。

“这小没良心的，亏我天天给他做饭！”林子泉有些失望地嘟囔着，可转念一想，又高兴起来：“没关系！老话说得好：外甥狗，吃饱了走。嘿嘿！”

林健飞陪着父母看了一宿春节联欢晚会，守了半夜岁。其实节目并不重要，重要的是一家人团团圆圆。只是，今年五口人只有三口在家，家里冷清了许多。

2

柔媚的蓝天只在海右待了一天，大年初一、初二雾霾卷土重来，甚至变本加厉，五米开外就看不清了。如今过年流行短信、微信、电话拜年，不过林健飞还是乘公交一家一家去给亲友拜年。

自从他成家立业后，一年中也就是过年才能跟亲友们见一面，亲友们见到林健飞自然很高兴，接着话题便落到了本信一案上，然后便无一例外地批判他太年轻、太不知道轻重等等，而亲友们的解决方案也无一例外就是两个字：退出。

林健飞堆着一脸憨笑，一边与长辈亲友推杯换盏，一边老老实实地听他们呵斥，却不置一词。他知道他们是为他好，不过这种好只是情感上的，对他的工作却没有任何建设性。

林健飞拜了两天年，喝了两天酒，上了两天课，挨了两天训，加上在雾霾里四处奔波，感觉不光比上班还累，那颗心也在一片反对、斥责声中变得黯然无光。再加上妻儿都不在身边，内心又苦又涩，犹如雨打浮萍一般漂泊不定。晚上回到父母家，便说明天一大早想去泰山。林子泉不放心，打算和他同去。林健飞却想一个人爬泰山，给心情好好放个假。

“放心好了，”他一边整理背包一边说，“泰山会保佑我的……再说，就本信那帮酒囊饭袋，能在山上追上我，算他们有本事！”

翌日清晨，天还没亮，林健飞穿上海军数码迷彩、登山鞋，戴上迷彩帽、迷彩头巾，背上迷彩行军包，拎起登山杖，便踏上了去泰安的列车。四十五分钟后，他已经踏上了去泰山的第一班公交车。雾霾同样笼罩着泰安城，然而雄伟的泰山犹如一道巨大的天屏，挡住了大部分南下的雾霾。因此某种程度上，这里空气清新了许多。

林健飞在一处山脚下了车，在山里钻来钻去，很快便绕过售票点、检查站进了山。虽然未免有逃票之嫌，但林健飞有他自己的一套理论：买票入山那是游客，是欣赏为主、拍照为辅；而自己却是驴友，驴友追求的是一步一个脚印，与大自然神交、倾听与对话。每一次登山都是朝圣之旅，身心之旅，因此问道泰山才是正经，至于票不票的，不再重要。

林健飞对自己的这番自圆其说颇为满意。他为了绕过检查站，绕道军马岭，依山脊向东。这时天边泛起了鱼肚白，一轮红日挣脱重重霾雾，即将喷薄而出。当太阳突然从海天间飞驰而出，直上九重霄时，阳光瞬间染红了群山、海面。一道道巨大的山影、一幢幢浓厚的雾霾急剧后退，仿佛神秘的面纱被人瞬间揭下。云雾在山岫间吞吐不定，满山的薜荔藤萝、连翘杜鹃若隐若现。恍然间，山间的群鸟惊叫一声，振翼而起。先是几只啁啾着飞起来，接着成千上万的鸟儿展翅高翔……

林健飞惊呆了，他停下脚步，目不转睛地凝视着远方，红霞遍染群山，漫天的飞鸟在山峦间嬉戏。他只觉得自己的身躯、思想和语言渐渐消失了，融化了，只有一颗心变得清灵剔透，寥廓空旷，随着群鸟鼓起强健的翅膀，翱翔天际，融入到那片生机勃勃的熹微中、群山间、天空里。

林健飞伫立良久，如痴如醉，直到阳光挣破残余的雾霾，驱散了他一身的雾气和潮气。山间依然冰冷刺骨，一阵寒风吹过，他不由打了个激灵，这才转身上山。那一刻，他经历过的所有残暴、狡诈、戾气、伪善、麻木、伤痛和屈辱被泰山轻轻拂去，悉数委弃在他的脚下；而心却被推上群山之巅，使他得以仰望苍穹，俯瞰群山，回首看清走过的路。

林健飞崇拜泰山，崇拜它那鬼斧神工的万丈悬崖，神秘莫测的云蒸霞蔚，俊逸挺拔的古树霜姿，甘如琼浆的潺潺山泉……

每次登泰山，他都会把自己完完全全交给泰山，冥冥之中，仿佛有一道绳索牵着他的手走过密林，走过溪涧，攀援巨石，走上山巅，指引他看天地之独立，领略那风月无边的造化神秀，参悟那鬼神不测的日月玄机。

他很快就绕过最后一道检查站，直插中天门。中天门到南天门大约3.5公里，中间还有一段平路，虽然路平淡无奇，但名气却极大：古人名之为“快活三”，意思是此处上山三里皆为一马平川，快活得很！

虽然扣除掉这1.5公里到南天门只剩2公里，但恰恰是这剩下的2公里成了登山绝响。从山下到中天门大约5.5公里，对林健飞来说不过是50分钟的路程；而过了“快活三”，山势更加陡峭，这最后2公里倒要爬一个小时左右。

林健飞在山口休息了半分钟，一口气喝了两袋酸奶，补充了一下体力，整整衣装便开始上山。经步云桥、五大夫松，到了朝阳洞便爬完了中天门到南天门路程的一半。这时只听身后有人用绵软的广东普通话喊：“跟着前面的好汉走啦，登顶最多半小时啦！”

他不由暗笑，心想爬个山就能算好汉，那也忒容易了。继续上行，过了龙门，南天门在遥远的天际已经隐约可见。两侧山脉恰似两道屏扇拱卫天门。南天门下面那条犹如天梯、棋盘一般的山路便是十八盘了：仿佛这头连着人间，那头通向九天。

龙门一跃而过，龙门右侧对山上的悬崖便是著名的万丈碑，上面刻着资深驴友乾隆爷的一首口水诗《咏朝阳洞》。诗曰：回峦抱深凹，曦光每独受。所以朝阳名，名山率常有。是处辟云关，坦区得数亩。结构寄幽偏，潇洒开牌牖。万险欣就夷，稍息复进走。

每一个字据说有1米高，但从龙门看来却是蝇头小楷。虽然贵为天子，乾隆爷一定没有想到，二百多年后，连林健飞这样的小人物都可以对他的诗品头论足：实在不咋地！不过作为前辈驴友，林健飞对乾隆还是惺惺相惜、悠然神往的。

泰山虽以石刻闻名，却并非全部都是精品。不过，乾隆爷对万丈碑的构思却是慧眼独具，匠心独运。万丈碑与泰山画卷相映生辉，为泰山神挥毫泼墨、巧夺天工之作画上了点睛的一笔。

高山仰止，景行行止。已经有很多古今名家描写过十八盘，不外乎如何险峻，如何崎长。但林健飞却没有多少感觉，对他来说，十八盘只不过是最后20分钟的山程。如果不是为了看老人峰，他肯定会一口气登顶的。

老人峰不能不说是大自然的奇迹、泰山神的杰作。那是一处探出山屏的断崖，崖上长萝葛蔓，郁郁苍苍，鳞次栉比。不过，要看到老人峰是需要缘分的，天气晴好的时候还看不出什么，云雾茫茫的时候，那座断崖便显现出一个清晰的老人头像来。

额头、眉毛、眼睛、鼻子、嘴唇、下巴，喉结，惟妙惟肖，正垂目凝视着山上举步维艰的山客。往旁边稍微挪动一下再看时，那饱经沧桑的老人随即幻化成慈悲的佛祖，正凝望着山外的青天，仿佛在凝思神秘深邃的宇宙，又仿佛在悲悯人世苦海无边，何处是岸。

站在十八盘上举目回望，雾霾在大地上翻滚挣扎，林健飞毕恭毕敬地给老人峰合十鞠躬行了一礼。许多累得上气不接下气的游客惊讶地看了林健飞一眼，却不知道他为何而拜；也有坐在石阶上休息看景的，却对老人峰视若不见。

林健飞转身一提气，快步跃上最后几盘。刚跨上最后一级台阶，只觉天空豁然开朗，已然进了南天门。回首来时的路，正如山间石崖上所书：冷暖自知。

虽然是大年初三，天街上却是熙熙攘攘，比平时更加热闹。走过平阔的天街，拾级而上便是碧霞祠和东天门。碧霞祠里的道士正做功课，观里陈列着道教知识宣传和业务表。他饶有兴趣地在道教礼仪专栏前停了下来，专栏上介绍说，道士作揖时须以左手抱右手，左手大拇指压住右手拇指，寓柔能克刚、以德抑暴之意。林健飞不由心念一动。

出东天门，经过著名的泰山碑林，再向上二十几米就是泰山的最高峰玉皇顶了。玉皇庙是一座小院，院外台阶下立着汉武帝的无字碑。一位老道在打扫卫生，林健飞便向他请教：为什么跟碧霞祠相比，玉皇庙会显得如此狭小寒酸？

老道脸上便浮现出悲悯凡夫俗子俗不可耐的微笑，他意味深长地反问道：难道至高无上就一定要讲求排场吗？难道狭小寒酸就不能至高无上吗？

林健飞一下被问住了，没想到这老道竟有如此道行！不由肃然起敬。他现学现卖，用刚学的道教礼仪向老道深作一揖，老道微微一笑，稽首还了一礼，继续扫地。

玉皇顶东面便是著名的拱北石，也就是日观峰了。站在日观峰下俯瞰北麓，东西尧顶就在北天门外，山林中隐隐约约透出一点红墙，那里便是玉女修真处。

碧霞祠内熙熙攘攘，到处是来祈福拜神的游客，而泰山奶奶的墓地周围却只有青松古柏、山花野鸟相伴。

奶奶坟下面那两座如巨烛照天的山峰便是大、小天烛峰了。

林健飞感慨一番，沿日观峰东面走下去。那里群峰对出，满山都是摩崖石刻。走到这里突然狂风暴起，鬼哭狼嚎，有如天崩地坼。每前进一步都风如刀割。谁能想到，在这昂首天外的极顶之上，竟还有如此令人肝胆俱裂、高处不胜寒的地方呢?

穿过关口，还要向上攀登。走在山影里，汗水和雾气在身上瞬间结成一层霜。这时他突然举步维艰，仿佛只要临门一脚，身子就会就碎成无数冰块散落一地。他奋力攀上瞻鲁台，刹那间，一片熙暖的阳光照亮他的全身，冰霜也渐渐融化了。

传说孔子登泰山，在此瞻望故国，故名瞻鲁台，现在悬崖上还铭刻着“瞻鲁台”三字，年代已不可考。瞻鲁台虽然低于玉皇顶，却是一览众山小的绝佳位置。因为玉皇顶虽然海拔最高，但周围都是山石，反而看不清群山，而瞻鲁台却矗立在悬崖上。站在瞻鲁台上极目远眺，林健飞只觉得被压抑许久的身心再也无所羁绊，陡然间放飞天穹，自由翱翔于天地之间。

瞻鲁台又名舍身崖，林健飞俯瞰深不见底的万丈深谷，突然有一股涌身跃下的冲动。一种难以抑制的好奇心强烈吸引着他：跳下去的那一瞬间，他会不会像雄鹰一样飞起来呢?想到这里他不由向前滑了几步，舍身崖上的石栏有力地拦住了他。

林健飞猛然警醒，他拍拍石栏，笑着说：“放心好啦，石兄！我是不会跳下去的。我要是乘风归去了，本信可就寂寞无聊得很了。”他轻轻闭上眼睛，任凭心念纷飞天外云间。

看看手机，已是十点二十七分。下午一点半的火车，下山还要跑两个小时。林健飞恋恋不舍地看了一眼这无边盛景，人间天界，深吸一口气，转身便飞奔下山了。

俗话说：“上山容易下山难。”林健飞下山却轻如飞燕：两臂微张，身体微侧，目视脚下，两脚轻轻弹跳着往下跑，即便在十八盘上也是转眼即下，令身边那些扶着栏杆、战战兢兢、挪动着脚步下山的游客艳羡不已。

路过龙门，一名拄着拐杖上山的大胖子正大汗淋漓、气喘吁吁地坐倒在台阶上，瞧那一坨，少说也有300斤。眼见林健飞飞身而下，大胖子颤巍巍地指着他，上气不接下气地说：“是……是……”

林健飞诧异地看了他一眼，心想没见过这人呐！他无暇细想，从大胖子身旁飞身而过，走出好远，才听后面把话说全：“……是条汉子！”

不到四十分钟，便到了中天门。林健飞身子一扭，从岔路下去了。这条路下面便是冯玉祥故道，那是冯部下为其铺的一条山道，如今虽年久失修，但仍然是林健飞之流的挚爱。从此下去便是天外村，离火车站不到四站路。更何况，山下还有甘洌的山泉在等他。

盘山公路上中巴车来车往，只有林健飞沿着公路跑下山，自有一番疯趣。回首山顶，南天门已经看不见了。这时山间彤云四合，雪花飞舞，落在了山林间、溪涧中、水库里。不一会儿泰山便披上了一件绣着深色花纹的洁白蓑衣。高山围绕着水库，水库变得黑如墨玉。大坝尽头视野突然开阔，犹如多瑙河雄阔的风光。

这时候雪花与雾气渐渐凝结在树枝上，山中一片银装素裹，转眼间变成了雪凇的童话世界。山中的溪水淙泠作响，仿佛扬琴在为群山即兴演奏雪中曲。然而却只闻琴声响，不见鼓琴人。林健飞激动地手舞足蹈，吱呀怪叫。幸好公路上无人，否则一定以为是精神病患者刚逃离医院。

林健飞像孩子一样尽情追逐着漫天风雪，一路上又跑又叫又笑，一直跑到神仙泉，张嘴就喝，那泉水如琼浆玉液直透五脏六腑。神仙泉下游便是长寿泉，土著们正冒着风雪，一边说说笑笑，一边排队打水。林健飞实在忍不住，喝光一瓶，又要接水。土著见他打得少，便让他先来。

上山打水是泰安一景，不管是赋闲在家的老头老太，还是在校的专家教授，司机工友，或挑担子，或推小车走好几公里进山打水。

走过黑龙潭，还有人在裸泳。黑龙潭是中国第一个裸泳基地，不过，裸泳者绝没有丝毫猥亵的念头，里面清一色男丁，没有一个女人。那是对生命极限的挑战，是向泰山的虔诚献礼，正如古希腊人裸体竞技是为了向奥林匹斯山诸神奉献最美的人体一样。

出了泰山，林健飞顺路去拜谒冯玉祥墓。墓阶分4层，共66级，象征冯玉祥66年的生命历程。据说四层代表他一生走过的四个阶段。至于哪四个阶段，林健飞记不清了。他走到墓碣前，上面写道：

我

冯玉祥

平民生 平民活

不讲美 不求阔

只求为民 只求为国

奋斗不已 守诚守拙

此志不移 誓死抗倭

尽心尽力 我写我说

咬紧牙关 我便是我

努力努力 一点不错

冯玉祥行伍出身，没什么文化，最后一句简直是生拼硬凑的大白话。可碑文上每一个字却是那样质朴无华，挚诚感人，唯有一颗救国救民之心，矢志不移。其实有此心志，即便大字不识一个，又有何妨呢？

林健飞在墓碣前默诵良久，心潮澎湃，不能自已。

“要不要照张相？”林健飞猛一回头，只见身后一名男子微笑着问他的恋人，美女撇撇嘴说：“不照！多晦气呀！”

林健飞叹息着摇摇头，他敛身肃立，冲冯玉祥的金色头像恭恭敬敬鞠了三个躬，转身走了。

那对恋人诧异地看了他一眼，并没有在意。男人这才看清楚是墓地，不是休闲广场，忙附和道：“是呀是呀，多晦气呀！”赶紧拉着女人到别处卿卿我我去了。

第十六章　众叛

林健飞看到传票后脸色突变，随后叹息一声，把传票递给了盖天鸣和夏梦雪。“王德光、刘淑芬要起诉我们？”两人不约而同地惊叫一声，“这怎么可能？”

1

按惯例，年后上班第一天，上级单位领导要分别去基层各部门给下属拜年。一大早，区政府的公务员们便洒扫庭除，准备好鞭炮、条幅，条幅上写着这样几个大字：欢迎市局各位领导同志莅临指导！

九点来钟，市局牛局长驱车来到区政府，笑容可掬地跟书记、区长等主要领导握手寒暄。他环视了一眼参加团拜的区政府职员，便问旁边的区委书记：哪位是王德光同志？区委书记便把王德光叫出来。王德光满脸笑意，上前给牛局长拜年。

牛局长打量着王德光，脸上浮现出欣赏的笑容：“不错，不错！气宇轩昂，不卑不亢！是根好苗子！孙书记，咱们都老喽，多关心一下年轻一代，长江后浪推前浪嘛！要培养、提拔、重用年轻干部，把符合条件的优秀干部充实到更重要的位置上去，好钢用在刀刃上嘛！”

孙书记看看王德光，笑着点点头说：“牛局长慧眼识凡！王德光同志的确很优秀，工作有能力、有魄力，是不可多得的好同志！”

王德光的眼睛不由湿润了，他在基层工作多年，光在科长这个位置上就干了二十年。二十年来，勤勤恳恳、任劳任怨。他的工作能力、才干是公认的，他的为人处世也无可指摘。如今牛局长不仅点名表扬他，而且还有提拔重用的意思，他不能不百感交集，大生马逢伯乐而鸣之感。

牛局长又赞扬了他几句，便和区领导去会议室了。

第二天，孙书记把王德光叫到办公室。

“小王呀，哦，不，该叫老王啦。”孙书记亲切地微笑着，“你当科长多少年了？”

王德光拘谨地一笑，说：“也没多久，差不多二十来年了吧。”

孙书记深有感慨地说：“二十年不短了，人生在世，能有几个二十年啊！这二十年，我老喽，头发都白了一半了，你也不再年轻了……”

王德光凝视着孙书记，他这才发现，孙书记真的老了，而自己虽然浑然不觉，青春却已经不知从什么时候开始流逝。都说四十不惑，五十知天命，六十耳顺，而他在四十四岁的时候，已到耳顺之年，他的生命被紧紧钉在那把已经褪色的座椅上。他似乎已经站不起来，更遑论奋勇登攀了。

然而，在他那趋于冰凉的内心深处还有一处微弱的烛光在摇曳闪动，不管经历多少风吹雨打，似乎还没有浇息这点余烬。

孙书记见王德光脸上忽悲忽喜，一脸沧桑，便谈起了正题：“小王啊，牛局长对你的成长很关心，我们从各方面综合考虑，认为你政策水平较高，综合素质较强，现在基建处的高处长升职了，我们想征求一下你的意见，愿不愿意接过高处长的担子？”

王德光惊呆了：怎么可能？他能从正科直接提拔成正处？他以为这二十年来仕途无望，过了四十五岁，他就再也没有机会提副处了。虽然按他的资历和能力，提副处本来早就是顺理成章的事情。可如今，他竟能一跃而起直升正处！这是他一辈子想都不敢想的事情。

王德光的心头一阵惊愕，一阵狂喜；一阵悲辛，一阵感激。他强抑内心的激动，尽力平静而谦逊地说：“感谢领导同志栽培！只怕我才疏学浅，辜负了上级领导的信任和期望……”

“不要谢我，要谢就谢牛局长吧！”孙书记笑笑说：“牛局长多次强调，要叫年轻人勇挑重担。这也是你最后的机会了，好好把握吧。另外，组织上听说你在生活上遇到些困难，有什么问题就向组织反映嘛！”

王德光一愣，他没有想到孙书记会提到这个问题，也不知道是何用意，便模棱两可地说：“没什么大问题，就是买房子受了点儿损失……”

孙书记点点头，说：“衣食住行，人生大事嘛。行，这个问题我向牛局长反映一下……要相信组织，相信领导。你是党员，就要用党员的标准要求自己……”

王德光似乎明白了点儿什么，他一言不发，坐在沙发上默默交叉握着双手。

孙书记见他沉默以对，便说道：“小王，你回去准备一下交接工作，任命文件过几天下发，这边我叫小赵马上给你收拾一下办公室。另外希望你考虑一下组织意见，今后以领导的高标准严格要求自己，你看如何？”

王德光唯唯诺诺地退出书记办公室，他有些进退两难。他不能不承认孙书记的话是中肯的。他是理应执行纪律。而且本信至今寸步不让，维护权益的胜利至今遥遥无期。他领导业主们东征西讨，又取得什么成果了呢？既然领导同志关心这个问题，又不是要我退出，那这个业主代表不做也罢，也谈不上对得起谁对不起谁……

刚破五，盖天鸣便如上足了发条的锡兵一般冲回了秋柳所。他满以为所里现在到处站满了虎视眈眈的彪形大汉，今儿个哥们儿弄不好得大开杀戒，跟这帮龟孙子好好干一架！不料走进所里只见一位老者和两名年轻女子正在跟林健飞理论。

一看老头，盖天鸣愣住了：这不是吴批修吗？他不是几个月前就退出了么？

只见吴批修气呼呼地质问：“小儿嘞，不是大爷埋怨你。你瞧瞧，你办的这都叫啥事儿？要不是你一直在里面搅和，我的定金早要回来了……”

林健飞冲盖天鸣点点头，没说话。坐在旁边的两名小姑娘抿嘴笑着，看吴批修批林健飞。

盖天鸣一脸疑惑地看看夏梦雪，夏梦雪歪歪头，示意他在办公桌前坐下。

“林律师，算大爷求你了，”吴批修焦急地说，“第一，你只要肯退出，我就能拿回我的定金；第二，你向本信的领导认个错，不就是写个保证吗？大丈夫能屈能伸……第三，你现在带着业主们跟本信硬顶，不是在帮他们，是在害他们嘛！第四，第四……”

吴批修突然停下来，眼睛现出迷茫、痛苦的神气，仿佛在绞尽脑汁思索“第四”是什么来着？

林健飞微微一笑，将一次性纸杯往吴批修面前轻轻一推，不动声色地说：“不着急，慢慢背……”话音甫落，只听身后一阵嘎嘎的笑声，夏梦雪趴在桌子上笑得坐不起来了。盖天鸣也撑不住，那张大嘴被笑意鼓成了一个球。可终觉不妥，强忍着没笑出来。

吴批修脸红到了耳根，他惶惑地看看那俩小姑娘，就像背不出课文，仿佛在征询她们的意见，自己还要不要再讲下去，该讲些啥？两名小姑娘有些恼怒地看看老头，心想公司怎么找了这么个老糊涂！又狠狠挖了夏梦雪一眼，最终把目光停在林健飞脸上，却不知道该如何反击是好。

“咱们先撇下工作的事情不谈，”林健飞问眼前这两个如花似玉的小姑娘，“我想问问你们两个：是不是觉得现在工作特难干？”

两名小姑娘彼此看了一眼，点点头。

“难怪！”林健飞说，“听说国家要大力发展文化产业，贵公司难道准备转型做影视吗？几个月前，你们叫吴大爷向工商局举报我、暗算我，我也认了，毕竟七十多岁的人了，经不起折腾。我受点委屈没什么，只要你们把定金退还给老爷子就行！可你们不但没退，现在又把吴老爷子拉来给你们当群众演员，这合适吗？麻烦两位回去转告贵公司领导，要调解，我欢迎！可是，贵公司总是出这下三滥的招数，究竟是想羞辱我呢，还是在侮辱贵公司的智商呢？”

两名女孩满面羞惭，垂头丧气地领着吴批修要走。吴大爷迟疑着走了几步，突然回过头来冲林健飞喊，眼睛却瞟着两名女孩：“林律师，要是他们再不退我定金，我就回来找你，成不？”

“一定，一定！”林健飞笑眯眯地把老头送出去，回来对盖天鸣和夏梦雪说，“光顾着应付本信了，还没来得及给你们拜年呢！”

盖天鸣笑笑说：“这阵子我天天提心吊胆，就怕本信铤而走险。不过今天看嘛，他们连吴老爷子都拉来当枪使，可见真没救了。”

林健飞、夏梦雪却摇摇头，本信何尝不想采取极端措施，只是现在可能吗？如今事态闹得家喻户晓，妇孺皆知，工商局又成立了专案组，连警察都开始关注这件事。本信要想既干掉林健飞，又不伤及自身简直是痴人说梦！

今天吴老爷子出场，不是本信没招了，八成是换策略了。昨天刚从美国进修回来的业主医生李金鳞打电话说，本信要求跟他私了，说只要在协议书上签字，就给他换房。李大夫严辞拒绝了，说鉴于你们最近针对林律师和业主们的所作所为，我无法相信你们的诚意，除了公开调解，我不会接受任何私了。

本信没有再找李大夫，但找来了吴批修。就算吴批修不来，他们也会把赵批修、胡批修拉来，这比雇一帮流氓上门舞刀弄枪要文明多了，可问题是，下一位会是何方神圣呢？

王德光惬意地靠在真皮沙发椅背上，双手轻握，目光散漫却又兴致勃勃地在他的新办公室里徜徉。办公室窗明几亮，绿意盎然，每天有专人打扫。实木书柜旁立着专用饮水机，书柜后面还配了一张床，中午可以小憩。

办公室在13楼，两面朝阳，玻璃墙，晴天时可以远眺舜耕山，俯瞰护城河。可惜今天雾霾，窗外一片灰蒙，不过看上去倒有一种朦胧的美。王德光至今不敢相信自己的眼睛，以前虽然他也进过这间办公室，但当时并没什么感觉。

只有当他入主这间办公室时，他才发现它不仅美观、大气、实用，而且是这座政府大厦里面一个举足轻重的枢纽，全区数以百亿计的基建项目要通过他这道闸门才能行驶通过。每天请示汇报的人多了，向他示好的人多了，更重要的是，他的意见开始有人毕恭毕敬地听了。

王德光感到无比知足，但他并没有被平步青云冲昏头脑。他对牛局长的知遇之恩充满了感激之情，同时他也回忆起自己年轻时许下的诺言，他要在这个新的位置上做一些有意义的事情。

好消息接踵而至，孙书记通知他：经过上级领导协调努力，本信同意全额退回他的购房款。如果方便的话，下午就去本信办理相关手续。王德光很激动，也隐隐有些担忧。本信会不会借机拉拢他，干对不起业主和维护权益律师的事情呢?

孙书记说，以前上级领导也有购买本信房子后要求退款的先例。本信还算痛快，没听说还有其他说法，王德光心下稍安。

下午王德光忐忑不安地赶到本信海右总部。果然，杨虎裳领着他直奔财务部办理相关手续，钱很快就退回来了。

如今只剩下一件事：解除律师代理关系。按理说，自己没有做任何对不起其他业主和律师的事，如今退还房款完全是上级领导有方，关心下级同志疾苦使然。可不知为什么，对这一节他心里总有些发虚。

走到秋柳所楼下的电梯口，王德光正在思忖该如何对答。忽然有人打招呼，一抬头，原来是覃老师。咦，这老处女还没闹够吗?怎么又来了?

覃老师倒是很热情，却有些窘迫地说："哎呀，王科长！我正发愁该怎么对林律师说呢，你就来了！好极了！"

王德光一愣。

覃老师今天是来请林健飞代理维护权益的，可她此前跟林健飞有不少过节，实在羞以启齿。

"唉，以前一直以为林律师就是为了钱，"覃老师羞愧地说，"现在看来，是我以小人之心度君子之腹了。亏我还是个老师……王科长，一会儿你帮我说几句好话，行不行?"

王德光含含糊糊地虚应着，一起走进事务所，心里却越来越烦乱。

王德光算是秋柳所的老朋友了，几位律师竞相给王德光拜年。覃老师红着脸给林健飞拜年，林健飞客气了一番，然而跟王德光比起来却明显冷淡了许多。覃老师脸更红了，她充满期待地看看王德光，可他没说一句话。覃老师无奈，只得把个人面子放在一边，请林健飞代理维护权益。

“覃老师，不是我推脱，”林健飞皱着眉头说，“您大概不知道，这案子不光到现在还看不到胜利的曙光，而且本信都迫害到我的家人头上了——我的妻子、孩子现在还在外地避难呢……”

“正因为这样，我才下决心请你代理，”覃老师打断了林健飞的话，“‘疾风知劲草’‘路遥知马力’，以前我对你不了解，以为你……唉，不说那些了！没少给你添麻烦……还举报过你……可自从听说你的事情以后，才知道自己看错了人……”

覃老师结结巴巴、前言不搭后语地唠叨了一大堆。林健飞这才知道，敢情那几次司法局调查十有八九是覃老师搞的鬼！

“覃老师，您太客气了，”林健飞说，“我建议您还是等等看吧，现在这形势不乐观……”

“不，不等了！”覃老师急忙说，“我相信林律师的人品！再说你们现在也需要更多的支持。我向你们保证：只要加入维护权益的团队，我一定和王科长、和大家站在一起，就算要不回钱来也要誓死维护权益！您说是不是，王科长？”

王德光有些尴尬，他看看林健飞，问能不能单独谈谈。

打进门林健飞就感觉王德光怪怪的，于是一边叫夏梦雪帮覃老师办理委托手续，一边把王德光请进办公室。王德光便把最近以来的情况跟林健飞说了一下，林健飞有些意外，也就明白了他的来意。既然如此，他首先向王德光表示了祝贺，并表示现在就可以取消代理。

王德光心里的一块石头落了地。

“不过，有句话不知当讲不当讲？”林健飞说。

王德光正在兴头上，不假思索地说：“您讲，您讲。”

“我衷心祝贺您得到提拔重用。可是，我总感觉，怎么说好呢，这大半年来，咱们一起经历了这么多风风雨雨，应该算是朋友了吧？但愿是我多心，”林健飞小心翼翼地斟酌着用词，“既然二十年来都没得到提拔，怎么刚过年就被委以重任？您不觉得有些蹊跷吗？不过既然本信肯退钱，又没逼您签诬告协议，那再好不过。要是咱们这里的当事人都有您那么好的运气就好了。”

王德光愣住了，可他觉得，万一牛局长真的只是器重他，真的只是想为他解除后顾之忧呢？

不管怎样，王德光打定主意，不能做对不起别人的事情。他决定暂缓取消代理关系，看看风头再说。和覃老师一起出门的时候，覃老师很兴奋，一个劲儿对他说：王科长，你放心，今后咱们就是一个战壕里的战友了！从今往后，我一定服从你们几位业主代表的安排，誓死跟奸商斗争……

2

春节过后，业主代表继续试图通过工商局、法院、市政府，努力向本信施压，当然绝不是暴风骤雨式的。林健飞很清楚，一定要平衡好业主代表与基层政府部门的关系。

林健飞在与这些部门工作人员的接触当中，感触可谓五味杂陈。脱下警服、法官服，各种制服，他们跟一般老百姓有啥区别？他们发自内心地同情维护权益群众，因为他们中间说不定就有自己身边的大叔大妈、亲朋好友。

林健飞则在二者之间充当了力量博弈的平衡器，这是一种微妙的平衡，他必须小心翼翼。

然而，节后种种迹象表明，天平在失去平衡。如果说王德光的退出让林健飞感到隐隐不祥的话，那么，工商局王局长的遭遇则让他心惊不已。

一天下午，王局长突然接到匿名电话，说如果再敢多事儿，叫你们全家暴尸街头！下班的时候王局长被人尾随到家门口，刚到家又接到另一个匿名电话，把他的家庭住址、妻女姓名、工作单位及学校绘声绘色地描述了一遍，还特意夸他在××中学××班的女儿长得有多漂亮多迷人……把王局长吓得不轻，赶紧报警。

同林健飞一样，报警丝毫挡不住匿名电话一个接一个地打来。虽然王局长没对林健飞说什么，但专案组的调查工作却进展缓慢。

与此同时，税务局派人来秋柳所调查账目。因为有人反映秋柳所涉嫌账目造假，伪造发票，以达到偷税漏税的不法目的。各种举报信、调查组接踵而至。不管律师、业主还是政府部门的职员领导，每一位当事人都很清楚事态真相，可又能怎样呢？

政府工作人员的耐心和同情心饱受摧残。一方面群众的持续上访已经让他们应接不暇，心烦意乱，日益疑心林健飞是幕后主使；另一方面，举报信雪片般飞来，他们同样也要依法处理。

政府工作人员渐渐感到厌倦、烦躁，三位律师则天天穷于应付种种检查、汇报，业主代表阵营乱作一团。也许，这恰恰是本信所希望看到的。

这天司法局季处长给林健飞打电话，语气严厉，要他立即去司法局。夏梦雪陪同林健飞赶往司法局。

“林健飞！”季处长怒气冲天，指着桌上一大堆举报信说，“你代业主维护权益我们不反对，可怎么天天捅娄子？你看看，这是我们这周收到的举报信。昨天还收到了本信的举报信！”季处长怒气冲冲地把这些信甩给林健飞。“你看着办吧！”

“处座，您消消气，”林健飞厚着脸皮恭维道，“自从本信围攻我家以来，咱们司法局一直都在努力保护我的家人，这我是知道的，就冲这个，我一辈子感激您……”

“行了，行了，就别放屁了！”季处长不耐烦地打断了林健飞的话，“你看看怎么回复吧。到处惹事儿！惹了事儿，撒泡尿就跑，最后还不是我们在后面给你收拾烂摊子？……”季处长嘟囔着还要往下说，一抬眼见林健飞旁边还坐着个小姑娘，后面的粗话也就咽了回去。

林健飞开始看这些举报信。有举报他偷税漏税的，有举报他破坏社会主义和谐秩序的，有举报他勾结不法业主骗取业主钱财、败坏企业名誉的，还有指责他迫害本信员工导致其精神失常的……林健飞并不感到惊讶，这些都在他的意料之中。

真正让他感兴趣的是本信的举报信，看完后他不由笑出声来，随手便递给了夏梦雪。

“你还笑！”季处长一见他那没心没肺、没皮没脸的样子，刚压下去的火气又蹿了上来，“光是这封举报信也就算了，我们依法转给你，责成你汇报答复一下就是了。可现在又来了个什么由部长，天天跟长在司法局似的，每天早晨一来，坐下就开始举报、投诉你的不法行为。甭看现在没人，一会儿准来！这个时候八成在信访局呢！”

由部长？林健飞与夏梦雪不由面面相觑，怎么从来没听说过这号人物？

“哦，听说是他们本信总部派来的，”季处长说，“来头大得很！好像以前做过信访局长。退休后本信聘来做了什么部长，专门处理业主上访、投诉问题。天天往这里一坐，就给我讲政策、谈问题。我哪里镇得住人家？”

季处长揉着额头，仿佛很头疼的样子，忽然又想起了什么，接着说：“你们今天哪里都不许去，估计过不了多久她就来。你们当面锣、对面鼓地谈！”

两位律师便坐等这位由部长，夏梦雪开始翻阅本信这封长达十几页的举报信。读完后，她倒抽了一口冷气，不由眉头紧锁，陷入了沉思。

这不是一封普通的举报信，而是一封控诉林健飞及其“党羽”暴行的“罪行书”，信的开头便大谈本信为海右建设社会主义和谐社会作出了如何巨大的贡献，纳了多少税，解决了多少就业问题。如今一只可恶的大苍蝇林健飞跳出来，丧心病狂地破坏这大好的社会和谐秩序，阴谋误导不明真相的群众、勾结不法之徒、收买不法媒体记者，试图颠覆、破坏社会公共安全。不仅如此，“林健飞之流勾结大量业主，时刻准备酝酿并不断制造社会大规模群体性事件，激化社会矛盾，危害社会秩序，其社会危害性不可低估……”

随后举报信把林健飞等人的网名、业主们在维护权益的网络社群中发布的上访信息逐条列出作为佐证。并特意指出，“每一个有良知的社会主义公民、企业有责任、有义务跟这样的败类作斗争，坚决打击这种反调的宵小之徒！我们要拿起法律的武器，请求司法局依法吊销其律师从业资格及秋柳律师事务所的营业执照；构成犯罪的，追究其刑事责任。将林健飞、盖天鸣、夏梦雪等不法分子绳之以法，还社会一份和谐，还人民一个公道！……”

显然，本信炮制这封举报信的意图旨在置林健飞于死地。几乎通篇都是围绕破坏社会公共安全这一主题展开的，本信很清楚政府在意什么。

对于林健飞指斥的公摊面积高达70%的问题，本信用很小的篇幅轻描淡写地解释：完全是顾客利益至上、顺从民意和国际惯例的结果。公摊面积之所以如此大，完全是为了给将来进商场的顾客以更多的休闲空间。而且白纸黑字，都是业主自愿签名摁手印的？

看到这里，夏梦雪的目光里迸射出愤怒的光芒，林健飞笑着轻轻碰碰她，同时站起身来。她这才注意到进来一位气度不凡的老年妇女，想必就是那个什么由部长了。不过两人都有些意外，因为他们没有想到由部长居然是个女人，而且是颇有风度的女人。

由部长冷冷地看着林健飞和夏梦雪，说："林律师，我们已经掌握了足够的证据，认为你涉嫌偷税漏税，鼓动不明真相的群众破坏社会治安，发不义之财，你们就等着国家的制裁吧！"

林健飞笑着拱拱手说："由部长，您真是太高抬我了！我就是个小律师，照你们的说法，就是只小苍蝇，没那么大本事兴风作浪！当然，不久前你们还夸我是'好虎'，没想到才过几天就变成四害昆虫了……"

由部长哼了一声。

夏梦雪看着这位风度翩翩的前局长，又想起举报信中那些触目惊心的大字眼，又是失望，又是痛心疾首，于是说道："由部长，听说您担任过信访局长，专门处理人民内部矛盾。可您竟然颠倒黑白，混淆是非，真是欲加之罪，何患无辞！难道您就是这样对待党和人民的信任吗？"

林健飞忙拦住她，说："由部长，您别介意，她还小，说话没轻重……"

"还小？"由部长冷笑着看看夏梦雪，"我知道你的导师是谁，不好好在学校里学习，出来趟这浑水干什么？如果还执迷不悟，下一个受审判的就是你了！"

"由部长！"林健飞的脸沉了下来，"与贵公司的纠纷我们一向主张调解优先，可你们一再上纲上线！前不久公然威胁我的家人，如今又威胁我的同事！

你们一口一个颠覆、阴谋，好像我们是反党集团似的。当着司法局领导的面，我向政府保证：我们随时欢迎本信调解，依法处置与贵公司的矛盾纠纷，但如果阴谋迫害我的同事和家人，我第一个不答应，誓死奉陪到底！”

“好啊，有骨气！”由部长冷笑一声，“季处长，你也在这里，我们的举报信为什么还不处理、落实？如果你们再不采取措施，我们将依法向贵市高层领导反映，控告你们行政不作为……”

季处长忙赔笑：“由部长，您别着急，我们核实后一定尽快依法严肃处理。”

由部长又哼了一声：“你们别当我什么都不知道！今天你推我，明天我推你！都是因为你们办事效率低下，才损害了政府形象！”

季处长连连称是，把由部长送走了。

“你们回去好好想想该怎么答复吧，”季处长叹息着对林健飞说，“你们的时间不多了……”

3

税务局的调查结果恐怕要让由部长失望了。

林健飞等人依照司法部门的要求对相关举报信作出了详尽的答复。对他来说，每一次答复都是向政府检举、揭发事实真相、阐明维护权益观点的重要途径。本信不管是采取合法的、还是非法的手段对他进行围剿，对他来说都会成为反击的机会。他相信，即便本信可以瞒天过海，但历史是最好的审判员，总有一天事实真相会大白于天下。

年后的几天里，双方在举报与反举报的较量中迅速陷入了胶着状态。林健飞不知道本信还会出什么牌，但有一点可以肯定，本信的确在改变策略。如果说年前上演的是全套武行，年后则变成了贼喊捉贼。本信似乎变文明了。他们鱼目混珠、混淆视听，把政府各部门搅个鸡犬不宁，叫他们反过来怨恨、疏远、孤立林健飞，再收买一批业主反戈一击，把林健飞从根上搞臭！

然而令林健飞百思不得其解的是，本信的反攻为什么会如此密集，甚至如此急不可耐？是因为他在过去招招打中了本信的要害，导致他恼羞成怒？还是因为本信背后的利益集团惊慌失措，这才跳踉大吼、以攻为守，对他进行猛烈的炮火轰击？

真正令林健飞心寒的不是本信的重炮打击，也不是吴批修之流的倒打一耙，而是一张法院传票。

林健飞看到传票后脸色突变，随后叹息一声，把传票递给了盖天鸣和夏梦雪。

“王德光、刘淑芬要起诉我们？”两人不约而同地惊叫一声，“这怎么可能？”

林健飞苦笑一声，说：“有本信做后台，还有什么不可能？但我没有想到会是他俩背叛维护权益的团队，其实我本该想到的！”

夏梦雪还没有从最初的惊愕中苏醒过来，她又看了一遍传票，上面清楚无误地写着王德光、刘淑芬的名字，起诉原因则是控告林健飞涉嫌破坏正常市场秩序，阻碍本信与群众调解。

她紧紧攥着这张传票，往事犹如流星从眼前掠过。她想起王德光那沉着、睿智、坚毅的脸膛，刘淑芬那白白胖胖、一团和气的圆脸，无论如何也无法将他们与“背叛”两个字联系起来。

就在几天前，王德光还在这里笑容可掬地给她拜年；她还记得刘淑芬第一次见到她时对她是如何体贴、照顾。如今两位业主代表不仅背叛了，而且反咬一口，将林健飞告上了法庭。

夏梦雪的身子不由打了个冷战。

可原因呢？几位律师想破了脑袋也猜不出来。

王德光的倒戈在维护权益业主群里引起了轩然大波。张翼德、冀鹏海破口大骂，恨不得立即找几个哥们去修理修理这王八蛋！而刘淑芬，一个他妈个巴子的小商贩！见钱眼开，六亲不认！

石建业虽然不上网，但听说此事后也气得说不出话来。覃韬玉则震惊得作声不得，可她毕竟是教师，善于应对突发事件，她想了想，呼吁业主们尽快选出新的维护权益的代表，而且一定要有誓死维护权益到底的品质。

选谁？业主们带着怀疑的眼光打量着身边的每一个人，选谁都差不多。连王德光、刘淑芬这样坚持了好几年的骨干代表都“叛变”了，就算现在叫得最凶的这几位，保不齐哪天就会出卖同志呢！

再说，业主代表其实并非一个好差事。就拿张翼德来说，跑前跑后真没少出力，可哪次组织维护权益的活动不是连哄带劝还带骗？就这样还这个不来、那个不去呢！

上回说凑钱给林律师家安装监控设备，马上就有人反对。后来还是穆平秋掏的钱，可群里随后就有人质问：我们凑的钱哪去了？

还是自愿吧。张翼德在他的发言后面加了一个沮丧的表情。

半天没人发言。

如果你们不念旧恶，我来。覃老师发言。

群里一下就炸开了锅。

“就你？哪天风向不对第一个逃跑的还不知道是谁呢！”

“最早出卖林律师的某人哪……”

“本信找您私了的时候别忘通知哥们儿一声呀！”

……

覃老师脸上忽红忽白，太阳穴突突直跳，一瞬间她真想把电脑砸了。她站起身来在屋子里疾走了几步，不小心碰倒了花瓶，摔了个粉碎。一怒之下，她把桌上的东西统统摔砸在地上，还不解气，又踹了几脚。

覃老师发泄过后，情绪渐渐平静了，默默把东西收拾起来。她坐到电脑前，看业主们群起而攻之，反而不再暴怒。

“我知道大家都瞧不起我，”覃老师说，“因为以前我确实做过对不起林律师的事情。但那时我认为林律师就是想方设法骗我们的钱，就像以前咱们遇到的那些律师那样！可是这半年多来，林律师和他的团队为我们的事情做了那么多的工作，付出了那么大的牺牲，这是我从来没有想到的。“林律师做的已经远远超出了一个普通律师能做的事情，他不仅是在为我们而战，更是为了正义而战！我一直以为在这个世界上，不会再有这种人了，但我错了。林律师让我看到了希望，这种希望不仅仅是维护权益的斗争能否取得最终胜利，更是对良知的坚守！我愿意为这份良知而战，即便我的钱打了水漂，永远都收不回来！但如果是为了良知而失去，我愿意付出这个代价。”

覃老师把发言发送出去。

攻击停止了，群里沉默了。

过了一会儿，冀鹏海、李大夫先后发言点赞，支持覃老师做业主代表，同时他们也毛遂自荐担任业主代表。

为良知而战！冀鹏海最后写道。

为良知而战！为良知而战！……业主们开始复制粘贴这句话，后来这句话成了业主代表的一句名言。

新的业主代表选出后，做的第一件事就是征集声援律师联名书，同时继续到省市政府上访，抗议本信迫害、诬陷林律师的卑劣行径，并要求政府立即查处本信的违法行为。

这天早上又下起了雪，季处长打电话叫林健飞到司法局去一趟，但这次口气客气了许多。林健飞赶到司法局，只见石建业和老伴张月娥正在跟季处长交谈。

季处长见林健飞满脸诧异，便指着石老头夫妇说：“这两位想必你认识，我就不介绍了。石大爷，你还是再说一下来意吧。”

石建业拿起桌上的一封信，看看林健飞，大声对季处长说：“报告领导！我是海右铁路大厂退休工人石建业，今天代表57名业主把我们声援林律师的联名信交给领导，以正视听！为了尽快让政府了解事情的真相，我们连夜签名，还有更多的人没来得及签。我们老两口起个大早把联名信送到司法局，就是要向政府证明，林健飞律师在为我们代理案件的整个过程中，没有任何违法行为。恰恰相反，本信一直在坑蒙拐骗！他就是想通过收买个别人，整垮林律师，再整垮我们！哼哼，想得美！”

看着老两口冻得发青的脸，林健飞感动得一时不知该说什么好。季处长接过信，真诚地说："石大爷，这封声援信我代表司法局收下了。我知道你们不容易，知道律师很难，我们同样很难！但是，请给我们点时间，我们会积极向上级反映的，请相信政府！"

王德光、刘淑芬起诉林健飞的案子很快开庭了，杨虎裳做了他们的代理律师。法庭上，杨虎裳慷慨陈词，现身说法，说本信一直重视业主权益，努力秉承社会主义核心价值观，调解矛盾。事实无可辩驳地证明，只要业主们跟本信协商，本信总是优先解决业主矛盾，皆大欢喜！然而林健飞一再阻挠原告调解，其道貌岸然下不可告人的险恶用心可见一斑！

旁听席上嘘声不断，钟玉良不得不数次停下来维持秩序。

林健飞的发言很简短，说：原告的起诉案由显然荒唐无稽，本不值一驳，但是透过案件本身，我们看到的是人性的丑陋和灵魂的丑恶……

王德光神情尴尬，刘淑芬则一言不发。所有人都不由想起一个多月前王德光在这里神采飞扬，从容举证的情景，而如今……

折腾大半天，无果。林健飞和夏梦雪无精打采地默默回到秋柳所，只见盖天鸣正激动地请虎令臣在笔记本上签名。虎令臣见到林健飞，脸色凝重地走过来。

"林律师，"虎令臣犹疑地说，"很抱歉，我是来……申请取消代理的。"

夏梦雪简直不敢相信自己的耳朵，盖天鸣的签字笔啪的一声掉在了地上。

林健飞并不感到意外，他淡淡地说："好的，小雪，麻烦你处理一下。"

夏梦雪默默地为虎令臣办理好合同取消手续，虎令臣拿到手续和定金后却没有走，而是走到林健飞跟前，深鞠一躬。

林健飞吃了一惊："虎教授，您这是？"

"很惭愧，"虎令臣沉重地说，"没能和你们一起坚守到底……本信退还了我的全部房款，本来我并不想接受，因为这从一开始就不是一个公平的交易，而是一个见不得人的幕后交易。可是，……请原谅，我也承受了巨大的压力。真是很对不起！"

"虎教授，您言重了，"林健飞被虎令臣的率真感动了，"其实我应该向您道喜才对……"

虎令臣摇摇头，转身对夏梦雪说："学校说你的实习放假前就已经到期了，如果不想延期毕业的话，立即返校。再说，从现在开始，离毕业答辩只剩不到四个月了，你要抓紧回校写论文了……"

夏梦雪一脸木然。

林健飞满怀歉意地说："是我工作没做好，把夏梦雪的实习期限忘得一干二净，我这就给夏梦雪开实习证明，办理交接……"

送走虎令臣，林健飞便为夏梦雪开证明。他在证明里高度评价了夏梦雪过人的才智和法律素质，相信她在未来的岁月中会走出一条更广阔的道路，她的未来一片光明。

夏梦雪拿到证明信，却殊无快意。

"怎么，嫌实习工资太少么？"盖天鸣打趣道，"我实习那会儿一分钱都不给呢！"

夏梦雪摇摇头，她不想在这个时候走。

"小雪，"林健飞真诚地说，"我和你王子哥哥衷心感谢这半年来你为秋柳所做的一切。但我们知道，你不属于这里，你属于一个更广阔的世界，那里有更美好的未来在等待你。而咱们这里有太多的龌龊，待久了会心理变态的，呵呵。"

夏梦雪的眼泪刷地下来了，她不想在有那么多背叛与谎言肆虐的时刻选择离开。再说，难道无视龌龊、卑劣就可以踏上美好的前途，从此过上幸福的生活么?

林健飞笑着说："不用为我们担心。本信嘛，用不着咱们亲自动手，多行不义必自毙。说不定跟本信决战的那一天还得你亲自跟他PK呢！你先回去忙正事儿，需要你帮忙的时候我和你王子哥哥一定去找你。"

"是啊，"盖天鸣也说，"哪天哥想找你磨牙了，就把你揪回来，陪哥哥磨五毛钱的。"

"一言为定哈，可要付现款哦！"夏梦雪破涕为笑，泪花在笑意中晶莹闪亮，"我还要回来哒……"

办理好交接手续，夏梦雪依依不舍地回校了。

盖天鸣望着她离去的身影，忽然问林健飞："林哥，你说小雪回校这事儿跟本信有关系吗？"

"不好说，"林健飞出了一会儿神，"还是让她早点回去吧，她在这里不安全。冯记者私下告诉我，现在所有主流媒体都不再登载咱们的事情……"

回校后，夏梦雪忙着写论文，看学姐学妹、师兄师弟们海阔天空地聊天，看一大群小女生叽叽喳喳、一惊一乍地嘻嘻哈哈。操场、楼道、图书馆、教室……到处撒满了笑声，每当看到他们，一股洋溢着快乐、温馨和幸福的情感便从夏梦雪的心底油然而生，使她暂且忘却在秋柳所经历的那些惊心动魄、肮脏丑陋的事情。

可当她回忆起往事，眼前的一切似乎又是那样不真实。希望与绝望、幸福与痛苦、快乐与愤怒，就这样在她的心中亦真亦幻，飘摇恍惚。究竟哪个是真，哪个是假呢？

夏梦雪放下书卷，起身走出自习室，外面已是黄昏。虽然寒风凛冽，但路上到处是匆匆忙忙的身影。树梢上的积雪映衬着夕阳的余辉，散发出红艳艳的光彩。光与影在树梢、在地面、在人身上交织变幻，幻化成一张张光怪陆离的网，仿佛一只只奇形怪状的手在痛苦地相互撕扯，又仿佛在窃窃私语，无声呜咽。凝神细听时，只听寒风过处，楼道里发出阵阵呜呜的悲吼。

夏梦雪下意识地紧了紧黑色的大衣领，近来她已经很少光顾服装店，她没有心思在服装店里消磨她的青春。她凝望着夕阳从舜耕山后一点一点沉下去，舜耕山被染成了金色。夕阳收起它最后一缕阳光，沉入了地平线以下。

夜幕降临，华灯初放。夏梦雪低着头，在校园里漫步徜徉。往事如云，在她的心头忽聚忽散。

在她心目中曾经供着一尊偶像。那不是林健飞，也不是盖天鸣，而是虎令臣。那是她的男神。而如今，这尊男神卓尔不群的形象开始在她心目中褪色，那座丰碑底座上如今只剩下黯淡模糊的两个字：软弱。

是的，她知道虎令臣退出有种种不得已。可是她似乎看到，在他高傲的灵魂背后似乎少了一样东西：骨气。也许这样说虎令臣有些过分，毕竟他还在坚守最后的底线，至少在独善其身。可当他不得不面对丑恶时，除了独善其身、委屈妥协之外，他还能做些什么呢？

夏梦雪感到有些郁闷，有些痛苦，有些彷徨。她仿佛觉得受到了沉重的打击，却不知这种打击从何而来；她仿佛觉得心中充满了苦涩，可当她试图品味时，却又了无一物。漫步到校宣传栏，里面张贴着各种海报。

她茫然地在一张通知前停了下来，那是一份海右大学与柏林洪堡大学联合培养博士项目的通知。作为交流学生，她曾经短期访问过柏林洪堡大学，也就是历史上的柏林大学。她还记得柏林大学的学子们在洪堡雕塑下热情辩论，在海涅像前旁若无人地大声朗诵《北海集》。

夏梦雪仰望苍穹，久久凝视着那些繁星。突然间只觉得眼前无比开阔，仿佛时空的大门在向她徐徐开启，灿烂的星空照亮了她孤独无助的心灵。内心深处有一个声音在向她大声疾呼：追随大师的足迹！去柏林！……

夏梦雪走后，秋柳所明显冷清了许多。虽然林健飞、盖天鸣偶尔会想起夏梦雪在这里时的各种趣事，不过他们无暇回味，因为本信对秋柳所的围剿日趋猛烈。

一方面对林健飞、盖天鸣的举报、投诉层出不穷；一方面本信开始大力鼓动业主们抛弃律师，与其直接对话。业主代表们赴约后才发现，本信不允许他们的律师陪同前往，杨虎裳却是逢场必到！

由部长、廖主任、杨虎裳轮番上阵，旁敲侧击，说林健飞快完了，政府就要法办他们了，我们帮你们找律师，反戈一击有功！本信终于成功策反了几个。其他业主群起而攻之，骂他们可耻。当然投诚者也不甘其辱，退出维权群前嚷嚷：说我是小人，哼！谁不是小人？我就是为了房子才打官司！房地产商、律师没一个好东西！都想抢劫我的钱！嘿！谁给我肉包子我就咬谁！可惜一怒之下，忘了检查一下就发出去了：究竟是谁丢肉包子就替谁咬谁呢，还是谁丢肉包子就咬谁？管他呢，留给文学家研究去吧，拿到钥匙才是硬道理！

不过，策反到第九个时，就再也拉不动了。其实业主们都明白，如果能私下调解当然是好事。可问题是，本信的目标是为了调解吗？估计收买个别人、瓦解业主团队才是根本。

也正因为如此，双方谈判了几个回合，却始终谈不拢。覃韬玉尤为强硬，说绕过律师私了可以，但不能以迫害律师为前提，更不能以牺牲绝大多数业主权益为前提。林健飞这边则不断申辩、上诉，大家混战一场，均感到精疲力竭，现在就看谁先倒下去了。

转眼便是情人节，大街上到处是玫瑰小贩，比情人们还多。盖天鸣一大早便去给媳妇买玫瑰、定烛光晚餐。林健飞却没那情调，甚至已经忘了今夕是何夕。更何况，季处长一早打电话来要他马上过去。林健飞赶到司法局，季处长拿出一份文件递给他。

林健飞看后心里咯噔一下子，只见上面写着“整改通知书”几个大字，后面写道：

海右秋柳律师事务所：

你所在本年年检中因群众举报、投诉反映问题较多，被认定为不合格。现要求你所按规定进行整改，届时如仍不合格，将取消你所的营业资格。

海右市司法局

×年×月×日

通知书没有写整改内容和整改期限，没有写举报、投诉的具体原因。这等于说，如果投诉问题仍然解决不了，秋柳所会有倒闭的危险，紧随其后的就是他的律师从业资格了。林健飞看完后只觉得心口一阵剧痛，脸刷地就白了。

“别着急，慢慢改。”季处长眼睛定定地看着林健飞不动声色地说。

林健飞突然醒过神来，紧攥着整改书的双手渐渐放松了。他慢慢站起来，把整改书收好，向季处长点点头，说了声谢谢，便走了。

说这话时他是真诚的，因为司法局没有按照本信的要求勒令秋柳所停业，更没有抓捕他。整改书看似在责令，其实在某种程度上等于是保护了他，因为所有问题写得模棱两可，就像一台天平，维持着微妙的平衡。

林健飞心里却如翻江倒海。他不知道自己在跟本信的这场较量中究竟还能坚持多久，而本信却仍在呼风唤雨，攻势有增无减。

中午林健飞踉踉跄跄、失魂落魄地回到父母家。穆平秋提醒他今天是硕儿的生日，又说了些别的话，他茫然地点着头，却不知道母亲在说什么，扒了几口饭，便回自己家了。

家里暖气不知什么时候停了，听邻居们说是热力设备出了问题，市热力公司正在抢修。

他感到有些疲倦头痛，喝了两口酒，便躺下了。迷迷糊糊中，他仿佛看到了硕儿回来了，又仿佛看到自己到了舍身崖，随后义无反顾跳了下去，却飞了起来！然后本信的廖主任、蒋总、杨虎裳等人邪恶的嘴脸出现，业主们和亲人们的相貌也如走马观花般浮现，最后自己却被这种种的人、事、物压迫的浑身剧痛，宛若爆体……

林健飞大叫一声，从睡梦中猛然惊醒。只听外面有人在放礼花，发出惊天动地的爆炸声。梦中的情形顿时忘了一大半，只记住了硕儿和袁婉茹。

他擦擦冷汗，打开灯，只觉得冷气逼人，于是把被子披在身上，坐在电钢琴前发呆。

已经很久没有弹钢琴了。那是一台KORG SP180，已经陪他走过了三年的时光。林健飞打开电钢开关，下意识地敲着琴键。他恍然记起，刚才梦中袁婉茹说硕儿还在家等咱们呢！这时门外传来孩子的笑声，他呼地站起来就向门口冲去。

刚要开门，才听出是邻居家的玉玉，好像跟着爸爸妈妈刚看花灯回来，这天赶上元宵节。他这才想起，今天是硕儿的生日，而他年前就把妻子和孩子送走了。

林健飞在门前待了一会儿，叹口气，裹着被子又坐在钢琴前乱弹。冰冷的墙壁上挂着硕儿的那些涂鸦画，旁边挂的是他和袁婉茹当年的婚纱照。他不由颤抖了一下，仿佛身体里哪个地方碎了。

蓦然间，一个苍凉的旋律从他的指间滑过。

弹完最后一个音符，林健飞闭上眼睛，任由热泪奔涌。忽然间只觉得身后有一只手搭在了他的肩膀上，他猛一回头，竟是袁婉茹！

“老爸！”只听身旁一个脆生生的声音叫道。

林健飞不敢相信自己的眼睛，以为自己还在梦里。

“暖气停了，也不知道开空调，”袁婉茹埋怨道，“就知道裹着被子图省事！家里进来人也听不见！”

“空调？冬天还要开……空调？”林健飞没从最初的惊愕和宿醉中清醒过来，可一看到硕儿，不管是否还在梦里，一把把他抱起来，混着泪水、鼻涕、酒气在他小脸上一通狂吻。那胡子茬扎得硕儿又躲又叫又笑。

“不欢迎吗？”袁婉茹又埋怨，“快把硕儿放下来！满嘴酒气，我和硕儿在楼道里就给熏晕啦！”

“哪里哪里！”林健飞忙赔笑，“远迎十里地还来不及呢！这阵子跟本信拼得正你死我活，怕你们跟着遭殃……”

袁婉茹拉着林健飞的双手，盯着他的眼睛一字一句地说：“健飞，咱们生生死死是一家人，谁都不能拆散我们！”

“老爸，”硕儿抱着林健飞的腿，天真地说，“刚才我在火车上梦见你啦。”

“真的吗？老爸刚才也梦见硕儿和妈妈了呢！”

“老爸，大街上的花灯可漂亮啦，妈妈说明晚咱们和爷爷奶奶一起去看花灯！”

“好呀，奶奶给硕儿买了灯笼。明晚老爸驮着硕儿打灯笼，找媳妇去喽！”

“我才不找媳妇呢！我要打着灯笼去找妈妈、老爸、爷爷、奶奶，还有玉玉姐姐！……”

一家人紧紧抱在一起，又是哭，又是笑，唠唠叨叨，没完没了，都大半夜了还不肯睡觉。

第十七章　曙光

自古邪不胜正。压力最大，众人皆焦灼的关键时候，本信倒台了，老百姓拍手相庆。房子的事，终于有了实质转机。

1

开学第一天，穆平秋亲自送硕儿去上学，硕儿愁眉苦脸地往校门口蹭。忽然间，硕儿惊喜地喊了一声：戴老师！便朝一位年轻漂亮的老师跑去，原来是硕儿的班主任戴巧雨。硕儿因为错过了报到时间，没有见到戴老师。

“早上好，林嘉硕！”戴巧雨弯下身子拍拍硕儿的小肩膀，笑眯眯地说，“嗯，一个学期不见，长高啦，长帅啦，都变成小男子汉啦！作为男子汉，林嘉硕在新的学期里一定会好好学习，不再淘气捣蛋了，对吗？”

“嗯嗯！”硕儿满脸笑意地答应着。

戴老师指着教室说：“快去上课吧！”

硕儿回头跟奶奶摇摇手，兴高采烈地进教室了。

穆平秋又好气又好笑，心想这小东西早上一万个不想起床不想上学，可见了美女老师那张小脸马上笑得跟开花馒头似的！

穆平秋走到戴老师跟前，把林健飞的事情跟她说了一遍，戴巧雨感到很吃惊，也很忧虑。

“穆阿姨，”戴巧雨说，“您稍等一会儿，等我值完勤，我陪您去找宗校长。”

过了一会儿，戴巧雨领着穆平秋去了校长办公室，把林健飞的事情向宗校长汇报了一遍。宗校长严肃地点点头，说您放心，学校一定全力保护孩子的安全！穆平秋表示感谢。

“不用谢，保护孩子是我们义不容辞的责任。”宗校长说，“更何况，我也是本信房产的受害者，要不是我爱人到处托关系，钱到现在还要不回来呢！”

戴巧雨惊讶地睁大了她那双水汪汪的大眼睛。

穆平秋早已习以为常，说：“是呀，海右到底有多少受害者我不知道，可我身边的许多人，不管认识的、不认识的，提起本信的事情，不知道的倒是少数呢！”

从东湖小学出来，穆平秋又去了趟派出所，程警官热情接待了她。穆平秋又把孩子安全的问题说了一下，程警官笑着说：“本信过年后就改变了策略，应该不会像年前那样疯狂了。不过您放心，这个事情我们一定多加在意。有任何异常，您直接给我打电话好了。”

下午四点来钟，穆平秋去接硕儿，忽然一辆桑塔纳停在她身旁，原来是王玉她爸。

咦，王玉转到东湖小学来了吗？

“穆阿姨！”王玉他爸跟穆平秋热情地打招呼，“您来接硕儿吧？硕儿的事情，王玉都跟我说了。以后我天天接着王玉和硕儿，带他们一起回家好了，正好顺路！”

穆平秋笑着说：“那怎么好意思呢……”

“没关系，都是邻居，您甭客气！再说这是警车，犯罪分子不敢怎么地。硕儿天天都眼馋得不得了呢！”

放学的时候，戴老师亲自领着硕儿出来交给穆平秋，目送两人上了车才回去。上了警车，硕儿兴奋地左顾右盼，上蹿下跳，两个小朋友叽叽呱呱聊个没完。看两个孩子无忧无虑的样子，穆平秋心想，甭看本信这么嚣张，这世上还是好人多啊……

两周过去了，秋柳所年检不合格的问题依然没有解决，也解决不了。不过司法局既没有取消秋柳所营业资格的意思，也没有急于验收整改成效的意思，秋柳所的年检问题就这样挂了起来。

一天傍晚，林子泉欣喜若狂地给林健飞打电话，告诉他一个特大好消息：《新闻联播》上说，中纪委决定向各地派驻巡视组，接受群众举报，并公布了海右巡视组的电话，他叫林健飞马上记下来，向巡视组直接反映！

林健飞虽然记下了电话号码，但感觉没多大用处。根据司法独立精神，政府不能介入已进入司法程序的事务。

然而，随着中纪委巡视组入驻海右，来自四面八方举报的业主代表，跟秋柳所有业务联系的、没业务联系的，仿佛见到了一颗冉冉升起的救星，日夜围在巡视组工作单位周围递交举报材料。

巡视组的同志很客气地收下了举报材料，却告诉他们同样的理由：中纪委不得干预进入司法程序的案件，请他们向有关部门举报。一批批维护权益业主怏怏地离去了，又来了，又去了，犹如潮汐在海岸边起伏涨落。

本信似乎也坐不住了。

晚上，林健飞在家中接到一个自称叫钱琳的女人打来的电话，说本信领导想跟他谈谈。

“怎么谈？”林健飞问道，“你们从去年开始，不是威逼利诱，就是雇凶打人；又是派流氓轮番登门闹事，盯梢尾随；又是拉拢业主诬陷栽赃，倒打一耙。请问在这种情况下，我们该怎么谈？”

对方长久沉默，半晌才说道：“我们也没办法呀！这件事情谁都不想闹得这么大……”

林健飞一愣，随即也就明白过来：本信也快撑不住了。

“林律师，”钱琳说，“领导要我跟你捎个话，叫你来我们公司好好谈谈，什么条件都行！我也知道，前一阵子我们的行动对你造成了损害，可那都是没办法的事。可咱们打来打去为了啥？不都是为了钱吗？我们不想受损失，你接案子不也是为了钱？是不是？”

林健飞一阵警惕，他不知道钱琳打电话时是否在录音。

“钱嘛，就像你们派来的人说的那样：别‘有命挣钱，没命花钱’！我倒是想挣钱，可你们天天威胁我，叫我做正常业务处处受阻，简直活不下去，挣再多的钱又有什么用？保况，我还没挣到钱！”

“不会了，不会了！”钱琳急忙解释，“我向你保证，不会再派人干那些事情了！只要你肯谈……”

“我倒想谈，”林健飞慢悠悠地说：“去年我去你们公司，跟你们蒋总谈，可你们蒋总一而再、再而三地威胁我，说要雇人杀我全家，我还想要命呢！”

“不会了，不会了！”钱琳又急忙解释，“这次总部会派领导来亲自和你谈……”

说到总部领导，钱琳的信心似乎又增强了。

“林律师，你斗不过他们的！你无法想象他们的关系多深厚！要不是靠这些关系，本信能走到今天吗？想想吧，牵一发而动全身啊！所以我劝你想开点，还是多挣点钱，干吗非要跟他们过不去呢？咱们都是老百姓，图的不就是钱嘛，管那么多闲事儿干吗？跟谁过不去也别跟钱过不去呀，你说是不是？”

林健飞沉默了一会儿，说：“要谈也不是不可以，不过鉴于以前的教训，我不能去本信或者你们指定的地方，你们可以派人来秋柳所会商，你看如何？”

“这个……”钱琳犹豫了，“好吧，我向领导汇报一下……”

放下电话，林健飞问媳妇儿：“录下来了吗？”

袁婉茹点点头，按下了录音笔的停止键。

不知是领导另有他事，还是因为巡视组没有受理维护权益的业主们的举报，本信总部领导没有临幸秋柳所。不过自钱琳打过电话以后，本信对秋柳所的围攻果然停止了，诬陷举报也随即雨散云收。

秋柳所的日常工作也似乎恢复了正常。

2

转眼就到了端午节。海右已经进入了春天，正是春暖花开、柳絮轻扬的季节。东湖举行一年一度的国际龙舟大赛，林健飞和袁婉茹带着硕儿来看龙舟比赛。赛程的起点是北极庙，即真武大帝的道场，终点是辛稼轩纪念祠。

赛场上欢声雷动，鼓声震天，百舸争流。特别引人注目的是，其中一艘龙舟上的擂鼓手竟然是位美女！

硕儿戴着橙色的海盗小头巾，骑在林健飞脖子上，两只小腿使劲蹬着，一边挥舞着山楂串儿，一边忘乎所以地扯着小嗓门叫喊："加油！加油！"旁边的观众都笑坏了。忽然，林健飞只觉得脖子里湿漉漉的，还带着点儿骚气。

"不好！"林健飞惊叫一声，"他兔爷姥姥的！你这小兔兔怎么把尿撒在老爸脖子里了？"原来硕儿激动之下，就尿了裤子，林健飞赶紧把他放下来。袁婉茹笑得肚子疼，忙掏出纸巾来给他擦脖子，又拿出卫生纸来擦硕儿的小裤裤。

林健飞一边擦，嘴里一边嘟嘟囔囔地埋怨，忽然感觉手机在震动，拿出来看时，上面已经有好几个未接来电，而新的来电显示竟是蒋总！

林健飞把硕儿交给袁婉茹，独自一人走到僻静处接起了电话。

"喂！喂！是林律师吗？我是蒋睿杰！"只听蒋总急切地说。

林健飞平静地回答："我是林健飞，请问蒋总有何见教？"

蒋总似乎很慌乱，声音又粗又急，完全没有了平时的盛气凌人。

"林律师，我们总部马上派领导来海右和你面谈！这次我们一定解决你们的问题！你放心！有话好商量，一定解决！一定解决！你不要离开海右！等我们，等我们！"

蒋总语无伦次地叫嚷着挂上了电话。

林健飞听得莫名其妙。不过，你们既然肯主动解决，我们欢迎。于是他忙给盖天鸣和业主代表打电话，要他们立即去秋柳所协商对策。

然而蒋总打过电话之后，就再也没有动静了。唯一的变化是：海右本信（集团）房地产有限责任公司突然间变得冷冷清清，门可罗雀。仿佛一座走完了弦的钟表，无声无息地停止了摆动。貌似平静的背后，隐然间确乎发生了什么事。

又两个月过去了。一天下午，穆平秋正准备像往常一样出门接硕儿，突然接到林健飞的电话。

“妈，下午婉茹去接硕儿，你不要出门，一会儿纪委的同志要去见你，”林健飞尽力强抑住内心的激动，可声音依然在颤抖，“本信高管已经全部被警察带走了……”

穆平秋只觉平地一声惊雷，那是春雷的滚滚战鼓，那是惊喜的灼灼电鸣，那是能使妖魔胆尽摧的惊天霹雳！

穆平秋一时激动得不知所措，林子泉跟上足了发条的陀螺似的，哈哈大笑着在屋里到处转圈，一口气打开了家里所有的灯。

“你疯了不成？大白天的开什么灯呀？”穆平秋笑着说，“快停下来，转得我眼晕！赶紧换件体面的衣裳，天天穿得跟叫花子似的！”

“哎，哎！”林子泉一边答应着，一边在衣柜里乱翻一气，“咦，我那件迷彩服呢？”

“胡闹！有穿迷彩服见客人的吗？”穆平秋不满地说，“起开，我来！把衣柜都翻乱了……呶，穿这一件！”

“好，好！”林子泉兴高采烈地换上新衣服，“什么时候买的？这么好看？”

“都买了八百年了！”穆平秋又数落道，“平时给你买了那么多新衣服，死活不穿，就知道穿着破衣烂衫去爬山！弄得跟叫花子似的！还有这双新皮鞋……”

“穿，穿，一定得穿！”

一刻钟后，只听有人敲门。从监控里看来客有两人，穿着便衣，穆平秋把他们迎接进来。

两人自我介绍："我们是××专案组的工作人员，有几个问题需要您配合一下。"

穆平秋微微一笑，说："本来我应该要求你们出示证件的，但既然我的儿子提前打过电话，我们一定全力配合。"

穆平秋和林子泉便把自己的亲身经历向两名工作人员讲述了一遍，工作人员一边录音，一边记录，不做任何评论，穆平秋和林子泉也不打听与自身经历无关的任何事情。

老两口讲完自己的故事，工作人员又看了一遍记录，便问："您还有什么要说的吗？"

"没有了。"林子泉说。

穆平秋面色凝重地问道："奸商伏法，这是人民之大幸！可是……"说到这里她沉吟了一下，说："你们真的把坏人一网打尽了吗？"

工作人员微微一笑，不置可否。

穆平秋没有再问下去，她的目光移向了窗外的天空，缓缓说道："下面我要说的可能跟案件无关，但我还是想多说几句，请不要见怪……这几十年来，我们经历了无数艰难困苦、荆棘磨难才过上了几天安定的日子。我希望，等我的孙子长大以后，我们所经历的悲剧不要在孩子这一代身上重演。谢谢。"

两位工作人员静静听完穆平秋的话，缓缓站起来，向穆平秋和林子泉严肃地敬了一个礼，说："我们代表专案组向你们表示衷心的感谢！另外，本案正在侦办阶段，请务必严守秘密。"说完便走了。

送走专案组的同志，林健飞和盖天鸣默默无语，相对而泣。良久，林健飞擦干眼泪，对盖天鸣说："晚上不回家了，你叫上玉玲、小雪，我带上婉茹、硕儿，咱们去全聚德吃烤鸭去！"

"哈哈，好！"盖天鸣咧着大嘴笑道，"小雪要是知道今晚聚餐吃烤鸭，还不知道得乐成什么样呢！"

晚上，六个人支走了服务生，在全聚德的包间里又哭又叫，又唱又跳，鬼哭狼嚎。夏梦雪更是醉得一塌糊涂，任凭泪水、酒水、汤水在身上、脸上混作一片。喝到后来，夏梦雪笨手笨脚地从皮包里掏出几张票来，醉意朦胧地说："来！都来……来参加我的毕业演出！看我弹钢琴、弹吉他、弹古筝，弹，弹……弹棉花！"

大家笑成了一团。

"小雪姐姐，我也要票！"硕儿向夏梦雪伸出了小手。

"嗯，嗯！不给谁……也得给硕儿票呀！"夏梦雪打着嗝，又从皮包里摸了半天，拿出一张来，塞到硕儿手里。

"拿去！前排！听小雪阿姨，啊，不！小雪姐姐唱歌！"

袁婉茹笑着把那张票又塞到夏梦雪手里，夏梦雪一愣："嫂……嫂子！你干吗……不让硕儿听……听我唱戏呀？"

袁婉茹笑着说："你仔细看看这是什么票再说吧！"

夏梦雪呆呆懵懵端详了半天，才吃吃地说："咦？怎么上面还有毛爷爷……的头像呢？看上去像……像人民币呀？"

"是呀，"袁婉茹笑得都站不起来了，"你把一张百元大钞塞给硕儿啦！"

大家哈哈大笑起来，夏梦雪更是笑得一头栽进鸭汤里，又把钱塞到硕儿手里说："拿去！算姑……姐姐给硕儿的压岁钱啦！"

韩玉玲端起酒杯，笑吟吟地说："今天呢，咱们七个人在这里聚会……"

盖天鸣正撕鸭腿，插嘴说："等等，老婆大人！你先数数几个人？"

"是七个人呀！"韩玉玲数了一遍。

"哎呀，老婆大人，咱先别喝酒啦，得回去上托儿所啰！"盖天鸣抹着大嘴说，"硕儿，你数数，告诉阿姨几个人？"

硕儿果真认真地数了一遍："一、二、三……报告叔叔：是六个人！"

袁婉茹心念一动，她盯着韩玉玲的肚子，问："玉玲，你不会是……"

韩玉玲有些娇羞地说："我们家天鸣要当爸爸啦！"

"真的？"盖天鸣眼珠子都快瞪出来了，那根鸭腿一下别在了嘴里。

"嗯，"韩玉玲喜悦地说，"今天我刚去做过检查，大夫说已经三个月了……”

林健飞哈哈大笑着对盖天鸣说：“兄弟，太官僚啦！太不像话啦！弟妹都有喜啦，还不知道关心一下，就知道啃鸭腿！罚你以后家务活全包，体力活全干！”

盖天鸣这才从惊愕中猛醒，惊喜地说：“一定，一定！哎呀，你怎么还喝酒呢？快放下！”

韩玉玲笑着说那是普通饮料。

“饮料也不行！”盖天鸣焦急地说，“报纸上都说怀孕期间不要喝可乐……”

抢过来看时原来是果汁，盖天鸣尝了一口，这才放心。

“玉玲姐，是男孩还是女孩呀？”夏梦雪傻里傻气地问。

“傻孩子，”韩玉玲笑着说，“才三个月大，哪能看得出是男孩还是女孩呢？”

“好羡慕呀，”夏梦雪痴痴地说，“等我将来也一定生个可爱的小宝宝！”

大家都笑了：“那你还不抓紧给我们找个妹夫来？”

夏梦雪有些伤感，只是饮酒，不再说话了。

韩玉玲接着说：“今天呢，咱们桌上净是有文化的人，我想等孩子出生后，请大家帮我们起个好听的名字，好不好？”

林健飞见夏梦雪闷闷不乐，便点了她的名：“听见没有？说你呢！好好想想！”

夏梦雪笑道：“我哪会起名呀？别的我不管，不过这干妈我当定啦！”

盖天鸣一瞪眼珠子，说：“你一个外号专家还不会起名？咱们所里的外号不全是你起的？”

想起当初夏梦雪给盖天鸣起外号的往事，大家又笑起来。

夏梦雪站起身来，端着酒杯，在屋里晃来晃去，渐渐酒醒了。她开始呓语，既像在跟他们说话，又像是在喃喃自语：“我们之所以要给孩子起名，不仅是一个名字，更是寄寓着我们的希望，因为我们不想把曾经发生在我们身上的悲剧在孩子身上重演。在历史的长河中，本信之流又算得上什么呢？不过是漩涡中的一阵恶澜而已！与其盼望我们的悲剧不要在孩子身上重演，不如寄希望于他们长大后，能在种种磨难中依然从容大度，神采飞扬，正气弘扬。所以，如果你们愿意的话，就叫盖肇扬吧。肇者，初也，始也！男女孩都可以叫这个名字。”

大家一起叫声好！于是这个还没出生的小家伙就叫盖肇扬了，不过，硕儿还不太满意，说：“小妹妹还没有个小名呢！”

韩玉玲笑嘻嘻地问他：“你怎么知道是个小妹妹呢？”

“我就知道！”硕儿也笑嘻嘻地回答。

韩玉玲便问他：“那你想给小妹妹起个什么小名呢？”

硕儿歪着小脑袋想了想，说：“我的小名叫硕儿，小妹妹就叫果儿吧！”

“哎哟哟，”夏梦雪酸溜溜地说，“小小年纪，还没成人呢，先攀上娃娃亲了！”

大人们都笑起来。

“小雪姐姐，”硕儿好奇地问，“什么叫娃娃亲呀？”

“这娃娃亲嘛，”夏梦雪调皮地眨着眼睛给硕儿解释，“就是娃娃菜的意思！”

大人们又哈哈大笑起来，硕儿不知道他们在笑什么，就跟着一起傻笑，大家看硕儿也笑，笑得更厉害了。

3

六月的一天，冯又陵电话林健飞说，并告诉他报社领导高度重视本案，已通过选题，要他全面、深入报道这一案件。很快，电视台也来采访了。

业主们奔走相告，喜极而泣，有的甚至放起了鞭炮。时隔许久，林健飞仍激动异常。此前他一直不敢在业主代表群里发言，他很清楚，本信在群中布下了奸细卧底，一直在侦伺着他的一举一动，否则本信怎么会对他的活动如此了如指掌?

今天，业主们终于可以在群里欢庆胜利了，林健飞心中也缓缓舒了一口气。

但是，忧虑再次不期而至。根据《公司法》，有限责任公司以其全部资产承担有限责任，而业主们既非本信债权人，又非其所有者。过去找本信要钱就不给，如今本信树倒猢狲散，购买的本信房产市值更是一落千丈，严重缩水。业主们斗争了那么久，万一没人理赔，往轻里说，大伙儿付出了那么多牺牲，岂不白费了么？往重里说，本信倒了该，老百姓损失怎么挽回?

业主们迅速陷入了集体性恐慌，再次纷纷上门向律师求助。林健飞并非没有预料到这一点，现在唯一的办法就是向法院请求财产保全了。只是这样一来，又要交更多的钱，他不好向业主们提这一建议。

业主们商议的结果，眼下也就只剩下财产保全这一条路可走了，两位律师只得陪业主们去办理财产保全手续。有几位业主便一边叹息着一边付款：唉，又是一大笔钱!

王德光、刘淑芬等人不得不向法院申请撤回，本来就是本信指使他们干的，如今后台都倒了，再桀犬吠尧还有啥意思？更何况，他们一直愧疚不安。

刘淑芬等人肠子都悔青了。因为本信除了给极个别人退还了全款，其他人仅是换房而已。现在本信中心即将倒闭，手中换来的这套房子不成了旧恨换新愁吗？可要再回去找林健飞，岂不成了反复无常的小人?

林健飞接受了王德光等人的撤诉请求，他在撤诉说明书中说：鉴于本案案情的特殊性和复杂性，同意撤诉。王德光等人自然感激异常，特别是王德光，他满面羞愧地接过撤诉通知书，真想向林健飞说声对不起，并把事情原委向林健飞说清楚。可是，那些烂事儿怎能说得清楚？又怎能说得出口？而且，由于提拔程序不完备，他的越级提拔被许多人质疑，“处长”任命一直没下来，他至今还是科长，还被众人调笑一番。王德光怅然喟叹，一步错，步步错，这辈子就是跳进黄河也洗不清了。

本信虽然倒了，可问题似乎反而变得更复杂。从法院出来，林健飞殊无快意。路过新华书店时，忽然看见店门外打出条幅，上面写着“欢迎海右作家苗清泉先生携新作《八年官司》来店签名售书”。他听业主们谈起过这本书，讲的是业主跟房地产商打了八年官司的故事。同病相怜，林健飞便停车落锁，进了新华书店。签名售书处冷冷清清的，两堆书中间坐着一位清逸俊朗的中年男子，想必就是苗清泉先生了。见林健飞走过来，苗先生冲他客气地点点头。林健飞拿起书，只见上面用楷书写着“八年官司”四个大字，落款是清泉。他饶有兴趣地翻看了几页，不由笑了。

“哦，您笑什么？”苗清泉有些诧异，“难道书中写得不对吗？”

“抱歉，”林健飞笑着说，“不是笑您写得不对，我是笑您写得太对了！你书里的律师张罗、法官潘鹄我都打过交道……”

“您也聘请过张罗？”苗先生对林健飞不由顿生好感。

“聘请倒没聘请过，但跟他交过几次手，”林健飞笑着说，“我也是律师……”

“你是律师？！……”苗先生身子猛地一晃，笑意一下子僵住了，眼睛里射出杀猪刀般的光芒。右手突然抓起一本书，看那架势是想把这本书砸到林健飞头上；另一只手则伸向了一摞书，好像要把那摞书也一本一本砸到林健飞头上。他双手紧紧攥住书，最终还是慢慢平静下来。好像在想，把自己的呕心沥血之作砸到律师这号人头上，岂不是浪费笔墨、有辱斯文么？

“律师？不错嘛，”苗先生慢悠悠地嘲谑道，“一年挣多少钱哪？”

“二三十万吧。”

“不行呀，还得努把力嘛，”苗先生的话从牙缝里慢慢往外挤着，“抱紧有钱人大腿，多给领导送点儿礼、多坑点儿老百姓不就来得快了嘛！”

林健飞笑笑没有回答。他看出了苗先生的敌意，于是话题一转，问道：“您卖了不少书了吧？”

“哪能跟你们律师比呀，一上午也卖不出去几本。”苗先生余怒未消。“既然不挣钱，那您为什么还要写呢？”

此时，林健飞在苗先生脸上已经看不出那里究竟是讥诮、愤懑、怅惘，还是辛酸、幽怨、寂寥，不过最终还是变成了自嘲：

“难道写小说就是为了钱吗？难道我们的小说就只能像卖笑的娼妓一样教人意淫、用廉价的笑声哄骗读者们像痴呆病人一样傻笑吗？‘文王拘而演周易，仲尼厄而作春秋；屈原放逐乃赋离骚，左丘失明厥有国语；孙子膑脚兵法修列，不韦迁蜀世传吕览，韩非囚秦说难孤愤；诗三百篇，大抵圣贤发愤之所为作也！’我算不上什么圣贤，但发愤而作的心情却没什么不同。马克·吐温说有血与火的文字才叫文学。如果不是遇到那么多不堪回首的经历，如果不是想把这些辛酸、苦难的回忆留给他人、后人痛定思痛，谁吃饱了撑的写这东西呢？只可惜人们宁可选择自我麻醉，也不愿意多一点冷静的思考；宁可叫良知在沉默中死去，也不愿让浑浑噩噩的灵魂清醒一秒钟！就像《奥德赛》里那些吃了忘忧草的水手，反认他乡是故乡！浑然不知自己已经变成了猪，变成了野兽，却在为自己忘却忧愁只知道吃吃喝喝、哼哼唧唧而陶醉不已！想靠小说挣钱呀，哼！照我说，还不如写写大奶子、大屁股、男盗女娼、装傻充愣、怪力乱神……来钱快呢！”

林健飞暗想：这人打了八年官司，大概精神受了不小的刺激，否则怎么会倒贴钱写这么一堆没人看的东西哩！他没有再说什么，交钱买了一本小说，便恭恭敬敬地请苗先生签字。

苗清泉想了想，在扉页上写道：

除了权、钱、色，如果这世界上还有什么值得你去坚守的东西，我希望那是良知。

——苗清泉

笔迹沉雄有力。书写的时候，林健飞仿佛听到阵阵松涛声。

随着本信案件的解禁，更多的内幕被公开披露出来，整个冰山渐渐浮出水面。直到此时，林健飞才开始理解本信高层威胁的真实性，才明白钱琳所谓的“他们的关系多深厚”的确切含义。他们完全有理由瞧不起他，把他视为一只苍蝇。

林健飞不由想起了常总，他还记得当初常总离去时曾经是那样黯然神伤，不知道他现在怎么样了。于是他给常总发了一个短信，问他对本信垮台有何看法？常总没有回答，只是说：你还欠我一顿酒。

林健飞哈哈大笑。

冯记者转战南北，全面、深入、细致地调查了本信的“创业史”，撰写了一篇长达六万余字的重磅报道。结论发人深省，令人感慨万千。

林健飞放下报纸杂志，走到窗前，打开窗户，夏日的清风裹着泉水的清凉扑面而来。舜耕山后的卧佛依然在安详熟睡，护城河里波光潋滟，依然犹如碧透的翡翠玉带，守护着这座千古名城。

晚上，林健飞一家子应邀参加海右大学的毕业联欢晚会。韩玉玲有孕在身，盖天鸣不敢离开她半步，所以两口子没来。

林健飞一家人坐在前排，看台上即将毕业、走上社会舞台的学子们载歌载舞，只觉得连自己的心都被这洋溢着青春的热舞飞歌融化了。林健飞看看袁婉茹，两人心里不约而同地想：我们是不是已经老了？舞台就要属于他们啦。

也应该属于他们。

这时候四名洋溢着火热青春的帅哥小伙，弹奏着电声乐器，以热烈阳刚的舞蹈和活力四射的演唱开始了他们的表演。

表演结束后，第一乐手上前介绍：“这首歌是由敬爱的女王大人、小糊涂仙子、睡梦大仙儿、馅子……写的。大家猜猜她是谁？”

下面的学生一起狂热地叫喊：“夏梦雪！”硕儿还嫩声嫩气地嚷了一句：“小雪姐姐我爱你！”

所有人哄堂大笑。

“要不要请夏梦雪上台，为我们引吭高歌一曲？”

“要！”

“那好！让我们以热烈的掌声，欢迎我们敬爱的舞蹈音乐协会主席、律政佳人、女王大人、大仙儿，大家的开心馅子夏梦雪为我们高歌一曲！”

夏梦雪拎着一把红色吉他款款走上舞台，穿的只是一件再普通不过的白色半长袖衬衫，一条蓝色牛仔，扎着一根咖啡色宽皮带。她向大家轻施一礼，说：“亲爱的各位同学，女士们，先生们！我们从这里走下台后，将要飞向世界各地，奔赴属于自己的梦想！本来嘛，我很想倾我所有，为大家演奏从钢琴、吉他、提琴到古筝的一系列乐曲，可惜主持人说那太土豪啦，霸气侧漏！也太不专业，会叫专业人士笑掉大牙的。

“那么请允许我为大家献上一首歌吧！这首歌是我的一位朋友，也是一位平民英雄填写的，歌名叫《老宅房》。可惜一直没有下半段。今天，我为这首歌填上了下半段歌词。我想借这首歌，祝福大家，也期待大家，不管何时何地，心中总能留出一寸方地，永远留给我们的亲人朋友，留给我们的故乡！”

林健飞颇感意外，他迫不及待地想听听她是如何演绎这首略带忧伤的歌曲的。

夏梦雪不经意地轻掠了一下她那自然卷曲的长发。抱起吉他时，她将长袖推起半缩，轻盈，空灵，那是一份未有过的感觉。她似乎还停留在当时最纯真的年代，也好似，一切已不同于往日。她轻轻拨动琴弦，唱道：

我走过夜色苍苍茫茫
幽深的小巷
在都市背后寻寻觅觅
我的老宅房
那儿时的回忆，
那童年的想望
在疲惫的心中回响

那趴在地上
玩小兵人的男孩哪去了？
那满街捉迷藏的孩子
今在何方？

曾经欢声笑语
曾经美好旧时光
只留下孤单的壁画在墙上

多少怀念，多少怅惘
在我心头闪亮徜徉
点点秋雨打在伞上
就像滴滴泪水滑过脸庞

我掸掸尘土整整衣装
背起行囊
我踏上征途迎着熹光
飞向远方
在异乡的土地上
在蔚蓝的大海旁
日夜思念我的家乡

我走过沙滩踏着细浪
天地两茫茫
看潮起潮落沙鸥逐浪
聚散本无常
就像一簇蒲公英儿
飘过重洋
只有那孤独的心还在流浪

告别了，我的故乡
告别了，我的老宅房

千山万水、天高路长
你可曾把我铭记在心上？

啦~啦~啦~
啦~啦~啦~

多少怀念，多少怅惘
在我心头闪亮徜徉
点点秋雨打在伞上
就像滴滴泪水滑过脸庞

告别了，我的故乡
告别了，我的老宅房
千山万水、天高路长
你可曾把我铭记在心上？

夏梦雪五指一声长划，结束了她的演唱。

林健飞的眼角湿润了。他仿佛随着琴声歌声穿越时空，回到秋柳园的老宅房前，又仿佛远方的游子站在山巅上、海岸边远眺天际外的故乡。

林健飞和袁婉茹不由会心一笑。

演出结束后，袁婉茹拉着夏梦雪的手笑着说："你林哥整天之乎者也的，跟你们一比，就是个老夫子嘛！我和你林哥一直说，还是大学更适合你！可惜我们俩学历都太低，这辈子是甭想进来啦！"

夏梦雪也笑了："没关系，等将来硕儿长大了，说不定会读我的博士研究生呢！"

"这个嘛，可得好好琢磨琢磨，"林健飞忧心忡忡地说，"万一你研究的是'导弹学'呢？"

硕儿却拉着夏梦雪的手，嘎嘎笑着说：“我愿意！我愿意！我要跟小雪姐姐学捣蛋学！”

夏梦雪也嘎嘎地笑起来。

袁婉茹笑着问她什么时候走。

“9月份吧，还有一些出国手续需要办理。”夏梦雪说。

“那我就方便提出了，”林健飞说，“年初本信大案这个句号还没画完你就离开了，没能赶上这出大戏的落幕。如果你还有时间，有没有兴趣和我一起二次出庭？”

夏梦雪一阵惊喜：“你是说法庭要作出终审判决啦？”

“很难说，可能性微乎其微，但我们还是要努力促成这一点。”

“太好了！”夏梦雪兴奋地说，“不过我还有个小小的要求，你得答应我！”

“尽管提！”

“实习期间光给你们俩当小跟班儿了，”夏梦雪半是嘻笑、半是严肃地对林健飞说：“这次出庭，你得让我做回首席律师！”

“这个嘛……”林健飞没想到夏梦雪会提出这样的要求，“你可真会得寸进尺，趁火打劫！”

“没前途呀没前途！”他面无表情地说，“干吗只想当首席呀，你把代理词写好，给我看看。行，你自己上；不行，还得跟在我屁股后面，继续当小跟班儿！明天早上来秋柳所报到，明白没有？”

“噢，耶！”夏梦雪竖着剪刀手唱道。

第十八章　最后陈述

人民仰望法治，犹如万灵仰望青天；百姓渴求法治，就像久旱渴望甘霖。惨痛的事实一再证明：无法则无天。如果法治不立，则人民必将陷于无可立锥之地。然而正如我们一再看到的，我们有种种旨在保护人民的法律，但一旦为利益集团所盗用，必将沦于无用失灵之地。

“现在开庭！”审判长钟玉良威严地说，“下面请原告陈述起诉案由。”

夏梦雪起身，严肃地环视了一下法庭。法庭内肃穆无声，跟第一次开庭一样，庭内座无虚席，甚至来旁听的群众比上次还要多。

林健飞和盖天鸣陪穆平秋、林子泉、宋德邻坐在前排。被告席上已经没有蒋总的身影，只有律师杨虎裳木然地坐在那里摆弄着签字笔。原告席上现如今站着的是张翼德。

当她起身的时候，法庭内所有的目光集中在她身上。如果不是那一身庄严肃穆的律师袍，如果此刻不是站在法庭上，人们很难把这个年轻的女孩子跟律师联系在一起。她起身的刹那间，人们仿佛看到一柄闪着寒光的利剑陡然出鞘，珰然带声。

那一双澄澈的眼睛里闪烁着威严温厉的光芒，令人不可逼视。而对夏梦雪而言，此刻她要仗剑入云，拨开重重迷雾，把阳光重新引入人间。

夏梦雪昂起头，深吸一口气，开始陈述。

“尊敬的审判长、审判员同志，我是海右秋柳律师事务所律师夏梦雪，现代表原告张翼德等91户本信中心业主向法庭陈述我们的起诉案由。”

她的声音并不大，但每一个字都平稳有力、清晰异常。

“众所周知，本信维护权益的群众诉海右本信（集团）房地产开发有限责任公司商品房买卖合同纠纷一案，从贵院决定立案迄今，转眼已过去八个月了。而从他们踏上维护权益的道路那一天算起，至今已经走过了五年的艰苦历程。对广大维护权益群众来说，这五年真是举步维艰，度日如年。

“这五年，广大维护权益的群众饱经霜雪，苦历风雨，在漫漫维护权益的路上踯躅前行，一路走到了今天。然而，正义之果却还遥遥无期。这场维护权益之战是中国法治进程举步维艰的真实写照，也是中国法治征途上的一曲悲歌。

“就案情本身而言，这个案子并不复杂。不过是利益集团把数以万计的火柴盒、鸽子笼卖给了愿者上钩的老百姓，不过是一大群具有完全民事行为能力的普通群众请求法院主持公道，退钱退房，因为他们交钱买房后才发现这个房子除了不能放人啥都能放。

“就是这么一个简单到没有任何故事情节的案子，却变得比铁石还要冰硬无情。多年来，维护权益的群众四处奔波却求告无门、无人理睬。八个月前在人民法院终获立案，然而迄今为止，他们体味到的唯一一点就是：这个世界除了沉默，此外一片空白。

“本信终于坐上被告席，本信集团的罪恶正在得到清算。

“坐在我身旁的原告代表叫张翼德，根据被告操纵的缔约流程，张翼德于合同签订前即向被告支付了高达573316元的购房款项。这笔钱不仅耗光了张翼德与其女友以及双方父母的所有积蓄，而且还有一半以上是银行贷款。

“也许有人会说，既然是你投资失误，就要承担由此产生的经济后果。可我想要知道的是，这所谓的投资失误的实质究竟是什么？作为经济学者，我可以非常明确地告诉大家：只有那些因市场不确定性而导致经济损失的可能性才能称作风险。换句话说，发生在平等市场主体之间的、公平交易以外的、由市场资源配置失灵而导致的不确定性才算市场风险！

“也许，正如被告屡屡声称的那样：我们不存在任何欺诈！我们与业主签订的合同完全是平等的、公平的、自由的，因为我们的每一个缔约环节都经过了‘双方一致确认’，因而是权威的、合法的。投资者不满意那是投资者自身决策的问题，是个人价值判断的问题，与我们无关！事实果真如此吗？

“我们在第一次开庭中已经详细阐述了被告是如何以欺诈的手段将投资者一步步引入精心设计的合同陷阱中的，这里我不再赘述。只要是正常人，任何看过本信房产一眼的人只会得出两种结论：要么，是公平、自由、平等这些价值判断的标准发生了逆袭；要么看房者本人已经疯了。

“然而，事实是，原告没有疯掉，被告也没有疯掉，谁都没有疯掉，却在现实世界里，任由了一纸标榜着所有美德的合同疯掉了。这一纸合同，将社会赖以维系的基本价值不动声色地掉包了。

“市场本身并无过错，可怕的是当市场落入利益集团之手后，就会变成吞噬资源、吞噬财富、吞噬良知、吞噬灵魂的病毒、饕餮，而我们，则变成了一盘盘的俎上肉。当利益集团开始吞噬和屠戮普通民众时，当我们的口袋被利益集团以种种名义巧取豪夺、洗劫一空之后，我们拿什么来拯救自己？只能是制度与法律。然而，制度与法律却被利益集团钻了漏洞。当利益集团率兽食人时，可以堂而皇之地说自己遵守了一切制度、法律。而当人民群众走投无路，向制度法律求救呼号时，却被屡屡拒之门外，无能为力。

“为什么连神圣不可侵犯的法律也对利益集团无可奈何？原因只有一个：这是一场战争。这不仅是一场利益集团向党和政府悍然发起的战争，也是一场旨在屠戮、吞噬人民的战争，更是一场输不起的战争。

“人民仰望法治，犹如万灵仰望青天；百姓渴求法治，就像久旱渴望甘霖。惨痛的事实一再证明：无法则无天。如果法治不立，则人民必将陷于无可立锥之地。然而正如我们一再看到的，我们有种种旨在保护人民的法律，但一旦为利益集团所盗用，必将沦于无用失灵之地。

“党的十八届四中全会明确提出：‘人民权益要靠法律保障，法律权威要靠人民维护。’提出健全依法维护权益机制，畅通权益保障渠道。在全会通过的《中共中央关于全面推进依法治国若干重大问题的决定》中，党中央深刻指出：‘法律的生命力在于实施，法律的权威也在于实施。’天下之事，不难于立法，而难于法之必行。全面推进依法治国的重点应该是保证法律严格实施，做到有法可依、有法必依、执法必严、违法必究。

“我们欣喜地看到，尽管举步维艰，但这五年间，我国的法治建设取得了长足的发展，向法治进步、民心回归坚定地前进，让曾经告状无门、怨声载道的百姓，看到了希望。

“但我们也要看到，对大多数人民群众而言，仍然没有维护权益的胆量和力量。我国向依法治国的转变，注定是一个艰苦的进程。不能奢求人民群众立即在每个案子中感受到公平正义，但在大是大非面前，应当守住法律和道义的底线！公平正义永远应是解释法律的核心价值和核心准则！

“如今本信树倒猢狲散，而广大受害群众却依然身陷本信以合同手段挖设的法律陷阱牢笼中。在其如日中天时，他们是任其宰割、屠戮的羔羊；在其垮台后，如果司法再不及时施以援手，他们必将沦为本信可悲的殉葬品！

“广大群众被攫取的劳动果实，应当以法律与正义的名义，还给群众！这份所谓公平的、平等的、自由的合同是一份无效合同，原告有权行使撤销权，并请法院予以支持，切实维护弱者的权益！因此，我们向法院强烈请求：

“第一，独立、及时、依法判决，打消群众对法庭消极裁判、拖延审理的疑虑。请求法庭尽快组织、完成全体业主的庭审手续，形成每位业主的庭审笔录；

“第二，在部分业主已经办理财产保全的基础上，请求法庭及时落实剩余业主的财产保全事宜，查封被告与原告起诉金额相当的财产。我们已经向法庭提供了被告部分财产线索，包括剩余公寓、住宅、商铺，以及在行政主管部门的保证金，并立即冻结维护权益的业主银行贷款本息的支付，请求法庭依职权有效落实，避免群众利益因财产保全不及时而遭受重大损失；

“第三，请求法庭以事实为依据、以法律为准绳，不偏不倚、不趋不避，公正审理本案。我们绝不期待法院偏袒我们的主张，但希望得到法院的公正判决。

……

值得欣慰的是，两个月后法院冻结、查封了本信所有尚未出售的房产，但依然在等待政府对本信集团的定性。而业主背负的银行贷款依然在滚雪球，于是继续请求冻结他们的银行贷款。

尾　声

半年后。

继工商局之后，法院成立了本信专案组，专门受理所有与本信有关的立案申请；市政府则由副市长牵头，成立了专项工作组，吸收法院、建委、工商局、银行等十几个部门联合办公，会同处理本信大案的善后工作。每半个月政府与业主们举行一次见面会，争取有实质性的进展。

顺便提一句，杨虎裳不再为本信代理法律事务。由于业务素质过硬，市政府相关部门邀请他做了法律顾问，听说干得还不错。

盖天鸣和韩玉玲喜得千金，夏梦雪便顺理成章地做了盖肇扬的小干妈，并大呼小叫着说：硕儿太神啦！将来甭跟我读博士了，我跟着硕儿改行算命去吧！说归说，笑归笑，她最终还是去了柏林洪堡大学。

穆平秋还是天天下午接孩子。看硕儿一天天长大，穆平秋有些感慨，说：等硕儿上了初中，奶奶就不用接硕儿啦！硕儿很担心地拉着奶奶的手问："等我上初中以后，奶奶就不来接我了吗？"穆平秋笑着说："接，接，接！只要硕儿那时候还愿意……"

张翼德和方雅洁冲破了丈母娘的反对，有情人终成眷属。虽然两人还靠租房过日子，但幸好张三爷跳槽到了一家中小银行，收入不比贾行长少。

覃韬玉虽然还做剩斗士，可脸上却红润多了，待人也越来越热情，不像以前那样天天跟吃了枪药似的。有人说看见她跟李大夫出双入对，眉来眼去的，也许好事将近了吧。

石建业还住在那栋斑驳的老房里。不过他并不难过，相反高兴得简直不知道自己姓啥了：家里终于有了石小业！孩子呱呱落地的那一天，老头买了一大包猪头肉、猪蹄子、猪肚猪肠、猪拱嘴儿……

刘淑芬以后再没有了消息，不过有见过她的人说，日子过得依然不如意，只能守着那套公寓靠租金过日子。

王德光做到了正处的椅子上，时间不长，组织上认为越级突击提拔不合程序，仕途却退回到二十多年前。

这一天又是周末，海右上空万里无云，阳光熙煦，正是晚春时节。金黄的连翘花开遍了山巅、峡谷、溪涧，依依杨柳也抽出了新绿，仿佛娇羞的少女轻拂着潺潺的泉水，正斜倚在泉畔照镜梳妆。

林健飞还有很多事情要做。他写了一会儿材料，一会儿又走到硕儿的房间想看他写作业。硕儿把他撵了出去，说这是他的隐私，不能看。

林健飞不觉好笑，说："你这个小兔兔，什么时候有隐私啦？"

硕儿一边把他推出去，一边把门插上说："不许进来看哦！"

林健飞笑笑，硕儿长大了，都知道有隐私了，半年前撒尿还非得跟着他呢！林健飞没办法，只得回到书房继续写他的代理材料。过了一会儿，硕儿忽然飞进来，说："老爸，有个作业要家长签字！"

"哦，什么作业？"林健飞放下资料问道。

"老师要求熟读课文。然后，嗯……家长签字。"

"好吧，你给我念念吧，我洗耳恭听。"

硕儿把课本拿过来，那是海右自编的教材，名叫《国学》。教材做得很精美，里面不仅有诗歌、古文，还有对古代建筑、神兽的介绍等好玩的插图和故事。

硕儿站在林健飞面前，捧着课本一字一句脆生生地念道：

夸父与日逐走，入日。渴，欲得饮，饮于河、渭；河、渭不足，北饮大泽。未至，道渴而死。弃其杖，化为邓林。

林健飞不觉听呆了，其实这段文字他在硕儿这么大的时候也读过，可那时他觉得那只是一个无味的神话。此时，他忽然心有所动，神思仿佛飞到了别处，渐渐入了神。

“老爸！老爸！”硕儿推拉着林健飞的胳膊，好像要把他晃醒似的。

“咦？什么事儿？”林健飞回过神来。

“我读得很好吧？给我签个字吧。”硕儿得意地说着，一边把他的铅笔递给林健飞，“快点呀，做完作业我还想去玉玉姐家玩儿呢！”

林健飞拿过书和笔，他久久凝视着那短短几十个字，仿佛每一个字都有千钧之重，他要把它们全部看穿似的。

沉默良久，他提起笔来，在《夸父追日》旁重重签下了他的名字。

后　记

本人萧逸林，非著名学者、不着调诗人、不靠谱音乐人。所谓非著名学者，大致就是那种跟在一大群领导、学者后面，开会坐后排、拍照在左上角或右上角的那号角色；所谓不着调诗人，是因为作者虽然也爱偶尔胡乱写几首歪诗，但平仄不对，用韵不叶，净是钦定词谱里找不着的字眼；至于不靠谱音乐人，那就更羞于启齿了：虽然也爱瞎编几首口水歌，但不会记谱，只能在茶余饭后拍着肚皮哼哼而已。更何况，我在大学里教会计和会计英语，客串《中国文化概论》，研究的是动漫产业和国民经济学，舞文弄墨显然是“裤衩改西服——不够材料”。

因此我只能像小学生见到老师那样，老老实实、恭恭敬敬、战战兢兢地把自己的作品交给各位读者品评。这世上的小说有很多种。有的娱乐，有的怡情；有的消食开胃，有的有助于分泌荷尔蒙。而我的小说却做不到上面任何一点。因为它没有曲折离奇的故事情节，没有俊男美女的卿卿我我，没有一个接一个令人捧腹的搞笑桥段，没有一部小说应有的妙语连珠，性灵轻盈。书中所有人物都是那样普通得不能再普通，即便如夏梦雪那样的才女也是颜值平平，这就注定它成为一部传世之作的机会几乎为零，甚至从它呱呱坠地的那一天起，就已经注定它也许会像流星一样转瞬即逝，在这个世界上不再留下任何痕迹。但我依然要写。

这是一个由普通房地产官司引发的故事。故事竟是这样平淡无奇，简单到连最起码的逻辑和情节都毋须具备：一群来自各行各业的人买了房子后，发现房子啥都能放就是不能放人。他们就像被装入玻璃瓶的甲壳虫，又像滑入猪笼草的各种小虫，从此在房阱中不断徒劳地挣扎、攀爬，试图从阱中爬出。

这故事竟如此真切，仿佛发生在每一个城市，仿佛每一个人都似曾经历、似曾相识。

成为房奴已然悲哀，堕入房阱更是不幸。如果这本书能使人们多一点儿思考、多一份警惕，那么，作者的心愿也就达到了。

这部小说面世时，我因长年过度劳累、积劳成疾而罹患原发性高血压（极度高危3级），2型糖尿病、重度牙周病以及其他四五种病。最初是在2012年房山抗洪救灾中落下了病根儿，后来持续高强度的工作压力、生活压力、情感压力则将我彻底压垮了。在过去的一学期里，我曾经连续一个月每周上六次课，每天讲四到六节课。课外还要忙于写论文。有多少次，我感到自己在讲台上打晃，只能趴在讲台上授课；有多少次，我坐在电脑前殚精竭虑，腰部仿佛要被撕裂一般，只能斜倚在床上读书、写作。期末监考我是坐在水泥地上倚靠着讲台才挺过来的。我曾经，也一直是一个热爱生活、积极达观、热爱运动、热爱学术、热爱创造的人，资深驴友，半年前还参加过马拉松比赛。可如今我不得不长期病休。三年来我夜以继日、满腔热血地写了十五六篇论文，虽然迄今为止只发表了两篇C刊，但这些论文以动漫产业为核心，涉及产业经济、动漫音乐、动漫艺术等领域，也有脚踏实地的调查研究。

病来如山倒，病去如抽丝。这场大病不仅将我这几年的积蓄洗劫一空，而且我的后半生也随之急剧转折。仅重度牙周病的治疗费用就十几万。稍有风吹草动，甚至是稍作思考血压就能从正常急剧飙升到180甚至突破200。稍有劳累，血糖就会在不经意间突破正常范围。而另一方面，这也意味着我今后很有可能再也无法登上讲台，面对我所热爱的学生，很难、也不想再写科研论文了。

最初，我并不想靠小说挣钱。我不想挣学生的钱，还保留着知识分子那一点儿可怜而又可笑的清高。至今写到这里时仍羞于启齿。但如今这笔钱不仅关系到我当前的治疗，而且关系到我的后半生。

我没有爱人可以相濡以沫。如今一身是病，也不再抱什么希望。我只能为最坏的情况做打算。因此，如果您觉得这部小说还值得一读的话，我欢迎、也恳请您和您的亲友在方便的时候购买本书的纸质版或电子版。因为您每买一本书等于为我今后的治疗和今后几十年的生活提供了一到两元的援助，每多一个肯买我书的人就能让我离康复、平安近一点，而离贫病远一点。并且，如果健康状况好转，希望这笔钱还可以支撑起我未来的研究和创作。毕竟我还是一个学者。人生苦短。我一直希望能像罗素、蒙田、罗曼·罗兰那样，在生活获得基本保障之后，不再工作，而是数十年如一日潜心学术和创作，著书立说，从事真正有利于人类和社会进步的学术研究，去创作我所热爱的文学与音乐。我觉得那才是一个学者和作家的历史使命和应有的生活。海明威说过，人生本身就是一场悲剧。本来这世界就是靠say you,say me折腾一辈子的事儿。我想要的只是守着家人，静静地从事我所热爱的研究和创作，过平静而平安的生活，并以更好的作品和更扎实的研究来回报各位的厚爱。

住院期间，每天面对医院里的生离死别，如果说有什么大彻大悟的话，那就是一要珍惜，二要感恩。没有什么不可以放下。

在这里，我要衷心感谢所有帮助过我、没有帮助过我的人。

首先要感谢的是窦宇大夫。如果不是她一再催促我入院检查治疗，一再不遗余力地帮我找她认识的医生朋友及时为我治疗，很难想象我今天会怎样。说得不客气点儿，如果没有窦大夫，连自己怎么死的我都不知道。就这一点而言，窦大夫是我的救命天使，也是我一生的救命恩人。

其次要感谢我的家人。不管在什么时候，父母、家人都在无怨无悔地支持我、照料我。这让我感到无比幸福的同时，也感到无比痛苦。都说三十而立，四十不惑。我在而立之年却碌碌无为，一事无成，相反现在我比以前任何一个时候都更具备懒汉的素质：挑肥拣瘦，好吃懒做；好逸恶劳，吃喝玩乐。我已经堕落成一个名副其实的“啃老族”。这辈子欠父母亲人的太多了。

再次，我要感谢北京时代华文书局的各位编辑同志。本来小说在后续工作中需要作者与出版社共同努力，这都是写在合同里的。可在得知我患病后，副总编辑王水女士亲自挑起了本应由我承担的工作。编辑龙凤鸣为小说的发表做了大量的工作。发行部的朋友们甚至为我设计了一个全新的小说名字。没有他们热忱、辛勤的工作，这部小说不可能如此顺利地出版。

最后，我要感谢所有购买这本书以及默默帮我推广的读者，特别是我的学生们！是他们用坚定的支持和真挚的厚爱将我从病魔手中夺出，使我重新沐浴在阳光中。

《楚辞》篇末往往有一段“乱曰”作为结尾。在这里，请允许我以为本书创作的一首歌《有你陪伴》作为本书的“乱”，向所有关爱过我、熟识与陌生的朋友致以崇高而诚挚的敬意和谢意吧！

感谢你，陪伴着我
日月星辰天荒了
依然在一起
感谢有你，陪伴着我
今生今世、不离不弃

这些年，风风雨雨
春夏秋冬地老了
依然苦相依
蓦然回首，来时的路
就算荆棘遍地
有了你，依然甜蜜

纵然是在凄风苦雨里
有你陪伴，我不再孤寂；
纵然是在漫漫长夜里
有你陪伴，我不再有惧意！
千山万水走过了
日日夜夜飞逝了
唯有你的爱
深深印在我心里

花开了，花儿谢了
满身伤痕、心碎了
散落在一地
残醉未醒，茕茕相依
你的笑容驱散了我
心头的寒意

纵然是在凄风苦雨里
有你陪伴，我不再孤寂；
纵然是在漫漫长夜里
有你陪伴，我不再有惧意！
千山万水走过了
日日夜夜飞逝了
唯有你的爱
深深印在我心里
深深印在我心里
心里……

祝好人一生平安！
有你陪伴，真好！

萧逸林
丁酉年正月十五于家中